Sandro Veronesi

Der Kolibri

»Es tut mir leid, Ihnen das sagen zu müssen, aber Ihre Ehe ist schon seit geraumer Weile am Ende, Doktor Carrera. Und schon bald wird es ein weiteres Kind geben, aber es wird nicht von Ihnen sein.« Diese Worte stürzen den Augenarzt Marco Carrera in eine Achterbahn der Gefühle. Sandro Veronesi erzählt von unvergleichlichen Charakteren, denen Marco auf dem Tennisplatz oder am Spieltisch begegnet, von familiärem Unglück und von einer großen, lebenslänglichen Liebe. Das Dasein seines sensiblen Helden gleicht dabei dem eines Kolibris: Auf der Suche nach Ruhe ist er ständig in Bewegung.

*Sandro Veronesi* wurde 1959 in Florenz geboren und lebt heute in Rom. 2006 wurde er für seinen Roman ›Stilles Chaos‹ zum ersten und 2020 für ›Der Kolibri‹ zum zweiten Mal mit dem Premio Strega ausgezeichnet.

*Michael von Killisch-Horn,* 1954 in Bremen geboren, studierte Romanistik, Germanistik und Deutsch als Fremdsprache. Er lebt als freier Übersetzer aus dem Französischen und Italienischen in München.

# Sandro Veronesi

# Der Kolibri

Roman

Aus dem Italienischen
von Michael von Killisch-Horn

dtv

Die Übersetzung wurde gefördert durch ein Arbeitsstipendium
des Deutschen Übersetzerfonds.

2024 dtv Verlagsgesellschaft mbH & Co. KG, München
Lizenzausgabe mit Genehmigung des Paul Zsolnay Verlags Wien
© 2019 La nave di Teseo, Milano published by arrangement
with Michael Gaeb Literary Agency, Berlin
Alle Rechte der deutschsprachigen Ausgabe
© 2021 Paul Zsolnay Verlag Ges.m.b.H., Wien
Die Originalausgabe erschien 2019 unter dem Titel ›Il Colibri‹
bei La nave di Teseo in Mailand.
Umschlaggestaltung: dtv nach einem Entwurf
von Anzinger und Rasp, München
Umschlagmotiv: © Arthur Steinberger
Satz: C.H.Beck.Media.Solution Nördlingen
Satz nach einer Vorlage von Nadine Clemens, München
Druck und Bindung: Druckerei C.H.Beck, Nördlingen
Printed in Germany · ISBN 978-3-423-14912-9

Für Giovanni,
Bruder und Schwester

Ich kann nicht weitermachen.
Ich mache weiter.
*Samuel Beckett*

# MAN KANN SAGEN

(1999)

Man kann sagen, dass das römische Viertel Trieste ein Zentrum dieser Geschichte unter vielen anderen ist. Schon seit jeher schwankte das Quartier zwischen Eleganz und Verfall, Prunk und Mittelmaß, Bedeutsamkeit und Alltäglichkeit. Fürs Erste reicht das; eine ausführlichere Beschreibung könnte am Beginn langweilig wirken, ja geradezu kontraproduktiv sein. Im Übrigen beschreibt man einen Ort am besten dadurch, indem man erzählt, was dort geschieht, und hier wird etwas Wichtiges geschehen.

Sagen wir es so: Eines der Ereignisse, das hier neben vielen anderen passiert, geschieht im Viertel Trieste in Rom, an einem Morgen Mitte Oktober 1999, und zwar an der Ecke Via Chiana und Via Reno, im ersten Stock eines jener Häuser, die wir hier nicht beschreiben und in dem schon tausende Dinge geschehen sind. Nur dass das, was gleich geschehen wird, entscheidend, und man kann sagen potenziell verhängnisvoll für das Leben des Protagonisten dieser Geschichte ist. Dr. Marco Carrera, Facharzt für Augenheilkunde, sagt das Schild an der Tür seiner Praxis, die ihn im Augenblick noch vom kritischsten Moment von vielen anderen kritischen Momenten seines Lebens trennt. Denn in der Praxis im ersten Stock eines jener Häuser et cetera schreibt er gerade ein Rezept für eine alte Dame, die an Blepharitis, Lidrandentzündung, leidet – antibiotische Augentropfen,

9

nach einer innovativen, ja man kann sagen revolutionären Behandlung auf der Grundlage von N-Acetylcystein, das ins Auge getropft wird und schon bei anderen seiner Patienten das größte Problem dieser Krankheit behoben hat, nämlich die Tendenz, chronisch zu werden. Draußen hingegen wartet das Schicksal darauf, ihn in Gestalt eines kleinen Männleins namens Danile Carradori umzuhauen, kahl und bärtig, aber ausgestattet mit einem man kann sagen magnetischen Blick, der sich in Kürze auf die Augen des Augenarztes konzentrieren und ihnen zuerst Ungläubigkeit, dann Verblüffung und schließlich einen Schmerz einträufeln wird, die durch sein Wissen (als Augenarzt) nicht kuriert werden können. Es handelt sich um eine Entscheidung, die das Männlein getroffen und die ihn in das Wartezimmer getrieben hat, in dem er jetzt sitzt und seine Schuhe betrachtet, ohne das reiche Angebot brandneuer, nicht ganz zerlesener, Monate alter Zeitschriften, die auf den Tischchen liegen, eines Blicks zu würdigen. Sinnlos, darauf zu hoffen, dass er sich eines anderen besinnt.

Es ist so weit. Die Tür des Sprechzimmers öffnet sich, die blepharitische Alte tritt über die Schwelle, dreht sich um, um dem Doktor die Hand zu schütteln, und wendet sich zur Sprechstundenhilfe, um die Behandlung zu bezahlen (120 000 Lire), während Carrera mit einer Kopfbewegung den nächsten Patienten auffordert einzutreten. Das Männlein steht auf, geht hinein, Carrera schüttelt ihm die Hand und fordert ihn auf, sich zu setzen. Der Vintage-Plattenspieler der Marke Thorens, nicht mehr sehr zeitgemäß – zu seiner Zeit allerdings, das heißt vor einem Vierteljahrhundert, einer der besten –, der zusammen mit dem teuren Verstärker von Marantz und den beiden AR6-Lautspecherboxen aus Mahagoni im Regal steht, spielt ganz leise die Platte von Graham Nash mit dem Titel *Songs for Beginners* (1971), deren rätselhafte

Hülle, die an besagtem Regal lehnt und besagten Graham Nash mit einem Fotoapparat in der Hand in einem schwer zu deutenden Kontext abbildet, der auffälligste Gegenstand im Raum ist. Die Tür schließt sich wieder. Es ist so weit. Die Membran, die Doktor Carrera vom heftigsten Gefühlsschock eines an heftigen Gefühlsschocks reichen Lebens trennte, ist gefallen.

Beten wir für ihn, und für alle Schiffe auf den Meeren.

# POSTKARTE, POSTLAGERND

(1998)

*Luisa LATTES*
*Poste Restante*
*59–78 Rue des Archives*
*75003 Paris*
*France*

*Rom, 17. April 1998*

*Ich arbeite und denke an Dich*
*M.*

# JA ODER NEIN

(1999)

»Guten Tag. Ich heiße Daniele Carradori.«

»Marco Carrera, guten Tag.«

»Mein Name sagt Ihnen nichts?«

»Sollte er?«

»Ja, sollte er.«

»Sagen Sie ihn mir bitte noch einmal?«

»Daniele Carradori.«

»Ist das der Name des Psychoanalytikers meiner Frau?«

»Richtig.«

»Oh. Entschuldigen Sie, aber ich dachte, ich wäre Ihnen nie begegnet. Nehmen Sie Platz. Was kann ich für Sie tun?«

»Mich anhören, Doktor Carrera. Und nachdem ich Ihnen gesagt habe, was ich Ihnen zu sagen habe, wenn möglich darauf verzichten, mich bei der Ärztekammer oder, schlimmer noch, bei der Italienischen Psychoanalytischen Gesellschaft anzuzeigen, was Ihnen als Kollege durchaus möglich wäre.«

»Sie anzeigen? Warum denn?«

»Weil das, was ich tun werde, verboten ist und in meinem Beruf streng bestraft wird. Ich habe nie auch nur im Entferntesten daran gedacht, so etwas in meinem Leben zu tun, und auch nicht geglaubt, so etwas auch nur in Erwägung zu ziehen, aber ich habe Grund zu der Annahme, dass Sie sich in großer Gefahr befinden, und ich bin die einzige Person auf der Welt, die das weiß.

Daher habe ich beschlossen, Sie zu informieren, auch wenn ich dadurch gegen eine der grundlegenden Regeln meines Berufs verstoße.«

»Donnerwetter! Ich höre.«

»Vorher muss ich Sie allerdings um einen Gefallen bitten.«

»Stört Sie die Musik?«

»Welche Musik?«

»Nein, nichts. Worum müssen Sie mich bitten?«

»Ich möchte Ihnen ein paar Fragen stellen, nur zur Bestätigung der Dinge, die mir über Sie und Ihre Familie gesagt wurden, und um auszuschließen, dass man mir ein falsches Bild von Ihnen gegeben hat, was mir ziemlich unwahrscheinlich vorkommt, aber trotzdem nicht ausgeschlossen werden kann. Verstehen Sie?«

»Ja.«

»Ich habe mir Notizen gemacht. Bitte antworten Sie nur mit Ja oder Nein.«

»Okay.«

»Ich beginne?«

»Ja, beginnen Sie.«

»Sie sind Doktor Carrera, vierzig, aufgewachsen in Florenz, Abschluss in Medizin und Chirurgie an der Universität La Sapienza in Rom und Facharzt für Augenheilkunde?«

»Ja.«

»Sohn von Letizia Delvecchio und Probo Carrera, beide Architekten, beide in Rente, wohnhaft in Florenz?«

»Ja. Aber mein Vater ist Ingenieur.«

»Oh, okay. Bruder von Giacomo, etwas jünger als Sie, wohnhaft in Amerika und, entschuldigen Sie, von Irene, ertrunken Anfang der achtziger Jahre?«

»Ja.«

»Verheiratet mit Marina Molitor, slowenischer Herkunft, Fluggastbetreuerin am Boden der Lufthansa?«

»Ja.«

»Vater von Adele, zehn, die in die fünfte Klasse einer öffentlichen Schule in der Nähe des Kolosseums geht?«

»Die Vittorino da Feltre, ja.«

»Und die im Alter von drei bis sechs Jahren überzeugt war, einen Faden am Rücken zu haben, was Sie als Eltern veranlasst hat, sich an einen Spezialisten für Kinderpsychologie zu wenden?«

»Den Zauberer Manfrotto ...«

»Wie bitte?«

»Nein, so ließ er sich von den Kindern nennen. Aber das Problem mit dem Faden hat nicht er gelöst, auch wenn Marina das immer noch glaubt.«

»Ich verstehe. Dann ist es also richtig, dass Sie sich an einen Spezialisten für Kinderpsychologie gewandt haben?«

»Ja, aber ich verstehe nicht, was das ...«

»Sie verstehen, warum ich Ihnen diese Fragen stelle, nicht wahr? Ich habe nur eine Quelle, und ich überprüfe, ob sie zuverlässig ist. Das bin ich meinem Gewissen schuldig, angesichts dessen, was ich Ihnen zu sagen habe.«

»Okay. Und was haben Sie mir zu sagen?«

»Noch ein paar Fragen, wenn Sie erlauben. Es werden etwas intimere Fragen sein, und ich bitte Sie, mit der größten Aufrichtigkeit zu antworten. Fühlen Sie sich dazu in der Lage?«

»Ja.«

»Sie spielen um Geld, ist das richtig?«

»Na ja, jetzt nicht mehr.«

»Aber man kann behaupten, dass Sie in der Vergangenheit um Geld gespielt haben?«

»Ja. In der Vergangenheit schon.«

»Und ist es richtig, dass Sie bis zum Alter von 14 Jahren sehr viel kleiner als Ihre Altersgenossen waren, so dass Ihre Mutter Sie *der Kolibri* nannte?«

»Ja.«

»Und dass Ihr Vater Sie mit 14 nach Mailand gebracht hat, um Sie einer experimentellen Hormonbehandlung zu unterziehen, durch die Sie eine normale Größe erreichten, indem Sie innerhalb von weniger als einem Jahr um fast 16 Zentimeter gewachsen sind?«

»Innerhalb von acht Monaten, ja.«

»Und ist es richtig, dass Ihre Mutter dagegen war, dass sie wollte, dass Sie klein blieben, und dass es das einzige Mal war, dass Ihr Vater, indem er Sie nach Mailand brachte, in der Ausübung seiner elterlichen Gewalt Autorität bewiesen hat, da er in Ihrer Familie, entschuldigen Sie, dass ich die genauen Worte benutze, mit denen mir die Sache erzählt wurde, einen Scheißdreck zählt?«

»Ah! Das ist nicht richtig, aber wenn man bedenkt, wer Ihnen diese Dinge gesagt hat, ja, Marina ist immer davon überzeugt gewesen.«

»Ist es nicht richtig, dass Ihre Mutter dagegen war oder dass Ihr Vater einen Scheißdreck zählt?«

»Es ist nicht richtig, dass mein Vater einen Scheißdreck zählt. Das ist nur der Eindruck, den so viele immer gehabt haben, vor allem Marina. Sie und mein Vater sind so unterschiedliche Charaktere, dass meist ...«

»Sie brauchen mir nichts zu erklären, Doktor Carrera. Sagen Sie einfach nur ja oder nein, einverstanden?«

»Einverstanden.«

»Ist es richtig, dass Sie immer verliebt gewesen sind und seit vielen Jahren eine Beziehung unterhalten mit einer Frau namens Luisa Lattes, aktuell wohn...«

»Was? Wer sagt das?«

»Raten Sie.«

»Ach! Das ist unmöglich, Marina kann Ihnen nicht gesagt haben, dass ...«

»Antworten Sie bitte einfach nur mit ja oder nein. Und versuchen Sie, aufrichtig zu sein, damit ich die Glaubwürdigkeit meiner Quelle einschätzen kann. Sind Sie noch verliebt, oder könnten Sie Ihrer Frau den Eindruck vermittelt haben, noch in diese Luisa Lattes verliebt zu sein, ja oder nein?«

»Natürlich nein!«

»Dann treffen Sie sie also nicht heimlich während Fachtagungen, an denen Sie in Frankreich oder Belgien oder Holland teilnehmen, oder an Orten, die nicht allzu weit von Paris entfernt sind, wo die Lattes wohnt? Und auch nicht im Sommer in Bolgheri, wo Sie den Monat August in zwei benachbarten Ferienhäusern verbringen?«

»Das ist doch lächerlich! Wir sehen uns jeden Sommer am Strand mit unseren Kindern, und vielleicht sprechen wir auch miteinander, aber wir haben niemals daran gedacht, ›eine Beziehung zu unterhalten‹, wie Sie sagen, und erst recht nicht, uns heimlich zu treffen, wenn ich eine Tagung besuche.«

»Hören Sie, ich bin nicht hier, um über Sie zu urteilen. Ich versuche nur zu verstehen, ob das, was mir über Sie gesagt worden ist, richtig ist oder nicht. Es ist also nicht richtig, dass Sie diese Frau heimlich treffen?«

»Ja, das ist nicht richtig.«

»Und Sie schließen aus, dass Ihre Frau davon überzeugt sein kann, obwohl es nicht richtig ist?«

»Natürlich schließe ich das aus! Sie sind sogar Freundinnen

geworden. Sie reiten zusammen aus, nur sie beide allein; sie überlassen die Kinder uns Männern und reiten den ganzen Vormittag in der Gegend herum.«

»Das beweist gar nichts. Man kann sich mit einer Person anfreunden und sie jeden Tag sehen, gerade weil man krankhaft eifersüchtig ist.«

»Ja, aber das ist nicht der Fall, glauben Sie mir. Marina ist auf niemanden krankhaft eifersüchtig, ich bin ihr treu, und das weiß sie sehr gut. Und würden Sie mir jetzt bitte sagen, warum ich in Gefahr bin?«

»Dann schreiben Sie sich also nicht seit Jahren Briefe, Sie und diese Luisa Lattes?«

»Nein!«

»Liebesbriefe?«

»Natürlich nicht!«

»Sind Sie aufrichtig, Doktor Carrera?«

»Natürlich!«

»Ich frage Sie noch einmal: Sind Sie aufrichtig?«

»Natürlich bin ich aufrichtig! Wollen Sie mir etwa sagen ...«

»Dann muss ich mich entschuldigen, aber gegen meine Überzeugungen, die fundiert waren, das versichere ich Ihnen, sonst wäre ich nicht gekommen, ist Ihre Frau nicht aufrichtig zu mir gewesen, und daher sind Sie nicht mehr in Gefahr, wie ich glaubte, weswegen ich Sie auch nicht länger belästigen werde. Ich bitte Sie, meinen Besuch zu vergessen und mit niemandem darüber zu reden.«

»Was ist los? Warum stehen Sie auf? Wohin gehen Sie?«

»Ich bitte Sie noch einmal um Entschuldigung, ich habe die Angelegenheit völlig falsch eingeschätzt. Auf Wiedersehen. Ich kenne den Weg ...«

»Halt, so geht das nicht! Sie können nicht einfach so hierherkommen, mir sagen, dass ich in großer Gefahr bin aufgrund von irgendwelchen Dingen, die meine Frau Ihnen gesagt hat, mich ins Kreuzverhör nehmen und dann gehen, ohne mir etwas zu sagen! Jetzt reden Sie, oder ich zeige Sie bei der Ärztekammer an!«

»Bitte beruhigen Sie sich. Die Wahrheit ist, dass ich nicht hätte herkommen dürfen, und damit Schluss. Ich habe immer gedacht, ich könnte glauben, was Ihre Frau mir von sich und von Ihnen erzählte, und habe mir eine genaue Vorstellung von der Störung gemacht, unter der sie leidet, weil ich ihr immer geglaubt habe. Infolgedessen habe ich angesichts einer Situation, die ich für sehr ernst gehalten habe, geglaubt, ich müsste außerhalb der Grenzen handeln, die mir vom Pflichtenkatalog meines Berufs gesetzt sind, aber jetzt sagen Sie mir, dass Ihre Frau hinsichtlich einer so grundsätzlichen Sache nicht aufrichtig zu mir gewesen sei, und wenn das so ist, dann ist sie es auch in Bezug auf viele andere Dinge nicht gewesen, einschließlich derjenigen, die mich haben glauben lassen, dass Sie in Gefahr seien. Ich wiederhole, es war mein Fehler, und ich kann mich nur noch einmal dafür entschuldigen, aber seit Ihre Frau nicht mehr zu mir kommt, frage ich mich ...«

»Was denn? Meine Frau kommt nicht mehr zu Ihnen?«

»Ja.«

»Und seit wann?«

»Seit mehr als einem Monat.«

»Sie scherzen.«

»Wussten Sie das nicht?«

»Nein, das wusste ich nicht.«

»Sie kommt nicht mehr seit der Sitzung am ... am 16. September.«

»Aber sie sagt mir, dass sie weiterhin zu Ihnen geht. Dienstags und donnerstags um Viertel nach drei hole ich wie immer Adele von der Schule ab, weil Marina einen Termin bei Ihnen hat. Auch heute Nachmittag hätte sie zu Ihnen gehen sollen.«

»Dass sie Sie belügt, wundert mich nicht besonders, Doktor Carrera. Das Problem ist, dass sie auch mich belogen hat.«

»Na ja, sie hat Sie in einem Punkt belogen. Und, Entschuldigung, sind denn für Sie die Lügen nicht aufschlussreicher als die Wahrheit, die sie verbergen?«

»Für wen Sie?«

»Na für Sie Analytiker. Ist es nicht so, dass Ihnen alles nützt, Wahrheit und Lügen, et cetera, et cetera?«

»Und wer sagt das?«

»Na ja, ich weiß nicht, Sie ... die Psychoanalytiker. Die Psychoanalytiker. Nein? Von klein auf bin ich von Leuten umgeben, die eine Therapie machen, und ich habe immer gehört, dass, na ja, das Setting, die Übertragung, die Träume, die Lügen, alles seine Bedeutung hat, gerade weil die Wahrheit, die der Patient verschweigt, sich darin verbirgt. Oder nicht? Wo ist das Problem, dass Marina sich jetzt etwas erfunden hat?«

»Wenn das über Luisa Lattes nur in ihrer Phantasie existiert, dann ändert das alles, dann ist Ihre Frau in Gefahr.«

»Aber warum? Was für eine Gefahr?«

»Hören Sie, es tut mir sehr leid, aber es gibt keinen Grund mehr, dass ich mit Ihnen spreche. Und sagen Sie Ihrer Frau nicht, dass ich hier war, ich flehe Sie an.«

»Was veranlasst Sie zu der Annahme, dass ich Sie gehen lasse nach allem, was Sie mir gesagt haben? Ich verlange, dass Sie mir jetzt ...«

»Lassen Sie es gut sein, Doktor Carrera. Zeigen Sie mich ruhig bei der Ärztekammer an, wenn Ihnen danach ist. Im Übrigen verdiene ich es in Anbetracht des Fehlers, den ich gemacht habe. Aber Sie können mich nicht zwingen, Ihnen zu sagen, was ...«

»Hören Sie, das ist keine Phantasie.«

»Was sagen Sie?«

»Was Marina über Luisa Lattes gesagt hat, ist keine Phantasie. Es stimmt, wir sehen uns, wir schreiben uns. Allerdings ist es keine Beziehung, und vor allem keine eheliche Untreue; es ist etwas zwischen uns, das ich überhaupt nicht benennen und auch nicht verstehen kann, wie Marina es anscheinend tut.«

»Sind Sie noch in sie verliebt?«

»Hören Sie, das ist nicht der Punkt. Der Punkt ist, dass ...«

»Verzeihen Sie mir, dass ich darauf bestehe: Sind Sie noch in sie verliebt?«

»Ja.«

»Haben Sie sich im vergangenen Juni in Lovanio gesehen?«

»Ja, aber ...«

»Vor ein paar Jahren hat sie Ihnen in einem Brief geschrieben, dass ihr die Art gefällt, wie Sie sich vom Ufer aus ins Wasser stürzen?«

»Ja, aber wie ...«

»Haben Sie ein Keuschheitsgelübde abgelegt, das heißt, keinen Sex zu haben, auch wenn Sie es sich wünschen?«

»Ja, aber wirklich, wie kommt es, dass Marina diese Dinge weiß? Und warum sagen Sie mir nicht geradeheraus, was Sie mir zu sagen haben? Wir sind verheiratet, verdammt, wir haben eine Tochter!«

»Es tut mir leid, Ihnen das sagen zu müssen, aber Ihre Ehe ist schon seit geraumer Weile am Ende, Doktor Carrera. Und schon bald wird es ein weiteres Kind geben, aber es wird nicht von Ihnen sein.«

# LEIDER

(1981)

Luisa Lattes
Via Frusa 14
50131 Firenze

Bolgheri, 11. September 1981

Luisa, meine Luisa,

nein, nicht meine, leider, Luisa, Punktum (Luisa Luisa Luisa Luisa
Luisa Luisa Luisa Luisa, Dein Name hämmert in meinem Kopf, und
ich weiß nicht, wie ich das abstellen soll): Ich bin davongelaufen,
sagst Du. Das stimmt, aber nach dem, was geschehen ist, und dem
Schuldgefühl, das mich überfallen hat, bin ich lange unglaubliche
Tage niemand mehr gewesen, nicht ich und auch kein anderer. Ich
war wie in Trance, ich dachte, ich wäre an allem schuld, weil ich bei
Dir war, als es geschah, weil ich glücklich war mit Dir. Das denke ich
immer noch.

Jetzt sagen alle, es sei Gottes Wille gewesen, oder es sei Schicksal
gewesen, und all dieser Scheiß, und ich habe bis aufs Messer mit
Giacomo gestritten und ihm die Schuld gegeben und will auch meinen Eltern nicht ins Gesicht sehen. Zu wissen, wo sie sind, dient mir
nur dazu, mich woanders aufzuhalten. Ich bin zwar weggelaufen,
meine Luisa, nein, nicht meine, leider, Luisa, Punktum (Luisa Luisa

*Luisa Luisa Luisa, Dein Name hämmert in meinem Kopf, und ich will es nicht abstellen), aber in die falsche Richtung, wie die Fasane bei den Waldbränden, die ich gesehen habe, als ich Feuerwehrmann war, wie sie zu Tode erschrocken aufflogen und wie wahnsinnig auf das Feuer zuflogen, sich ihm näherten, anstatt sich von ihm zu entfernen, ihm zu nahe kamen, bis sie hineinstürzten. Ich war mir nicht bewusst wegzulaufen, es gab so viele schreckliche Dinge zu tun, und da war diese Posse der Montecchi und Capuleti, die es unmöglich machte, durch die Hecke zu gehen (aber ich war geschockt, es war trotzdem möglich, Luisa, ich leugne es nicht, Luisa Luisa Luisa Luisa), und ich bin nicht durch sie gegangen, ich habe Dich nicht einmal gegrüßt.*

*Jetzt bin ich hier, allein, ich meine wirklich allein, alle sind abgefahren, sie haben gesagt, dass sie nie mehr den Fuß auf einen Strand setzen würden, dass sie nie wieder Ferien machen würden; und auch ihr seid abgefahren, und ich gehe immer und immer wieder durch die Hecke, jetzt, und niemand sieht mich, und ich gehe zum Strand, ich gehe zu den Mulinelli, ich gehe hinter die Dünen, und ich denke an Dich, ich denke an Irene, an das Glück und an die Verzweiflung, die im selben Augenblick und am selben Ort über mich hereingebrochen sind, und möchte beide nicht verlieren, ja, ich will beide, dabei habe ich Angst, auch sie zu verlieren, diesen Schmerz zu verlieren, das Glück zu verlieren, dich zu verlieren, Luisa, wie ich meine Schwester verloren habe, und vielleicht habe ich Dich schon verloren, weil Du sagst, ich sei weggelaufen, und leider stimmt es, ich bin weggelaufen, aber nicht vor Dir, ich bin nur in die falsche Richtung weggelaufen, wie diese Fasane, Luisa Luisa Luisa Luisa Luisa, ich bitte dich, Du bist gerade erst geboren worden, stirb nicht auch Du, und auch wenn ich weggelaufen bin, warte auf mich, verzeih mir, umarme mich, küss mich, der Brief ist nicht zu Ende, nur das Blatt ist zu Ende,*

*Marco*

# DAS AUGE DES ZYKLONS

(1970 bis 1979)

Duccio Chilleri war ein hochgewachsener und plumper Junge, aber auch sportlich, wenn auch weniger, als sein Vater gedacht hatte. Schwarzhaarig, pferdhaftes Lächeln und so mager, dass er immer wie im Profil wirkte, begleitete ihn der Ruf, Unglück zu bringen. Niemand weiß, wie und wann dieses Gerücht aufgekommen war, und daher schien es schon immer an ihm zu kleben, ebenso wie der Spitzname, der daraus resultierte – der Unaussprechliche. Während seiner Kindheit hatte er einen anderen Spitznamen getragen – Blizzard –, wegen der Skimarke, die er bei den Nachwuchsrennen im Toskanisch-Emilianischen Appenin fuhr, als er als Zukunftshoffnung galt. Tatsächlich stand ein Skirennen am Anfang, ein Riesenslalom im Skigebiet Zum Zeri – Passo dei Due Santi für die internationalen Qualifikationen. Duccio Chilleri hatte den ersten Durchgang auf dem zweiten Platz in seiner Klasse beendet, hinter einem unsympathischen kleinen Kerl aus Modena namens Tavella. Die Wetterbedingungen waren schwierig, es blies ein heftiger Wind, und trotzdem lag die Piste im Nebel, so dass die Jury daran dachte, das Rennen abzubrechen. Dann hatte der Wind nachgelassen, der zweite Durchgang konnte durchgeführt werden, obwohl der Nebel dichter geworden war. Während er auf den Start wartete, wärmte Duccios Vater, der auch sein Trainer war, seine Beinmuskeln und munterte ihn auf, den Lauf ohne Angst in Angriff zu nehmen, bis zum

Äußersten zu gehen, um Tavella zu schlagen. Als er im Starthäuschen stand, bereit, sich auf die schier unsichtbare Piste zu stürzen, und sein Trainervater nicht müde wurde zu wiederholen, er könne es schaffen, könne siegen, könne Tavella schlagen, da hörte man, wie Duccio Chilleri den folgenden Satz sagte: »Er wird sowieso stürzen und sich dabei auch weh tun.« Er kam mit Bestzeit ins Ziel, gleich nach ihm war Tavella an der Reihe. Niemand konnte genau sehen, wie es geschah, so dicht war der Nebel, aber kurz vor der Zwischenzeit, in einem Flachstück nach der sogenannten Mauer, hörte man einen markerschütternden Schrei von der Strecke, und als die Torrichter herbeiliefen, fanden sie Tavella bewusstlos am Boden, ein Skistock steckte halb in seinem Oberschenkel – damals benutzte man noch Skistöcke aus Holz, und manchmal splitterte das Holz –, und eine Blutlache überzog die milchige Fläche aus Schnee und Nebel. Man hätte meinen können, Indianer hätten ihn überfallen. Der Junge verblutete nicht, da der Skistock zwar den Muskel durchbohrt, die Oberschenkelarterie aber nur gestreift hatte, doch es handelte sich um den schlimmsten Unfall in der Geschichte dieses Skigebiets, der über Saisonen hinweg Gesprächsstoff blieb zusammen mit den Worten, die Duccio Chilleri gesagt hatte, bevor er gestartet war.

Und so hatte er bereits zu Beginn der Jugend den Ruf eines Unglücksbringers, ganz unerwartet und ohne die Möglichkeit, ihn wieder loszuwerden. Niemand hatte sich, auch später nicht, die Mühe gemacht, anzumerken, dass *blizzard* im Englischen »Sturm« bedeutet; von Kindheit an hing ihm ein Karma an, das dieser Spitzname treffend bezeichnete, treffender als der, der ihn als Erwachsener erwartete. Schon gar nicht hatte man in Erwägung gezogen, sein Nachname – der sich ziemlich selten in Italien und nur in einigen Gegenden der Toskana findet – könnte sich (eine sehr suggestive Annahme in seinem Fall) von dem englischen *killer* herleiten; man wäre damit auf dem Holzweg gewesen, denn die Entstehung dieses Nachnamens verdankt sich vermutlich der Verwechslung eines Konsonanten mit dem geläufigeren Namen Chillemi, der in seinem adligen Zweig aus der Lombardei stammt und im plebejischen auf Sizilien sehr verbreitet ist, oder der Einwanderung einiger Mitglieder der französischen Vicomte de Chiller nach Italien. Dies sei nur deshalb erwähnt, um eine Vorstellung davon zu vermitteln, mit welch unglaublicher Oberflächlichkeit man das Phänomen behandelte, wie wenig man es für notwendig hielt, diese Angelegenheit zu hinterfragen. Er brachte Unglück, Punktum, wozu noch nachfragen?

In den Übergangsjahren von Blizzard zu der Unaussprechliche war die Zahl der während der aktiven Zeit als Sportler erworbenen Freundschaften immer weniger geworden, und im Alter von 16 war der einzige Freund, der ihm in ganz Florenz geblieben war, Marco Carrera. Sie waren Banknachbarn in der Grund- und Mittelschule gewesen, Tennispartner im C. T. Firenze, Kameraden im Skiclub, bis Marco aufhörte, an Rennen teilzunehmen, und obwohl sie auf verschiedene Gymnasien gingen, trafen sie sich weiter Tag für Tag, auch aus Gründen, die nichts mit Sport zu tun hatten; in erster Linie der amerikanischen West-Coast-Musik wegen – Eagles, Crosby, Stills, Nash & Young, Poco, Grateful Dead –, die beide leidenschaftlich gern hörten. Was aber vor allem, *vor allem* ihre Freundschaft festigte, war das Glücksspiel. Duccio war derjenige, der es im Blut hatte. Marco ließ sich eher von seinem Freund mitreißen, er genoss das phantastische Freiheits-, man könnte auch sagen Befreiungsgefühl, das diese Wende in ihrem Leben ausgelöst hatte. Denn keiner von beiden stammte aus einer Familie, die irgendwann von diesem Dämon besessen gewesen wäre, und sei es auch nur am Rand oder in längst vergangenen Zeiten; kein Großonkel, der in den Bakkaratsälen der faschistischen Aristokratie verarmt wäre, kein Vermögen aus dem 19. Jahrhundert, das sich durch einen im Ersten Weltkrieg verrückt gewordenen Urgroßvater im Handumdrehen in Luft aufgelöst hatte. Sie hatten das Glücksspiel schlicht für sich entdeckt. Vor allem Duccio nutzte es, um aus dem *goldenen Käfig* (so sagte man damals) auszubrechen, in den seine Eltern ihn gesperrt hatten, und die Aussicht, ihr Vermögen in den Spielhöllen und Casinos zu verschleudern, verlockte ihn mindestens so sehr, wie es sie verlockt hatte, es mit Bekleidungsgeschäften anzuhäufen. Dabei war er 15, 16, 17 – was will man in diesem Alter schon verschleudern? So großzügig sein wöchentliches Taschengeld auch war (mehr oder weniger doppelt so hoch wie das von Marco), mit einem solchen Budget war es schwerlich möglich, den Wohlstand seiner Familie anzukratzen; allenfalls konnte man sich in schwierigen Zeiten im Mondo Disco, dem Plattengeschäft in der Via dei Conti, verschulden, wo er und Marco sich mit internationaler Musik eindeckten – eine Schuld, die er innerhalb weniger Wochen stets ganz allein zu tilgen vermochte, ohne dass seine Eltern irgendetwas bemerkten.

Tatsache ist, dass er meistens gewann. Er war wirklich gut. Beim Poker mit den Freunden (jene unschuldigen Partien samstagnachts, in denen man maximal 20 000 Lire gewinnen konnte) gab es keinen wirklichen Wettstreit, und daher wurde er aufgrund des Rufs, der ihn mittlerweile in den Unaussprechlichen verwandelt hatte, sehr bald ausgeschlossen. Marco dagegen wurde nicht ausgeschlossen und nahm eine Zeitlang weiter daran teil, und auch er gewann, bis er von sich aus aufhörte, um seinem Freund auf professionelleren Wegen zu folgen. Zunächst die Pferde. Da er noch minderjährig war, hatte Duccio Chilleri keinen

Zugang zu den illegalen Spielhöllen, ganz zu schweigen von den Casinos, aber am Schalter der Rennbahn Le Mulina verlangten sie keinen Ausweis. Auch auf diesem Gebiet war er begabt, er improvisierte nicht. Er schwänzte die Schule, um ganze Vormittage auf der Rennbahn zu verbringen und die Pferde laufen zu sehen, in Gesellschaft von Kiebitzen, die ihn in die Geheimnisse der Trabrennen einweihten. Marco war immer häufiger an seiner Seite, sei es beim wichtigen vormittäglichen Training, sei es nachmittags in den Ställen oder erneut auf der Mulina, bei den abendlichen Zusammenkünften, um auf die beobachteten Pferde zu wetten oder auf diejenigen, die in den abgekarteten Rennen laufen sollten, von denen sie erfahren hatten. Erneut gewannen die beiden Freunde häufiger, als sie verloren.

Doch im Unterschied zu Marco, der andere Freundschaften, den Sport und das Interesse an Mädchen nicht aufgegeben und vor seiner Familie stets verborgen gehalten hatte – die es ihm ermöglichte, das glänzende Leben zu führen, das alle ihm prophezeiten –, benutzte Duccio das Spielen und Wetten, um die Verbindungen zum bürgerlichen Leben zu kappen. Der Unaussprechliche geworden zu sein hatte ihn anfangs so sehr gedemütigt, dass er nach und nach lernte, daraus einen Vorteil zu ziehen. Obwohl seine ehemaligen Freunde ihn mieden wie die Pest, sah er sie weiter täglich in der Schule, und da Florenz nicht Los Angeles war, begegnete er ihnen auch in der Stadt, im Kino, in den Bars. Unter diesen Umständen hatte er begriffen, dass jede seiner Äußerungen die mystische Macht eines Anathemas hatte, und da jedem früher oder später etwas Schlimmes passierte, erwiesen sich ein »du siehst aber gut aus« ebenso wie ein »du wirkst etwas deprimiert« gleichermaßen tödlich für seinen Gesprächspartner und hatten augenblicklich eine niederschmetternde Wirkung auf ihn. Denn so überraschend es Ende der siebziger Jahre des 20. Jahrhunderts auch klingen mag, die anderen Jungs glaubten tatsächlich, dass Duccio Chilleri Unglück brachte. Marco glaubte das natürlich nicht, und die Frage, die ihm von allen immer wieder gestellt wurde, war stets die gleiche: »Warum gehst du denn immer noch mit ihm aus?« Und auch die Antwort war stets die gleiche: »Weil er mein Freund ist.«

Marco hätte es zwar niemals zugegeben, doch es gab noch zwei weitere, geringfügigere Gründe, warum er mit ihm verkehrte. Der eine, wir haben es gesagt, war das Spiel; es versetzte Marco unvergleichliche Adrenalinstöße, er verdiente Geld und entdeckte eine Unterwelt, die sich weder seine überaus elegante Mutter noch sein sanftmütiger Vater, und erst recht nicht seine beiden Geschwister – die vier Jahre ältere und ganz mit ihren eigenen Beziehungsproblemen beschäftigte Irene und der nur wenig jüngere und vom Konkurrenzdenken zerfressene Giacomo – im Entferntesten hätten vorstellen können. Der andere Grund war ein hoffnungslos narzisstischer: Die Tatsache, dass er weiterhin mit einem Individuum verkehrte, das die anderen mieden, wurde ihm verziehen; wegen seiner Intelligenz, seines guten Charakters und seiner Großzügigkeit – aus welchem Motiv auch immer hatte Marco die Fähigkeit, sich dem Herdentrieb zu widersetzen, ohne irgendeine Strafe gewärtigen zu müssen, und sich in dieser Macht zu spiegeln befriedigte ihn. Dies waren die einzigen Gründe, die Marco in den folgenden Jahren dazu bewogen, mit Duccio auszugehen, während diejenigen, die ihre frühere Freundschaft genährt hatten, einer nach dem anderen verschwunden waren. Denn Duccio hatte sich verändert, zum Schlechteren, wie Marco allmählich begriff. In physischer Hinsicht war er schlicht nicht mehr präsentabel; beim Sprechen bildete sich weißer Speichel in den Mundwinkeln; das rabenschwarze Haar wurde immer fettiger und schuppiger; er wusch sich selten, meist stank er. Mit der Zeit hatte er jedes Interesse an der Musik verloren; England erlebte eine neue Blüte – The Clash, The Cure, Graham Parker & The Rumour, die funkelnde Welt von Elvis Costello –, aber das interessierte ihn nicht, er kaufte keine Platten mehr und hörte sich auch die Kassetten nicht an, die Marco für ihn aufnahm. Er las auch keine Bücher und Zeitungen mehr, außer *Trotto Sportsman*. Er verwendete unpassende Ausdrücke, die nicht dem Wortschatz seiner Generation entsprachen: »gut und reichlich«, »oft und gern«, »die Moral von der Geschichte«, »eine Menge Dinge«, »in diesem Sinn«, »zweifellos«. Mädchen interessierten ihn nicht, alles, was er brauchte, fand er bei den Huren im Park Le Cascine.

Nein, Marco mochte ihn noch immer, aber als Freund war Duccio nicht mehr zu gebrauchen, und das nicht wegen seines Rufs als der Unaussprechliche. Im Gegenteil, im Bewusstsein seiner Straffreiheit führte Marco einen erbitterten, ja geradezu heroischen Kampf gegen ihn, wenn es um Mädchen ging, die ihm gefielen: Ihr seid verrückt, sagte er, ich verstehe nicht, wie ihr das wirklich glauben könnt. Und wenn diese die Liste der Unglücks- und Trauerfälle und Streitereien herunterleierten, die sein Auftreten irgendwo ausgelöst hatte, gab er seiner Missbilligung Ausdruck und schleuderte ihnen empört den endgültigen Beweis ins Gesicht: Herrgott noch mal, seht doch mich an. Ich verkehre mit ihm, und mir ist nie etwas passiert. Ihr verkehrt mit mir – nichts. Warum redet ihr einen solchen Mist?

Inzwischen war es unmöglich geworden, die Kruste zu entfernen, die sich um Duccio Chilleri gebildet hatte, und daher war, um Marcos Argumentation zu entkräften, die Theorie vom Auge des Zyklons aufgetaucht. Sie lautete so: Da man nichts zu befürchten hat, wenn man sich ins Zentrum der Wirbelstürme begibt, die Küsten und Städte verwüsten, riskierte man nichts, wenn man in engem Kontakt mit dem Unaussprechlichen blieb, so wie Marco; eine leichte Abweichung jedoch – eine zufällige Begegnung, ein Mitfahren im Auto, ja sogar ein einfaches Winken von ferne – bedeutete sofort das Aus für die Dörfer, die von dem Zyklon weggefegt wurden. Das war die Lösung. Sie erlaubte Marcos Freunden zu scherzen, aber auch ernsthaft an das Unglück zu glauben, das Baron Samstag (einer von Duccios Spitznamen, so wie Loa, Bokor, Mephisto und Ypso) brachte, und Marco, weiterhin mit ihnen zu verkehren und sie wegen ihres Aberglaubens zu tadeln. Es war ein Gleichgewicht – das einzig mögliche. Die Theorie vom Auge des Zyklons.

# DIESE SACHE

(1999)

Marco Carrera
c/o Adelino Viespoli
Via Catalani 21
00199 Roma
Italia

Paris, 16. 12. 1999

Es ist passiert, meine Güte, es ist passiert. Es ist passiert, und niemand hat es bemerkt. Das ist ein unverschämter Brief, Marco, und ich weiß nicht, was ich sagen soll, wie immer.

Es stimmt, ich bin nicht glücklich, aber niemand ist schuld daran, die Schuld liegt ganz bei mir. Nein, das ist nicht richtig, ich hätte nicht Schuld schreiben sollen, vielleicht sollte ich »die Sache« sagen, nicht die Schuld.

Ich bin mit dieser Sache geboren worden, ich schleppe sie seit 33 Jahren mit mir herum, und niemand kann etwas dafür, es ist ganz allein meine Sache, wie das Schuldgefühl, dafür ist niemand verantwortlich, es reicht, dass man nicht als Arschloch geboren wurde, und schon hat man es.

Und was sage ich Dir jetzt? Ich sage Dir, ja, Du hättest jetzt die Gelegenheit herauszufinden, ob das, was Du denkst und was Du schreibst, wahr ist, ohne dass Du reich und schön sein musst. Du *bist jetzt rein wie ein Spatz, Du hast keine Schuld, Du kannst wieder bei null anfangen, Du kannst auch Fehler machen, wenn Du willst, da Du danach ja noch mal von vorn anfangen kannst.*

*Ich nicht, Marco, ich befinde mich in einer ganz anderen Situation, und ich sollte sie aus eigenem Antrieb ändern, vielleicht hätte ich dann wirklich keinen Frieden mehr. Aber ich weiß, dass Du mich verstehst, denn Du bist wie ich, Du liebst wie ich, wir leben in der Furcht, denen weh zu tun, die uns nahe sind.*

*Ich glaube, Du bist der beste Teil meines Lebens, derjenige ohne Lügen, ohne Betrug, ohne Stinkwut (Du hast mich jetzt gerufen, jetzt verliere ich mich), der Teil, den man träumen kann, auch nachts, denn ich träume immer noch von Dir.*

*Wird es ein Traum bleiben? Wird alles geschehen? Wird etwas geschehen? Ich bin hier, und ich warte auf Dich, ich will nichts tun, ich will, dass die Dinge von allein geschehen. Ich weiß, das ist eine Scheißtheorie, da mir nie etwas passiert, aber ich kann keine Entscheidungen treffen, nicht in dieser Sache, nicht in diesem Augenblick.*

*Vielleicht habe ich mich in all diesen Jahren darin geübt, nichts zu tun, um in dieser Sache erfolgreich sein zu können. Welche Sache? Ich weiß es nicht, ich weiß es nicht, ich fange an zu phantasieren, ich breche ab.*

*Luisa*

# EIN GLÜCKLICHES KIND

(1960 bis 1970)

Während seiner ganzen Kindheit hatte Marco Carrera nichts be-merkt. Er hatte nichts mitbekommen von den Streitereien zwi-schen seiner Mutter und seinem Vater, von ihrer Ungeduld, von seinem unerträglichen Schweigen, von den nächtlichen Diskus-sionen, die flüsternd ausgetragen wurden, damit die Kinder sie nicht hörten, die aber doch von seiner älteren Schwester Irene aufmerksam mitangehört und mit masochistischer Genauigkeit im Gedächtnis gespeichert wurden; er hatte nichts mitbekom-men von den Gründen für diese Streitigkeiten, diese Ungeduld, diese Ehekräche, die für seine Schwester dagegen so klar gewe-sen waren, und daher hatte er nicht bemerkt, dass seine Mutter und sein Vater, obwohl beide *déracinés*, Entwurzelte (sie, Letizia – ein ironischer Name –, Apulierin aus dem Salento; er, Probo – nomen est omen – aus der Provinz Sondrio), nicht füreinander geschaffen waren und praktisch nichts gemeinsam hatten. Mög-licherweise gab es sogar keine zwei Personen auf der ganzen Welt, die verschiedener gewesen wären – sie Architektin, ganz Denken und Revolution, er Ingenieur, ganz Berechnung und Fin-gerfertigkeit, sie erfasst vom Strudel der radikalen Architektur, er der beste Entwickler von Kunststoffen Mittelitaliens –, und da-her hatte er nicht bemerkt, dass hinter der Fassade des beschei-denen Wohlstands, in dem er und seine Geschwister aufgezogen wurden, ihre Ehe gescheitert war und nur Verbitterung und Anschuldigungen und Provokationen und Demütigungen und Schuldgefühle und Groll und Resignation hervorbrachte, mit anderen Worten, er hatte nicht bemerkt, dass seine Eltern sich nicht mehr liebten, zumindest nicht in der geläufigen Bedeutung des Verbs »sich lieben«, das Gegenseitigkeit voraussetzt, da es in ihrer Verbindung zwar Liebe gab, jedoch als Einbahnstraße, empfunden nur von ihm für sie, eine unglückliche Liebe also, heroisch, hündisch, irreduzibel, unsagbar, selbstzerstörerisch, die seine Mutter nie anzunehmen und zu erwidern, andererseits aber auch nicht zurückzuweisen vermocht hatte, da es offensichtlich war, dass kein anderer Mann auf der Welt sie je so hätte lieben können, und dass sie auf diese Weise zu einem Tumor geworden war, zu einer bösartigen und wuchernden Raumforderung, die seine Familie von innen her zerfraß und in dem Unglück festhielt, in dem Marco, ohne es zu bemerken, aufgewachsen war. Er hatte nicht bemerkt, dass die fieberhaften Tätigkeiten seiner Mutter – Architektur, Design, Fotografie, Yoga, Psychoanalyse – nur Versuche waren, das Gleichgewicht zu finden, und auch nicht, dass eine dieser Tätigkeiten darin bestand, seinen Vater, wenn auch ungeschickt, mit Männern zu betrügen, die sie unter den Intellektuellen aufgabelte, die damals vielleicht zum letzten Mal in der Geschichte der Stadt Florenz internationales Ansehen verliehen, den »Hirten der Monster« des Superstudios und von Archizoom und ihren Gefolgsleuten, denen sie sich zurechnete, obwohl sie aus einer wohlhabenden Familie stammte, was ihr erlaubte, sich den Initiativen ihrer jungen Idole zu widmen, ohne eine Lira zu verdienen. Er hatte nicht bemerkt, dass sein Vater von dieser ehelichen Untreue wusste. Er, Marco Carrera, hatte nichts bemerkt, seine ganze Kindheit hindurch nicht, und nur deshalb hatte er eine glückliche Kindheit gehabt. Ja mehr noch: Da er nicht, wie seine Schwester, an seinem Vater und seiner Mutter gezweifelt hatte, da er nicht wie sie sofort begriffen hatte, dass sie keineswegs musterhafte Beispiele waren, nahm er sie sich sogar zum Vorbild und eiferte ihnen nach, indem er sich aus einer verschlungenen Mischung aus Eigenschaften formte, die er sich vom einen wie von der anderen entlieh – die gleichen, die sich in ihrem Versuch, eine Ehe zu führen, als unvereinbar erwiesen hatten. Was hatte er in seiner Kindheit von seiner Mutter übernommen, während er nichts bemerkt hatte? Was von seinem Vater? Und was hätte er letztlich umgekehrt für sein ganzes Leben wegen der einen und des anderen abgelehnt, nachdem er sich all dessen bewusst geworden wäre? Von seiner Mutter hatte er die Unrast übernommen, aber nicht die Radikalität; die Neugier, aber nicht die Angst vor Veränderung. Von seinem Vater die Geduld, aber nicht die Vorsicht, die Neigung zu ertragen, aber nicht die zu schweigen. Von ihr die Begabung des Blicks, vor allem durch den Sucher der Kameras. Vom Vater das Geschick mit den Händen. Außerdem hatte, da die enorme Distanz zwischen seinem Vater und seiner Mutter plötzlich keine Rolle mehr spielte, wenn es darum ging, die Gegenstände auszuwählen, die Tatsache, dass sie in diesem Haus aufgewachsen waren (das heißt, sich von Geburt an auf diese Stühle gesetzt hatten, in diesen Sesseln und diesen Sofas eingeschlafen waren, an diesen Tischen gegessen, an diesen Schreibtischen gelernt hatten, im Licht dieser Lampen, umgeben von diesen Bücherregalen et cetera), ihnen ein gewisses arrogantes Überlegenheitsgefühl vermittelt, das für bestimmte bürgerliche Familien der sechziger und siebziger Jahre typisch war; das Gefühl, wenn auch nicht in der besten aller möglichen Welten zu leben, so doch zumindest in der schönsten – eine Vorrangstellung, für die die von seinem Vater und seiner Mutter angehäuften Dinge der Beweis waren. Daher, und nicht aus Sentimentalität, würde es Marco Carrera, auch als ihm all das bewusstgeworden war, was in seiner Familie nicht geklappt hatte, und sogar als es seine Familie praktisch nicht mehr gab, immer schwerfallen, sich von den Gegenständen zu trennen, die ihn umgeben hatten: weil sie schön waren, immer noch schön waren, für immer schön waren – und diese Schönheit war die Spucke gewesen, die seinen Vater und seine Mutter zusammengehalten hatte. Nach ihrem Tod würde er sie sogar inventarisieren müssen, diese Gegenstände, einen nach dem anderen, mit der schmerzlichen Aussicht, sie zusammen mit dem Haus an der Piazza Savonarola zu verkaufen (sein Bruder, der sich hartnäckig an die Entscheidung klammerte, nie mehr nach Italien zurückzukehren, würde am Telefon von »Entsorgen« sprechen), mit dem genau gegenteiligen Ergebnis allerdings, dass er sie sich bis ans Ende seiner Tage ans Bein band.

Andererseits machte die manische Ordnung, auf die er bei all seinen Dingen achtete – ohne sie, das muss gesagt werden, von anderen zu verlangen, aber dennoch absolut, einschüchternd und letztlich gewalttätig –, aus ihm eine mit Verachtung gestrafte schlampige Person, während die Mutter für seine unbezwingbare Aversion gegen die Psychoanalyse verantwortlich war, die sich als entscheidend in seinen Beziehungen mit den Frauen erweisen sollte, da das Schicksal wollte, dass alle Frauen in seinem Leben, angefangen natürlich mit seiner Mutter und seiner Schwester Irene, und dann immer so weiter Freundinnen, Verlobte, Kolleginnen, Ehefrauen, Töchter, dass alle, wirklich alle stets von unterschiedlichen Arten von Psychotherapie geleitet werden sollten, was ihm als Sohn, Bruder, Freund, Verlobter, Kollege, Ehemann und Vater seine ursprüngliche Intuition bestätigte: Die »passive Psychoanalyse«, wie er sie nannte, war sehr schädlich. Niemand von ihnen kümmerte sich jedoch darum, nicht einmal, als er begonnen hatte, sich darüber zu beschweren.

Schäden, wurde ihm gesagt, gebe es in jeder Familie und jeder Art von Beziehung, egal welcher; die Psychoanalyse verantwortlich zu machen für – sagen wir – die Schachleidenschaft sei ein Vorurteil. Vielleicht hatten sie ja recht, doch der Preis, den Marco Carrera für diese Schäden zahlen sollte, würde dazu führen, dass er sich im Recht fühlte, die Sache so zu sehen: Die Psychoanalyse war wie das Rauchen, es reichte nicht, sie nicht zu praktizieren, man musste sich auch vor denen schützen, die sie praktizierten. Allerdings war die einzige bekannte Möglichkeit, sich vor der Psychoanalyse der anderen zu schützen, selbst zur Analyse zu gehen, und in diesem Punkt war nicht mit ihm zu reden.

Im Übrigen brauchte er keinen Psychoanalytiker, um sich die richtigen Fragen zu stellen: Warum war er angesichts so vieler Frauen, die nicht zum Psychoanalytiker gingen, nur mit solchen zusammen, die hingingen? Und warum erläuterte er seine Theorie der passiven Psychoanalyse lieber ihnen, was zwangsläufig oberflächlich bleiben musste, statt den Frauen, die sie nicht praktizierten, bei denen er einen vorhersehbaren Erfolg gehabt hätte?

# EIN INVENTAR

(2008)

An: Giacomo – jackcarr62@yahoo.com
Gesendet – Gmail – 19. September 2008 16:39
Betreff: Inventar Piazza Savonarola
Von: Marco Carrera

Lieber Giacomo,
Du antwortest mir weiterhin nicht, und ich schreibe Dir weiterhin.
Ich möchte Dich auf dem Laufenden halten über die Arbeit, die ich
mache, um das Haus an der Piazza Savonarola zu verkaufen, und
Dein Schweigen wird mich gewiss nicht davon abhalten. Die Neuig-
keit ist, dass ich Piero Brachi angerufen habe (erinnerst Du Dich?
Den vom STUDIO B, wo zwei Jahrzehnte lang alle Möbel unseres
Hauses gekauft wurden), der jetzt mit über siebzig eine Auktions-
plattform für Wohnungseinrichtung, spezialisiert auf Design der
Sechziger und Siebziger, leitet, und die Einrichtungsgegenstände im
Haus habe schätzen lassen.
Wie ich mir dachte, sind einige ziemlich wertvoll, und es ist eine
eindrucksvolle Summe dabei herausgekommen, nicht zuletzt auch,
weil es sich aufgrund der bekannten Ereignisse, die dazu geführt
haben, dass das Haus sich geleert hat und unsere Familie den Bach
runtergegangen ist, in der Mehrzahl um Gegenstände in einem
hervorragenden Zustand handelt. Viele von ihnen, sagt Brachi, sind
im MoMa ausgestellt. Daher müssen wir eine Entscheidung treffen,

*was wir damit tun wollen, wenn wir das Haus verkaufen, denn wenn wir sie im Haus lassen, bekommen wir dafür keinen Aufschlag auf den Verkaufspreis des Hauses. Wir können sie Brachi anvertrauen, der sie nach und nach auf seiner Plattform verkaufen wird, oder sie unter uns nach unseren Bedürfnissen und Vorlieben aufteilen.*

*Ich bitte Dich, die Frage, die ich Dir stelle, ernst zu nehmen, Giacomo, bei der es aus naheliegenden Gründen nicht nur ums Geld geht; es handelt sich um all das, was von einem Leben und einer Familie übrigbleibt, die es dort nicht mehr gibt, von denen Du und ich aber über zwanzig Jahre ein Teil gewesen sind, und auch wenn die Dinge sich so entwickelt haben, wie sie sich entwickelt haben, gibt es keinen Grund, glaub mir, sie zu »entsorgen«, wie Du gesagt hast, als Du mir das letzte Mal geantwortet hast, Unglück auf Unglück häufend. Kurz und gut, Brachi war bewegt, als er all diese schönen Dinge wiedersah, die er uns selbst verkauft hatte; ich kann nicht glauben, dass es Dich nicht interessiert, bei der Entscheidung, was wir damit machen wollen, mitzureden. Ich garantiere Dir, dass es keinerlei Diskussionen geben wird, ich werde genau das machen, was Du mir sagen wirst, wenn Du nur akzeptieren willst, dass es nicht richtig ist, das alles zu entrümpeln. Die Dinge sind unschuldig, Giacomo.*

*Ich schicke Dir also im Folgenden das Inventar mit allen Schätzpreisen, das Piero Brachi mir ausgehändigt hat. Es ist sehr nüchtern, unpersönlich, wie ich es von ihm verlangt habe und wie Du es, denke ich mir, vorziehst, obwohl er sogar viele intime Dinge über jeden dieser Gegenstände weiß: von wem er gekauft wurde, in welchem Zimmer er stand, etc.*

*Inventar der Einrichtung im Haus an der Piazza Savonarola:*

— *2 zweisitzige Sofas Le Bambole, Metall, graues Leder,*
*Polyurethan, Mario Bellini für B & B, 1972 (20 000 €)*

— *3 Amanta-Sessel\*, Glasfaser und schwarzes Leder, Mario Bellini*
*für B & B, 1966 (4400 €)*

— *1 Zelda-Sessel, palisanderfarbenes Holz und lederfarbenes Leder,*
*Sergio Asti, Sergio Favre für Poltronova, 1962 (2200 €)*

— *1 Soriana-Sessel, Stahl und braunes Anilinleder, Tobia und*
*Afra Scarpa für Cassina, 1970 (4000 €)*

— *1 Sacco-Sessel\*, Polystyrol und braunes Leder, Gatti, Paolini*
*und Teodoro für Zanotta, 1969 (450 €)*

— *1 Woodline-Sessel, heißgebogenes Holz und schwarzes Leder,*
*Marco Zanuso für Arflex, 1965 (1000 €)*

— *1 Kaffeetischchen Amanta, schwarze Glasfaser, Mario Bellini*
*für B & B, 1966 (450 €)*

— *1 niedriger Tisch 748, braunes Teak, Ico Parisi für Cassina, 1961*
*(1100 €)*

— *1 niedriger Tisch Demetrio 70, orangefarbenes Plastik,*
*Vico Magistretti für Artemide, 1966 (150 €)*

— *1 Tisch La Rotonda, natürliches Kirschholz und Glas, Mario*
*Bellini für  Cassina, 1976 (4000 €)*

— *1 Bücherregal Dodona 300, schwarzes Plastik, Ernesto Gismondi*
*für Artemide, 1970 (4500 €)*

— *2 Bücherregale Sergesto, weißes Plastik, Sergio Mazza für*
*Artemide, 1973 (1500 €)*

— *1 Deckenlampe O-Look, Aluminium, Superstudio für Poltronova,*
*1967 (4400 €)*

— *1 Tischlampe Passiflora, gelbes Perspex und Opalin, Superstudio*
*für Poltronova, 1968 (1900 €)*

— *1 Tischlampe Saffo, silbernes Aluminium und Glas, Angelo*
*Mangiarotti für Artemide, 1967 (1650 €)*

— 1 Lampe Baobab, weißes Plastik, Harvey Guzzini für Guzzini, 1971 (525 €)

— 1 Lampe Eclisse, rotes Metall, Vico Magistretti für Artemide, 1967 (125 €)

— 1 Tischleuchte Gherpe, Platte aus rotem Perspex und Chromstahl, Superstudio für Poltronova, 1967 (4000 €)

— 1 Tischlampe Mezzachimera, weißes Acryl, Vico Magistretti für Artemide, 1970 (450 €)

— 1 Deckenlampe Parentesi, Metall und Plastik, Achille Castiglioni und Pio Manzù für Flos, 1971 (750 €)

— 12 Decken- und Wandleuchten Teti, weißes Plastik, Vico Magistretti für Artemide, 1974 (1000 €)

— 1 Leselampe Hebi, Metall und weißes gewelltes Plastik, Isao Hosoe für Valenti, 1972 (450 €)

— 1 Tischlampe Telegono, rotes Plastik, Vico Magistretti für Artemide, 1968 (1800 €)

— 3 Schreibtische Graphis, Holz und weißlackiertes Metall, Osvaldo Borsani für Tecno, mit Schubladen, 1968 (3000 €)

— 1 Tisch TL 58, Tischlerplatte und massives Walnussholz, Marco Zanuso für Carlo Poggi, 1979 (8500 €)

— 3 Wandregale Uten.Silo 1, rotes, gelbes und grünes Plastik, Dorothee Becker für Ingo Maurer, 1965 (1800 €)

— 4 Rollwagen Boby, Polypropylen und weiß, grün, rot und schwarz bedrucktes ABS, Joe Colombo für Bieffeplast, 1970 (1000 €)

— 7 Stühle mit Rollen Modus, Metall und Plastik in verschiedenen Farben, Osvaldo Borsani für Tecno, 1973 (700 €)

— 4 Bürostühle, Chromstahl und Leder, Giovanni Carini für Planula, 1967 (800 €)

— 7 Plia-Stühle, Aluminium und transparentes Plexiglas, Giancarlo Piretti für Castelli, 1967 (1050 €)

— *4 Loop-Stühle, Korbgeflecht, Frankreich, sechziger Jahre (1200 €)*

— *4 Selene-Stühle, beiges Polyester, Vico Magistretti für Artemide, 1969 (600 €)*

— *4 Basket-Stühle\*, Stahl und beiges Rattan, Franco Campo und Carlo Graffi für Home, 1956 (1000 €)*

— *1 Wassily-Stuhl Modell B3, braunes Leder und Stahl mit Chromdublierung, Marcel Breuer für Gavina, 1963 (1800 €)*

— *1 Reißbrett mit Federn, Holz mit Armen aus Stahl, Ing. M. Sacchi für Ing. M. Sacchi srl, 1922 (4500 €)*

— *2 Vintage-Nachttische, braunes Teak, Aksel Kjersgaard für Kjersgaard, 1956 (1200 €)*

— *1 Kleiderständer Sciangai, natürliches Buchenholz, De Pas, D'Urbino und Lomazzi für Zanotta, 1974 (400 €)*

— *1 Schirmständer Dedalo, orangefarbenes Plastik, Emma Gismondi Schweinberger für Artemide, 1966 (300 €)*

— *1 Schreibmaschine Valentine, Metall und rotes Plastik, Ettore Sottsass und Perry A. King für Olivetti, 1968 (500 €)*

— *3 Grillo-Telefone, Marco Zanuso und Richard Sapper für Siemens, 1965 (210 €)*

— *1 Radio Cubo ts522, Chromstahl und rotes Plastik, Marco Zanuso und Richard Sapper für Brionvega, 1966 (360 €)*

— *1 Hi-Fi-Kompaktanlage Totem\*, Mario Bellini für Brionvega, 1970 (700 €)*

— *2 Empfänger für Drahtfunk FD 1102 Nr. 5, Marco Zanuso für Brionvega, 1969 (300 €)*

— *1 Plattenspieler RR 126 Mid-Century\*, mit integriertem Verstärker und integrierten Lautsprechern, Bakelit und beiges Holz, Plexiglas, Pier Giacomo und Achille Castiglioni für Brionvega, 1967 (2000 €)*

— *1 tragbarer Plattenspieler, Musicalsound, 1975 (180 €)*

Die mit * gekennzeichneten Gegenstände sind mit weniger als 50 Prozent ihres Werts bewertet worden, weil sie nicht funktionieren oder in einem schlechten Zustand sind.

Schätzwert insgesamt 92 800 €

Verstehst Du, Giacomo? Dieses Haus ist ein Museum. Sag mir, was du mit diesen Sachen machen willst, ernsthaft, und ich werde es tun. Aber sag mir nicht, ich soll sie entsorgen.

Ach, ich hoffe, ich hoffe, Du hast bemerkt, dass wir hinsichtlich der Asteriske quitt sind: Wir haben jeder einen Plattenspieler kaputtgemacht.

Ich umarme Dich
Marco

# FLUGZEUGE

(2000)

1959, im Jahr seiner Geburt, hatte die Zahl der Flugpassagiere diejenige der Schiffspassagiere übertroffen. Marco Carrera kam es so vor, als hätte er das immer schon gewusst, da sein Vater es ihm schon eingebläut hatte, als er noch gar nicht fähig gewesen war, es zu verstehen; ein epochales Ereignis, seinem Vater zufolge, der ein begeisterter Leser von Science-Fiction-Romanen war, in denen für die Zukunft eine sehr viel größere Mobilität am Himmel als auf der Erde oder auf dem Wasser prophezeit wurde. Wie es so ist mit Dingen, die man immer schon gewusst hatte, unterschätzte Marco Carrera diese Information, die er eher den fixen Ideen seines Vaters zurechnete als den mächtigsten Samen seines Karmas. Und doch ...

Und doch waren diese Flugzeuge und das Fliegen überhaupt einer der mächtigsten Samen seines Karmas. Nachdem er bereits zahlreiche große Gelegenheiten verpasst hatte, wurde Marco sich dessen mit 41 Jahren plötzlich bewusst, an einem dieser Vormittage, die es nur in Rom gibt, während er auf einem der Holzzäune saß und die infamen Anschuldigungen las, die Marina, mittlerweile seine Ex-Frau, in der unfassbaren Berufungsklage gegen ihn vor Gericht erfunden hatte. Tatsächlich einer der schönsten Orte der Welt, das sogenannte Granarone des Palazzo Caffarelli (schön nicht wegen seiner architektonischen Qualitäten, die er nicht besitzt, sondern durch seine Lage, mit der er die

südwestliche Seite des Hügels des Kapitols bis zum Tiber über-
blickt, das heißt das Areal, in dem sich die Reste des Janustem-
pels, des Tempio di Giunone Salvatrice, des Tempio della Spe-
ranza, des Tempio di Apollo Sosiano und des Tempio di Sant'-
Omobono befinden, und vom Portico Repubblicano bis zum Foro
Olitorio, über die Basilica di San Nicola in Carcere und den Tar-
pejischen Felsen und drei Viertel des Teatro du Marcello hinaus;
in den finsteren Jahrhunderten Weide für Ziegen geworden und
deswegen in Monte Caprino umbenannt; Ende des 16. Jahrhunderts rehabilitiert durch den Bau, unmittelbar auf seiner Spitze,
des Palazzo Caffarelli auf dem Kapitol durch die gleichnamige
alte Familie des römischen Stadtadels; Mitte des 19. Jahrhunderts mit dem Palast und allem von den Preußen erworben und
von diesen um weitere Gebäude erweitert, unter anderen den sogenannten Granarone, in den das Deutsche Archäologische In-
stitut einzog; und nach der Niederlage Preußens 1918 vollständig
wiedererworben von der Stadt Rom), diente er in jenen Jahren
nicht nur als Sitz der Avvocatura Capitolina, sondern auch als
Ausweichquartier des Rathauses, wo die Gerichtsakten aufbewahrt und von den Interessierten eingesehen werden können.
Das heißt, Personen, die Gegenstand von Klagen, Anzeigen und
Gerichtsverfahren gewesen waren, konnten sie sich hier im Granarone besorgen. Kaum waren sie wieder draußen, rissen sie –
was nur menschlich ist –, unbeeindruckt von der überwältigen-
den Schönheit des Ortes, in aller Eile den versiegelten Umschlag
auf, um augenblicklich den Inhalt zu lesen – an einen Baum gelehnt vielleicht, oder auf dem Boden sitzend, oder, wie Marco
Carrera an jenem Vormittag, auf dem Holzzaun. Um ihn herum
andere Unglückliche wie er: ein blutjunger Mechaniker in Ar-
beitskleidung, ein gutgekleideter Mann, den Helm noch auf dem
Kopf, und ein grauhaariger schmieriger Bösewicht, alle versun-

ken in die Lektüre ihrer Dokumente – eines davon, dasjenige des Mechanikers, war sicherlich gleichen Inhalts wie dasjenige, das Marco Carrera soeben ausgehändigt worden war, da der junge Mann es beim Lesen laut kommentierte (»Ach du Scheiße!«, »Zur Hölle mit ihr!«, »Diese Tochter einer Hure!«), kurz davor, wie es schien, das Blatt zu zerknüllen, das in seiner Hand zitterte. Und doch wirkte seine Aggressivität eher defensiv als offensiv, sein Gesichtsausdruck eher erschrocken als wütend, genau wie es bei Marco der Fall war. Denn als er hier, an diesem großartigen Vormittag, an diesem geschichtsträchtigen Ort voller Schönheit, diese Berufungsklage las, wusste er nach Monaten der Unsicherheit ganz genau, mit welcher Grausamkeit und mit welchen Mitteln seine Ex-Frau beschlossen hatte, sich von ihm zu befreien.

Da Plan A durch die Initiative ihres Psychoanalytikers zunichtegemacht worden war, der gegen die Schweigepflicht verstoßen und Marco Carrera die Absichten enthüllt hatte, die sie sich zusammengesponnen hatte, war Marina auf Plan B ausgewichen, der zwar weniger blutrünstig, aber ebenso hasserfüllt und qualvoll war: ein Antrag auf Scheidung nach dem Schuldprinzip, in dem alle Anschuldigungen über ihn ausgegossen wurden, die man sich gegen einen Ehemann und Vater ausdenken kann – allesamt natürlich falsch, aber das nützte ihm nichts: Bevor er ihr vor dem Richter die außereheliche Schwangerschaft, die bald beendet sein würde, das Verlassen der ehelichen Wohnung, die Tatsache, dass ihrer Tochter der normale Umgang mit ihm verboten war, und alle anderen Ruchlosigkeiten, die bereits in Kraft getreten waren, vorhalten konnte (Plan A konnte auch nicht ansatzweise zur Sprache gebracht werden, da der Psychoanalytiker, der ihn vereitelt hatte, niemals in einem Prozess aussagen würde), bevor er ihr, sagten wir, all dies würde vorhalten können, würde er die Anschuldigungen bezüglich physischer und psychischer Gewalt, Entführung, Schlägen und Missbrauch der Tochter, wiederholter ehelicher Untreue, Morddrohungen gegenüber der ganzen slowenischen Verwandtschaft seiner Frau, mangelnde Erfüllung der ehelichen Pflichten, Steuerhinterziehung, Verstöße gegen baurechtliche Vorschriften, einfach alles widerlegen müssen. Alles falsch, es muss noch einmal gesagt werden (die Steuerhinterziehung hatte Marina begangen, er hatte nur versucht, sie zu decken, und die Verstöße gegen baurechtliche Vorschriften bezogen sich auf die weit zurückliegende Erweiterung des Hauses in Bolgheri, die in der Tat heimlich durchgeführt worden war, aber von seinen Eltern, und in jenem verdammten Sommer, in dem seine Schwester gestorben war, 1981, das heißt vor zwanzig Jahren, das heißt sieben Jahre, bevor er und Marina sich kennengelernt hatten), und das alles begleitet von einer lausigen Erzählung falscher Anekdoten (die berühmten Details, in denen der Teufel steckt), mit Ausnahme einer einzigen Episode, die wirklich geschehen ist – unbedeutend, gewiss, in diesem unglaublichen Umfeld, aber wahr, und eindeutig hier angeführt, zusammen mit allen Unwahrheiten, um ihn daran zu erinnern, dass er, obwohl das Opfer schrecklicher Verleumdungen, nicht unschuldig war. Eine Episode, die sich ereignet hatte, als Adele in der Wiege gelegen hatte, also vor zehn Jahren. Im Sommer. Just in Bolgheri. Sein Gedächtnis hatte sie begraben, aber offensichtlich war sie lebendig geblieben, denn als er sie in dieser Berufungsklage las, trat sie in ihrer ganzen brennenden Wahrheit wieder vor sein geistiges Auge.

Juli.

Früher Nachmittag.

Halbdunkel.

Meeresbrise, die den Vorhang bewegt.

Wildes Zirpen der Zikaden.

Er und Marina dösen in ihrem Zimmer (übrigens dasjenige, das 1981 unbefugt hinzugefügt worden war). Neben dem Bett, auf Marinas Seite, die Wiege mit dem schlafenden Mädchen.

Frische Laken. Frisches Kissen. Frischer Babygeruch.

Friedliche Ruhe.

Plötzlich ein Donnern. Etwas Krachendes, Beängstigendes, Schreckliches, Apokalyptisches. Marco Carrera schreckt aus dem Dämmerzustand auf, in dem er einen Augenblick zuvor noch schwebte, und findet sich zitternd, nach Luft ringend, an eine Kiefer gelehnt wieder, außerhalb der Terrassentür des Zimmers, das Herz vollgepumpt mit Adrenalin, dem Ersticken nahe. Es ist ein Zustand, der fünf, vielleicht zehn Sekunden dauert, und schließlich begreift Marco, was geschehen ist, und zugleich wird ihm bewusst, dass er aus dem Zimmer gestürzt ist, in dem seine Frau und seine Tochter geblieben waren, und daher geht er wieder hinein und umarmt Marina, die auf dem Bett sitzt, auch sie ist aus dem Schlaf aufgeschreckt, verwirrt und verängstigt, und er beruhigt sie, hilft ihr, sich zu entspannen, erklärt ihr, was es gewesen ist, während das Mädchen zum Glück selig weiterschläft. Fünf Sekunden, vielleicht zehn …

Wie gesagt, Marco Carrera hatte diese Erinnerung begraben, aber an diesem Vormittag kehrte sie zurück, lebendiger denn je, das Ergebnis eines anderen Gedächtnisses, das einzige wahre Vorkommnis in dieser Orgie von Lügen, die über ihn ausgegossen wurden mit dem Ziel, ihn als den verachtenswertesten Menschen von der Welt hinzustellen. In der Anklage, die seine Frau gegen ihn erhob, »ließ er feige sie und das Mädchen im Zimmer zurück und floh allein bei der ersten Wahrnehmung der Gefahr, die im vorliegenden Fall von dem Knall ausgegangen war, den ein Militärflugzeug verursacht hatte, das die Schallmauer am Himmel über ihnen durchbrochen hatte, ein harmloses Ereignis also, aber es hätte auch ein ziemlich ernstes und bedrohliches Ereignis sein können«.

Und das stimmte.

Natürlich sagte die Anschuldigung, die in der Berufungsklage vorgebracht wurde, nicht, dass er lediglich reflexhaft gehandelt hatte, und auch nicht, dass sein schuldhaftes Verhalten nur fünf oder zehn Sekunden – und selbst wenn es fünfzehn gewesen wären – gedauert hatte; sie ließ im Gegenteil durchblicken, dass seine Flucht ein willentlicher Akt gewesen sei und genau die Zeit gedauert habe, die notwendig gewesen sei, sich allein der drohenden Gefahr zu entziehen, indem er Ehefrau und Tochter sich selbst überlassen habe. Das war natürlich ganz und gar nicht richtig gewesen. Aber die Berufungsklage sagte auch nicht, was er in diesen wenigen Sekunden des Imstichlassens gedacht hatte, bevor er wieder zur Besinnung gekommen war und sich wie ein Ehemann und Vater benommen hatte. Sie sagte nicht, wohin sein Geist in dieser blitzartigen, wahnsinnigen Schreckensblase geflogen war – sein einziges wirklich schuldhaftes Verhalten von all den nicht vorhandenen, die Marina sich ausgedacht hatte, das sie nicht kennen konnte und das plötzlich wieder auftauchte zusammen mit der Erinnerung, die er wegen seiner Ursache verdrängt hatte.

In diesem Augenblick wurde Marco Carrera klar, dass diese Assoziation mit den Flugzeugen, die sein Vater bezüglich seines Geburtsjahres gemacht hatte, in Wirklichkeit eine Prophezeiung gewesen war; früher hatte er dem keine Beachtung geschenkt, als er einen Flugzeugabsturz überlebt hatte und als er eine Flugbegleiterin geheiratet hatte, von der er glaubte, sie habe diesen Absturz ebenfalls überlebt; erst jetzt wurde er sich dessen bewusst, als er sich in einem einzigen Anklagepunkt schuldig bekannte von den hundert, die gegen ihn erhoben wurden – nicht so sehr seine Flucht, als ein Jagdflugzeug der italienischen Luftwaffe der benachbarten Basis in Grosseto den Überschallknall über seinem Kopf verursacht hatte, als das, was er wenige Sekunden lang gedacht hatte, außer sich vor Schreck, während er an eine Kiefer gelehnt nach Luft rang und angsterfüllt die Hecke aus Klebsamen anstarrte, die ihn vom Garten der Nachbarn trennte. Zählen wir zehn Sekunden: Luisa Luisa Luisa Luisa Luisa Luisa Luisa Luisa Luisa Luisa ...

# EIN GEWISSER
# MAGISCHER SATZ

(1983)

Marco Carrera
Piazza Savonarola 12
50132 Firenze
Italia

Paris, 15. März 1983

Ciao Marco,

ich denke mir, dass Du Dich fragst, wer Dir auf der Schreibmaschine aus Paris schreibt, einschließlich der Adresse auf dem Umschlag. Vielleicht bist Du schon an das Ende des Briefs geeilt, um die Unterschrift zu sehen, vielleicht hast Du nach dem Absender geschaut, wo ich allerdings nur meine Initialen hingeschrieben habe, oder vielleicht (und das ist die Möglichkeit, die mir am liebsten wäre) hast Du intuitiv begriffen, dass ich es bin. Wie auch immer, ich bin es. Ich bin es, die Dir aus Paris schreibt, Marco, auf der Schreibmaschine meines Vaters. Ja, ich, die ich mich nie gemeldet habe, seit wir hierhergezogen sind.

Was mache ich? Wie geht es mir? Ich studiere. Mir gefällt der Ort, wo ich jeden Tag zum Studieren hingehe. Und so weiter. Ich schreibe Dir nicht, um Dir diese Dinge zu erzählen.

*Ich denke oft an Dich. Du bist der einzige Italiener, an den ich immer wieder denke, zusammen mit einem anderen jungen Mann, den ich nicht aus dem Kopf bekomme. An ihn denke ich in den schlimmen Augenblicken, und an Dich denke ich in den schönen Augenblicken. Nicht nur, wenn ich, wie heute, Deinen roten Pullover anziehe. Ich denke an Dich vor allem im Taxi, in den berühmten langen Nächten, in denen Du es liebtest, warme Schiacciatine zu kaufen, aber Angst hattest, dort Deiner Mutter und ihren Freunden zu begegnen. Ich denke an Dich im Taxi, wenn ich spätnachts nach Hause zurückkehre, halb betrunken, nach einer Feier, und ich fühle mich so, wie ich mich, wie Du mir einmal sagtest, sehen soll, »fröhlich verloren«.*

*Ich bin nie Taxi gefahren. Ich glaube, in Florenz habe ich nie allein ein Taxi genommen. Ich wusste nicht, wie schön es ist, nachts Taxi zu fahren. Es anzuhalten, indem man vom Bürgersteig aus mit der Hand winkt, wie in den Filmen. Ich wusste überhaupt nichts über Taxis. Ich habe beispielsweise gelernt, dass, wenn das Schild »Taxi Parisien« orange leuchtet, angezeigt wird, dass das Taxi besetzt ist. Und wenn es weiß leuchtet, muss man nur den Arm heben, und es hält an. Das ist unglaublich. Aber Du weißt das vielleicht, klar, sicher weißt Du das. Ich nicht, ich wusste es nicht. Und wenn ich drinsitze und dem Fahrer die Adresse gesagt habe, und der Wagen losfährt und durch die erleuchteten Straßen und über die erleuchteten Plätze gleitet, beginne ich zu spüren, wie all die Dinge, die ich an dem langen Abend, der gerade zu Ende geht, gemacht habe, sich auflösen; die Gesichter der jungen Männer, mit denen ich getanzt, getrunken, geraucht habe, lösen sich auf, die Banalitäten lösen sich auf, alles löst sich auf, und ich fühle mich gut. Und in solchen Augenblicken denke ich an Dich. Ich spüre, wie alle überflüssigen Dinge von mir abfallen, und mir wird bewusst, dass, wenn ich alle überflüssigen Dinge aus meinem Leben entferne, nur Du übrigbleibst.*

Und doch ist es nicht leicht, an Dich zu denken. Vor allem nach dem, was geschehen ist. Und ich habe nur sehr wenige Anhaltspunkte, wenige Bilder, an die ich mich erinnern kann. Ich flüchte mich immer in das, wo Du auf dem Sofa bei mir zu Hause, in Bolgheri, sitzt, mit Kopfhörer und Walkman, die Dich von der Welt isolieren, während ich und meine Freunde Ravioli essen. Es mag an der Uhrzeit liegen, es mag am Taxi liegen, aber für mich ist es eine schöne Erinnerung.

Und manchmal träume ich von Dir.

Heute Nacht zum Beispiel habe ich von Dir geträumt: Deswegen schreibe ich Dir und breche von mir aus das Verspechen, das ich Dir abgerungen habe – ich weiß gar nicht mehr, warum –, mir nie wieder zu schreiben.

Es ist ein sehr schöner Traum gewesen, Marco. Rein. Heiter. Schade, dass ich mittendrin aufgewacht bin. Ich erinnere mich gut daran, weil ich danach nicht mehr einschlafen konnte und stundenlang darüber nachgedacht habe. Ich lag in einer Hängematte, in einer Art mexikanischem Patio mit einem riesigen Ventilator an der Decke, der sich ganz langsam drehte, und Du hast auf einer Ecke der Hängematte gesessen, ganz in Weiß, und hast mich geschaukelt. Wir spielten ein merkwürdiges Spiel und lachten auf eine Art, die ich nur schwer erklären kann. Du fordertest mich heraus, einen bestimmten magischen Satz zu sagen, und ich brachte es nicht fertig. Der Satz war sehr merkwürdig, ich habe ihn mir aufgeschrieben, nachdem ich aufgewacht war: »Mit achtzehn haben die Benediktiner mir beigebracht zu sprechen, etwas habe ich lernen können.« Ich schwöre, so lautete er. Und ich war nicht in der Lage, ihn zu wiederholen, ich versprach mich dauernd, und dann lachten wir, und je mehr wir lachten, desto mehr versprach ich mich. Schließlich, um dir eine Vorstellung zu geben, wie sehr wir lachten, konntest selbst Du ihn nicht mehr sagen. Dein Vater kam in den mexikanischen Patio, kurz angebunden wie immer, und wir baten auch ihn, ihn zu sagen, und er versuchte es und versprach sich ebenfalls. Ich muss Dir nicht sagen, wie sehr wir beide lachten, und nach einer Weile auch er, der es immer wieder versuchte und sich jedes Mal versprach. Er schaffte es nicht, da war nichts zu machen; manchmal sagte er: »Mit achtzehn haben die Franziskaner ...« oder »haben mich gelehrt zu sprechen ...« Es war wirklich ein magischer Satz, und wir lachten uns tot. Und dann bin ich aufgewacht. Wenn man ihn so erzählt, scheint es ein blöder Traum zu sein, aber ich schwör Dir, das war er nicht. Und es gab nicht die geringste Verlegenheit zwischen uns. Und auch nicht Deinem Vater gegenüber. Es lief alles glatt. Aber was willst Du, es war ein Traum.

Noch unter dem Einfluss des Traums stand ich auf, verließ das Haus, ging zur Gymnastik (ich gehe zur Gymnastik) und erlebte ein verblüffendes Phänomen: Es schneite bei Sonnenschein. Ich schwör's Dir. Unter dem Arc de Triomphe kamen riesige, schwere, nasse Flocken hervor, aber dahinter war der Himmel klar und strahlend, und in der Ferne funkelte Notre-Dame in der Sonne. Und das war kein Traum, das war echt. Und dies ist ein konfuser Brief, merke ich, aber das macht nichts. Ich hoffe nur, dass ich Dich nicht in Verlegenheit bringe, dass ich Dir keine »aus der Luft gegriffenen« Probleme bereite. (Mir fällt gerade ein, dass ich Dich das letzte Mal in jenem Fitnessstudio gesehen habe, ein Jahrhundert ist es her. Eine peinliche Erscheinung.) Daher ist es wichtig, weiterhin in den Taxis an Dich zu denken und, wenn möglich, von Dir zu träumen, wie heute Nacht. Von Dir zu träumen bedeutet unter anderem, dass ich schlafe. Weißt Du, ich habe die Schlaflosigkeit satt, und diesen anderen jungen Mann, der sich immer wieder hinterrücks in meinen Kopf einschleicht. Ich umarme Dich, falls es Dir nichts ausmacht.

Luisa

# DIE LETZTE NACHT
# DER UNSCHULD

(1979)

Mit zwanzig begannen Marco Carrera und Duccio Chilleri die Casinos im Ausland – hauptsächlich in Österreich und in Jugoslawien – zu besuchen, aber die langen Autofahrten, die Duccio einschließlich Bordells und Restaurants plante, hingen Marco mit der Zeit zum Hals heraus. Abgesehen davon, dass die zehn, zwölf Stunden im Inneren des kleinen Fiat X1 / 9 seines Freundes wirklich schwer erträglich geworden waren, empfand Marco Carrera das Verlangen nach professionelleren Dienstreisen, ohne jugendliche Leichtsinnigkeit, ohne die Huren, ganz darauf ausgerichtet, die Spielgewinne zu optimieren. In Wirklichkeit hatte er, wie wir schon gesagt haben, kein Interesse mehr an der Freundschaft, die der Unaussprechliche immer noch für ihn empfand; der Wunsch, Spritztouren mit ihm zu unternehmen, der Reiz, Zeit mit ihm zu verbringen, waren verflogen; allein das Verlangen, in Begleitung dieses außergewöhnlichen Gefährten die Casinos aufzusuchen, der sich wie kein anderer mit den Systemen des Roulettes auskannte, mit übersinnlichen Fähigkeiten für Craps ausgestattet war und über einen raubtierhaften Instinkt beim Black Jack verfügte, hatte noch Bestand. Daher fasste er eines Tages kurzerhand den Entschluss, diesmal das Flugzeug zu nehmen, obwohl Duccio Chilleri Angst vorm Fliegen hatte. Vier ganze Tage waren notwendig, um ihm seine Abneigung gegen die »Eisenvögel« zu nehmen, indem er – und das war der Gipfel – die gleichen rationalen und Unheil abwendenden Argumente benutzte, die er allen anderen gegenüber bemühte, um ihnen ihre Angst vor dem Unaussprechlichen auszureden. Schließlich hatte er ihn so weit; an einem lauen und duftenden Mainachmittag waren die beiden zum Flughafen von Pisa gefahren mit der Aussicht auf ein langes Wochenende im Casino von Ljubljana; im Jahr zuvor waren sie mit dem Auto dort gewesen und hatten eine nicht unbeträchtliche Summe gewonnen. Auch diese Reise würde dauern, denn Marco hatte einen sehr günstigen Charterflug einer jugoslawischen Fluggesellschaft namens Koper Aviopromet ausfindig gemacht, der allerdings aus unbekannten Gründen die Strecke zwischen Pisa und Ljubljana für einen rätselhaften Zwischenaufenthalt in Larnaca (Zypern) unterbrach. Aufgrund dieser Absurdität dauerte die Reise viermal so lang, der Ticketpreis jedoch verringerte sich geheimnisvollerweise umgekehrt proportional.

Beim Einchecken war Duccio Chilleri sehr nervös. Marco hatte ihm ein paar Beruhigungspillen gegeben, die er sich aus der Privatapotheke seiner Schwester besorgt hatte, die eine große Konsumentin von Psychopharmaka war – aber die Unruhe des Freundes hatte sich nicht gelegt. Nachdem sie ihre Plätze eingenommen hatten, hatte Duccio angefangen, Zeichen von Unduldsamkeit zu zeigen, indem er die Abnutzung der Sitze und Gepäckfächer monierte – ihm zufolge ein Hinweis auf die schlechte Wartung der kleinen Maschine –, was ihn aber vor allem in Angst und Schrecken versetzte, waren die Leute, die an Bord gingen. Schreckliche Menschen, sagte er immer wieder, vom Tode gezeichnet. Schau sie dir an, wiederholte er, sie sehen aus, als wären sie schon tot; schau dir den an, sagte er, und den da, es ist, als sähe man ihr Foto in der Zeitung. Marco wiederholte immer wieder, er solle sich entspannen, doch die Angst des Unaussprechlichen wurde nicht geringer.

Plötzlich, während die Leute weiter einstiegen, stand er auf und fing an zu schreien, fragte, ob eine berühmte Person an Bord sei, ein Fußballer, ein Schauspieler, ein VIP – jemand, dem das Leben zugelächelt hat. Die Passagiere, die sich mühsam einen Weg durch den Gang zu ihren Plätzen bahnten, sahen ihn verblüfft an, einer fragte ihn, auf wen er denn wütend sei. Auf euch, erwiderte Duccio Chilleri, weil ihr schon tot seid und auch mich töten wollt. Marco Carrera packte ihn an den Schultern, drückte ihn auf seinen Sitz zurück, bemühte sich sanft, ihn zu beruhigen, umarmte ihn, wobei er gegen den Trattoriamief ankämpfen musste, der in seiner Jacke hing, und versuchte auch die anderen zu beruhigen, die um sie herum allmählich nervös wurden. Nein, es ist nichts, sagte er immer wieder, und Duccio kommentierte, klar, wir sterben hier alle, und es ist nichts. Knurrend, das Gesicht zwischen den Händen, den Tränen nahe, im Zaum gehalten von seinem Freund, hörte er auf, die anderen zu belästigen, und schien sich in sein Schicksal zu fügen. Als jedoch eine Gruppe von Pfadfindern das Flugzeug bestieg, überschlugen sich plötzlich die Ereignisse. Empört rief Duccio Chilleri: Nein! Keine Pfadfinder! Dem ersten in der Reihe stellte er sich in den Weg, einem struppigen, massigen Burschen, der besonders lächerlich wirkte in seiner Gruppenführeruniform: Wohin wollt ihr? Der Bursche war sprachlos, vielleicht verwechselte er ihn mit einem Steward, denn er zeigte ihm seine Bordkarte. Verpisst euch! Los, raus hier! Marco sprang erneut auf, um ihn zu beruhigen, aber diesmal verlor Duccio Chilleri die Kontrolle: Er packte den Kopf des verängstigten Pfadfinders und schüttelte ihn – Mörder, schrie er, verschwindet! –, und als einige sich zu wehren begannen, schubsten und Beleidigungen riefen, begriff Marco Carrera, dass das

Wochenende in Ljubljana ins Wasser fallen würde. Er gab sich als Arzt aus – er war erst im zweiten Jahr seines Medizinstudiums und noch meilenweit davon entfernt –, diagnostizierte bei seinem Freund einen Epilepsieanfall des Typs B (frei erfunden) und verlangte, dass die Flugzeugtür wieder geöffnet werde, um ihn hinauszuschaffen. Das Bordpersonal konnte es nicht fassen, dass es diesen Besessenen wieder loswurde, und so kehrten die beiden jungen Männer, nachdem sie das Gepäck direkt auf der Piste aus dem Laderaum geholt hatten (auf dem Flughafen von Pisa ging es damals recht zwanglos zu), in den Terminal zurück, während das Flugzeug über die Piste zu rollen begann. Kaum hatte er wieder den Boden betreten, hatte Duccio Chilleri sich übrigens schlagartig beruhigt – ja, er zeigte sogar eine absurde Euphorie, wie jemand, der buchstäblich aus der Hölle in die Welt zurückkehrt. Marco Carrera hingegen war wütend, aber um zu vermeiden, sich erneut auf groteske Weise bis auf die Knochen vor allen zu blamieren, hatte er sich gezwungen, seine Wut zu bezähmen, indem er sich in Schweigen hüllte. Ein tiefes, aber zunehmend auch finsteres Schweigen, denn während er am Steuer saß, um nach Florenz zurückzukehren und sich so schnell wie möglich von Duccio zu trennen, zeigten sich ihm hinter der Wut, die in seinem Inneren grollte, und hinter der Scham, die ihn veranlasst hatte, sich wie ein Dieb davonzustehlen, aus Furcht, dass sich die Nachricht von der Szene, die sie gemacht hatten, auch außerhalb des Flugzeugs verbreiten würde, zeigten sich ihm also, während er über die Autobahn fuhr, zum ersten Mal die Umrisse dessen, was geschehen war, so, wie sie jedem anderen erschienen wären. Was war in jenem Flugzeug geschehen? Sein Freund Duccio Chilleri hatte durch eine Panikattacke ein sorgfältig geplantes Wochenende vermasselt. Das war für Marco geschehen – *nur* das; aber was war in den Augen irgendeines anderen geschehen, der

Duccio Chilleri kannte? Was für eine ungeheuerliche, fürchterliche Sache hatte der Unaussprechliche in jenem Flugzeug angestellt?

Marco brauchte sich nur in irgendeinen seiner anderen Freunde hineinzuversetzen, um Magenschmerzen zu bekommen, die er seitdem nicht mehr losgeworden war. Und auch in der Nacht, nachdem er seinen Freund vor seiner Wohnung abgesetzt hatte, ohne sich von ihm zu verabschieden, und seinen Eltern irgendein Märchen über die Programmänderung für das Wochenende aufgetischt hatte, wälzte er sich im Bett hin und her und vergegenwärtigte sich die anonymen Gesichter der Mitreisenden, die er ihrem Schicksal in dem Flugzeug überlassen hatte, dachte an die armen, ahnungslosen Pfadfinder, die weiß der Teufel wohin wollten, an die stark geschminkten slawischen Stewardessen, die richtig erleichtert gewesen waren, als er und der Unaussprechliche das Flugzeug verließen nach der orakelhaften Szene – obwohl sie, wegen der Theorie vom Auge des Zyklons, eine Menschenkette hätten bilden müssen, um das Aussteigen zu verhindern ...

Während Marco Carrera sich schwitzend zwischen den Laken herumwälzte, unfähig einzuschlafen, und den Duft des Jasmins genoss, der durch das halb geschlossene Fenster hereindrang, war vor der Nordküste von Zypern die Tragödie schon geschehen, aber noch wusste er es nicht: Die DC-9-30 der Koper Aviopromet, die vergeblich auf der Landepiste des Flughafens von Larnaca erwartet wurde, war schon vom Kilikischen Meer verschluckt worden; die Menschen, an die Marco mit dieser Mischung aus Mitleid und Sorge dachte, waren bereits alle tot; die Erinnerung an die *Fatwa*, die der Unaussprechliche über sie verhängt hatte, war für immer durch ihre Konsequenzen ausgelöscht, und er der Einzige auf Erden, der davon Kenntnis hatte.

Da er von diesen Dingen noch nichts wusste, schlief Marco Carrera schließlich ein – spät, besorgt, aber er schlief ein –, und in einem Leben reich an zahlreichen anderen letzten Nächten war diese für ihn die letzte Nacht der Unschuld.

# URANIA

(2008)

An: Giacomo – jackcarr62@yahoo.com
Gesendet – Gmail – 17. Oktober 2008 23:39
Betreff: Urania-Romane
Von: Marco Carrera

Lieber Giacomo,

heute möchte ich mit Dir über Papas (fast) vollständige Sammlung
von Urania-Romanen sprechen. Auch diese Sammlung hat, so un-
vollständig sie auch ist, einen Handelswert aufgrund der Sorgfalt,
mit der Papa diese Bücher aufbewahrt hat, der Schutzumschläge
aus Seidenpapier, mit denen er jedes einzelne geschützt hat, und
des daraus resultierenden erstaunlich guten Zustands, in dem sie
sich nach fünfzig oder sechzig Jahren befinden; aber nicht darüber
will ich mit Dir sprechen. So wie ich die Dinge sehe, sollen diese
Hefte Dir gehören, aus Gründen, die ich Dir gleich sagen werde,
und da sie nicht viel Platz beanspruchen, werde ich sie aufheben,
wenn Du sie nicht willst, aber es würde mir nicht im Entferntesten
in den Sinn kommen, sie zu verkaufen.

Also. Die Sammlung. Sie geht von Nummer 1 bis Nummer 899, das
heißt von 1952 bis 1981; es fehlen nur sechs Ausgaben. Hier die Liste
und die Gründe:

Nr. 20, Pària dei cieli, von Isaac Asimov, vom 20. Juli 1953.
Seltsam – findest Du nicht –, dass nach neunzehn Nummern, die

*Papa mit 27 kurz nach dem Hochschulabschluss regelmäßig ge-*
*kauft hat, gerade dieses fehlt, wie es scheint, eines der schönsten*
*Bücher, die sein Lieblingsautor geschrieben hat. Tatsächlich hatte er*
*es gekauft, denn im Regal in seinem Arbeitszimmer, in dem seine*
*Urania-Sammlung immer gestanden hat (in dem Inventar, das*
*Brachi im letzten Monat erstellt hat und das ich Dir geschickt habe,*
*ist es als Bücherregal Sergesto aufgeführt, und Du wirst Dich*
*zwangsläufig daran erinnern, weil Du das gleiche in Deinem Zim-*
*mer hattest, das auch immer noch da ist mit den Tex-Heften und*
*den anderen Comics, die Du gelesen hast), in dem Regal, sagte ich,*
*steckt zwischen dem Heft davor, der Nr. 19, Preludio allo spazio von*
*Arthur C. Clarke, und dem danach, der Nr. 21, Terrore sul mondo,*
*von Jimmy Guieu, ein Kärtchen, auf dem steht: »A. geliehen«, mit*
*dem Datum »19. April 1970«. A. ist, da wirst Du mit mir überein-*
*stimmen, mit Sicherheit sein Freund Aldo Mansutti, »Aldino«, wie*
*er ihn nannte, der bei dem absurden Motorradunfall ums Leben*
*kam, von dem zu Hause so viel gesprochen wurde und wegen dem*
*unsere Eltern sich so gesträubt hatten, das Moped zu kaufen. Ich*
*erinnere mich sehr gut, wie wir alle auf die Beerdigung dieses Aldino*
*gingen, ich war damals mit Sicherheit in der Mittelschule, vermut-*
*lich in der ersten Klasse, oder am Anfang der zweiten – deswegen*
*muss es 1970 gewesen sein. Es muss also so gewesen sein: Papa*
*hatte das Buch Aldino geliehen, und er hat das Kärtchen an seine*
*Stelle im Regal gesteckt, um sich daran zu erinnern, denn seine*
*Sammlung lag ihm am Herzen, aber kurz darauf ist Aldino gestor-*
*ben, und er hat offensichtlich nie daran gedacht, es von seiner Frau*
*zurückzuverlangen – Titti, Du erinnerst Dich sicher, Titti Mansutti,*
*die ich vor ein paar Tagen wiedergesehen habe, uralt, wegen einer*
*anderen Sache, von der ich Dir erzählen werde. Umso mehr, als*
*damals, 1970, die Sammlung schon nicht mehr vollständig war, da*
*auch fünf andere Nummern fehlten, nämlich die 203, die 204, die*

449, die 450 und die 451. Folge mir, Giacomo, hör nicht auf zu lesen. Versuchen wir zu verstehen, warum diese fünf Hefte fehlen.

Nr. 203, Il vampiro del mare, von Charles Eric Maine, vom 10. Mai 1959, und Nr. 204, La razza senza fine, von Gordon R. Dickson, vom 24. Mai 1959.

An der Stelle dieser Nummern steckt kein Kärtchen im Regal, ein Zeichen, dass er sie nicht verliehen, sondern diesmal einfach nicht gekauft hatte. Und wenn ich mir die Daten ansehe, dann verstehe ich den Grund: der berühmte Sturz Irenes vom Kinderhochstuhl. Erinnerst Du Dich? Sie haben es uns bestimmt hundertmal erzählt: Irene, die vom Kinderhochstuhl in der Küche im Haus an der Piazza Dalmazia fällt und mit dem Kopf aufschlägt und zwei Tage in der Meyer-Klinik im Koma liegt, und Mama, die schwört, mit dem Rauchen aufzuhören, wenn sie aufwacht, Irene, die aufwacht, die Mama, die nicht zu rauchen aufhört, Irene, die wieder ganz gesund wird und trotzdem später in diesem Sturz die Ursache all ihrer darauf folgenden Störungen sieht ... Tja, wir waren damals noch nicht geboren, aber wir müssen zugeben, dass das Dramatischste, was in unserer Familie geschehen ist, zumindest bis zu ihrem Tod, dieser Sturz Irenes vom Kinderhochstuhl gewesen ist. So dramatisch – und das ist der Grund –, dass er Papa zweimal, das heißt 28 Tage lang, daran gehindert hat, seinen Urania-Roman zu kaufen. Jetzt gibt es niemanden mehr, der uns sagen kann, zu welchem Zeitpunkt des Jahres das war, aber was, falls Du dich erinnerst, diese Geschichte noch dramatischer machte, war die Tatsache, dass Mama mit mir schwanger war. (Dramatisch war, wenn man so will, auch die Tatsache, dass Mama es nicht geschafft hat, mit dem Rauchen aufzuhören, nicht einmal während der Schwangerschaft.) Ich habe sie mir in meinem Kopf immer mit dickem Bauch vorgestellt, in Sorge um dieses Mädchen, das stürzt und bewusstlos wird,

*und dann mit ihr im Krankenwagen, und dann an ihrem Kranken-*
*bett in der Meyer, aber in Wirklichkeit muss man bloß annehmen,*
*dass sie erst im zweiten Monat war, und das ändert alles. Ich wurde*
*am 2. Dezember geboren, richtig? Was bedeutet, dass ich Anfang*
*März gezeugt worden bin. Die beiden fehlenden Nummern sind im*
*Mai erschienen, also um den zweiten, dritten Monat herum. Daher*
*kein dicker Bauch damals, aber das erklärt, warum Papa diese*
*beiden Ausgaben versäumt hat: Irene auf der Intensivstation, Irene*
*zur Beobachtung auf Station, Irene gerade aus dem Krankenhaus*
*nach Hause zurückgekehrt. Und als dann nach etwa einem Monat*
*die Gefahr gebannt war, hat er wieder angefangen, regelmäßig die*
*Romane zu kaufen (Nr. 205,* La grande luce, *von Robert Randall,*
*7. Juni 1959), und das mehr als sieben Jahre lang, ohne auch nur eine*
*Ausgabe zu versäumen, bis es wieder drei fehlende Nummern gibt,*
*nämlich:*

*Nr. 449,* Gomorra e dintorni, *von Thomas M. Disch, vom 20. Novem-*
*ber 1966, Nr. 450,* C'e sempre una guerra, *Verschiedene Autoren*
*(Walter F. Moudy, Poul Anderson, Robert E. Margroff, Piers Anthony,*
*Andrew J. Offutt), vom 4. Dezember 1966, und Nr. 451,* Ed egli male-
disse lo scandolo, *von Mack Reynolds, vom 18. Dezember 1966.*
*Hier ist der Grund offensichtlich: die Überschwemmung und Papa,*
*der in den Schlauchbooten der Gemeinde Tiere aus der überfluteten*
*Ebene rettet und dann in der Biblioteca Nazionale Bücher zu-*
*sammen mit den Schutzleuten aus dem Schlamm. Du wirst Dich*
*fragen: Wie kann es sein, dass er, wenn er diese drei Nummern nicht*
*kaufen konnte, die Nr. 448,* I trasfigurati *von John Wyndham, vom*
*6. November 1966, gekauft hat, als die Überschwemmung noch*
*andauerte und Florenz buchstäblich unter Wasser war? Und hier,*
*lieber Giacomo, müssen wir, um das zu erklären, zu dem Grund*
*kommen, aus dem Du meiner Meinung nach diese Sammlung*

nehmen solltest. Es handelt sich um etwas, das ich durch reinen Zufall entdeckt habe, und gerade deswegen scheint es mir bemerkenswert zu sein. Also, die Sache war so. Als ich die Titel der Sammlung überflog, die wohlgeordnet im Regal Sergesto standen, stieß ich auf einen Titel und einen Autor, den ich kannte: Fanteria dello spazio von Robert Anson Heinlein. Heinlein ist einer der ganz wenigen Science-Fiction-Autoren, die ich gelesen habe, und dieser Titel klang vertraut für mich wegen eines Films, den ich gesehen hatte. Daher habe ich das Heft herausgenommen und aufgeschlagen, um mich zu vergewissern, und tatsächlich, der Originaltitel lautete Starship Troopers, woraus Ende der Neunziger ein schlechter Film gemacht worden war, der in der italienischen Version Starship Troopers – Fanteria dello spazio geheißen hatte. Aber, und das ist der Punkt, nachdem ich das gesehen hatte, habe ich auf der Seite davor, auf der der Autor, der Titel und der Verlag wiederholt werden, wie heißt sie noch? Wo die Schriftsteller immer signieren, wie heißt sie gleich? Titelblatt? Lass mich nachsehen. Also, das hätten wir, sie heißt tatsächlich Titelblatt. »Die erste Seite eines Buchs«, heißt es auf Wikipedia, »oder diejenige, die der Leser als erste sieht, nachdem er das Buch geöffnet hat.« Sie ist es. Ich sagte, ich habe gesehen, dass auf das Titelblatt etwas mit Bleistift geschrieben worden war in Papas Handschrift. Wenige Zeilen nur, die ich Dir vollständig zitiere: »Guten Tag, meine Damen und Herren, ich stelle Ihnen meinen neuen Freund vor ... oder nein, Freundin ... das Fräulein Giovanna ... oder vielleicht nein, den Herrn Giacomo ... wer weiß ... Und jetzt Achtung ... da kommt die Krankenschwester ... man sieht es noch nicht genau ... jetzt bückt sie sich ... Meine Damen und Herren, das ist Giacomo!«

Ist das nicht phantastisch? Die Mama hatte Dich gerade zur Welt gebracht, und er war da, jung, aufgeregt, ausgeschlossen, ohne zu wissen, ob Du ein Junge oder ein Mädchen bist, auf einem Kranken-

*hausflur, Muratti rauchend und auf das Titelblatt eines Urania-*
*Romans kritzelnd. Anders als wir, die wir bei der Geburt unserer*
*Kinder dabei waren, gehüllt in den grünen Kittel, und das Ge-*
*schlecht schon Monate im Voraus wussten und die Schultern*
*unserer Frau festhielten ...*

*Ebendeswegen solltest Du meiner Meinung nach diese Sammlung*
*in Deinem Haus in Chapel Hill aufbewahren, das ich nur von oben*
*auf Google Earth gesehen habe.*

*Und jetzt kommen wir auch zu der Erklärung für das Heft vom*
*6. November 1966. Nachdem ich Papas Schrift auf dem Titelblatt*
*entziffert hatte, schloss ich das Buch und wiegte mich gerührt eine*
*Weile in den Hüften; dann fasste ich mich wieder, und als ich das*
*Heft zurückstellen wollte, fiel mein Blick auf das kleine rote Quadrat*
*links unten auf dem Umschlag, auf dem der Preis (150 Lire), die*
*Heftnummer (276) und das Datum, 25. Februar 1962, standen. Nun*
*ist es aber so, dass Du am 12. Februar geboren wurdest; wie erklärt*
*es sich also, dass Papa ein Buch dabeihatte, das dreizehn Tage*
*später erschienen war? Nach einem Augenblick der Verwirrtheit*
*hatte ich eine Eingebung. Ich erinnerte mich, dass ich, als ich Tennis*
*spielte,* Match Ball *abonniert hatte, eine Zeitschrift, die alle zwei*
*Wochen erschien, und sie traf immer etliche Tage vor dem auf dem*
*Umschlag angezeigten Datum zu Hause ein, was ich eine ganze*
*Weile für ein Privileg gehalten hatte, weil ich Abonnent war, eine Art*
*Vorpremiere, bis ich eines Tages ziemlich brutal entdeckte, dass die*
*Hefte von* Match Ball *auch in den Kiosken viele Tage vor dem auf*
*dem Umschlag angegebenen Datum verkauft wurden. Das ließ mir*
*keine Ruhe, und ich stellte fest, dass es bei vielen Wochenzeitschrif-*
*ten, die zu Hause herumlagen, ebenso war,* Panorama, L'Espresso,
*sogar* La Settimana Enigmistica. *Es musste sich um einen psycho-*
*logischen Kniff handeln, um einen Eindruck von Aktualität zu ver-*
*mitteln und zu vermeiden, dass der Leser, der eine Zeitung in der*

Hand hält, dessen Erscheinungsdatum vier, fünf, sechs Tage zurückliegt, denkt, er hätte es mit Inhalten zu tun, die bereits überholt sind. Auch wenn es wenig Sinn hatte, hatte Mondadori aus irgendeinem Grund diesen Kniff wohl für die Urania-Romane übernommen, und daher ist es mehr als wahrscheinlich, dass das Datum auf dem Umschlag dem letzten der vierzehn Tage entsprach, die das Heft in den Kiosken lag, was bedeutet, dass der Roman, den Papa am 12. Februar 1962 dabeigehabt hat, als er Mama mit Wehen ins Krankenhaus gebracht hat (ich habe es im Computer nachgeprüft, es war ein Montag), gerade erschienen war, noch druckfrisch, mit dem Erscheinungsdatum dreizehn Tage später; oder dass er es sich geradewegs am Kiosk des Krankenhauses gekauft hat, nachdem Mama auf der Station war.

Das ist also der Grund, warum Papa das Heft besitzt, welches das Datum 6. November 1966 trägt, obwohl er sich an dem Tag schon seit 48 Stunden in dem Schlauchboot der Feuerwehr befindet und Vieh rettet, das auf Flößen aus Heu abdriftet: weil es 13 Tage zuvor erschienen war.

Nach den drei fehlenden Nummern von 1966 hat Papa beeindruckende 15 Jahre lang keine Nummer mehr verpasst, denn von Nr. 452 (Il libro del Servizio Segreto, eine Sammlung von Erzählungen von Asimov, Tucker, Van Vogt, Martino und Philip K. Dick) an ist seine Sammlung vollständig bis Nr. 899, Le comuni del 2000 von Mack Reynolds. 447 Hefte am Stück, die er gekauft und in Seidenpapier eingeschlagen und gelesen und dann an ihren Platz im Bücherregal gestellt hat, während der Preis der Bücher von 200 auf 1500 Lire stieg und in der Welt, in Italien, in Florenz und in unserer Familie einiges geschah.

Das letzte Heft seiner Sammlung habe ich bis zum Schluss aufgehoben, denn es ist geradezu das Symbol der Endgültigkeit. Es liegt in diesem Augenblick vor mir: der weiße Umschlag mit der roten

*Grafik, die kreisförmige Illustration (ein Junge und ein Mädchen,*
*die in einem Park stehen und mit einem Älteren reden, der auf*
*einer Bank sitzt, alle drei nackt, und weitere Nackte zwischen den*
*Bäumen in der Ferne), der Titel* Le comuni del 2000, *der Autor*
*Mack Reynolds und schließlich das Datum: 23. August 1981.*
*Aber der 23. August ist der Tag des Weltuntergangs. Das Heft war*
*jedoch, wie wir gesehen haben, in Wirklichkeit dreizehn Tage früher*
*erschienen, das heißt am 10., als der Weltuntergang noch undenk-*
*bar war, und Papa hat es sicher vor Ferragosto am Kiosk in Casta-*
*gneto gekauft, wo er die Zeitungen kaufte, und sicher auch inner-*
*halb weniger Tage gelesen, wie er es immer tat, teilweise am Strand,*
*teilweise im Bett, auf der rechten Seite, dem Nachttisch zugewandt,*
*mit dem Rücken zu Mama, weil sie in Bolgheri im August, wenn*
*wir alle da waren, wegen Platzmangels nicht getrennt schlafen*
*konnten. Von Montag, dem 24. August, an wäre am Kiosk die nächs-*
*te Nummer erhältlich gewesen (in Castagneto vielleicht nicht, in*
*Castagneto wäre sie vielleicht Dienstag oder Mittwoch eingetroffen),*
*aber das war wie alles andere für ihn plötzlich bedeutungslos*
*geworden. Und diesmal für immer. Sodass die Nummer 899,* Le
comuni del 2000 *von Mack Reynolds, das letzte Urania-Buch ist,*
*das Papa gekauft und gelesen hat – das letzte seiner (fast) voll-*
*ständigen Sammlung, von Nummer 1 bis 899. Das letzte seines*
*Lebens.*
*Okay, Giacomo, ich habe Dich beschuldigt, und es war schrecklich,*
*Dich zu beschuldigen. Aber verdammt, das ist dreißig Jahre her. Ich*
*bitte Dich um Entschuldigung, dass ich Dich beschuldigt habe, ich*
*bitte Dich um Entschuldigung, dass ich dazu beigetragen habe, das*
*Leben in unserer Familie über einen Zeitraum von vielen Tagen*
*unerträglich zu machen, die, obwohl sie sich immer weiter anhäuf-*
*ten, alle immer noch viel zu nah an jenem verfluchten Tag waren.*
*Aber das ist dreißig Jahre her. Wir waren Jungs, jetzt sind wir Män-*

ner. Wir können doch nicht, selbst wenn wir wollten, Fremde werden. Gewöhnlich streiten Geschwister sich um das Erbe, wenn die Eltern sterben; es wäre doch schön, wenn wir uns stattdessen wegen des Erbes versöhnen würden. Mehr als alles andere wäre es typisch für unsere Familie, andersherum zu funktionieren.

Antworte mir.

Marco

# GOSPODINÈÈÈÈÈ!

## (1974)

Es war Sonntag, es war frühmorgens, und die Piazza Savonarola war verschwunden. Die Bäume waren verschwunden; der Himmel war verschwunden; die Autos waren verschwunden. Es gab nichts mehr. Wie in dem Film, den er zu Weihnachten mit seiner Mutter gesehen hatte, wenn der Nebel aufsteigt und der Großvater sich vor dem Haus nicht mehr zurechtfindet, war der Nebel aufgestiegen, und Marco Carrera fand sich vor dem Haus nicht mehr zurecht. Nebel war in Florenz ein äußerst seltenes Phänomen – vor allem dieser Nebel –, mehr als selten. Man konnte kaum noch seine eigenen Füße sehen.

Es war Sonntag, es war frühmorgens, und es war ein absurder Tag. Es gab das Fahrverbot – Austerity wurde das genannt –, und bereits das war purer Hohn: Ein Jahr Arbeit an der Seite seiner Eltern, Eintracht mit seiner Schwester und seinem Bruder, gute Schulnoten, Bekundungen von gesundem Menschenverstand, Urteilsvermögen und Toleranz, um sie zu überzeugen, ihm die Vespa zu kaufen, und als er seinen Triumph endlich feiern konnte, am Tag seines Geburtstags, war das Notstandsgesetz in Kraft getreten, das Verbot, sie sonntags zu benutzen. Aber es war nicht nur das. Die Gründe für diesen Notstand waren absurd: Das Öl war ein Gut geworden, das rationiert werden musste – einfach so, bumm, auf einmal? –, und daher galt das auch für das Benzin. Für Marco ergab das, was er in den Fernsehnachrichten hör-

71

te, keinen Sinn. Er war überzeugt, dass es, damit ein Gut so selten wird, dass es rationiert werden muss, eine Zwischenphase geben muss, in der man sich dessen nach und nach bewusst wird. Hier jedoch war alles schlagartig geschehen: Ein Blitzkrieg, eine Entscheidung der OPEC-Länder, die Ölexporte zu beschränken, und man musste sofort den Stecker ziehen. Innerhalb eines Monats: Laternen nachts ausgeschaltet, früheres Ende der Fernsehprogramme, Verbot, die Heizung in den Wohnungen zu benutzen, und keine Privatfahrzeuge am Sonntag – einschließlich Vespa. Was denn? War es wirklich so einfach, eine Zivilisation in die Knie zu zwingen? Und genau in dem Augenblick, in dem er sich, gerade vierzehn geworden, auf das Erwachsenenleben vorbereitete? Genau in dem Augenblick, als er mit den Skirennen aufgehört hatte, weil er Zeit haben wollte, die Vespa sonntags zu genießen, auch im Winter, ohne jedes Wochenende nach Abetone fahren zu müssen, den ganzen Winter und das ganze Frühjahr, Training und Wettkämpfe, Training und Wettkämpfe, nur um die Abetoneser davonrasen zu sehen, die zweimal, dreimal so schnell waren, da war wenig zu machen?

Nichts. Zu Fuß. Und an dem Tag herrschte zudem Nebel. Es war Sonntag, es war frühmorgens. Marco Carrera hatte einige wenige Schritte gemacht und zögerte schon, nur ein paar Meter von seinem Haus entfernt, weil er sich nicht mehr zu orientieren vermochte. Wo befand er sich? Auf dem Gehsteig oder mitten auf der Straße. War sein Haus rechts oder links? Vor ihm oder hinter ihm? Nicht einmal mehr die Verkehrsgeräusche halfen ihm.

Er war um halb neun am Bahnhof verabredet, wo er, Verdi, Pielleggero und die Sollima-Zwillinge zusammen mit dem Lehrer und dem Betreuer den Zug nach Lucca nehmen wollten, um das Finale der ersten toskanischen Hallenmannschaftsmeisterschaft zu spielen. (Das war ein weiterer guter Grund, um mit dem

Skifahren aufzuhören: Seit damals waren dank der Verbreitung der Heißlufthallen Turniere im Winter möglich, für Marco Carrera war es viel besser, sich das ganze Jahr hindurch aufs Tennis zu konzentrieren, anstatt dauernd zwischen Tennis- und Skisport hin- und hergerissen zu werden. Er war zwar nicht gewachsen, dennoch war er besser geworden, präziser und angriffsfreudiger – was im vergangenen Jahr zu überraschenden Erfolgen geführt hatte, zumal seine Gegner dazu neigten, ihn wegen seiner geringen Größe zu unterschätzen. Bei Skirennen zählte dagegen nicht die Psychologie, nicht die Strategie, nicht der unmittelbare Gegner, sondern in erster Linie die Schwerkraft, und seine ein Meter fünfzig und vor allem seine 44 Kilo waren Handicaps, gegen die er nicht ankämpfen konnte.)

Es war also Sonntag, es war frühmorgens, und die Laternen des Platzes brannten nicht, wegen der Austerity. Um Marco herum war nichts als Nebel. Er musste die Haltestelle in der Via Giacomini erreichen, um den Bus zu nehmen (zumindest die Busse fuhren), der ihn zum Bahnhof Santa Maria Novella bringen würde, etwas, das allerdings mit einem Mal überaus schwierig geworden war. Denn wo war die Via Giacomini? Sie lag auf der anderen Seite des Platzes, von seinem Haus aus gesehen, an der Seite der Kirche San Francesco, aber – noch einmal: Wo war sein Haus? Wo war der Platz? Wo war die Kirche?

Der Unfall war unerwartet und schrecklich. Einen Augenblick zuvor war Marco Carrera verloren gewesen in dieser Wolke, ohne Dinge ringsum, ohne Geräusche, ohne Orientierungspunkte, und einen Augenblick später war alles geschehen: das Dröhnen, der Knall, das Hupen, das verzaubert geblieben war, sogar die ersten menschlichen Schreie; alles schien gleichzeitig zu geschehen, ohne Chronologie. Wo es keinen Raum gibt, gibt es auch keine Zeit mehr, das hatte Onkel Albert ganz klar gesagt.

Die ersten menschlichen Schreie waren ein einziges Wort, das er nie zuvor gehört hatte.

»Gospodinèèèè!«

Ein einziges Wort, nie zuvor gehört, im Nebel gezündet wie eine Leuchtrakete. Als wollte es sagen (zu ihm, zu Marco Carrera, weil kein anderer da war): »Hilfe! Wir sind hier! Der Unfall ist hier passiert!«

Aber wo hier?

»Gospodinèèèè!«

Auf diesen Schrei bewegte Marco sich zu. Als er die ersten Schritte machte, hatte er das Gefühl, dass auch die Zeit wieder zu vergehen schien: Das Hupen, das verzaubert gewesen war, hörte auf. Geräusch von Schrott. Weitere unverständliche Worte, die von einer männlichen Stimme ausgesprochen wurden – während diejenige, die immer noch Gospodinèèèè rief, weiblich war.

Plötzlich erschien aus der weißen Nebelmauer eine Frau, erschreckend nah. Eine Zigeunerin. Ihr Gesicht war voller Blut und verzerrt von dem Schrei, den sie immer noch hervorstieß: Gospodinèèèè! Das Gestammel der männlichen Stimme schien jetzt ebenfalls ganz nah zu sein, doch der Mann, der es von sich gab, blieb unsichtbar. Es erschien auch ein Mann – ein alter Zigeuner, dem das Blut von der Stirn auf den Hals lief –, aber er war nicht derjenige, der stammelte. Und da war der Ford Taunus, neben ihm, mit offenen Türen und einer Rauchwolke, die unter der Motorhaube hervorquoll. Marco bewegte sich weiter vorwärts in dieser riesigen Tasse Milch, ohne eine Ahnung zu haben, was er tun sollte, ohne eine Ahnung zu haben, was er suchte. Den anderen Wagen vielleicht? Suchte er den anderen Wagen? Hatte er vielleicht eine Vorahnung? Hatte er ihn vielleicht am Hupen erkannt?

»Gospodinèèèè!«

Da war der andere Wagen. Gegen eine Laterne geprallt, er hatte praktisch keine Schnauze mehr. Ein Peugeot 504, wie es schien – wie der seines Vaters. Metallicgrau, wie es schien – wie der seines Vaters. Mit einem weiteren Zigeuner, jünger als der erste, anscheinend unverletzt, der die Wagentür geöffnet hatte und murmelnd eine Person aus dem Wageninneren zog. Eine bewusstlose oder tote Person.

Ein junges Mädchen, wie es schien.

Seine Schwester Irene, wie es schien.

»Gospodinèèèè!«

Papa, leihst du mir den Wagen? Nein, Irene, nicht schon wieder. Aber ich muss nach Abetone fahren, ich muss nach Bolgheri fahren, ich muss zu einer Party in Impruneta, wie soll ich das machen? Du kannst mit jemandem mitfahren. Aber ich bin allein, sie können mich nicht mitnehmen. Irene, du hast noch keinen Führerschein. Aber ich habe das Foglio rosa. Aber mit dem Foglio rosa darfst du nicht ohne Beifahrer fahren. Aber meine Freundinnen machen es alle. Du aber nicht. Komm schon, ich bin vorsichtig, ich schwör's dir. Nein. Hast du Angst, dass sie mich anhalten? Ja. Aber sie halten mich nicht an! Ich hab nein gesagt. Und ich nehm ihn trotzdem. Wag es ja nicht ...

Wie oft hatte Marco die Litanei in den vergangenen Wochen gehört. Und wie oft hatte er wie bei allen anderen Wortgefechten zwischen seinem Vater und Irene auf ihrer Seite gestanden, auf der Seite seiner superintelligenten und von inneren Qualen zerrissenen Schwester – sein Polarstern, sein Vorbild an Leben und Jugend, ständig gequält von jener Unruhe, jener Wut, jenem Ungestüm, jener bläulichen Vene auf ihrer Schläfe, die sie anders, vornehm, rebellisch, überlegen machte. Jetzt lag sie hier, auf dem Boden, vor ihm, wo der junge Zigeuner sie hingelegt hatte und wiederzubeleben versuchte und dabei – aber das wusste hier niemand – gegen die einfachsten Erste-Hilfe-Regeln verstieß, aber zweifellos bereitwillig: blass, ohne sichtbare Verletzungen, ohne Bewusstsein. Irene. War sie tot?

»Gospodinèèèè!«

Nein, sie war nicht tot, sie hatte sich nicht einmal etwas getan, sie war nur ohnmächtig, eine Minute später würde Marco Carrera es wissen. Aber der Blick, den er in dieser Minute auf sie warf, war genau der gleiche, den er sieben Jahre später um sieben Uhr morgens in der Leichenhalle des Krankenhauses in Cecina auf ihren Leichnam warf: aufgeladen mit der gleichen Verzweiflung, dem gleichen Mitleid, der gleichen Wut und Ohnmacht und dem gleichen Entsetzen, der gleichen Zärtlichkeit. Der Blick, der offensichtlich in irgendeiner geheimnisvollen Weise immer dafür bestimmt gewesen sein sollte, auf sie gerichtet zu werden, wenn es stimmte, dass er, wie man ihm erzählt hatte, mit nicht einmal fünf in der Notte di San Lorenzo, der Nacht der Wünsche, in Bolgheri an demselben Strand, an dem sie tatsächlich sterben würde, von allen – seiner Mutter, der Freundin seiner Mutter, den Töchtern der Freundin seiner Mutter, Irene selbst – dazu aufgefordert, sich etwas zu wünschen, unmittelbar nachdem sie eine wunderschöne Sternschnuppe gesehen hatten, gesagt hatte, ohne zu wissen, was das bedeutete: »Dass Irene sich nicht *das Leben nimmt*.«

Irene, sein Mythos. Seine Schwester, die ihn nie in ihrer Nähe hatte haben wollen, die im Übrigen niemanden gewollt hatte, zumindest von den Mitgliedern der Familie, der Grund, warum sie mit achtzehn in der Familie zu einer Last geworden war, ganz zu schweigen von der Saat des Unglücks, die sie ständig um sich herum ausgestreut hatte – Stürze, Unfälle, Brüche, Streitereien, Depressionen, Drogen, Psychotherapien –, die in einer Art geduldigen und allgemeinen Mitgefühls mit ihr aufkeimte, ein Gefühl, dem Marco sich, wirklich der Einzige in der ganzen Welt, immer entzogen hatte, indem er nicht aufhörte, sie zu verstehen und zu rechtfertigen und für sie Partei zu ergreifen und *sie zu lieben*, auch trotz ihrer zahlreichen Freveltaten. Und wenn man eine Rangliste aufstellen will, hatte sie an diesem Morgen in diesem Nebel gerade die Nummer eins dieser Freveltaten begangen.

Viele Jahre nach diesem Ereignis und auch nach allen anderen Unglücksfällen, die Irene ihm und ihrer Familie zugemutet hatte, einschließlich natürlich ihres Todes, viele Jahre nach dem Tod seiner Eltern und auch – unaussprechlich – viele Jahre nach dem Tod – so unaussprechlich, dass man es tatsächlich nicht aussprechen kann – seiner Tochter – so, jetzt haben wir es gesagt, viele Jahre nach *allem*, könnte man sagen, sollte Marco Carrera, inzwischen fast alt, fast allein, fast auch er dazu verurteilt zu sterben, die folgenden Worte in einem Roman unterstreichen, den er gerade las: »die Dunkelheit und Verwirrtheit in sich trug«. Er dachte dabei an sie, an Irene, die dieses Mal im Nebel nicht gestorben war, und auch nicht bei vielen anderen Gelegenheiten, bei denen sie hätte sterben können, die am Ende aber doch gestorben war – jung, sehr schnell, wirklich.

Es war Sonntag, es war frühmorgens. *Gospodine* bedeutet auf Serbokroatisch »O Herr«.

# ZWEITER BRIEF
# ÜBER DEN KOLIBRI

(2005)

Marco Carrera
Strada delle Fornaco 117/b
Località Villa Le Sabine
57022 Castagneto Carducci (LI)
Italia

Kastellorizo, 8. August 2005

*Angenommen, ich sage Sommer,*
*schreibe »Kolibri« auf ein Blatt,*
*stecke es in einen Umschlag,*
*bringe ihn den Hügel hinunter*
*zum Postkasten. Wenn du*
*meinen Brief öffnest, erinnerst du dich*
*an jene Tage und daran, wie sehr,*
*oh, wie sehr ich dich liebe.*

~~Raymond Carver~~
Luisa

# EIN FADEN,
# EIN ZAUBERER, DREI RISSE

(1992 bis 1995)

Es sollte bekannt sein – ist es aber nicht –, dass das Schicksal der Beziehungen zwischen Menschen ein für alle Mal gleich zu Beginn entschieden wird, immer, und dass man, um im Voraus zu wissen, wie die Dinge enden werden, nur zu schauen braucht, wie sie angefangen haben. Denn wenn eine Beziehung entsteht, gibt es immer einen Augenblick der Erleuchtung, in dem man auch sehen kann, wie sie wächst, sich zeitlich ausdehnt, zu dem wird, was sie werden wird, und endet, wie sie enden wird – alles zusammen. Man sieht es deutlich, weil in Wirklichkeit alles bereits im Anfang enthalten ist, so wie die Form eines jeden Dings bereits in seiner ersten Erscheinungsform enthalten ist. Aber es handelt sich eben um einen Augenblick, und dann verschwindet diese Vision oder wird verdrängt, und nur deshalb verlaufen die Geschichten zwischen den Menschen nicht ohne Überraschungen, Schäden, Freude und unerwarteten Schmerz. Wir wussten es, durch einen hellsichtigen, kurzen Moment hatten wir es gewusst, zu Beginn, aber dann, für den Rest unseres Lebens, wussten wir es nicht mehr. Es ist, als würden wir nachts das Bett verlassen, im Dunkeln auf dem Weg zum Badezimmer durch das Zimmer tappen und, weil wir uns verloren fühlen, für eine halbe Sekunde das Licht anmachen und sofort wieder ausschalten, und der Blitz zeigt uns den Weg, aber nur für die Zeit, die wir

79

brauchen, um pissen zu gehen und ins Bett zurückzukehren. Das nächste Mal werden wir uns wieder verloren fühlen.

Als die Wahrnehmungsstörung seiner Tochter Adele im Alter von ungefähr drei Jahren auftrat, hatte Marco Carrera diese blitzartige Erleuchtung, er sah alles, aber diese Vision war so unerträglich – sie erinnerte ihn an seine Schwester Irene –, dass er sie sofort verdrängte und weiterlebte, als hätte es sie nie gegeben. Vielleicht hätte er sie mit Hilfe der Psychoanalyse wiederfinden können, doch da er umringt war von Personen, die ihre Hilfe in Anspruch nahmen, hatte Marco eine unüberwindliche Abneigung gegen die Psychoanalyse entwickelt. Zumindest sagte er das. Ein Psychoanalytiker hätte ihm jedoch sagen können, dass diese Abneigung eben genau der Mechanismus war, mit dem er seine Verdrängung rechtfertigte. Tatsache ist, dass die Verdrängung sofort und so gründlich erfolgt war, dass die Vision nie wieder auftauchte, auch nicht, nachdem die Dinge sich so entwickelt hatten, wie sie sich entwickeln mussten – wie Marco zu Beginn einen Augenblick lang gewusst hatte, dass sie sich entwickeln würden –, und auch nicht mehr für den Rest seines Lebens.

Angesichts des Alters des Mädchens kann man sagen, dass das Auftreten ihrer Störung mit dem Beginn ihrer Beziehung zum Vater zusammenfiel, bis zu jenem noch ziemlich unbestimmten Tag, und dieses Zusammentreffen bestimmte das Mädchen selbst, mit der – wahrscheinlich – ersten selbständigen Entscheidung ihres Lebens. Denn es war tatsächlich so, dass Adele Carrera ihrem Vater an einem strahlenden Augustsonntag, während er und sie in der Küche des Hauses in Bolgheri frühstückten – die Mutter war noch ein Weilchen im Bett geblieben –, mitteilte, dass ein Faden an ihrem Rücken befestigt sei. Für ihr Alter drückte sie sich erstaunlich klar aus: Ein Faden ziehe sich von ihrem Rücken zur nächsten Wand, immer. Aus irgendeinem Grund würde niemand ihn sehen, und daher sei sie gezwungen, immer dicht an der Wand zu bleiben, um zu vermeiden, dass die Leute darüber stolpern oder sich darin verfangen. Und wenn du, fragte Marco sie, nicht dicht an der Wand bleiben kannst? Was machst du dann? Adele antwortete, in diesen Fällen müsse sie sehr achtgeben, und wenn jemand hinter ihr vorbeigehe und sich in ihrem Faden verfange, müsse sie um ihn herumgehen, um ihn zu befreien – und sie zeigte es ihm. Marco stellte ihr weitere Fragen. Hätten denn alle diesen am Rücken befestigten Faden, oder habe nur sie ihn? Nur sie habe ihn. Und komme ihr das nicht komisch vor? Doch, das komme ihr komisch vor. Es komme ihr komisch vor, dass sie den Faden habe, oder dass die anderen ihn nicht hätten? Es komme ihr komisch vor, dass die anderen ihn nicht hätten. Und zu Hause, fragte er, wie machst du es da? Wie machst du es mit der Mama, mit mir? Aber du, erklärte das kleine Mädchen, gehst *nie* hinter mir vorbei. Und da, in diesem Augenblick, angesichts dieser so überraschenden Enthüllung – er ging nie hinter seiner Tochter vorbei –, erfasste ein Schauder Marco Carrera, und seine Beziehung zu ihr begann. Und es war immer in diesem Augenblick, dass er sah, dass er wusste, dass er erschrak – und deswegen vergaß er sofort nach diesem Augenblick, dass er gesehen, dass er gewusst, dass er sich erschrocken hatte.

Für den Rest des Sommers blieb dieser Faden ihr Geheimnis. In Wirklichkeit hatte Marco sofort Marina davon erzählt, allerdings ohne es dem Mädchen zu sagen, da sie ihn gebeten hatte, mit niemandem darüber zu sprechen. Marina bemühte sich in diesem August, nicht mehr hinter dem Rücken der Tochter an ihr vorbeizugehen – am Strand, zu Hause, im Garten –, allerdings nicht sehr erfolgreich, da sie sich immer erst zu spät daran erinnerte. Bei diesen Gelegenheiten beobachtete sie, wie die Kleine in umgekehrter Richtung vorn an ihr vorbeiging, um das Knäuel zu entwirren, präzise, geduldig, und sie war gerührt. Dann beobachtete sie die Großeltern, die davon nichts wussten, wie sie *immer* hinter ihr vorbeigingen – sie schienen es absichtlich zu tun –, und wie sie diese entgegengesetzte Bewegung auch in ihrem Fall ausführte, mit der gleichen Präzision und mit der gleichen Geduld, und sie war gerührt. Dann beobachtete sie die gerade erblühte Beziehung zwischen ihr und ihrem Vater, bewunderte sein natürliches Talent, nie, wirklich *nie* – ernsthaft – hinter ihr vorbeizugehen, und war gerührt. Marco sah ihre Rührung und war gerührt. Für beide war es ein bewegender Sommer. Sich Gedanken zu machen kam keinem der beiden in den Sinn.

Ab September sollte das Mädchen in den Kindergarten gehen, und Marco nutzte die Gelegenheit, um sie zu überzeugen, auch der Mama von dem Faden zu erzählen. Und so wiederholte Adele in derselben Küche, was sie wenige Wochen zuvor ihm erklärt hatte. Marina war gerührt. Und dann stellte auch sie dem Mädchen ein paar Fragen, aber es waren ganz andere Fragen als die, die er ihr gestellt hatte – praktischer, weniger romantisch, und daher für das Mädchen viel schwieriger zu beantworten: Wann habe sie denn bemerkt, dass sie den Faden habe? Woraus bestehe er? Könne er reißen? Aus Adeles wirren Antworten begriffen Marco und Marina, dass ihr der Gedanke, einen Faden am Rücken zu haben, gekommen war, als sie sich gemeinsam die Fechtwettkämpfe der Olympischen Spiele in Barcelona angeschaut hatten: die Trillini, die Florettmannschaft der Frauen, das Kabel, das die weißen Fechtjacken im Rücken hatten, um die Impulse der Hiebe auf das Display zu übertragen – und dann der Jubel über die Goldmedaillen, diese Robotermasken, hinter denen plötzlich Mädchengesichter, Lächeln, Haare hervorbrachen: All das, begriffen sie, hatte sie beeindruckt. Sie machten sich keine Gedanken.

Sie beschlossen, den Kindergärtnerinnen nichts zu sagen, zumindest solange es nicht zu irgendeinem Zwischenfall käme. Es kam zu keinem. Es war ein ganz kleiner Kindergarten, in einer Wohnung im Largo Chiarini in der Nähe der Piramide Cestia, in dem es einfach war, dicht an den Wänden zu bleiben, ohne aufzufallen. Adeles Probleme waren die gleichen, die alle Kinder hatten: die Trennung von den Eltern, die Eingewöhnung, die neuen Gewohnheiten. Niemand bemerkte den Faden. Im Übrigen war Adele auch weiterhin ganz ruhig und geduldig, wenn jemand hinter ihr vorbeiging; ganz langsam machte sie die Bewegungen des anderen rückwärts, um ihn zu befreien, ohne dass der andere, Erwachsener oder Kind, etwas bemerkte. Zu Hause dagegen spielten Marco und Marina mit ihrem Faden: Marco tat so, als würde er über ihn springen oder sich in ihm verfangen, und Marina, als würde sie Wäsche darauf aufhängen. Während des ganzen Jahres – ein glückliches Jahr – machten sie sich keine Gedanken. Auch im folgenden Jahr lief alles glatt, mit Ausnahme eines einzigen *Zwischenfalls*, als der Kindergarten mit den Kindern einen Bauernhof in Maccarese besuchte und Adele sich weigerte, den Bus zu verlassen. Gewöhnlich hatte das Mädchen keine Probleme damit, im Freien zu sein, sie fand immer eine Möglichkeit, mit ihrem Faden zurechtzukommen, doch an jenem Tag sträubte sie sich, und eine der Kindergärtnerinnen musste die ganze Zeit bei ihr im Bus bleiben. Als die Mutter sie an dem Nachmittag abholte und über den Zwischenfall informiert wurde, erkannte sie sofort den Grund für das, was die Kindergärtnerinnen eine »Laune« nannten, aber sie hatte es eilig und hielt es nicht für angebracht, die Sache mit dem Faden zu erklären. Im Wagen fragte sie Adele jedoch, ob ihre Entscheidung, nicht aus dem Bus zu steigen, mit dem Faden zu tun habe, und das Mädchen bejahte das: Es gebe dort zu viele Tiere, und mit Tieren würde der Faden sehr gefährlich. Sie sagte das ganz nüchtern, ganz ruhig, als wäre es einfach nur eine Vorsichtsmaßnahme gewesen, und Marina war gerührt. Am Abend erzählte sie es Marco, und auch er war gerührt. Sie spielten mit ihr und dem Faden. Sie machten sich keine Gedanken.

Sie zogen um, und nach dem Sommer schickten sie das Mädchen in einen anderen Kindergarten. Nicht, dass er bequemer zu erreichen gewesen wäre, im Gegenteil, er lag jenseits von Marancia, in der Via di Tor Carbone, zwischen der Appia und der Ardeatina, praktisch auf dem Land, aber er war auch viel besser und viel schöner, mit sauberer Luft, in einer großen Villa, die Anna Magnani gehört hatte – das war zumindest Marinas Version; für Marco machte es ihr Leben (diese Mär, dass man sich immer ändern, verbessern, steigern, wachsen müsse, immer) nur unnötig kompliziert, er war mörderisch weit weg, die Luft war genauso verpestet, und er kostete erheblich mehr. Marinas Version hatte sich nur durchgesetzt, weil sie hoch und heilig versprochen hatte, das Mädchen hinzubringen und abzuholen, *immer* – und das war der erste Riss zwischen ihnen beiden, der erste Sprung, der auf der noch intakten Oberfläche ihrer Verbindung sichtbar bleiben würde, weil Marina natürlich eben nicht immer Zeit hatte und daher auch Marco die dreiviertelstündige Fahrt auf sich nehmen musste, um das Mädchen in den Kindergarten zu bringen oder abzuholen, mit dem Ergebnis, dass beide sich beklagten; sie, weil Marco nur das Allernötigste machte und sie nicht genügend unterstützte, und er, weil Marina sich nicht an ihr Versprechen hielt. Hinzu kam, dass mit dem neuen Kindergarten sofort die Probleme begannen. Das Mädchen wollte nicht hin, und wenn sie sie abholten, fanden sie sie immer weinend und allein in einer Ecke stehen. Für Marco war das der Beweis, dass er recht hatte, der Wechsel des Kindergartens war ein Fehler gewesen, das Mädchen litt unter dieser unnötigen Entwurzelung, ihr fehlten ihre ehemaligen Kindergärtnerinnen und ehemaligen Freundinnen, doch Marina fragte sie in seiner Gegenwart, ob die Tatsache, dass sie unglücklich sei, mit dem Faden zu tun habe, was das Mädchen bejahte – allerdings ohne jede weitere Erklärung. Noch bevor sie ein Treffen mit der Leiterin des Kindergartens vereinbaren konnten, bestellte diese sie zu sich. Und noch ehe die Leiterin ihnen den Grund für das Gespräch mitteilen konnte, erzählten sie ihr von dem Faden. Die Leiterin bekam es in den falschen Hals. Es schien sie zu schockieren, dass ihr eine so ernste Angelegenheit verschwiegen worden war, und als Marco und Marina sie zu beruhigen versuchten, indem sie ihr erklärten, dass die Angelegenheit so ernst gar nicht sei, und ihr damit den Beweis lieferten, dass sie seit zwei Jahren die Situation unterschätzten, hielt sie ihnen eine richtige Standpauke. Es handele sich um eine Störung, erklärte sie, eine offensichtliche Wahrnehmungsstörung, vermutlich zwanghaft-halluzinatorischer Art, die nicht unterstützt werden dürfe, sondern behandelt werden müsse. Sie sei diplomierte Kinderpsychologin, sagte sie, sie wisse, wovon sie rede, und sie nannte den arglosen Eltern den Namen eines Spezialisten, an den sie sich unverzüglich wenden sollten. Und so tauchte zum ersten Mal ein Psychotherapeut auch im Leben von Marco Carreras Tochter auf: Doktor Nocetti. Dieser war eine Art Kindmann unbestimmten Alters, mit vom Alter gekrümmten Schultern und dem lebhaften Blick der Kindheit, spärlichem, dünnem, aschgrauem Haar und erstaunlich faltenloser Haut. Um den Hals trug er ständig ein Kettchen mit einer Brille, die ihn niemand je hatte aufsetzen sehen. Seine Art zu denken hatte nichts mit der von Marco gemeinsam, auch wenn er durchaus intelligent war; er schien in einer anderen Welt gelebt und nur Bücher gelesen zu haben, die Marco nicht gelesen hatte, Filme gesehen zu haben, die er nicht gesehen hatte, Musik gehört zu haben, die er nicht gehört hatte, und umgekehrt. Unter solchen Umständen war es unmöglich, irgendeine Beziehung zu ihm zu entwickeln, die nicht exakt die war, die sich eben entwickelte, und das vereinfachte die Dinge. Sicher, angesichts der Abneigung, die er den Psychotherapeuten gegenüber empfand, musste Marco sich, um ihm seine Tochter anzuvertrauen, zwingen, Vertrauen zu haben – Vertrauen in die Kindergärtnerin, die ihn zu ihm geschickt hatte, Vertrauen in die Zeugnisse, die an den Wänden seiner Praxis in der Via dei Colli della Farnesina hingen (eine weitere absurde Fahrt), und vor allem in Marinas Intuition, die von Anfang an versichert hatte, wie sehr dieser Kauz sie beruhige. Nachdem er dieses Vertrauen aufgebracht hatte, wurde die Situation einfacher; sie begannen, Adele zweimal pro Woche in die Praxis zu fahren (Marina fast immer, Marco fast nie), und das Gefühl, das sie in Gegenwart der Kindergartenleiterin überkommen hatte, unbedarfte und verantwortungslose Eltern zu sein, verschwand allmählich.

In den ersten beiden Monaten änderte Adele ihre Haltung dem Kindergarten gegenüber nicht, und sie morgens hinzubringen war jedes Mal eine Tragödie; die beiden wöchentlichen Sitzungen bei dem Zauberer Manfrotto, wie Nocetti sich von seinen kleinen Patienten nennen ließ (und auch hier: Was für ein Name war das denn? Wie war er nur darauf gekommen?), schienen ihr hingegen sehr zu gefallen; und wenn sie mit der größtmöglichen Feinfühligkeit gefragt wurde, was sie und der Zauberer Manfrotto fünfzig Minuten lang in dem Zimmer machten, antwortete Adele einfach nur »wir spielen«. Mehr war aus ihr nicht herauszubekommen, und sie erzählte auch nie, was sie spielten. Bis, kurz vor Weihnachten, Marco und Marina in die Praxis in der Via dei Colli della Farnesina bestellt wurden – beide, hieß es ausdrücklich, und ohne das Mädchen. Ohne die geringste Kenntnis ihrer Theorie der olympischen Fechtwettkämpfe und ohne ihnen mitzuteilen, worauf er seine Meinung gründete, informierte Doktor Nocetti sie, dass seiner Ansicht nach der Faden das Mädchen nicht etwa mit den Wänden verbinde, sondern mit dem Vater: ein enges und ausschließliches Band mit ihrem Papa, das sie sich geschaffen habe, und zwar ganz offensichtlich, weil sie in gewisser Weise fürchte, ihn zu verlieren.

So unerwartet diese Interpretation auch war, klang sie doch vernünftig genug, um beide zu überzeugen, so dass Marco und Marina ihm, anstatt zu widersprechen oder um weitere Erklärungen zu bitten, gleichzeitig dieselbe Frage stellten: Und jetzt? Und jetzt, sagte der Zauberer Manfrotto, wäre es gut, wenn Adele mehr Zeit mit ihrem Vater verbrächte. Viel mehr Zeit, wenn möglich. Ideal wäre, fügte er hinzu, wenn sie mehr Zeit mit ihrem Vater als mit ihrer Mutter verbrächte. Viel mehr Zeit – wiederholte er –, wenn möglich. Und es war möglich, natürlich war es möglich – Marco war glücklich, wenn er mit seiner Tochter zusammen war –, es bedeutete aber auch, die Rollenverteilung innerhalb der Familie vollkommen umzustürzen, die in der Tat ein wenig konservativ war, da der Vater im Leben des Mädchens weit weniger präsent war als die Mutter. Und auch wenn man alles behaupten konnte, außer dass Marco dieses Modell von seiner eigenen Familie übernommen hatte, war es doch so, dass es sich – für ihn, den Mann – um ein recht bequemes Modell handelte: viel weniger kleine häusliche Pflichten, viel mehr Zeit für seine zahlreichen Interessen, und auch den Abwasch – denn so endete es immer in diesem Modell – machte letztlich Marina. Für das Wohl des Mädchens tut man alles, das versteht sich von selbst.

Sie krempelten also ihr Leben um. Marco fand sich damit ab, zweimal am Tag die dreiviertelstündige Fahrt nach Tor Carbone zu machen – ohne sich zu beklagen, denn schließlich ging es um das Wohl von Adele – und sich auch in allen anderen Belangen, die bis dahin Aufgabe seiner Frau gewesen waren, um sie zu kümmern. Er war jetzt viel mehr zu Hause, reduzierte drastisch seine Nebentätigkeiten (Fotografieren, Tennis, Poker) und schränkte auch seine Haupttätigkeit als Augenarzt ein, indem er auf Tagungsbesuche verzichtete und auch auf ein paar Referate, doch zu seiner Überraschung empfand er all das nicht als Opfer, im Gegenteil, er entdeckte, dass er sich viel besser fühlte als vorher. In Marinas Leben dagegen tat sich ohne ihre Pflichten plötzlich ein Abgrund auf, und man muss sagen, dass sie auf diese tiefgreifende Umstellung ihres Lebens viel weniger vorbereitet war als er, weil sie zum ersten Mal in ihrem Leben viel Freizeit hatte, und freie Zeit ist ein Verhängnis für labile Menschen. Das Ergebnis war übrigens der zweite Riss zwischen ihnen, weil es zutrifft, dass, wie der Volksmund sagt, untätige Hände das Spielzeug des Teufels sind – zumindest trifft es für diese Geschichte zu. Doch der Schaden in ihrer Beziehung machte sich noch lange nicht bemerkbar; was hier interessiert, ist, was mit dem Faden geschah – und was geschah, war, dass dieser Faden verschwand.

Was geschah, war, dass Marco, als er die Rolle des Vaters, der um acht Uhr abends von der Arbeit nach Hause kam, gegen die des Vaters eintauschte, der sich um seine Tochter kümmerte – das heißt, dass er sich den Herausforderungen des Verkehrs stellte, um sie in den Kindergarten, zum Zauberer Manfrotto, zum Kinderarzt et cetera zu bringen, dass er ihr Kleidung kaufte, sie badete und ihr zu essen machte –, auch die Entscheidungsgewalt über ihre Aktivitäten übernahm. So entschied beispielsweise er, sie für das folgende Jahr in die öffentliche Grundschule in ihrer

Nähe einzuschreiben, die Vittorino da Feltre in der gleichnamigen Straße im Stadtteil Monti, und Marina musste seine Entscheidung akzeptieren, auch wenn sie nicht damit einverstanden war (sie war eine Anhängerin der Privatschule), so wie Marco
seinerzeit den Kindergarten am Arsch der Ardeatina hatte akzeptieren müssen, obwohl er nicht einverstanden gewesen war. Die
Tatsache, dass er sich um das Mädchen kümmerte, sicherte ihm
die Macht, eine echte Entdeckung, und bei der Ausübung dieser
Macht hatte Marco die entscheidende Erleuchtung, als er darüber nachdachte, das Mädchen für einen Fechtkurs anzumelden.
Gedacht, getan, und an einem Nachmittag im Januar, einem jener kurzen, milchigen, hatte sie ihre Probestunde, und ohne die
Angelegenheit mit seiner Frau zu diskutieren, meldete er sie zum
Fechtkurs an, begann, sie zweimal pro Woche hinzufahren, und
stellte Marina vor vollendete Tatsachen. Was war schon dabei?
Auch wenn seine Idee sich als falsch erweisen sollte, ein bisschen
sportliche Betätigung würde dem Mädchen sicher nicht schaden. Seine Idee erwies sich jedoch nicht als falsch, im Gegenteil,
sie funktionierte, und der Faden verschwand fast sofort. Allerdings trugen die Kinder keine elektrifizierten Westen, und daher
verschwand der Faden nicht, weil Adele jetzt wirklich einen hatte, wie Marco erwartet hatte; die Maske wurde aber benutzt, und
von der ersten Stunde an war Adele mit dieser Welt aus Masken,
biegsamen Degen, blitzschnellen Hieben und Adrenalinstößen
konfrontiert, aus der, wie er seinerzeit begriffen hatte, der Faden
aufgetaucht war. Das Fechten, dieser Sport, von dem Marco keine Ahnung hatte, löste also das Problem des Fadens am Rücken
seiner Tochter, und löste es auf drastische Weise, so wie die Probleme von Kindern nun mal gelöst werden, wenn sie denn gelöst
werden – das heißt, als hätte es sie nie gegeben. Ohne jemandem
etwas zu sagen, hörte Adele von einem Tag auf den anderen auf,

um die Leute herumzugehen, wenn sie hinter ihr vorbeigingen. Vorbei. Zu Hause hörte sie auf, von dem Faden zu sprechen. Vorbei. Sie hörte auf, sich dagegen zu sträuben, in den Kindergarten zu gehen, und im Kindergarten hörte sie auf, allein in einer Ecke zu weinen. Vorbei.

Zur großen Überraschung von Marco Carrera wich der Zauberer jedoch nicht ein Jota von seiner Theorie ab; für ihn hatte das Fechten nicht das Geringste damit zu tun, der Faden war verschwunden, weil die ständige Anwesenheit des Vaters im Leben der Kleinen ihn überflüssig gemacht hatte. Auch Marina schloss sich dieser Meinung an, obwohl sie seinerzeit ebenso wie Marco an die Fechttheorie geglaubt hatte: Dass der Faden verschwunden war, als das Mädchen begonnen hatte, in dieses Sportstudio zu gehen, war reiner Zufall. Das Problem des Fadens am Rücken ihrer Tochter war also endlich gelöst; und zwar gelöst zum richtigen Zeitpunkt, das heißt, bevor sie in die Grundschule wechselte, wo es sehr viel komplizierter hätte werden können; und das war auf jeden Fall ein Erfolg und Anlass zu großer Erleichterung für alle, aber den moralischen Preis dafür – und das ist der Punkt – musste Marco ganz allein zahlen, denn die Angelegenheit wurde nur in einer einzigen Version archiviert, der zufolge der Faden aufgetaucht war, weil er zu wenig Zeit mit seiner Tochter verbracht hatte (also durch seine Schuld), und war nicht verschwunden, weil er sie in die phantastische Welt begleitet hatte, in der sie gefangen gewesen war (also dank seiner), sondern dank der Intuition von Doktor Nocetti. Okay, dachte Marco Carrera, das war zwar nicht die Wahrheit, aber eine Version, die er akzeptieren konnte. Ein Opfer, das er bringen konnte. Letztlich betraf die Angelegenheit nur sehr wenige Personen (seine Frau, Doktor Nocetti, die Leiterin des Kindergartens, ihn), und sich deswegen zu streiten hätte keinen Sinn gehabt. Daher widersprach er nicht und dankte dem Zauberer Manfrotto. Um des lieben Friedens willen. Zum Wohl des Mädchens. Ohne sich zu beschweren.

Das verursachte den dritten Riss.

# WERTVOLL

(2008)

An: Giacomo – jackcarr62@yahoo.com
Gesendet – Gmail – 12. Dezember 2008 23:31
Betreff: Wertvoll
Von: Marco Carrera

*Ich schicke Dir heute diese Mail, lieber Giacomo, um Dir zu erzählen,
wie ich Papas drei Modelleisenbahnanlagen untergebracht habe.
Es war nicht leicht, aber vielleicht ist es am Ende mein Meisterstück
geworden. Einfach war es, die Architekturmodelle wegzugeben. Das
des Ponte all'Indiano, das die Konstrukteure ihm geschenkt hatten,
nachdem er den Wettbewerb gewonnen hatte, habe ich der Ingeni-
eurfakultät gegeben, und es ist sofort im Auditorium Maximum
aufgestellt worden. Das der Villa von Mansutti in Punta Ala habe
ich Titti gebracht, die immer noch lebt und klar im Kopf ist. Ich hatte
sie seit, ich weiß nicht, dreißig, vierzig Jahren nicht mehr gesehen,
und obwohl die Villa schon lange verkauft ist, hat sie das Modell
angenommen und war ganz gerührt. Das Modell der Cupola del
Brunelleschi, das große, nicht das kleine, das Papa schon ich weiß
nicht wem geschenkt hatte, das große, sagte ich, an das Du Dich
sicher erinnerst, da Du Dir einmal Ärger eingehandelt hast, weil Du
Soldat gespielt hast, habe ich zum Sitz des Ordine degli Ingegneri
di Firenze gebracht und ihnen zur Verblüffung aller geschenkt. Im
Gegenzug habe ich sie gebeten, nicht mehr den Zahlschein und die*

Mahnung für Papas Jahresbeitrag zu schicken. Das Modell des berühmten ungenehmigten Anbaus in Bolgheri habe ich behalten, obwohl es das hässlichste ist. Und dann, na ja, ist da noch das Puppenhaus auf dem Wasserfall, das er für Irene als perfekte Kopie desjenigen von Wright gemacht hat und das ich nicht angerührt habe; ich habe es in Irenes Zimmer gelassen, und wenn wir verkaufen, werden wir weitersehen. Kurz und gut, mit ihnen ist es einfach gewesen.

Das Problem waren die drei Modelleisenbahnanlagen. Eine kennst Du nicht, da Papa sie gemacht hast, als Du schon gegangen warst; minimalistisch, äußerst ausgeklügelt, dreieinhalb Meter lang und nur sechzig Zentimeter breit, ermöglicht sie, dass bis zu elf Züge gleichzeitig fahren, auf eine Weise, die an ein Wunder grenzt. Dabei ist das Geheimnis im Grunde ganz banal: Sie ist auf zwei Ebenen konstruiert, eine sichtbar, die andere, darunter, unsichtbar, verborgen im Hohlraum des Fundaments, durch den die Züge, wenn sie das Ende der Anlage erreicht haben, in einen Tunnel einfahren und die Fahrtrichtung ändern, und eine Weiche bringt sie nach unten, wo sie zurückfahren, ohne dass man sie sieht, und dann auf der anderen Seite wieder nach oben kommen, immer noch in einem Tunnel, erneut die Fahrtrichtung wechseln und wieder auftauchen, wie Laurel in dem Stummfilmsketch, in dem er mit einer Sprossenleiter auf der Schulter auftaucht, und dann sieht man die Leiter, die vorbeizieht, lang, immer länger, und am Ende Laurel, der sie auch am anderen Ende auf der Schulter trägt. Kurz, ein Juwel, das nicht weggeworfen werden durfte. Aber auch die beiden anderen, an die Du Dich erinnern müsstest, die riesige aus den sechziger Jahren und diejenige, die bergauf führt und die Haarnadelkurve der Porrettana bei Piteccio nachbaut, waren zu schön, um zerstört zu werden. Allerdings kann das Haus nicht verkauft werden mit diesen beiden Katafalken, die ein ganzes Zimmer beanspruchen. Also habe ich nach einem Weg gesucht, sie jemandem zu geben, der sie zu schätzen weiß. Ich habe mich erinnert, dass Papa in der letzten Zeit, bevor seine Krankheit sich verschlimmerte, von einer erstklassigen Modelleisenbahnanlage erzählt hatte, die im Keller des Dopolavoro Ferrovario aufgebaut ist, weißt Du, dort, wo auch der Tennisclub war, in der Nähe des Parco delle Cascine. Ebendort. Also bin ich hingegangen, und ich spreche hier von mehr als vierzig Jahren, Giacomo, seit ich das letzte Mal dort gewesen bin. Es hat sich natürlich sehr verändert, und es hat mich eine Menge Zeit gekostet, um auch nur einen zu finden, der wusste, wovon ich spreche. Tatsache ist, dass die Modellbauer, die sich in diesem Keller treffen, schwer fassbar sind, das heißt keine festen Tage und präzisen Zeiten haben; wenn sie nicht in dem Keller sind, ist er verschlossen, und keiner der anderen Clubmitglieder weiß etwas. Ich musste ihnen einen Monat lang auflauern, aber am Ende ist es mir gelungen, an einem Samstagvormittag den Präsidenten des Vereins der Modellbauer anzutreffen, einen gewissen Beppe, der mit den anderen Mitgliedern Rommé spielte. Als ich Papa erwähnte, ließ er sofort Spiel Spiel sein und ging mit mir in den Keller, obwohl er geschlossen war, und ich muss sagen, dass Papa recht hatte, die Modelleisenbahnanlage, die sie dort in dem Raum aufgebaut haben, ist wirklich unglaublich. Beppe hat sie extra für mich in Betrieb gesetzt, und ich versichere Dir, es ist wirklich verrückt, ein Stück Stadteisenbahn so groß wie der ganze Raum, mit maßstabgetreuen Häusern, Straßen, Autos, Menschen, alles. Kurz und gut, ich habe ihm die Sache erklärt, und auch er war meiner Meinung, dass die Modelleisenbahnanlagen nicht zerstört werden dürfen – einfach so, aus Prinzip, denn er hatte sie ja nie gesehen. Er sprach mit größter Hochachtung von Papa, das muss gesagt werden, obwohl Papa natürlich auch die Beziehung zu ihm auf seine Weise gepflegt hatte, das heißt mit extremer Zurückhaltung, kaum ein Wort über seine Werke, nur über technische Fragen mit ihm sprechend, weswegen dieser Beppe keine Ahnung hatte, worüber wir sprachen. Wir verabredeten, dass er sie so bald wie möglich anschauen solle – einen Monat später, frag mich nicht, warum. Als er kam, war er mehr als beeindruckt, vor allem von der Porrettana, aber auch von den beiden anderen, und sagte, dass sie alle drei nehmen würden. Mit »sie« meinte er den Verein der Modellbauer, deren Präsident er ist. Einer, den Du nicht kennengelernt hast, meinte, das sei perfekt für die Schule, denn sie haben tatsächlich eine Schule, in der sie jungen Leuten beibringen, Modelleisenbahnanlagen zu bauen, stell Dir nur vor. Und dieser Beppe war begeistert, es musste nur ein Transporter gefunden werden, der groß genug war, sie wegzubringen; er notierte meine Nummer, gab mir seine, und verschwand buchstäblich für weitere zwei Monate in der Versenkung. Ich versuchte ein paar Mal, ihn anzurufen, aber der Anschluss war tot. Ich bin sogar zum Club gegangen, um mich nach ihm zu erkundigen, aber niemand konnte mir Auskunft geben. Bis er mich vor zwei Monaten anrief und mir sagte, er habe endlich einen Transporter gefunden. Wir machten einen Termin aus, und letzte Woche kam er zusammen mit zwei »Jungs«, wie er sie nennt (alle weit über fünfzig), um die Modelleisenbahnanlagen abzuholen. Tja, Giacomo, Du kannst Dir nicht vorstellen, mit welchem Respekt diese »Jungs« von Papa sprachen; sie waren zu sechst, einschließlich Beppe, alle mit dem Hut in der Hand (sie tragen alle Hüte, Typ Borsalino, die einst Mode waren, frag mich nicht, warum), entzückt, mit glänzenden Augen angesichts seiner fünfzigjährigen Arbeit. Einer stammelte, es sei eine große Ehre für ihn, hier zu sein und die Werke des Ingenieurs, wie sie ihn alle nannten, als Erbe entgegenzunehmen; er war der ehemalige Besitzer, jetzt im Ruhestand, des Geschäfts, in dem Papa die Züge gekauft und über technische Dinge diskutiert hatte, und er gestand mir, es sei immer sein größter Wunsch gewesen, Papas Modelleisenbahnanlagen zu sehen, aber er habe eine solche Befangenheit Papa gegenüber empfunden, dass er ihn nie gefragt habe. Erneut stellte ich fest, dass Papa nie jemandem sein Vertrauen geschenkt hatte und dass nie jemand versucht hatte, es zu gewinnen, so dass sie, obwohl sie von der gleichen Leidenschaft verzehrt wurden und trotz der großen Achtung, die sie voreinander hatten, jahrzehntelang in parallelen Welten gelebt hatten und sich nur sehr selten über den Weg liefen. In Florenz, verstehst Du, nicht in Tokio. Nachdem die Förmlichkeiten beendet waren, machten sie sich an die Arbeit. Sie befestigten geeignete, ich weiß nicht, wie ich sie nennen soll, Aufsätze mit Klemmen an jeder Modelleisenbahnanlage, um sie zu schützen (wie diese regulierbaren Bügel, die die Konditoren an den Tabletts mit Kuchen befestigen, damit er nicht zerdrückt wird), wickelten sie in Luftpolsterfolie und luden sie sich auf die Schultern. Eine, die große, ging nicht durch die Tür, und sie mussten sie durch das große Fenster abseilen. Anderthalb Stunden brauchten sie dafür. Am Ende dankten sie mir, alle ganz bewegt, und fuhren weg mit ihrem Transporter, Beppe am Steuer, zwei neben ihm, und die drei anderen auf der Ladepritsche, um die große Modelleisenbahnanlage festzuhalten, die einen Meter überragte und sonst heruntergefallen wäre. Wegen der Zurückhaltung, mit der Papa sie stets behandelt hat, bin ich mir sicher, dass ich sie nie mehr wiedersehen werde. Aber, um Dir zu sagen, wie sehr sie wirklich eine Art Geheimbund sind, gestern, es war ein Sonntag, bin ich in meine Stammrotisserie gegangen, um das übliche Grillhähnchen zu essen, und einer der Hähnchenbrater, der ältere, ein ganz Dürrer, mit einem Gesicht wie aus Gummi und faulen Zähnen, den ich seit Jahren kenne, kam zu mir und flüsterte mir ins Ohr: »Ich hab erfahren, dass die Jungs bei Dir gewesen sind.« Ich verstand nicht, was er damit sagen wollte, und daraufhin zwinkerte er mir zu und flüsterte noch leiser, als handelte es sich um ein Geheimnis, das die anderen Gäste nicht hören durften, auch nicht aus Versehen,

»die Modelleisenbahnanlagen deines Vaters: Sie sagen, dass sie sehr wertvoll sind.« Genau das hat er gesagt, »wertvoll«.

Verstanden, wie das hier läuft?

Nein, vielleicht hast Du nicht verstanden. Meine Schuld, dass es mir nicht gelingt, es zu erklären. Meine Schuld.

Frohe Weihnachten.

*Marco*

# FATALITIES

(1979)

Kein Überlebender. Das war das Verdikt der »Tragödie von Larnaca«, wie sie genannt wurde – eine viel brutalere Ausdrucksweise als »94 *fatalities*«, die in den Berichten der Kontrollorgane der Ziviluftfahrt über den Unfall auftaucht.

Da das Flugzeug vom Flughafen in Pisa gestartet war, war die Mehrheit dieser *fatalities*, Todesopfer, Italiener, und natürlich stürzten sich alle Zeitungen und Fernsehnachrichten unverzüglich auf dieses Unglück; doch andere Fatalitäten, in der anderen Bedeutung dieses Wortes (Zufälle, Konstellationen), fraßen sofort den Raum, den es verdient hätte. Zuallererst ein weiteres Flugzeugunglück ein paar Stunden später, das schlimmste in der Geschichte Amerikas (eine DC-10 der American Airlines zerschellte auf dem Flughafen von Chicago während des Starts am Boden, 271 *fatalities*), über das ebenfalls berichtet werden musste und das die Dinge sofort verwirrte, indem alle – so funktioniert der Journalismus eben – der unwiderstehlichen Versuchung nachgaben, die beiden Katastrophen zu vermischen und zu einem einzigen Klumpen des Grauens zusammenzuballen, obwohl sie in Wirklichkeit nichts miteinander gemeinsam hatten außer der Flugzeugmarke, auch wenn es sich um unterschiedliche Modelle handelte. Vor allem aber wurde die Aufmerksamkeit des ganzen Landes kaum drei Tage später von der Verhaftung Valerio Moruccis und Adriana Farandas, den meistgesuchten Mitgliedern der Roten Brigaden Italiens, in Bann geschlagen. Weitere fünf Tage später fanden die vorgezogenen politischen Wahlen statt, die zur achten republikanischen Legislaturperiode führten, und nach einer weiteren Woche gab es die ersten Europawahlen. Das war's. Auf diese Weise reduzierte sich die Zeit, die den Zeitungen zur Verfügung stand, um Details und Zeugenaussagen von der Kruste der Tragödie von Larnaca zu kratzen, drastisch und gestattete es nicht mehr, bis zu Marco Carrera und dem Unaussprechlichen vorzudringen. Die Berichterstattung hörte einfach vorher auf. Das Augenmerk richtete sich vor allem auf die »zerstörten Leben«, vor allen jene blutjungen der Pfadfinder, die zu dem großen internationalen Treffen im Schloss von Ljubljana unterwegs waren, aber für viel mehr war keine Zeit mehr. In Wirklichkeit war nicht einmal mehr Zeit dafür, auf gebührende Weise über die Begräbnisfeierlichkeiten nach der Rückführung der Leichen nach Italien zu berichten oder das Auffinden der Black Box auf dem Meeresgrund zu melden, da die Tragödie von Larnaca nach kaum zwei Tagen in den Inhaltsverzeichnissen immer weiter nach hinten rutschte, wo den Meldungen unbarmherzig immer weniger Platz eingeräumt wird.

Was wäre aus Marco Carreras Leben geworden, wenn die Presse die Zeit gehabt hätte herauszufinden, dass er die Katastrophe überlebt hatte, und ihn in eine öffentliche Person verwandelt hätte? Was wäre gewesen, wenn zumindest die Staatsanwälte das herausgefunden hätten? Tatsächlich geschieht nie das, was der junge Mann, schockiert, ab dem Morgen, an dem er von der Katastrophe erfahren hatte – Journalisten vor dem Haus, Vorladung vor die Staatsanwaltschaft –, zu erwarten begann. Und wenn die Gründe, aus denen die Presse ihre Aufmerksamkeit allzu schnell anderen Dingen zuwandte, auch klar sind, diejenigen, aus denen die von der Justiz und der Generaldirektion der Zivilluftfahrt des Verkehrsministeriums angeordneten Befragungen nicht zu ihm und dem Unaussprechlichen gelangt sind, waren es keineswegs. Schließlich waren, zumindest bis die Untersuchung der Black Box nicht ergeben hätte, dass es sich um Materialermüdung gehandelt hatte, in finsteren Zeiten des Terrorismus wie diesen zwei Zwanzigjährige, die aus einem Flugzeug abhauen zwei Stunden, bevor es vom Meer verschlungen wird, eine Spur, der hätte nachgegangen werden müssen. Doch nichts. Es geschah nichts. Eines der zahlreichen italienischen Geheimnisse – ein kleines im Vergleich zu den anderen, aber entscheidend für die Zukunft der beiden jungen Männer.

Tatsächlich war es so, dass, auf so überraschende Weise von einem Ereignis ausgeschlossen, in das sie ihrer Meinung nach ganz eindeutig verwickelt waren (weil sie wirklich darin verwickelt waren), keiner der beiden irgendjemandem etwas sagte. Und es war so, dass es ihnen, nachdem sie zwei, drei, vier, fünf Tage geschwiegen hatten, unwahrscheinlich vorkam, plötzlich damit rauszurücken, dass sie das Flugzeug im letzten Augenblick verlassen hatten. Ihnen wäre in der Tat nicht geglaubt worden.

In Wirklichkeit gab es jedoch einen anderen Grund, warum sie in den Tagen, in denen sie damit rechneten, im Mittelpunkt der Aufmerksamkeit zu stehen, stumm und wie betäubt waren. Was wäre mit dem Unaussprechlichen geschehen, wenn herausgekommen wäre, was in jenem Flugzeug geschehen war? Selbst wenn er den schrecklichen Fluch, den er den armen Personen entgegengeschleudert hatte, verschweigen und nur erklären würde, dass sie das Flugzeug wegen einer banalen Unpässlichkeit verlassen hätten, wie hätte er, Duccio Chilleri, sich noch einem anderen Menschen in dieser Stadt nähern können, ohne dass der laut schreiend weggelaufen wäre? Das wäre die endgültige Bestätigung für all das Gerede über ihn und die schlichte Tatsache, dass Marco Carrera noch auf der Welt war, die wissenschaftliche Bestätigung für die Theorie vom Auge des Zyklons. Aus diesem Grund konnten die beiden jungen Männer auch nicht miteinander darüber reden; die zwei oder drei Male, in denen sie es versucht hatten, hatte ein beklemmender Mantel aus Verlegenheit sie daran gehindert, das Thema auch nur anzusprechen. Das Implizite überragte das Explizite.

Um die Wahrheit zu sagen, Marco bekam eine Gelegenheit, mit jemandem darüber zu sprechen, weil das, was er für die unmenschliche Intuition seiner Schwester Irene hielt, sie alles hatte begreifen lassen. Sag die Wahrheit: War das das Flugzeug, das du und dein Freund hättet nehmen sollen, das, das abgestürzt ist?, fragte sie ihn unvermittelt ein paar Tage danach, als sie ohne anzuklopfen in sein Zimmer kam, in dem er auf dem Bett lag und *Laughing* von David Crosby hörte. Wie sie darauf gekommen war, war ein weiteres Geheimnis für Marco, da er zu Hause ganz sicher nicht erzählt hatte, dass er über Larnaca nach Ljubljana reisen würde, um zu spielen, sondern nach Barcelona, um sich die Stadt anzusehen. Der Gedanke, dass sie ihn ausspioniert hatte, wie sie es ständig mit allen Familienmitgliedern machte, dass sie seine Telefongespräche belauscht oder direkt mitgehört hatte, indem sie den Hörer des Apparats in der Küche abgenommen hatte, während er mit seinem Freund von dem Apparat in seinem Zimmer aus gesprochen hatte, und dass sie daher von Anfang an gewusst hatte, wo er hinwollte und was er machen würde, war ihm überhaupt nicht gekommen. Schockiert wie er war, war das für ihn eine Bestätigung für die psychotronischen Kräfte seiner Schwester, und deswegen erschrak er noch mehr. Er erschrak, und daher leugnete er. Irene ließ nicht locker: Warum sagst du es nicht? Du würdest dich besser fühlen. Marco leugnete erneut, entschied jedoch, dass er auf die nächste Frage hin auspacken würde, nur damit Irene – Verhängnis – nicht noch weitere Fragen stellte; sie ging genauso plötzlich, wie sie gekommen war, und ließ ihn zurück wie einen Tollpatsch, unfähig, vom Bett aufzustehen, um die Platte umzudrehen, da *Laughing* beendet und der letzte Titel auf der LP *(If I Could Only Remember My Name)* war und die Nadel bedrohlich gegen die letzte Rille schabte.

*Tschh. Tschh. Tschh.*

Wie hätte sein Leben ausgesehen, hätte er auf Irenes Fragen geantwortet oder sie eine weitere gestellt? Und vor allem, wie hätte das von Duccio Chilleri ausgesehen?

Weil vielleicht, *vielleicht* mit Irene über die verrückte Sache zu sprechen, die ihm passiert war, ihm erlaubt hätte, es anschließend wirklich nie mehr zu tun, mit niemand anderem; ihr, die so intelligent war, die Zweifel anzuvertrauen, die angefangen hatten, ihn bezüglich einer Welt zu quälen, die tatsächlich von geheimen Kräften beherrscht wurde, über die sein Freund aus Kindheitstagen wirklich verfügte, hätte ihm vielleicht erlaubt, sie zu zerstreuen. Marco erwartete, dass seine Schwester in den folgenden Tagen auf das Thema zurückkäme, aber vergeblich – Irene tat es nicht. Er erwartete, von der Presse und von den Behörden aufgespürt, vorgeladen, befragt zu werden, so dass die Sache unabhängig von seinem Willen zu einer öffentlichen Angelegenheit würde, aber niemand meldete sich. Er versuchte, die Worte zu finden, um wenigstens mit seinem Freund zu reden, aber diese Worte kamen nicht, und sein Freund war auch nicht mehr sein Freund. Schließlich versuchte er, diesen ganzen Kloß für sich zu behalten, aber auch das gelang ihm nicht. Bevor er in die Ferien fuhr, sprach er, und er tat es böse und heimtückisch, mit zwei alten Freunden, die er fast nie sah, und wenn, höchstens zufällig – aber es war kein Zufall. Er ging absichtlich nach dem

Abendessen in die Bar an der Piazza del Carmine, wo sie, wie er wusste, verkehrten, und er tat es mit seiner Art hinterlistiger Erregtheit, wie sie ein Ex-Junkie empfindet, der beschlossen hat, wieder Drogen zu nehmen. Zwei alte Freunde, mit denen ihn nicht mehr verband, als über die alten Zeiten, die ehemaligen Heldentaten, die ehemaligen Flammen, die ehemaligen Abenteuer des Unaussprechlichen zu reden ... Da es ihm nicht gelungen war, das Richtige zu tun, machte er dieses eine Falsche – das Verkehrteste von allen.

*Was* machte er?

Er verblüffte, ja schockierte sie, indem er ihnen erzählte, was er zwei Monate lang niemandem erzählt hatte, und er tat es, als wäre er immer einer von ihnen gewesen, als wären sie ein Herz und eine Seele gewesen – als hätte er nicht die ganze Zeit unermüdlich gegen diese Mischung aus Zynismus und Aberglauben gekämpft, mit der Duccio Chilleri in der Schublade der Unglücksbringer eingesperrt geblieben war. Er wiederholte exakt die schrecklichen Worte, die der Unaussprechliche den armen Christen entgegengeschleudert hatte (»Ihr seid tot! Ihr seid tot, und ihr wollt auch mich töten!«); er schilderte mit grenzenlosem Mitgefühl die tödliche Erleichterung, mit der die ahnungslosen Stewardessen sie aus dem Flugzeug aussteigen ließen; und er schilderte sich selbst als eine Person, die von einer tiefen, erschütternden Konversion überwältigt worden war – wie der-der-ein-göttliches-Zeichen-erhalten-hat. Es kam nicht von ihm, und tatsächlich war es nicht das, was er tun wollte, oder es war zumindest nicht das, weswegen er dorthin gegangen war, aber an dem Abend, als er mit diesen beiden alten Freunden sprach und ihnen seinen Kummer aufbürdete und sie beeindruckte, wie er noch nie jemanden beeindruckt hatte, tat er es. Und indem er es tat, lieferte er den Freund, der ihm das Leben gerettet hatte, dem verhängnisvollen Schicksal aus, das er jahrelang bekämpft und geleugnet hatte – ein Schicksal, dem Duccio Chilleri sich von dem Augenblick an sein ganzes Leben lang nicht mehr würde entziehen können.

Am nächsten Tag fuhr er, schmutzig und leicht wie nie zuvor, ans Meer und verliebte sich in Luisa Lattes.

# EINE FALSCHE HOFFNUNG

## (2010)

Guten Abend. Ich würde gern wissen, ob dies immer noch
die Nummer von Doktor Marco Carrera ist, bitte. Ich entschuldige mich für die Störung
20:44

— Ja, es ist immer noch meine Nummer. Wer sind Sie?
20:44

Salve, Doktor Carrera. Ich bin Carradori, der ehemalige
Psychoanalytiker Ihrer, denke ich, Ex-Frau. Ich erhoffe mir,
dass ich Ihnen keine Unannehmlichkeiten bereite, indem ich
mich nach so langer Zeit bei Ihnen melde, aber sollte es so
sein, bitte ich Sie, es mir ehrlich zu sagen und so zu tun, als
hätte ich Ihnen nie geschrieben. Andernfalls bitte ich Sie, mir
eine Zeit zu nennen, zu der ich Sie anrufen kann, morgen
oder wann immer es Ihnen recht ist, denn ich muss mit
Ihnen sprechen
20:45

— Sie können mich morgen früh gegen 9:30 anrufen,
aber unter einer Bedingung
20:49

Welche Bedingung?
20:49

— Dass Sie sofort das »mir« nach »erhoffe« entfernen
20:50

In aller Freundschaft gesagt, hm? Seien Sie nicht beleidigt
20:50

— Ich bitte um Entschuldigung. Ich wollte sagen,
ich wünsche mir. Bis morgen. Danke
20:54

Bis morgen
20:54

# WIE ES GELAUFEN IST

(2010)

»Hallo?«

»Guten Tag, Doktor. Ich bin's, Carradori.«

»Guten Tag.«

»Passt es Ihnen gerade?«

»Ja, es passt mir.«

»Ich störe Sie wirklich nicht?«

»Nein, wirklich nicht. Wie geht es Ihnen?«

»Gut. Und Ihnen?«

»Mir geht es auch gut.«

»Wunderbar. Ich freu mich.«

»Sagen Sie, Doktor Carradori, ich habe Sie doch gestern nicht beleidigt mit dieser ›Ich-erhoffe-mir‹-Sache? Das war ein Scherz, aber bei diesen SMS weiß man ja nie, wann jemand einen Scherz macht.«

»Nein, ich bitte Sie. Ich habe mich geschämt, das schon, weil normalerweise mache ich solche Fehler nicht, aber gestern, ich weiß nicht, warum, ist es mir passiert.«

»Sowas passiert eben. Ich habe noch mal drüber nachgedacht, und meine Antwort kam mir etwas rüpelhaft vor, angesichts der Tatsache, dass wir uns kaum kennen.«

»Seien Sie unbesorgt, es kam mir überhaupt nicht in den Sinn, beleidigt zu sein. Außerdem haben Sie ja gesagt, dass es ein Scherz war.«

»Umso besser. Was kann ich für Sie tun?«

»Also, um es kurz zu machen, Sie könnten mir erzählen, wie es gelaufen ist. Falls Sie nichts dagegen haben, natürlich.«

»Wie was gelaufen ist?«

»Ihr Leben. In den letzten Jahren.«

»Ach ja.«

»Ja. Aber vielleicht ist es besser, wenn ich Ihnen zuerst erzähle, wie es mir ergangen ist? Ist Ihnen das recht?«

»Ja, sicher.«

»Weil ein paar Monate, nachdem ... na ja, nach unserer Begegnung vor zehn Jahren habe ich meinen Beruf aufgegeben. Schluss. Ein sauberer Schnitt. Der Fachausdruck ist Burnout. Sagen wir, um die Sache zu vereinfachen, dass ich es nicht geschafft habe, mich wieder in das Regelsystem einzufinden, das ich verlassen hatte, als ich zu Ihnen gekommen war.«

»Dann ist es also meine Schuld.«

»Ihr *Verdienst*. Wissen Sie, dass ich es mir überhaupt nicht mehr vorstellen kann, Analysen zu machen? Ich war nicht frei. Die Psychoanalyse ist eine Falle.«

»Das brauchen Sie mir nicht zu sagen. Und was machen Sie jetzt?«

»Krisenpsychologie. Ich nehme an einem Programm der WHO teil, das sich darum kümmert, Bevölkerungsgruppen, die von Katastrophen getroffen worden sind, psychologischen Beistand zu leisten.«

»Donnerwetter. Interessant.«

»Ich bin in den letzten Jahren sehr wenig in Italien gewesen.«

»Sie Glücklicher.«

»Ich bin gerade aus Haiti zurückgekommen, nur als Beispiel. Und in zwei Wochen flieg ich wieder hin.«

»Furchtbare Sache, dieses Erdbeben.«

»Die schlimmste Katastrophe der jüngeren Geschichte, glauben Sie mir. Etwas, das wir uns überhaupt nicht vorstellen können.«

»Das kann ich mir vorstellen. Äh, nein ...«

»Das ist echte Arbeit, Doktor Carrera, die wirklich zu etwas nutze ist. Leute, die alles verloren haben, Kinder, Alte, die allein auf der Welt zurückgeblieben sind, und sie müssen leben, weil ihr Schicksal das bestimmt. Das ist nicht nur ein materielles Problem. Ihnen zu helfen, ihr Leben in den Griff zu bekommen, glauben Sie mir, das ist das Nützlichste, was ich tun kann.«

»Das glaube ich.«

»Aber ich muss Ihnen gestehen, dass ich in den letzten Jahren oft, trotz der ungeheuren Arbeit, die zu leisten ist, der Schwierigkeiten, der Entbehrungen und der Frustrationen, häufig, weil an vielen Orten der Welt der Psychologe abgelehnt wird, besonders von denen, die ihn am meisten brauchen, kurz und gut, trotz eines erfüllten Lebens, sagen wir es so, habe ich, ich schwöre es, in den letzten Jahren oft an Sie gedacht.«

»Wirklich? Und warum?«

»Na ja, in erster Linie, weil Sie, wie ich Ihnen schon sagte, ein Grund dafür sind, warum ich mich von meinem Beruf entfernt habe. Schließlich, wenn ich an dem Tag nicht zu Ihnen gekommen wäre, wenn ich nicht beschlossen hätte, die Regeln zu verletzen, die ich bis dahin immer respektiert hatte, hätte mein Leben sich nicht geändert. Und Gott allein weiß, wie nötig ich es hatte, dass es sich änderte. Vor allem aber habe ich mir so oft gedacht, dass ich nie mehr etwas gehört habe von Ihnen, von Ihrer Tochter, von Ihrer Frau ... Ihrer Ex-Frau, richtig? Sie haben sich doch getrennt? Nicht einmal das weiß ich.«

»Doch, doch. Endgultig getrennt.«

»Sehen Sie, Doktor, wenn man nicht mehr an die Regeln gebunden ist, die der Beruf einem aufzwingt, ist eine Leere wie diese unerträglich. Ich muss wissen, was aus Ihren Leben geworden ist, da ich mich aktiv eingemischt habe, anstatt ein Beobachter zu bleiben. Was ist aus Ihnen geworden?«

»Sie hat mich nicht umgebracht, wie Sie sehen.«

»Das ist schon mal was.«

»Und ich sie auch nicht.«

»Gut. Und was ist passiert?«

»Tja, und was ist passiert? Viel ist passiert ... Es ist passiert, dass all das eingetreten ist, was sie wusste, aber ich nicht, und wir haben uns getrennt. Besser spät als nie. Es ist passiert, dass sie mich mit abscheulichen Beschuldigungen überzogen hat, um ihre Flucht zu decken, und dass sie nach Deutschland gezogen ist, mit diesem Kerl, über den Sie sicher mehr als ich wissen.«

»Und das Mädchen?«

»Das Mädchen, das, nebenbei gesagt, jetzt 24 ist, hat sie mitgenommen. Aber es hat nicht funktioniert, sagen wir so, und ein Jahr später ist sie nach Italien zurückgekehrt, um bei mir zu leben.«

»Gott sei Dank. Ich habe ihr mit allem Nachdruck genau das vorgeschlagen, wissen Sie, als sie die Pläne schmiedete, die der Grund waren, warum ich zu Ihnen gekommen bin. Ich habe sie gedrängt, das Mädchen bei Ihnen zu lassen und ihr Leben mit diesem Mann zu leben, ohne sie hineinzuziehen. Und das andere Kind? Das, das sie erwartete, als sie aufhörte, zu mir zu kommen, was ist aus ihm geworden?«

»Sie wurde in München geboren. *Sie*, denn es war wieder ein Mädchen. Greta. Und sie hat die Dinge tüchtig durcheinandergewirbelt. Obwohl auch Adele nicht ganz unbeteiligt daran gewesen ist ...«

»Das heißt?«

»Das heißt, dass der Faden zurückgekehrt ist. Erinnern Sie sich an den Faden an ihrem Rücken, als sie klein war? Hat Marina Ihnen davon erzählt?«

»Ja. Natürlich.«

»Tja, also wir hatten ihn eliminiert, mit Hilfe eines Ihrer Kollegen, bevor sie in die Grundschule kam. Aber in Deutschland ist er zurückgekehrt, und sie verließ das Haus nicht mehr. Und daher habe ich sie zu mir nach Italien zurückgeholt.«

»Und der Faden ist wieder verschwunden.«

»Genau. Jahrelang hatte ich geglaubt, das sei eine Auswirkung des Fechtsports, aber Ihr Kollege hatte recht, das Fechten hatte nichts damit zu tun. Ich war der Grund.«

»Verstehe. Und wie geht es ihr jetzt?«

»Adele?«

»Ja.«

»Gut. Ziemlich gut, ja.«

»Und Ihrer Ex-Frau?«

»Ihr geht es nicht gut. Sie ist in München geblieben, hat sich aber auch vom Vater des anderen Mädchens getrennt. Sie kann nicht mehr arbeiten und verbringt die meiste Zeit in Einrichtungen. Sie macht ziemlich rigorose Therapien.«

»Wie rigoros?«

»Ganz ehrlich, ich weiß es nicht. Rigoros eben. Ich weiß, dass sie ab einem bestimmten Zeitpunkt Adele nur noch einmal im Jahr gesehen hat, im Sommer, sie verbrachte zwei Wochen mit ihr in einer Art Sanatorium in Österreich. Aber seit ein paar Jahren sieht sie sie gar nicht mehr.«

»Dann ist also das Schlimmste eingetreten.«

»Das kann man sagen. Sie ist nur noch ein Schatten ihrer selbst. Wissen Sie, trotz all des Schlimmen, das sie mir angetan hat, kann ich keinen Groll für sie empfinden, weil sie buchstäblich zerbrochen ist.«

»Und Sie, was haben Sie allein mit dem Mädchen gemacht? Sind Sie in Rom geblieben? Sind Sie umgezogen?«

»Doktor Carradori, wie soll ich Ihnen zehn Jahre am Telefon erzählen?«

»Sie haben recht. Aber sagen Sie mir nur eins: Das war alles sehr schmerzlich für Sie?«

»Das würde ich schon sagen. Ziemlich, ja.«

»Und ist der Schmerz jetzt vorbei? Zumindest der tiefe? Zumindest für Sie beide, da ich fürchte, dass er für Ihre Ex-Frau nie vorbei sein wird?«

»Doktor Carradori ...«

»Sagen Sie mir nur, dass Sie ein normales Leben führen, wenigstens Sie beide. Sagen Sie mir wenigstens das.«

»Na ja, schon. Wir führen ein fast normales Leben.«

»Sie haben es also geschafft.«

»Das kann man nie sagen, aber ja, wenn ich verstehe, was Sie meinen: Wir sind nicht ausgelöscht worden.«

»Danke, Doktor Carrera.«

»Und wofür?«

»Dafür, dass Sie mir diese Dinge erzählt haben. Wirklich. Und ich entschuldige mich für den Überfall.«

»Ach was, Überfall. Es hat mir Freude gemacht, das wieder zu empfinden. Und dass es unmöglich ist, die Jahre einfach so am Telefon zu erzählen.«

»Und ich werde Sie auch nichts mehr fragen, ich verspreche es. Ich muss Ihnen sagen, dass ich mir ganz besonders um Sie und Ihre Tochter Sorgen gemacht habe, weil bei Ihrer Ex-Frau wusste ich, dass man sich keine Illusionen machen konnte. Leider.«

»Ja.«

»Darf ich Ihnen noch eine letzte Frage stellen, Doktor Carrera? Es geht um etwas ganz anderes, aber sie geht mir durch den Kopf, seit wir uns vor zehn Jahren gesehen haben.«

»Bitte.«

»Es ist wirklich zu blöd ...«

»Fragen Sie.«

»Sie heißen Marco, richtig? Marco Carrera. Und Sie wurden 1959 geboren, wie ich. Richtig?«

»Ja.«

»In Florenz.«

»Ja.«

»Und Sie spielten Tennis als Kind.«

»Ja.«

»Spielten Sie Turniere?«

»Ja.«

»In Rovereto? Haben Sie jemals am Turnier in Rovereto teilgenommen? Ich spreche von 1973, 1974.«

»Natürlich habe ich teilgenommen, es war ein wichtiges Turnier.«

»Dann sind Sie es. Rovereto, 1973 oder 1974, an das Jahr erinnere ich mich nicht mehr. Erste Runde. Carrera Marco schlägt Carradori Daniele 6 : 0, 6 : 1.«

»Soso ...«

»Und ich habe immer gedacht, dass Sie mich dieses einzige Spiel absichtlich haben gewinnen lassen, um mir 6 : 0, 6 : 0 zu ersparen. Sie erinnern sich nicht, oder?«

»Ehrlich gesagt nicht.«

»Klar. Es bestand ein ziemlicher Niveauunterschied zwischen uns. Und wissen Sie was? Auch mit dem Tennis habe ich Ihretwegen aufgehört.«

»Ach! Wirklich?«

»Ja. Nach dieser Niederlage in der ersten Runde, mit einem Game, das ich nur gewonnen habe, weil der Gegner mich hat siegen lassen, ist mir klargeworden, dass Tennis nichts für mich ist. Zumindest auf diesem Niveau. Und ich habe aufgehört, mich abzumühen, zu trainieren, an Turnieren teilzunehmen. Auch das war eine Befreiung.«

»Verstehe.«

»Sie sind derjenige, der mich aus den Fallen befreit, wie es scheint.«

»Darauf werde ich immer stolz sein. Turniertennis ist wirklich eine mörderische Falle. Ich habe zwei Jahre später aufgehört, auf die gleiche Weise, mit 6 : 0, 6 : 0 in der ersten Runde des Torneo Avvenire. Nicht einmal ein Höflichkeitsspiel hat mein Gegner mir gegönnt.«

»Donnerwetter.«

»Und wissen Sie, wer das war? Wissen Sie, wer mich befreit hat?«

»Wer?«

»Ivan Lendl.«

»Das glaube ich nicht.«

»Er war nur ein Jahr jünger. Spindeldürr, und nur ein Tennisdress, das, mit dem er gegen mich gespielt hat. Ich glaube, sie haben ihm das von Ambrosiano gegeben, das zum Wechseln. Er gewann das Turnier.«

»Was für eine Geschichte. Sie nehmen mich nicht auf den Arm, oder?«

»Ich schwöre.«

»Tja, das wirft einen Glorienschein auch auf meine Tenniskarriere. Nur ein Trennungsgrad zu Lendl. Danke, dass Sie es mir gesagt haben.«

»Es ist immer das Gleiche. Das Problem ist es, die Dinge zu erfahren.«

»Genau. Ich danke Ihnen.«

»Und Sie kehren also nach Haiti zurück.«

»In zwei Wochen, ja. Bestimmte Arbeiten kann man nicht mehr als vierzehn Tage unterbrechen.«

»Dann wünsche ich Ihnen viel Erfolg.«

»Ebenfalls. Und nochmals danke.«

»Keine Ursache. Melden Sie sich, wenn Sie zurückkommen.«

»Wenn Sie mich darum bitten, werde ich es tun.«

»Ich habe es gerade getan.«

»Dann werde ich es tun.«

»Auf Wiedersehen.«

»Auf Wiedersehen.«

# DU WARST NICHT DA

(2005)

Luisa Lattes
21, Rue la Pérouse
75016 Paris
France

Florenz, 13. April 2005

Liebe Luisa,

ich bin gerade aus einem übermächtigen Traum aufgewacht,
in dem Du die Hauptperson warst, und das Einzige, was ich tun
kann, ist, ihn Dir zu erzählen.

Wir waren Kinder und befanden uns an einem Ort wie Bolgheri,
aber es war nicht Bolgheri, er ähnelte ihm überhaupt nicht, auch
wenn wir uns alle dort zu Hause fühlten. Und ich sage »wir alle«,
weil in dem Traum ein paar Leute auftauchen, aber ich werde immer allein sein, vom Anfang bis zum Ende. Es war ein Ort am Meer,
aber, erneut, es gab kein Meer; es war eher eine amerikanische
Herbstlandschaft, eine lange, unglaublich abschüssige Straße unter
Bäumen mit orangefarbenen Blättern, und auf dem Boden ein
dicker Teppich aus Blütenblättern. Ich ging diese Straße hinunter,
allein, im Laufschritt, aber in Stadtkleidung, in einem Blouson aus
Wildleder; zu meiner Rechten waren Villen und Gärten, zur Linken

*Bäume und dahinter das Meer – aber man sah es nicht und vernahm es auch nicht, um die Wahrheit zu sagen, denn schließlich war es nicht da. Am Ende der Straße, wo das Gefälle endet, war Dein Haus, und viele eingeladene Kinder, die sich im Swimmingpool Deines Hauses vergnügten, obwohl der Swimmingpool nicht da war. Die Kinder waren die, mit denen Du Umgang hattest, als wir uns kennenlernten, Jünglinge aus Florenz, Partygänger, Zwanzigjährige, aber es waren nicht sie. Ich war mit Sicherheit nicht eingeladen. Mein Bruder Giacomo dagegen schon, er war eingeladen, und er ging durch das Gartentor, das Badetuch über der Schulter, und sah mich mitleidig an. Aber vor allem warst Du da, Luisa, weil Du überall warst, weil der ganze Ort Du war und Du alles warst, vom Anfang der Straße dort oben bis zu den orangefarbenen Bäumen und der verrückten Decke aus Blütenblättern, auf der man ging, und Deine Stimme verabredete sich mit mir für den Spätnachmittag, nach dem Fest, zu dem ich nicht eingeladen war, »um Viertel vor acht«; und doch warst Du, wie Bolgheri, wie das Meer, wie der Swimmingpool, nicht da. Und ich war gespalten: auf der einen Seite die Enttäuschung, nicht zu dem Fest am Swimmingpool eingeladen zu sein, auf der anderen die Erleichterung zu wissen, dass es gar keinen Swimmingpool gab und wahrscheinlich auch kein Fest, auf der einen Seite die Liebe zu Dir, die Du überall warst und diesen Ort wunderschön machtest, auf der anderen die Enttäuschung über Deine Abwesenheit, dass Du nicht da warst. Auf der einen Seite die absurde Hoffnung, meinen Teil von Dir zu haben bei dieser Verabredung um Viertel vor acht, auf der anderen die Traurigkeit darüber, Giacomo und die anderen Deinen Garten betreten zu sehen und ihnen nicht folgen zu können. Deine Stimme, Luisa, hielt alles zusammen, mich eingeschlossen, mein Leben eingeschlossen, eine Art Stimme aus dem Off, die ebendiese ganze Schönheit schilderte, aber Du warst nicht da. Warst nicht da. Warst nicht da.*

*Ich bin aus dem Schlaf aufgeschreckt, vor fünf Minuten, und habe mich sofort darangemacht, Dir zu schreiben, weil es keine andere Möglichkeit gibt, Dir zu sagen, wie es mir geht. Und ich bin immer noch gespalten, Luisa, auch wach bin ich noch immer gespalten: Auf der einen Seite bin ich glücklich, dass es einen Ort auf der Welt gibt, an dem Du diesen Brief erhalten wirst, auf der anderen bin ich unglücklich, weil dieser Ort nicht hier ist, wo ich aufgewacht bin, wo ich Dir schreibe, wo ich jeden Tag lebe und leben werde.*

*Ein Kuss*
*Marco*

# ALLERDINGS

(1988 bis 1999)

Wie erzählt man vom Anfang einer großen Liebe, wenn man weiß, dass sie ein schlimmes Ende nimmt? Und wie porträtiert man denjenigen der beiden, der getäuscht wird – denn schon am Anfang gibt es eine Täuschung –, ohne dass er als Dummkopf dasteht? Und doch muss man es erzählen, wie Marco und Marina sich kennengelernt und sich verliebt haben, zusammengezogen sind und geheiratet haben – allerdings sollte man sich für die Erzählung nicht zu sehr erwärmen, denn ab einem bestimmten Punkt wird sie eine andere sein. Hier also, wie es sich abgespielt hat. Wie alle – alle außer einem, besser *einer* – glaubten, dass es sich abgespielt hat.

Es begann mit der Teilnahme einer ehemaligen Stewardess der pleitegegangenen jugoslawischen Fluggesellschaft Koper Aviopromet an einer Fernsehsendung auf Rai Uno namens *Unomattina* im Frühjahr 1988, in der die junge Frau namens Marina Molitor (Italienerin slowenischer Abstammung, die in der Zwischenzeit zur Lufthansa gewechselt und zum Bodenpersonal des Flughafens Leonardo da Vinci in Rom versetzt worden war) eine bewegende Geschichte erzählte. Denn sie und nicht ihre Kollegin Tina Dolenc hätte Dienst tun sollen in der DC-9-30, die neun Jahre zuvor bei der Tragödie von Larnaca ins Meer gestürzt war, aber sie war im letzten Augenblick von ihr ersetzt worden, damit sie ihrer älteren Schwester Mateja, die an Leukämie erkrankt war, im Krankenhaus Forlani in Rom Knochenmark spenden konnte. Dieser Akt von Großmut (Knochenmark spenden war kein Spaziergang, erst recht nicht damals), der ihrer Schwester das Leben retten sollte, rettete stattdessen sie und kostete nicht ein, sondern zwei Leben: das ihrer Kollegin, die bei dem Flugzeugabsturz ums Leben kam, und das ihrer Schwester, die trotzdem wenige Monate später starb infolge einer Abstoßungsreaktion, die die Transplantation nutzlos machte. Die junge Frau weinte, während sie ihre Geschichte erzählte. Allerdings ...

Der Zufall wollte es, dass Marco Carrera, der ein hartnäckiger Fernsehverweigerer war, an dem Morgen 38,5 Grad Fieber hatte, und anstatt wie jeden Tag in die Augenklinik am Piazzale degli Eroi zu gehen, wo er arbeitete, seit er im Jahr zuvor, nachdem er gerade die Facharztausbildung beendet hatte, das Bewerbungsverfahren für sich entschieden hatte, hatte er sich auf das Sofa seiner Zweizimmerwohnung an der Piazza Gian Lorenzo Bernini im Viertel San Saba geworfen und, benommen von den Antibiotika, vor dem Fernseher vor sich hin gedöst. Der Zufall wollte es auch, dass sein Fernseher, der fast immer ausgeschaltet war, auf Rai Uno eingestellt war. Der Zufall wollte es weiter, dass Marco Carrera gerade in dem Augenblick aus seiner Benommenheit aufwachte, in dem Marina Molitor ihre Geschichte erzählte. Unmittelbarer kann eine Person nicht notwendig werden im Leben eines anderen. Diese beiden tödlichen Zufälle (beide hatten eine ältere Schwester verloren und beide waren demselben Flugzeugunglück entronnen) führten dazu, dass Marco Carrera sich augenblicklich in diese in Tränen aufgelöste junge Frau verliebte (natürlich tat ihre bewegende Schönheit ein Übriges).

Am nächsten Tag, vollgepumpt mit Paracetamol, hatte er keine Schwierigkeiten, sie am Flughafen ausfindig zu machen, am Ticketschalter der Lufthansa, wo sie, wie sie gesagt hatte, angestellt war (hinsichtlich ihrer Arbeit hatte sie nicht gelogen), um vor ihren überraschten Augen den Joker auszuspielen, den das Schicksal ihm geschenkt hatte. Ergebnis: ein sofortiges Durcheinander in ihren durcheinandergeratenen Leben, ein Abgrund weiterer wunderbarer Affinitäten, die sie innerhalb eines Nachmittags entdeckten, und natürlich eine unwiderstehliche körperliche Anziehung; von da an verschluckte sie das Leben, und zusammenziehen, eine Tochter zeugen, ihre Geburt erleben und heiraten war Sache eines Jahres. Allerdings ...

Die kleine Wohnung an der Piazza Bernini, ihr Liebesnest, dann die an der Piazza Nicoloso da Recco, deren Balkon sich auf Rom öffnete, das Einvernehmen, das gemeinsame Leben, die immer tiefere Vertrautheit, die Wintersonntage, die sie im Bett verbrachten, mit der Tochter spielten und sich liebten, wenn sie eingeschlafen war, die Ausflüge an den Sonntagen im Frühling, zu den Castelli, an den Lago di Bracciano, nach Fregene, nach Bomarzo oder auch nur die Picknicks bei der Villa Pamphilj, der Villa Alda, der Villa Borghese, aber auch die Kurztrips innerhalb Europas, wofür sie die superermäßigten Tickets nutzten, auf die Marina Anspruch hatte, Prag, Wien, Berlin, ihr einfaches Leben, ihre beiden Gehälter, die ihnen zu ein bisschen Luxus verhalfen wie den Babysitter oder die Frau des Hausmeisters, die putzte und kochte, die Weihnachtsfeste in Florenz in den Trümmern seiner Familie, die Marco mit seinem Glück ein wenig aufzuheitern hoffte, auch wenn es nicht so war, die Wochen in Capodistria bei ihrer Mutter, Witwe eines Polizisten, die in Marco einen Retter, einen Helden, ein Geschenk des Himmels sah, und das hätte Zweifel in ihm wecken sollen, tat es aber nicht, die Tochter, die größer wurde und begann, beiden ähnlich zu sehen, Marina durch die Farbe und die Form der Augen, Marco durch die Locken und die Form der Nase, dann zu sprechen, dann zu laufen und schließlich einen Faden am Rücken zu haben – und damit die ersten Probleme, denen sie sich jedoch mit Gelassenheit, Seelenstärke, Vertrauen in die Zukunft und Opferbereitschaft stellten, damit ihre Verbindung gestärkt daraus hervorgehen möge, denn vereint löst man alles, und um die Familien zu stärken, gibt es nichts Besseres, als die Probleme gemeinsam zu lösen.

Allerdings ...

Allerdings war alles falsch, von Anfang an, alles nur vorgetäuscht. Das geschieht häufig, wenn Paare sich finden und dann Familien – nur dass in diesem Fall die Vorspiegelung allzu umfassend, allzu pathologisch und die Katastrophe unvermeidlich war. Es muss dazugesagt werden, dass keiner von beiden unschuldig war. Im Übrigen brachten der Faden am Rücken von Adele Carrera und der Weg, den sie unter der Führung von Doktor Nocetti zurücklegten, um ihn zu beseitigen, die Blase zum Platzen, die sie bis dahin geschützt hatte. Es war das Vertauschen der Rollen, das das Mädchen heilte – der Vater, der sich um sie kümmerte, und die Mutter, die sich um sich selbst kümmerte –, das die Risse erzeugte, die alles zum Einsturz brachten, aber wenn das nicht die Ursache gewesen wäre, hätte sich gewiss eine andere gefunden, denn in dieser Verbindung gab es keine Grundlagen, und dort, wo Marco seine Zukunft gesehen hatte, war die Zukunft nicht.

Keiner der beiden war unschuldig. Marco nicht, der in seinem Streben nach Glück jahrelang alles, jedes Zeichen, jede Handlung, regelmäßig unterschätzt hatte. Und es ging nicht nur darum, dass er nicht fähig war zu erkennen, den Untergang zu erkennen, dem er entgegengaloppierte; seine Verantwortung erstreckte sich auch auf die unsinnige Überzeugung, dass bestimmte in höchstem Maße zerstörerische Verhaltensweisen, die er eines Tages in Paris mit einem Telefonat begonnen hatte, das er nicht hätte machen dürfen, mit einer Person, die er nicht hätte sehen dürfen, keine Konsequenzen haben würde. Ganz im Gegenteil, sie blieben nicht aus. Anlässlich einer Tagung in Paris dachte Marco Carrera an Luisa, musste an sie denken. Nicht, dass er in all den Jahren nicht an sie gedacht hätte, er hatte oft an sie gedacht, praktisch täglich, aber das waren immer vage, schicksalsergebene Gedanken gewesen über das, was hätte sein können und was nicht gewesen war, abgeschwächt durch die Ferne und mutlos in jedem Sommer, im August, wenn Luisa wieder vor ihm auftauchte, in Bolgheri, am Strand, mit Mann und Kindern – erst eins, dann zwei –, entfernt jetzt, jedes Jahr entfernter von dem Geschöpf, das Marco in der tragischsten Zeit seines Lebens geliebt hatte. Doch an diesem Nachmittag unter dem hohen Himmel dachte er an sie als etwas Nahes und Mögliches, und in einer Tagungspause rief er sie an aus der Bar des Hotels Lutetia, in dem er untergebracht war. Er versuchte eine seiner romantischen Beschwörungen, die nie funktionierten: Wenn die Nummer nicht mehr stimmt oder wenn sie nicht drangeht, oder wenn sie drangeht, aber mich nicht sehen will, dann werde ich sie nie mehr anrufen. Es funktionierte nicht, denn die Nummer stimmte, Luisa ging nach dem zweiten Läuten dran, und eine halbe Stunde später betrat sie die Bar des Lutetia, in der er das Treffen vorgeschlagen hatte – hinreißend und unverändert, als käme sie direkt aus der Vergangenheit. Marco hatte sie seit dem vergangenen August nicht mehr gesehen, aber er sprach trotzdem nicht von den Zeiten, in denen sie aufgehört hatten, sich zu schreiben, noch bevor Marina ins Spiel kam, als ein Zusammenstoß mit dem italienischen Staat während eines Versuchs, sie in Paris zu besuchen (fehlgeschlagen, weil Marco mit einem flüchtigen Terroristen gleichen Namens verwechselt worden war, der den Proletari Armati per il Comunismo angehörte, um ein Uhr nachts vom Palatin zur italienisch-französischen Grenze gebracht, einen Tag lang in der Kaserne der Guardia di Finanza von Bardonecchia in Polizeigewahrsam behalten, in einem Mannschaftswagen, bewacht von vier Carabinieri, nach Rom überführt, in Regina Coeli eingesperrt und in Abwesenheit eines Verteidigers von zwei stellvertretenden Staatsanwälten verhört worden war, die wie die beiden Mäuse aus der Zen-Geschichte wirkten – einer klein und der andere groß, einer aus dem Norden und der andere aus dem Süden, einer alt und der andere jung, einer blond und der andere dunkelhaarig –, und schließlich freigelassen worden war, einfach so, fort, mit Fußtritten in den Arsch, ohne ein Wort der Entschuldigung), als dieser Zwischenfall, sagten wir, beide davon überzeugt hatte, dass ein grausames Schicksal jeden ihrer Versuche, zusammen zu sein, vereiteln würde, und daraufhin hatten sie es aufgegeben. Aber es ist auch so, dass eine Liebesgeschichte, die nicht endet oder, wie in diesem Fall, nicht einmal beginnt, das Leben der Protagonisten weiterhin verfolgt mit ihren nicht gesagten Dingen, nicht vollzogenen Handlungen, nicht gegebenen Küssen; das ist immer so, vor allem aber war es für sie so, denn nach diesem Nachmittag, diesem langen Spaziergang durch die Rue d'Assas und dieser unschuldigen Unterhaltung fingen Marco und Luisa wieder an, miteinander zu verkehren, was in ihrem Fall hieß, dass sie einander wieder schrieben, häufig, leidenschaftlich, wie im 19. Jahrhundert, so wie sie es zehn Jahre zuvor getan hatten und dann nicht mehr. Und das war keinesfalls unschuldig, denn jetzt waren beide verheiratet, hatten beide Kinder und mussten lügen. Es spielt keine Rolle, dass die Eskalation, die an jenem Nachmittag begann, gestoppt wurde, kurz bevor die Befriedigung eintrat, die ihre Leben umgekrempelt hätte; sie war nur ein Akt von Masochismus. Nein, die Unschuld ihrer Begegnungen, wenn es sie denn je gegeben hatte, war verschwunden. Sie sahen sich wieder und wieder, denn Marco richtete es ein, nur an den Tagungen teilzunehmen, die in einem Radius von 400 Kilometern um Paris herum stattfanden (Brügge, Saint-Étienne, Lyon, Leuven), wohin Luisa kommen konnte – und wie sie das machte, was sie für ihren Mann erfand, bleibt ungesagt; zuerst übernachteten sie in zwei verschiedenen Hotels, dann nahmen sie verschiedene Zimmer im selben Hotel, bis sie schließlich die Nacht im selben Zimmer verbrachten, in Lyon, am 24. Juni 1998; und während auf dem lokalen Fußballfeld, dem Stade de Gerland, in der Finalrunde der Fußballweltmeisterschaft die französische Nationalmannschaft Dänemark besiegte, aßen sie im Zimmer Nummer 554 des Collège Hôtel, 5, Place Saint-Paul, auf dem Bett sitzend ein Clubsandwich und schauten auf Arte einen alten Film von Jean Renoir; und als der Film zu Ende war und während unter ihrem Fenster die Franzosen mit Autoumzügen den Triumph feierten, besiegelten sie ihre unmögliche Liebe mit einem letzten masochistischen Akt, dem *Keuschheitsgelübde*, abgelegt mit überspannter Begeisterung, während sie in ihrem Walkman, jeder einen Stöpsel im Ohr, die ergreifende Version von *Sacrifice*, gesungen von Sinéad O'Connor, hörten – *and it's no sacrifice / just a simple word / it's two hearts living / in two separate worlds* –, in der Illusion, dass sie, wenn sie sich auf diese Weise opferten, nichts Schlimmes tun, niemanden verraten, nichts zerstören würden. Sie hatten nie miteinander geschlafen, und sie schworen sich, dass sie es nie tun würden. Sie hatten sich nur in einer Nacht geküsst – in *jener* Nacht, vor 17 Jahren, während Irene in den Mulinelli ertrank – und schworen sich, es nie mehr zu tun. 39 er, 32 sie, waren sie fähig, im selben Bett zu schlafen, ohne sich dem hinzugeben, was beide seit Jahren herbeisehnten, ohne sich zu küssen, ohne sich zu liebkosen, ja, ohne sich zu berühren, ohne auch nur irgendetwas zu tun. Zwei Schwachsinnige. Aber während Luisa sich bewusst war, dass es mit ihrer Ehe vorbei war und dass alles, was sie gegen sie unternehmen würde, und sei es nur, dass sie die ferne Leidenschaft für Marco wiederaufleben ließe und mit jener infantilen Rhetorik der Entsagung nährte, sie einem neuen Leben zuführen würde, glaubte Marco wirklich, dass er sich seine beiden großen Lieben bewahren könnte und dass sie tatsächlich miteinander vereinbar wären. Er glaubte wirklich, dass es ausreichen würde, diejenige mit Luisa nicht zu vollziehen, um der mit Marina nicht zu schaden, und das war seine ungeheure Naivität – so ungeheuer, dass sie zu einer Schuld wurde. Zu glauben, dass eine solche Ungeheuerlichkeit, die konkrete Zeichen hinterließ – versteckte Briefe, die danach verlangten, entdeckt zu werden, Kontoauszüge der Kreditkarte, die nur darauf warteten, kontrolliert zu werden, und später E-Mails, archiviert im Ordner »Ärztekammer«, und SMS, die nicht immer vollständig gelöscht worden waren und wie Leichen wieder aus der Versenkung auftauchten, wenn man zufällig eine Taste berührte –, zu glauben, dass eine derartige Menge von Dokumenten den Augen einer Frau wie Marina Molitor verborgen bleiben würde, war wirklich ein grober Fehler. Marco Carrera beging diesen Fehler, und er machte immer weiter so, bis die Überzeugung zerplatzte, die einzige Gefahr für seine Familie sei seine Leidenschaft für Luisa Lattes und er habe sie unter Kontrolle. Wenn es stimmt, dass niemand verdient, was ihm zustößt, dann stimmt es auch, dass er ziemlich nah dran war, es zu verdienen.

Was Marina betrifft, gestaltet sich die Erzählung einfacher. Man braucht nur ein schönes »nicht« vor alles zu setzen, was sie von sich gesagt und gezeigt hatte, und fertig: Sie war *nicht* von einer Kollegin in dem Flugzeug ersetzt worden, das abgestürzt war – einfach, weil sie an dem Tag frei gehabt hatte; sie hatte ihrer Schwester *nicht* Knochenmark gespendet – sie war nicht kompatibel; sie hatte sich *nicht* in Marco Carrera verliebt – sie war nur überwältigt gewesen von den Konsequenzen ihrer eigenen Erfindungen; sie war überhaupt *nicht* glücklich darüber gewesen, schwanger zu sein – sie war nur stolz gewesen, ihrer geliebten Mama eine Enkelin zu schenken; sie war überhaupt *nicht* glücklich mit Marco, nie in all den Jahren, es hatte sich im Gegenteil ein dumpfer, stummer Groll gegen ihn in ihr angestaut; sie war ihm *nicht* treu gewesen, nicht einmal vor der verhängnisvollen Beziehung; und so weiter und so fort. Sie war ganz einfach *nicht* die Person, die zu sein sie sich täglich in einem harten Kampf zwang. Jeden Morgen stand Marina auf und begann zu kämpfen. Jeden Tag. Mit sich selbst. Mit den eigenen Trieben. Jeden verdammten Tag. Jahrelang. Die Blase, die ihrem Mann die Illusion von Glück schenkte, garantierte ihr Schutz vor dem Ungeheuer, das sie immer hatte verschlingen wollen. Im Laufe der Zeit wechselten die Begriffe zur Bezeichnung des Ungeheuers und der Blase, je nach der Ausbildung des Spezialisten, der sie behandelte. Übernehmen wir die Begriffe, die Doktor Carradori, ihr letzter italienischer Therapeut, benutzte, und nennen wir die Blase *Thema* und das Ungeheuer *kein Thema*. Nun, beide, Thema und kein Thema, beherrschten sie bereits, wenn sie als Kind von Zeit zu Zeit ihrer Lehrerin, der Mutter einer ihrer Freundinnen, der Religionslehrerin erzählte, ihre Mutter und ihre Schwester seien tot und sie sei ganz allein auf der Welt. Der Kampf war ihr Thema. Die Depression, die Selbstverstümmelung, die Aggressivität und die Abhängigkeit (von Drogen, vom Sex) waren kein Thema. Daher verdankte Marina nach einer stürmischen Jugend, die sie dennoch nicht daran gehindert hatte, 1977 den Titel der Miss Capodistria zu erringen und im Jahr darauf die jüngste Stewardess der kleinen Fluggesellschaft ihres Landes zu werden, die einzige friedliche Zeit, die sie in ihrem ganzen Leben gekannt hatte, dem wirklichen Tod ihrer älteren Schwester – denn sie war wirklich an Leukämie erkrankt und tatsächlich daran gestorben. Dieser Tragödie waren Jahre echter Trauer gefolgt, und da die Trauer für Marina Thema war, waren dies die einzigen guten Jahre ihres Lebens. Die einzigen guten Jahre die der Trauer – seien wir uns darüber im Klaren. Aber die Trauer erlischt spontan, auch wenn man sich bemüht, sie lebendig zu erhalten, und nach ein paar Jahren war das Ungeheuer wieder Herr über ihr Leben geworden. Erneut Drogen. Erneut Sex. Eine Suspendierung von der Arbeit aus disziplinarischen Gründen – bei der Lufthansa, bei der sie inzwischen angestellt war. Sie musste etwas unternehmen. Die zufällige Bekanntschaft mit einer Autorin von *Unomattina* verschaffte ihr die Gelegenheit: Die Geschichte, die sie vor den Fernsehkameras wiederholte, war bewegend und glaubhaft; die doppelte Trauer, die sie bei ihrem Fernsehauftritt gezeigt hatte, wurde ihr neues Thema. Marina wollte nur dies, sie wollte nur eine Trauer, in die sie sich flüchten konnte, doch stattdessen schleuderte diese Erzählung sie in ein neues Thema, tragfähiger diesmal, artikulierter und auch überraschend, weil sie nie daran gedacht hatte: die Ehe. Da wir gesagt hatten, dass keiner unschuldig war, müssen wir klarstellen, dass ihre Mutter über ihre Störung sehr genau Bescheid wusste, doch als brave Vertreterin des slowenischen Kleinbürgertums, das wie jedes Kleinbürgertum der Welt die Heirat einer Tochter mit einem Arzt für die Heilung aller Krankheiten hielt, sagte sie Marco Carrera nie etwas. Es kam ihr nicht einmal in den Sinn, es zu tun. Sie sah in diesem Mann einfach nur die Rettung, und sie betete ihn an. Und zu sehen, wie ihre Mutter Marco Carrera anbetete, gab Marina den Mut, jeden Tag aufzustehen und zu kämpfen, um sie glücklich zu machen. Allerdings ...

Allerdings starb Marinas Mutter eines Tages – zu früh, mit 66, an Leberkrebs. Perfekt, möchte man sagen: eine neue Trauer für Marina, echt, real, mit der sie eine ganze Weile, vielleicht sogar für immer weitermachen konnte. Doch nein: Dieser Tod, der Tod der einzigen Person, die Marina Molitor jemals geliebt hatte, quälte sie. Es war keine Trauer, es war Wut. Wie konnte das sein? All die Opfer, die sie für ihre Mutter gebracht hatte, kamen ihr durch diese so feige Flucht verunglimpft vor. Wie konnte sie sich erlauben zu sterben? Und wie konnte Marinas Gehorsam überleben, jetzt, da Marina das Gefühl hatte, dass das Thema, in dem sie sich jeden Tag zu bleiben zwang – diese triste Ehe, die sie eingegangen war, damit die anderen glücklich waren –, ein Befehl ihrer Mutter gewesen war, nicht mehr und nicht weniger? Da Marina immer noch sehr schön war, wurde sie von zahlreichen Männern hofiert – bei der Arbeit vor allem, oder vor Adeles Schule, solange sie sich um sie gekümmert hatte, oder im Fitnesscenter, in dem sie sich angemeldet hatte, als Marco sich um sie kümmerte. Was für einen Sinn hatte es jetzt noch, *tugendhaft* zu sein, wenn ihre Mutter unter der Erde war und von den Würmern gefressen wurde? Sie fing wieder an herumzuficken. Bei diesen schnellen Nummern in leeren Anwaltskanzleien oder Hotelzimmern war sie hetero, abgesehen davon bi (während der Mittagspausen mit ihrer Kosmetikerin Biagia, einer Proletin aus Mandrione). Dabei empfand Marina echte Lebensfreude, Lust am Risiko außerhalb der verdammten Blasen. Doch das Muttersein bremste sie, und der Gedanke, dieses Durcheinander mit den Küsschen auf die Stirn ihrer kleinen Tochter, die wie eine Marionette an einem Faden hing, zu vermischen, ängstigte sie. Daher zwang sie sich, etwas anderes zu finden, um wieder in Deckung gehen zu können und nicht die Kontrolle zu verlieren. Eine Beziehung. Eine feste Beziehung mit dem hochrangigsten Verehrer, wie ihre Mutter ihr suggeriert hatte, einem graumelierten und braungebrannten Piloten der Lufthansa mit 25 000 Flugstunden, einer Frau und zwei halbwüchsigen Töchtern in München, einem Haus in Rom und einem in den österreichischen Alpen und einer ansteckenden Leidenschaft für Bondage. Sie sahen sich ein-, höchstens zweimal in der Woche, abgestimmt auf seine Mittelstreckenflüge, die sich auf Rom konzentrierten, nachmittags, in seinem Haus in der Via del Boschetto – und sie amüsierten sich, o ja, sie amüsierten sich prächtig. Marina erzählte alles mit skandalöser Aufrichtigkeit Doktor Carradori, und sie glaubte wirklich, sie könnte mit dieser Aufrichtigkeit das Abdriften, das sie bedrohte, aufhalten. Manchmal hielt er ihr eine Standpauke, dann wieder überraschte er sie, indem er schwieg angesichts der Ungeheuerlichkeit dessen, was sie ihm erzählte, aber sicher glaubte er ihr, immer; er war überzeugt, dass er einen kostbaren Kanal der Wahrheit mit dieser Frau etabliert hatte, die aus der Verstellung eine Sprache gemacht hatte, und dass dieser Kanal das einzige wahre Thema war, in dem Marina gelenkt werden konnte in der Hoffnung, dass sie darin blieb. Im Übrigen schien diese so prekäre Situation Bestand zu haben: ein Jahr, zwei Jahre, zweieinhalb Jahre. Allerdings ...

Allerdings bemerkte Marco nichts, ahnte nichts, ließ sich nur allzu leicht täuschen, und als sie sich schließlich nach dem Grund dafür fragte, fiel es einer Frau wie Marina nicht schwer, die Antwort zu finden. Sie begann zu suchen und fand sofort die Briefe; der Blödmann bewahrte sie unter dem Deckel der Schachtel auf, in der sich die Asche seiner Schwester befand (die Marco sich in der Leichenhalle des Friedhofs von Trespian in Florenz hatte besorgen können, ein Friedhofsangestellter namens Adeleno war bekannt dafür, für 50 000 Lire gegen das Gesetz zu verstoßen, die versiegelte Urne zu öffnen, die aus dem Krematorium kam, und die Asche illegal an die Verwandten zu verteilen, die danach verlangten). Also kein vergeblicher Versuch, ins Schwarze getroffen beim ersten Schuss – und dann waren die E-Mails dran, die Kontoauszüge der Kreditkarte, die Hotelrechnungen, alles. Deswegen hatte sie nichts bemerkt; dieses Arschloch trieb es mit dieser Scheißnutte direkt vor ihrer Nase. Seit Jahren, verdammt. Seit Jahren. Sie schickten sich ihre Briefe postlagernd, wie im 19. Jahrhundert. Im Sommer in Bolgheri benahmen sie sich unauffällig, sprachen kaum miteinander, aber während des Jahres trafen sie einander häufig. Sie dachten an den anderen, träumten voneinander, zitierten sich gegenseitig Lieder und Gedichte, gurrten – sie liebten sich praktisch seit 18 Jahren, und sie waren sich einig, es ganz offen zu tun, nur weil sie keinen Sex hatten. Dreckskerl. Schlampe. Arschlöcher. Und sie fühlte sich schuldig...

Es ist verzwickt, das, was Marina vor Marco verbarg, auch nur vergleichen zu wollen mit dem, was er vor ihr verbarg; es hat auch nichts mit der Geschichte des Mannes mit dem Gewehr, der den Mann mit der Pistole traf, zu tun – hier tritt nichts weniger als eine Bombe gegen eine Schleuder an. Und doch erfüllte die Entdeckung dieses Verrats – wobei es keine Rolle spielte, dass diese beiden Ärsche nicht miteinander fickten, ein Verrat war es doch, in den Briefen sagten sie sich abscheuliche Dinge – Marina mit einer Boshaftigkeit, die sie vorher nicht gekannt hatte und die sie zu einer bösartigen Person machte. Erneut aus dem Thema geschleudert, war das Netz, das Doktor Carradori ausgeworfen hatte, nicht mehr imstande, sie zu halten; die Selbstverstümmelung verband sich mit Aggressivität, die Intelligenz mit Verworfenheit, die Sensibilität mit Boshaftigkeit, und Marina tat, was sie tat, und was sie tat, war weniger schrecklich nur als das, was sie um ein Haar nicht zu tun imstande war. Sie war ein wildes Geschöpf, wild und unbezähmbar; endgültig aus jedem Thema zu treten war für sie wie nach Hause kommen nach einem ganzen im Exil gelebten Leben, und die Bugwelle, die diese Rückkehr auslöste, verschonte keine der Personen, die sich im Radius ihres Schmerzes befanden. Denn eines war sicher: Marina litt. Sie litt furchtbar unter dem Tod ihrer Mutter, sie litt unter der Entdeckung von Marcos Verrat. Sie litt sehr darunter, dass sie tat, was sie danach tat, und sie litt noch mehr darunter, dass es ihr nicht gelang, es so zu tun, wie sie es gern getan hätte, und schließlich litt sie, nachdem sie es getan hatte, fürchterlich, unsagbar und ausweglos, als sie sich allein im Zentrum des Kraters wiederfand, den ihre Wut geschaffen hatte.

Allerdings würde Marco auch das wieder erst Jahre später begreifen, wenn alles offensichtlich geworden wäre, aber zu nichts mehr nütze sein würde. Er würde begreifen, dass es seine Schuld gewesen war. Sie hatte sich lediglich eine Trauer erfunden, aber er war in ihr Leben geplatzt und hatte sie mit dem Märchen überwältigt, sie wären füreinander geschaffen. Sie waren nicht füreinander geschaffen. Ehrlich gesagt, ist niemand für einen anderen geschaffen, und Menschen wie Marina Molitor sind nicht einmal für sich selbst geschaffen. Sie suchte nur einen Zufluchtsort, ein Thema, mit dem sie noch ein wenig weiterleben konnte; er suchte das Glück – nichts Geringeres. Sie hatte ihn zwar immer belogen, das ist wahr und schlimm, sehr schlimm sogar, weil die Lüge ein Krebs ist, der sich ausbreitet und sich festsetzt und mit der Substanz eins wird, die er zerfrisst – aber das, was er getan hatte, war schlimmer: Er hatte ihr geglaubt.

# HÖR VORHER AUF

(2001)

*Luisa Lattes*
*21, Rue la Pérouse*
*75016 Paris*
*France*

*Florenz, 7. September 2001*

*Sag mir, Luisa,*

*hast Du Deine Meinung geändert, weil sie Dir den Vertrag an der Sorbonne angeboten haben oder weil ich zu streng und absolutistisch bin? Welches sind die richtigen Worte, um Dich zu erinnern, »ich liebe Dich, aber ich kann es nicht« oder »jeder Mann versucht seine Frau mit seinem Symptom zur Deckung zu bringen«? Ich weiß nicht, ob Du es bemerkt hast, aber Du hast mich verlassen, vorausgesetzt, wir waren zusammen, und als Du mich verlassen hast, hast Du zwei Zungen, zwei Gründe und eine doppelte Feuerkraft benutzt. Du hast mich praktisch zweimal verlassen, und das scheint mir zu viel.*

*Warum sagen wir stattdessen nicht, dass wir uns nach diesem wilden Jahr, in dem wir zusammen gewesen sind und alle Regeln gebrochen haben, die wir uns auferlegt hatten, und schnurstrucks ins Herz dieser Geschichte galoppiert sind, und das Herz der Ge-*

*schichte waren wir beide, Luisa, Du und ich, Du und ich GLÜCK-*
*LICH, als es Zeit war, gewissermaßen ins Gehege zurückzukehren,*
*verloren haben? Wir haben uns verloren durch das Auftauchen*
*dieser praktischen Gründe, mit denen ich und Du uns in zwanzig*
*Jahren nie haben herumschlagen müssen. Nicht zusammen zu sein*
*ist uns hervorragend gelungen, als wir schließlich zusammen sein*
*konnten, ist es uns nicht gelungen. Warum soll man es nicht ganz*
*klar sagen?*

*Ich, Luisa, war ein Verzweifelter letztes Jahr, ein Überlebender;*
*ich irrte durch Europa wie der Ewige Jude, nur um ein Wochenende*
*mit meiner Tochter zu verbringen, Rom, Florenz, München, Paris,*
*das war mir egal, denn ich hatte nichts mehr zu verlieren. Es war*
*schlicht und ergreifend die Kraft der Verzweiflung, meiner: eine*
*gewaltige und wilde Kraft, wie Du hast feststellen können, da ich*
*diese Kraft gegen Dich gerichtet habe.*

*Du warst im Käfig und konntest nicht heraus. Du konntest nur*
*lügen, Dich belügen, Deinen Mann, Deine Kinder, und das Lügen*
*hielt Dich im Käfig fest. Du hast mir das Leben gerettet, ein ganzes*
*Jahr lang: Die Montage, die wir zusammen in Paris verbrachten,*
*der August in Bolgheri haben mir buchstäblich das Leben gerettet,*
*und während Du mich gerettet hast, hast Du aufgehört zu lügen,*
*hast Du Deinen Mann verlassen, hast Du all das gemacht, wozu*
*Du nie die Kraft gefunden hattest. Du hast den Käfig verlassen.*

*Ich bin nie so glücklich gewesen wie mit Dir, während ich ver-*
*zweifelt war; hättest Du mir damals gesagt, was Du mir gestern*
*gesagt hast, wäre ich schnurstracks zu den Mulinelli geeilt wie*
*Irene, ich schwöre es. Mir diese Dinge zu sagen ist Dir jedoch nicht*
*in den Sinn gekommen, Du sagtest mir die schönsten Worte, die mir*
*jemals gesagt worden sind, und warst Dir vollkommen bewusst,*
*dass Du nie so geliebt worden bist und nie wieder so geliebt werden*
*würdest, wie ich Dich geliebt habe in meiner Verzweiflung. Denn ich*

*war damals verzweifelt, glücklich und verzweifelt. Und es ist vorbei. Warum soll man es nicht ganz klar sagen?*

*Ich liebe Dich immer noch, Luisa, ich habe Dich immer geliebt, und der Gedanke, Dich erneut zu verlieren, bricht mir buchstäblich das Herz; aber ich verstehe, was geschehen ist, was geschieht, ich verstehe es und kann es nicht bestreiten. Ich kann Deine Entscheidung akzeptieren, ich habe jetzt meine Tochter wieder, ich muss alles akzeptieren. Aber ich bitte Dich, hören wir hier auf. Sag mir nicht, dass der Grund, aus dem Du mich verlassen hast, mit mir zu tun hat, wie Du es neulich Abend versucht hast, woraufhin ich weggegangen bin; selbst wenn es so ist, ich bitte Dich, Luisa, sei nicht so ehrlich, hör vorher auf. Zerstöre nicht alles, nur weil Du Dein Leben nicht mehr mit mir teilen willst. Wir haben nur darüber gesprochen, in jenen glücklichen Stunden, als wir unglücklich waren; aber Du hattest mir nichts versprochen, Du darfst Dich nicht schuldig fühlen. Du bist jetzt frei und kannst jede Tür öffnen, gehen oder bleiben, Deine Meinung ändern, so oft Du willst, ohne irgendetwas zu zerstören. Der Vertrag, den sie Dir gegeben haben, genügt; Deine Kinder, die möglicherweise nach Florenz gehen, genügen. Die Unmöglichkeit für mich, nach Paris zu ziehen, genügt. Es ist nicht nötig, mich zu zerstören.*

*Die Worte, die Du mir bis vor ein paar Monaten ins Ohr flüstertest, sind das Schönste, was mir geschenkt wurde; lass sie mir.*

*Erinnere Dich, dass Du gut bist, Luisa. Hör auf, bevor Du böse wirst.*

*Dein*
*Marco*

# ÜBER WACHSTUM UND FORM

(1973 bis 1974)

Eines Abends hörten Marco, Irene und Giacomo Carrera in dem Haus an der Piazza Savonarola ihre Eltern streiten. Es kam nie vor, dass sie offen stritten; gewöhnlich taten sie es heimlich, flüsternd, damit die Kinder sie nicht hörten, mit dem Ergebnis, dass nur Irene sie hörte, weil Irene spionierte. Für Marco und Giacomo war es das erste Mal. Gegenstand des Streits war Marco, aber das merkten er und sein Bruder nicht; nur Irene wusste es, weil sie den Streit von Anfang an verfolgt hatte, während sie sich erst dann zu ihr hinter der Schlafzimmertür der Mama gesellt hatten, als die Eltern zu schreien begonnen hatten. Tatsache ist, dass Marco nicht ordnungsgemäß gewachsen war; ab dem ersten Jahr seiner körperlichen Entwicklung war er stets unter den niedrigsten Perzentilen geblieben, und seit er drei war, wurde er von den Diagrammen gar nicht mehr erfasst. Dabei war er immer sehr schön und wohlproportioniert gewesen, was laut Letizia eine präzise Absicht der Natur ihn betreffend signalisierte – ihn aus der Menge herauszuheben und zu unterscheiden, um deutlich zu machen, dass sie ihn mit sehr seltenen Gaben ausgestattet habe. Die Harmonie, die dieser Junge laut ihr stets verkörpert habe – winzig, okay, aber immer hell im Kopf, graziös und auch, so übertrieben das in Hinblick auf einen kleinen Jungen auch klingen mag, *viril* –, war offensichtlich zusammen mit einem vollkommen anderen Wachstumsrhythmus angeboren, denn auch der Zahnwechsel setzte erst sehr spät bei ihm ein. Es bestand kein Grund zur Sorge. Im Übrigen hatte sie, sobald dieses Defizit offenbar geworden war, für ihren Jungen den beruhigendsten aller Spitznamen geprägt, *Kolibri*, um zu betonen, dass Marco mit diesem anmutigen Vögelchen neben der Kleinheit eben auch die Schönheit und die Schnelligkeit gemeinsam hatte: die körperliche – in der Tat bemerkenswerte –, die ihm beim Sport zugutekam, und die – vor allem behauptete – geistige in der Schule und im gesellschaftlichen Leben. Daher war sie nicht müde geworden, das immer gleiche Mantra zu wiederholen, Jahr für Jahr: kein Grund zur Sorge, kein Grund zur Sorge, kein Grund zur Sorge.

Probo dagegen hatte sich sofort Sorgen gemacht. Solange Marco ein Kind gewesen war, hatte er sich allerdings gezwungen, den beruhigenden Worten seiner Frau zu glauben, doch als die Jugend sich ankündigte, ohne dass der Körper seines Sohnes die geringste Absicht erkennen ließ, sich normgerecht entwickeln zu wollen, hatte er sich schuldig gefühlt. Wie hatten sie beide nur der Natur freien Lauf lassen können? Das war eine Krankheit, von wegen Kolibri, wie konnten sie nur so verrückt sein, sich keine Sorgen zu machen? Was funktionierte da nicht in Marco? Er hatte angefangen, die Wissenschaft zu befragen, zuerst ganz allgemein, ohne den Jungen ins Spiel zu bringen – doch dann, als Marco 14 geworden war, wurde es für Probo wirklich unerträglich, ihn auf der Vespina wie einen Beduinen auf dem Kamel hocken zu sehen, und bezog ihn ein. Das Ergebnis war eine Reihe von Arztbesuchen, Untersuchungen und Diagnosen, an deren Ende festgestellt wurde, dass Marco an einer Form von Wachstumsstörung litt (vielen Dank, das war nicht zu übersehen), moderat und nicht schlimm (zum Glück, aber auch das war nicht zu übersehen), zurückzuführen auf eine ungenügende Produktion von Wachstumshormonen. Das Problem war, dass es damals noch keine Therapie gab; es gab Protokolle von Experimenten, aber die waren in der Regel begrenzt auf schwere Fälle von Wachstumsstörungen, das heißt Zwergwuchs. Nur einer der zahlreichen konsultierten Spezialisten, ein pädiatrischer Endokrinologe aus Mailand namens Vavassori, hatte erklärt, er könne ihm helfen, dank eines Programms, das er seit einigen Jahren mit, wie er versicherte, ermutigenden Ergebnissen vorantreibe. Daher der Streit. Probo teilte Letizia mit, dass er die Absicht habe, Marco an diesem Programm teilnehmen zu lassen, Letizia erwiderte, das sei Wahnsinn, Probo entgegnete, es sei Wahnsinn gewesen, dass sie den Dingen in all den Jahren einfach ihren Lauf gelassen hätten, Letizia kam ihm wieder mit der Harmonie-und-Kolibri-Geschichte – bis dahin hatten sie leise diskutiert, wie immer, und nur Irene hatte sie gehört. Der Streit trat in eine neue Phase, als Letizia, um ihre These über die Notwendigkeit, nicht in die Natur einzugreifen, zu untermauern, ein Buch erwähnte oder, besser, nicht ein Buch, sondern *das* Buch, den Fetisch ihrer Generation von Architekten oder zumindest derjenigen, mit denen sie sich zusammengetan hatte, das heißt den intelligentesten und internationalsten, da es auf Englisch gelesen wurde und nie ins Italienische übersetzt worden war: *On Growth and Form* von D'Arcy Wentworth Thompson. An dem Tag erschütterte ein markerschütternder Schrei das große Haus an der Piazza Savonarola, das in der Regel ruhig war, und drang laut und störend an die Ohren der beiden Brüder, die vor dem Fernseher saßen: »DU KANNST DIR DEINEN THOMPSON IN DEN ARSCH SCHIEBEN, HAST DU VERSTAAANDEN?!!?«

Von da an hatte sich der Streit wie eine akademische Kontroverse fortgesetzt, allerdings lauthals geschrien und strotzend vor Beleidigungen; die beiden Brüder verstanden nichts, Irene grinste und sagte nichts. Letizia nannte Probo einen Scheißkerl, Probo erwiderte, sie zitiere dieses Scheißbuch zwar, hätte es aber nicht mal gelesen, so wie es auch ihre Arschlöcher von Professoren nicht gelesen hätten, die es alle naselang erwähnten; daraufhin war Letizia gezwungen, in auch für einen Minderbemittelten verständlichen Worten die Bedeutung des ersten Kapitels mit der Überschrift *Magnitude (Größe)* zusammenzufassen, in dem eben *mathematisch* bewiesen würde, dass Gestalt und Entwicklung in der Natur durch ein intrinsisches und unauflösliches Harmoniegesetz miteinander verbunden seien, und Probo nannte sie eine Kanaille, weil sie immer dieses Kapitel zitiere, das erste, und das einzige, das sie gelesen habe; und so weiter und so fort. Der Streit dauerte an und entfernte sich immer weiter von dem Funken, der ihn ausgelöst hatte – geführt von ihr mit Begriffen, die ein gescheiterter Ingenieur im Leben nicht begreifen würde, wie das Jung'sche Mandala und die Steiner'sche Kunsttherapie, während er immer die gleiche Aufforderung wiederholte, nämlich sich Mandala und Kunsttherapie und Jung und Steiner in dieselbe Körperöffnung zu schieben wie kurz zuvor *On Growth and Form*. Und noch weiter: Letizia hatte es satt, bis obenhin satt und ertrug es nicht mehr. Und was, verdammte Scheiße, habe sie satt? Die Anstrengung, die es sie koste, ein Arschloch wie ihn zu ertragen. Und sie habe ja keine Ahnung, wie sehr ihr Scheiß ihm auf die Eier gegangen sei. Leck mich am Arsch. Leck du mich am Arsch. Die beiden Jungs fingen an, sich Sorgen zu machen: Es sah wirklich so aus, als würden ihre Eltern sich trennen. Doch Irene, anstatt Zeit damit zu verlieren, sich Sorgen zu machen, handelte: »Was zum Teufel ist los mit euch?«, schrie sie und hämmerte an ihre Tür. »Hört endlich auf damit!« Ihre Brüder rannten sofort ins Wohnzimmer, aber Irene blieb, wo sie war, und stellte sich ihnen entgegen. Sie war inzwischen volljährig; so wie sie die Dinge sah, durfte niemand das Haus verlassen, bevor sie es tun würde – folglich keine Trennung. Ihre Mutter kam an die Tür und entschuldigte sich, gefolgt von ihrem Vater, der sich seinerseits entschuldigte. Irene sah sie verächtlich an und sagte nur, dass Marco zum Glück nicht verstanden habe, worum es in dem Streit gegangen war, und das genügte (das kann man allerdings nur im Nachhinein sagen, aber man kann es sagen), um über die Zukunft von mindestens drei Mitgliedern der Familie zu entscheiden, wenn nicht von vier oder sogar allen fünf: dem ihrer Eltern und dem von Marco mit Sicherheit.

Denn es geschah, dass Probo und Letizia, erschüttert darüber, dass ihre Tochter sie dermaßen angeschrien hatte, sich so schuldig fühlten, so beschämt und egoistisch, dass sie unverzüglich den Riss flickten, den dieser Streit in dem Netz verursacht hatte, das sie in all den Jahren mit so viel Mühe und so viel Scheinheiligkeit um ihr Nest gesponnen hatten. Denn ihre Verbindung zeichnete sich durch eine gewisse Tapferkeit und Unveränderlichkeit aus, die sie nicht zu erklären vermochten; weder Letizia ihrer Analytikerin in den stürmischen Sitzungen, die sich seit Jahren auf ihre Unfähigkeit, sich von Probo zu trennen, konzentrierten, noch Probo sich selbst an den langen einsamen Abenden am Arbeitstisch, mit ruhiger Hand, scharfem Auge, die Pfeife an der Nase des Rauchers, während er seinen Geist in die Ferne schweifen und sein grenzenloses Unglück umarmen ließ. Warum blieben sie zusammen? Warum, wo sie doch beim Referendum ein paar Monate zuvor beide voller Überzeugung für die Scheidung gestimmt hatten? *Warum?* Angst, könnte man denken – aber Angst wovor? Angst spielte sicher mit, aber es war nicht die gleiche Angst – und daher trennte auch diese sie. Es war etwas anderes, etwas Unbekanntes und Unsagbares, das sie zusammenhielt – ein einziger geheimnisvoller Berührungspunkt, der das Versprechen am Leben hielt, das sie sich vor fast zwanzig Jahren gegeben hatten, *als die Veilchen erblühten*, wie es in einem Lied von Fabrizio De André hieß, das unlängst erschienen war – bezogen auf den Streit, nicht auf das Versprechen, das viel länger her war, auch wenn es genau das gleiche gewesen war: »Wir werden uns niemals, niemals, nie und nimmer verlassen.« Im Übrigen trennte sie auch dieses Lied, das von ihnen sprach, wie alles, und wie alles schien es, indem es sie beide trennte, die ganze Familie aufzulösen, da Letizia und Marco es hörten (aber getrennt, mit eigenen Platten und auf eigenen Plattenspielern, und ohne voneinander zu wissen), Giacomo und Irene nicht (der eine, weil er zu klein war, die andere, weil sie es kitschig fand), und Probo ignorierte schlicht seine Existenz. Aber nichts: Die beiden blieben zusammen, die Familie löste sich nicht auf, und der immer lockerere Knoten löste sich nicht. Das Lied hieß *Lied der verlorenen Liebe*, aber ihre Liebe verlor sich nie; es endete mit den Worten »für eine neue Liebe«, aber eine neue Liebe gab es nie für sie.

Jedenfalls schweißte Irenes Einschreiten ihre Eltern wieder zusammen. Jedenfalls entschied es, wie wir schon sagten, über ihre Zukunft und diejenige von Marco. Denn von nun an überwog endgültig die Besonnenheit, überwog das Mitleid, überwog das Bemühen, das sogenannte und mutmaßliche Wohl der Kinder über das eigene Wohl zu stellen. Nicht, dass es funktionieren könnte, Letizia und Probo waren intelligent genug, um es zu begreifen: Das Unglück bleibt das gleiche, auch wenn man sich dafür entscheidet, und wenn es von einem bestimmten Tag an das einzige wahre Produkt einer Ehe ist, dann überträgt es sich auf die Kinder. Aber gerade die Intelligenz würde sie vor der Illusion schützen, dass das Unglück ein Unfall ist, der ihnen unverhofft passiert, denn wenn sie auch nur mit einem Minimum an Ehrlichkeit auf die eigene Vergangenheit blicken würden, wären sie gezwungen zu erkennen, dass es nie auch nur einen Hauch von Glück gegeben hatte; sie waren immer unglücklich gewesen, auch bevor sie sich kennengelernt hatten, sie hatten beide unabhängig voneinander immer Unglück produziert, so wie bestimmte Organismen Cholesterin produzieren, und die einzige Spanne des Glücks, die sie in ihrem Leben erlebt hatten, hatten sie zusammen erlebt, zu Beginn ihrer Verbindung, als sie sich verliebt, geheiratet und Kinder gemacht hatten. An jenem Abend hörten sie sofort zu streiten auf, blieben zusammen und fuhren fort, sich nicht zu ertragen, sich zu verletzen und leise zu streiten bis ans Ende ihrer Tage.

Was Marco betraf, so zwangen sie sich, sich entgegenzukommen. Letizia arbeitete hart an sich, um über Bord zu werfen, was ihre Psychoanalytikerin den *Mythos des Kolibris* nannte (das männliche Kind, das klein blieb, seine Anmut und seine Schönheit, die für jede Frau, die nicht sie war, unzugänglich blieb), und Probos Standpunkt zu akzeptieren, dem zufolge alles getan werden müsse, was wissenschaftlich möglich sei, um ihm zu ermöglichen zu wachsen – und auf diesem Altar die glänzenden Überzeugungen in Sachen Wachstum und Form zu opfern, die durch die (was immer Probo auch behaupten mochte, vollständige) Lektüre von D'Arcy Wentworth Thompson gereift waren. Probo versuchte, dieses Nachgeben nicht etwa als eine Selbstbehauptung zu begreifen, die ihn noch einsamer gemacht hätte, sondern als eine unverhoffte Gelegenheit, erneut etwas Wichtiges mit seiner Frau zu teilen, die er trotz allem immer noch liebte. Daher nahm er Letizia mit nach Mailand zu Doktor Vavassori, damit sie ihn kennenlernte und sich von seiner Seriosität überzeugen konnte, forderte sie auf, unabhängig von ihm die Fundiertheit der Therapie zu prüfen, die er in Erwägung zog, und bemühte sich, ihr Urteil in den endgültigen Entscheidungsprozess einzubeziehen. Letizia machte allein noch einmal die ganze Recherche, die Probo – auch er allein – in den vorangegangenen Monaten gemacht hatte, und kam zu dem Schluss, dass die Therapie, die der Spezialist in Mailand vorschlug, in der Tat die einzige seriöse Möglichkeit war, die die wissenschaftliche Gemeinschaft damals anzubieten hatte, um Marco das Wachstum zu ermöglichen. Sie hatten es zwar nicht gemeinsam getan, aber zumindest hatten sie dieses eine Mal seit langem wieder ein Stück Weg gemeinsam zurückgelegt.

# ERSTER BRIEF
# ÜBER DEN KOLIBRI

(2005)

*Marco Carrera*
*Via Folco Portinari 44*
*50122 Firenze*

*Paris, 21. Januar 2005*

*Marco, wie geht es Dir?*

*Halte mich bitte nicht für verrückt und auch nicht für heuchlerisch oder Schlimmeres, wenn ich mich auf diese Weise melde, aus dem Nichts, als wäre nichts geschehen. Der Grund ist, dass Du mir fehlst. Du fehlst mir. Ein Sommer hat genügt, ein einziger, in dem ich nicht nach Bolgheri kam, hat genügt, dass ich Entzugserscheinungen habe. Ich stelle fest, dass ich es nötig habe, Dich auch nur flüchtig zu sehen, wie es immer der Fall war, jedes Jahr, im August, seit 25 Jahren, auch nur zwei Worte mit Dir am Strand zu wechseln. Ich habe es nötig, Dir zu schreiben. Ich habe mich drei Jahre dagegen gewehrt, jetzt wehre ich mich nicht mehr; es liegt an Dir zu entscheiden, ob Du mir antworten willst oder nicht. Du sollst wissen, dass ich Dich verstehe, wenn Du es nicht tust, denn ich bin diejenige, die sich von Dir entfernt hat. Ich habe es nicht vergessen. Aber das ist nicht der Grund, warum ich Dir schreibe, Marco. Ich schreibe Dir,*

*weil mich letzte Woche eine Freundin für ein paar Tage besucht hat,*
*bevor sie nach New York weiterflog; sie hatte eine Ausgabe der*
*Zeitung* Il manifesto *dabei, die vor ein paar Wochen erschienen ist,*
*weil sie eine Reportage über eine Ausstellung über das Reich der*
*Azteken im Guggenheim enthielt, die sie sich anschauen wollte.*
*Und diese Reportage ist sehr schön, es ist darin die Rede von heili-*
*gen Tieren und Menschenopfern und davon, dass für die Azteken*
*der Weltuntergang nicht mehr fern und unausweichlich war, aber*
*hinausgezögert werden könnte, wenn man den Göttern Menschen-*
*blut opfere. Und am Schluss spricht sie plötzlich, eine Überraschung,*
*bei der mir beinahe das Herz stehengeblieben wäre, von Dir.*

*»Im Unterschied zum Hinduismus, zum Islam und zum Christen-*
*tum, in denen das Schicksal nach dem Tod (Reinkarnation, Para-*
*dies, Hölle) davon abhängt, wie jemand gelebt hat, hing bei den*
*Azteken das jenseitige Leben eines jeden, außer für die Könige, die*
*Götter waren, davon ab, wie und wann eine Person gestorben war.*
*Das unglücklichste Schicksal traf denjenigen, der alters- oder krank-*
*heitsbedingt starb; seine Seele stürzte in die neunte und tiefste*
*Ebene der Hölle, in das dunkle und staubige Mictlan, wo sie bis zum*
*Ende der Zeiten bleiben musste. Wer jedoch ertrank oder vom Blitz*
*erschlagen wurde, kam nach Tlalocan, das Reich des Regengottes*
*Tlaloc, wo ihn Essen in Hülle und Fülle und Wohlstand erwarteten.*
*Die Frauen, die bei der Entbindung starben, das heißt, zukünftige*
*Krieger zur Welt brachten, kamen für vier Jahre ins Haus der Sonne,*
*wurden dann aber zu furchterregenden Geistern, die für immer*
*nachts durch die Welt irrten. Die in der Schlacht gefallenen Krieger*
*und die Geopferten schlossen sich den Helfern der Sonne in ihrem*
*täglichen Kampf gegen die Finsternis an. Aber nach vier Jahren*
*wurden sie in Kolibris oder Schmetterlinge verwandelt.*
*Und heute, da die ganze aztekische Kultur im Mictlan versunken*

ist, fragen wir uns immer noch, was das für ein Volk war, dessen größte Befriedigung nach einem heldenhaften Tod es war, ein Kolibri zu werden.«

Entschuldige, Marco. Ich habe alles vermasselt.
   Entschuldige.

Luisa

# 未来人

(2010)

Miraijin, was auf Japanisch der Mensch der Zukunft bedeutet, wurde am 20. Oktober 2010 geboren. Und zwar, für diejenigen, die auf solche Dinge Wert legen – und ihre Mutter, Adele Carrera, legte Wert darauf –, am 20.10.2010. Dieser Name und dieses Datum standen fest, seit Adele ihrem Vater mitgeteilt hatte, dass sie schwanger war. »Das wird der neue Mensch sein, *Papà*«, sagte sie zu ihm (sie war in Rom aufgewachsen und sagte *Papà*), »das wird der Mensch der Zukunft sein. Und er wird an einem besonderen Tag geboren werden.« »Ich habe verstanden«, erwiderte Marco Carrera, »aber wer ist der Vater?« Adele sagte es nicht. Aber wieso, warum denn, was soll das denn, wie kannst du nur: nichts. Sie sagte es nicht. Adele war ein integres, reines Mädchen – was, wenn man bedenkt, was geschehen war, an ein Wunder grenzt –, aber auch, wenn sie eine Entscheidung traf, unnachgiebig. In diesem Fall hatte sie ihre Entscheidung getroffen: Es gab keinen Vater, Punkt. Marco Carrera begriff, dass es keinen Sinn hatte nachzubohren, sich zu streiten, sich durchzusetzen; zum x-ten Mal in seinem Leben war er mit dem Unvorhergesehenen konfrontiert, und er hatte gelernt, dass man das Unvorhergesehene akzeptieren musste, aber das war nicht leicht. Er hatte seine Tochter so erzogen, dass sie sich frei fühlte, dass sie ihre eigene Meinung zu den Dingen entwickelte, und sich daher immer vorgestellt, dass sie bald fortfliegen würde – er hatte sich darauf vorbereitet. Stattdessen entdeckte er, dass sie nicht die geringste Absicht hatte fortzufliegen; sie wollte bei ihm bleiben. Sie sagte es ihm klar und deutlich, mit einer verwirrenden Treuherzigkeit: Ich habe nicht die Absicht, mich von dir zu trennen, Papà, du bist ein wunderbarer Vater gewesen, du bist es immer noch, und wenn du es für mich bist, kannst du es auch für Miraijin, den Mensch der Zukunft, sein. Wieso, was hat das damit zu tun, was sagst du da, aber das ist was anderes: nichts.

Marco nährte ein sehr komplexes Gefühl für seine Tochter; er liebte sie mehr als alles andere – und tatsächlich hatte er sich ihr ganz gewidmet, seit er sie zu sich genommen hatte, und ihr praktisch alles geopfert; aber er empfand auch Mitleid mit ihr, wenn er daran dachte, in welchem Zustand ihre Mutter sich befand, und er fühlte sich schuldig, dass er ihr nicht das normale Leben hatte bieten können, auf das jedes Kind ein Anrecht hatte; und er machte sich auch Sorgen um sie, um ihre Stabilität, obwohl der Faden, der in München in dem *annus horribilis* wieder erschienen war, endgültig verschwunden war, sobald sie nach Florenz gezogen war, und in den folgenden neun Jahren hatte Adele auch nicht das geringste Zeichen von Weltfremdheit gezeigt. Marco hatte diese neun Jahre wie in einem Atemzug gelebt, und wenn man es recht überlegte, waren der Optimismus und die Leichtigkeit, die er sich die ganze Zeit bewahrt hatte, unglaublich, wenn man bedachte, dass es auch die Jahre gewesen waren, in denen er Luisa verloren hatte, in denen er auf die akademische Karriere verzichtet hatte, in denen seine Eltern krank geworden und nacheinander gestorben waren, in denen er Luisa wiedergefunden, endgültig mit seinem Bruder gebrochen und Luisa erneut verloren hatte. Sie waren ein einziger ungeheurer Zeitblock gewesen, in dem er sozusagen immer unter Deck gelebt hatte, im Morgengrauen aufgestanden war, wie ein Esel gearbeitet, eingekauft, gekocht, eine Million kleiner Alltagsdinge erledigt, sich um seine Tochter, seine Mutter, seinen Vater und all die zahlreichen Dinge, die ihn umgaben, gekümmert hatte. Marco hatte eine zerbrechliche kleine Welt *zusammengehalten*, die sich ohne ihn in einem Hauch aufgelöst hätte, und dies verlieh ihm eine Kraft und einen Stolz, die er in der Vergangenheit nicht gekannt hatte; und in der Zwischenzeit hatte er sich darauf vorbereitet, dass diese Welt sich trotzdem auflöste, denn *todo se termina*, wie er sehr wohl wusste, und Venedig würde innerhalb eines Jahrtausends vollständig vom Wasser überflutet sein, und *todo cambia*, auch das wusste er sehr gut, und innerhalb von 13 000 Jahren würde aufgrund des Phänomens der »Präzession der Tagundnachtgleichen« der Nordpol auf der Himmelssphäre nicht mehr vom Polarstern, sondern von Vega angezeigt werden; aber es gab Mittel und Wege, zu beenden und zu verändern, und ihm fiel die Aufgabe zu, der Hirte zu sein, der Personen und Dinge zum würdigen Ende, zur richtigen Veränderung begleitete. Und dies neun Jahre lang.

Es hatte in diesen neun Jahren nicht einen Tag gegeben, der vergeudet gewesen wäre, und auch keinen Euro und kein Opfer. Trotz zahlloser Verpflichtungen hatte er die Möglichkeit gefunden, in diesen Zeitblock auch Momente reiner Ruhe, reinen Vergnügens einzufügen, indem er seiner Tochter beispielsweise seine Leidenschaft für das Meer weitergab – in Bolgheri, trotz der traurigen Erinnerungen, wo alles wie vor vierzig Jahren geblieben war – und für die Berge – Ski fahren im Winter, aber nicht, wie er es als Kind gemacht hatte, indem er an Rennen teilgenommen und obendrein auch noch verloren hatte, sondern das Vergnügen zu genießen, sich in den Wäldern der Schwerkraft zu überlassen mit dem nötigen Können, um es gefahrlos tun zu können; und im Sommer zu wandern, in denselben Wäldern, wie er es als Junge nie getan hatte, und wilde Tiere zu suchen, um sie zu fotografieren und dabei wenn möglich jenen Bruchteil einer Sekunde abzupassen, in dem sie sich dazu herablassen, den Blick des Menschen zu erwidern, bevor sie ihn als uninteressant einstufen und ihre Neugier wieder auf die wirklich wichtigen Erscheinungsformen der Schöpfung konzentrieren: die moosbedeckten Steine, die Löcher in der Erde, die von den Ästen gefallenen Blätter. Adele hatte es ihm vergolten, indem sie gesund und voller Leben herangewachsen war, erfolgreich in denselben Schulen lernte, auf die er gegangen war, sich von den zahlreichen Unannehmlichkeiten fernhielt, denen ihre Altersgenossen ständig ausgesetzt waren, und viel Sport trieb. Keinen Gemeinschaftssport allerdings. Nachdem sie mit dem Fechten aufgehört hatte, hatte sie sich einer reinen, nicht wettbewerbsorientierten Athletik zugewandt, wobei sie die grundlegenden Leidenschaften ihres Vaters für das Meer und die Berge auf die Sportarten lenkte, die eine präzise Lebensphilosophie zum Ausdruck brachten, das Surfen und das Freeclimbing, für die sie sich als sehr begabt erwiesen hatte. Das hatte sie in jungen Jahren in jene Gemeinschaften geführt, die man nicht mehr verlässt, weil sie geistige Gemeinschaften sind, die die Unbeständigen der ganzen Welt zu Herden zusammenfassen – und unbeständig war Adele geblieben – auf der Suche nach unvergesslichen Stränden und Wänden und Wellen und Sprüngen, vor allem aber nach der Distanz zu den bürgerlichen Ängsten, die diejenigen, die sie finden, wenig anfällig für Unglück macht. Marco hatte Adele, solange sie minderjährig war, diskret an extreme und wunderschöne Orte begleitet – Capo Mannu, La Gravière, die Gorges du Verdon – und sich den ganzen Tag damit beschäftigt, Tiere zu fotografieren oder aus der Ferne die Clique zu beobachten, in der ihre Tochter mit Wellen und Kletterwänden kämpfte, sich manchmal mit ihr beim Abendessen traf, meist aber allein zu Abend aß an einem Ort, den sein Guide Bleu ihm empfohlen hatte, und auf die Rückkehr der Tochter in dem Bed & Breakfast wartete, in dem sie wohnten – und Adele kehrte immer zurück, freiwillig, ohne Druck, immer nüchtern und sich der Besonnenheit bewusst, die ihre 16 Jahre ihr empfahlen, um die Freiheit genießen zu können. Als sie dann volljährig geworden war, begann sie, ihre Clique allein zu treffen, und Marco lernte, sich während ihrer Abwesenheiten Sorgen zu machen und sich allein zu fühlen und ihre Dankbarkeit zu genießen, wenn sie zurückkehrte, um sich monatelang dem Studium und der Arbeit zu widmen. Denn Adele studierte und arbeitete. Sie hatte sich an der sportwissenschaftlichen Fakultät eingeschrieben, die ihren Sitz zufälligerweise in dem Gebäude gegenüber der Augenklinik des Ospedale di Careggi hatte, in der Marco arbeitete, weswegen sie sich häufig sahen und häufig miteinander zu Mittag aßen; und sie hatte angefangen, in Teilzeit in dem Fitnessstudio zu arbeiten, in dem sie trainierte und einen Aerobickurs gab, der von Frauen in Marcos Alter besucht wurde, aber auch, als das Studio eine Kletterwand bekam, einen Kletterkurs für Kinder und Anfänger. Sie verdiente wenig, okay, aber sicher mehr, als Marco in ihrem Alter zusammen mit dem Unaussprechlichen beim Glücksspiel abgezockt hatte, jedenfalls genug, um ihre Kleidung, das Benzin für den Twingo und – unausbleiblich, aber in ihrem Fall vermutlich auch notwendig – den Psychoanalytiker selbst bezahlen zu können. Sie war wirklich eine brave Tochter, mehr als er sich hätte wünschen können, und sie war auch sehr schön – von einer direkten und bewegenden Schönheit wie die ihrer Mutter, allerdings gedämpft durch ein paar anmutige Unvollkommenheiten. Aus all diesen Gründen hatte er sich darauf vorbereitet, dass sie bald fortflog. Er hatte ihre Trennung regelrecht vorausgeplant, hatte sich darauf vorbereitet, sie noch viele Jahre weiter zu unterstützen – das Geld dafür hatte er beiseitegelegt –, um ihr die nötige Muße und Zeit zu verschaffen, ihren eigenen Leidenschaften nachzugehen und sich in ihrem Studium zu spezialisieren, ohne sich mit materiellen Sorgen herumschlagen zu müssen; er hatte sich auch darauf vorbereitet, dass sie eines Tages Florenz oder Italien oder Europa verlassen würde, um sich vielleicht in irgendeinem Paradies am Arsch der Welt niederzulassen, und auch mit dem Gedanken geliebäugelt, alles aufzugeben, um irgendwann zu ihr in dieses Anderswo zu ziehen; er hatte sich sogar darauf vorbereitet, dass sie blutjung schwanger würde, was in der Tat geschah, und ein nicht allzu verärgertes Gesicht zu machen, wenn sie ihm das mitteilen würde, vielleicht an einen dieser jungen Männer mit perfektem Körper geschmiegt, die zu ihrer Clique gehörten. Und doch hatte ihn, wie es immer ist, wenn man sich im Voraus auf künftige Ereignisse vorbereitet und denkt, keine Möglichkeit vernachlässigt zu haben, Adeles Geständnis unvorbereitet erwischt. »Das wird der Mensch der Zukunft sein, Papà.« »Ich habe verstanden, aber wer ist der Vater?« Nichts. Der Mensch der Zukunft würde ohne Vater zur Welt kommen, und Adele würde eine zufriedene junge Mutter sein, voller Lebenswillen und ohne es im mindesten zu bereuen, sich im mindesten Sorgen zu machen. Und die *Vaterrolle* würde er übernehmen, der sie so gut ausfüllen konnte.

Nun, auf der einen Seite war dies die überwältigendste Liebeserklärung, die Marco Carrera jemals bekommen hatte, und sie erfüllte ihn mit so tiefer Freude, dass ihm die Beine zitterten. Auf der anderen Seite war es allerdings offensichtlich, dass dieses Projekt etwas Beunruhigendes hatte. Man musste nicht einmal den Faden an Adeles Rücken bemühen, um es zu begreifen: Das Band zwischen ihm und Adele erwies sich als verdreht, überlastet, und das psychoanalytische Gewinde, in dem Marco sich seit seiner Kindheit gedreht hatte, obwohl er sich immer dagegen gewehrt hatte, geriet ins Stocken. War das nicht allzu krankhaft? War das nicht *wahnsinnig*? Und wenn hinter Adeles Weigerung, ihrem Kind einen Vater zu geben, das Leid stand, das das von ihm und Marina verursachte Unglück ausgelöst hatte? Oder vielleicht ein persönliches Unglück, das sie verschwieg, wie es bei Irene der Fall gewesen war, ohne dass jemand es bemerkt hatte – ein rücksichtsloses Im-Stich-gelassen-Werden oder die einfache Weigerung ihres leiblichen Vaters, die Verantwortung zu übernehmen, verborgen hinter ihrer mutwilligen Unabhängigkeitserklärung? Und wenn Adele von der Mutter die Neigung geerbt hätte, die Realität zu leugnen und sich in eine Blase der Verstellung zu flüchten? Und wenn Marco Carrera erneut auf den Inhalt dieser Blase würde reagieren müssen? Wenn er erneut scheitern würde? Und außerdem, wie würde dieser neue Mensch aufwachsen, erzogen von einer 21-jährigen Mutter und einem fünfzigjährigen Großvater? Wenn es sich um eine Blase handelte, wie lange könnte sie andauern?

In wenigen Jahren würde das Schicksal eine einzige drastische Antwort auf all diese Fragen geben, doch in diesem Augenblick musste Marco Carrera die Erwartung seiner Tochter erfüllen und durfte keine vage Antwort geben. Er folgte seinem Herzen, akzeptierte alles und glaubte sogar an die Geschichte vom Menschen der Zukunft. Letztlich, sagte er sich, warum nicht? Irgendwo, dachte er, muss dieser neue Mensch ja früher oder später auf die Welt kommen. Er erinnerte sich an einen Vers von Johannes vom Kreuz, den Luisa vor langer Zeit in einem Abschiedsbrief (einem von vielen) zitiert hatte: »Um dorthin zu gehen, wo du nicht weißt, musst du entlanggehen, wo du nicht weißt.« Marco Carrera wusste nicht, wohin er gehen würde, und er hatte nicht die geringste Ahnung, wo er würde entlanggehen müssen, doch aus Liebe zu seiner Tochter beschloss er, sich darauf einzulassen und den Weg zu gehen. Danach wurde es leichter: Termine und Aufgaben wurden von der Biologie diktiert, Woche um Woche, und Marco musste einfach nur den nötigen Abstand finden zwischen sich und dem, was im Körper seiner Tochter passierte. Er verfügte nur über die Erfahrung von Marinas Schwangerschaft, und er nahm sie als das Muster, von dem er ableitete, was er zu tun hatte. Sie zu den Kontrolluntersuchungen begleiten: ja. Zum Geburtsvorbereitungskurs: nein. Die Hand auf den dicken Bauch legen, um die Fußtritte zu spüren: ja. Ihr das Surfen oder Klettern verbieten: ja. Ihre Schwangerschaftslaunen befriedigen: nein. Fruchtwasseruntersuchung: nein (Adele war dagegen). Erfahren des Geschlechts durch Ultraschall: nein (dito). Keine Tennisturniertafel für die Auswahl des Namens (Adele war so gewählt worden, im Finale gegen Lara, den Marco eigentlich vorgezogen hätte, da er die Spezialisierung zum Augenarzt wegen Doktor Schiwago gewählt hatte, auch wenn er es nie jemandem erzählt hatte), weil der Name bereits von Anfang an feststand. Ausdrücklich ja dagegen zu einer Wassergeburt samt Hebamme – eine gewisse Norma – und einer entsprechenden Einrichtung – Ospedale di Santa Maria Annunziata –, auch sie ausdrücklich von Adele ausgewählt; und damit nicht Careggi, wo eine Wassergeburt ebenfalls möglich war und Marco seiner Tochter ein paar Privilegien hätte zusichern können, und ja zu der Tatsache, dass in den Biographien von Miraijin Carrera, dem Menschen der Zukunft, je nach dem Grad der erstrebten geographischen Genauigkeit, geschrieben werden müsste »geboren in Ponte in Niccheri« oder »geboren in Ponte in Ema« oder, bürokratischer, »geboren in Bagno in Ripoli«, auf dessen Gemeindegebiet das ausgewählte Krankenhaus sich befand.

Ja hingegen dazu, einige Zeit und Aufmerksamkeit diesem Namen, Miraijin, und seiner Herkunft zu widmen, über den Adele ihrem Vater erschöpfend Auskunft geben konnte. Er war zusammengesetzt aus den Kanji 未来 (transkribiert nach dem Hepburn-System in »mirai«, »Zukunft, künftiges Leben«, seinerseits gebildet durch die Kombination von 未, »noch nicht«, und 来, »angekommen«) und 人 (»jin«, Mensch, Person). Der Mensch der Zukunft eben. Im Mandarin werden dieselben drei Kanji zu »wèilái rén«, in Kantonesisch zu »mei lai jan« und in Koreanisch zu »mirae in«, behalten aber dieselbe Bedeutung. Adele hatte diesen Namen in einer japanischen Manga-Saga mit dem Titel *Miraijin Chaos* des großen Osamu Tezuka – demjenigen, der, wie Marco Carrera erfuhr, der »Gott des Mangas« war – gefunden. Dieser Mann war das Idol seiner Tochter, und er wusste nicht einmal, wer er war – eine Lücke, die jedoch gefüllt wurde durch Adeles leidenschaftliche Erzählung seiner farbigen Biographie. (*Hier ist sie für den, der sich dafür interessiert:* 手塚 治虫, *das heißt Osamu Tezuka, geboren 1928 in Toyonaka, einem Städtchen in der Präfektur von Osaka, direkter Nachfahr des legendären Samurais der Sengoku-Periode Hattori Hanzō – 1541 bis 1596 –, von klein auf Fan der Disney-Filme, die er sich Dutzende Male anschaut – am häufigsten Bambi, zirka achtzigmal. Bereits in der zweiten Grundschulklasse beginnt er Comics zu zeichnen, die er mit dem Pseudonym »Osamushi« signiert, ein Käfer der Unterordnung Adephaga, mit dem er sich aufgrund der Ähnlichkeit mit seinem Vornamen identifiziert – schon damals zeichnen sich seine Personen durch das Merkmal aus, mit dem er die Mangas revolutionierte, nämlich die großen Augen. Noch als Kind zieht er sich eine seltene und schmerzhafte Krankheit zu, durch die seine Arme anschwellen, von der er dank der Behandlung eines Arztes geheilt wird, der in ihm den Wunsch weckt, ebenfalls Arzt zu werden. Mit 16 arbeitet er 1944 in einer Fabrik, um die*

*Wirtschaft seines Landes während des Zweiten Weltkriegs zu unter-stützen. Mit 17, während die radioaktiven Isotopen die Überlebenden in Hiroshima und Nagasaki quälen, veröffentlicht er seine ersten Ar-beiten, beginnt aber auch das Medizinstudium an der Universität von Osaka, wo er von der medizinischen Fakultät angenommen wird; mit 18 hat er seine ersten Erfolge, insbesondere mit dem Manga* Shin Takarajima [Die neue Schatzinsel], *inspiriert von dem Roman Ro-bert Louis Stevensons, und setzt währenddessen sein Medizinstudi-um fort. Mit 21 – 1949 – veröffentlicht er sein erstes unbestrittenes Meisterwerk, eine Science-Fiction-Trilogie:* Zenseiki [Lost World], Metoroporisu [Metropolis] *und* Kitarubeki Sekai [Next World]; *mit 23 beendet er sein Medizinstudium an der Universität in Osaka, während er in* Ambassador Atom *zum ersten Mal Astro Boy auftre-ten lässt, den Roboterjungen, der zu seiner berühmtesten Figur wer-den soll. Von nun an beginnt er seine Sagas zu serialisieren, ein erster Schritt hin zum schicksalhaften Eintritt in die Branche des Anima-tionsfilms, während er seine Facharztausbildung absolviert und den Doktor macht. Mit 31 heiratet er 1959 Etsuko Okada, eine Frau aus sei-ner Präfektur, kommt aber mit starker Verspätung zur Hochzeitsfeier, weil er ein paar Bilder beenden muss, die sein Verleger dringend von ihm verlangt. Mit 32 zieht er mit seiner Frau an den Stadtrand von To-kio, wo er sich einen großen Wohn-Atelier-Komplex einrichtet, der es ihm erlaubt, seine Familie zu vereinen und auch die alten Eltern auf-zunehmen. Mit 33 – 1961 – verteidigt er seine Doktorarbeit über die Spermiogenese, und nachdem er den Doktorgrad an der medizini-schen Fakultät von Nara erhalten hat, der alten Hauptstadt auf der Insel Honshū, kommt sein Erstgeborener Makoto zur Welt, und er be-ginnt mit den Arbeiten, um dem Wohn-Atelier den ersten Nukleus seines Anime-Studios anzugliedern, die Mushi Productions. Zwi-schen dem 35. und 40. Lebensjahr, während die Töchter Rumiko und Chiiko geboren werden, realisiert er mit den beschränkten Mitteln seiner unabhängigen Produktionsfirma die erste animierte Manga-Saga für das Fernsehen – Astro Boy, in Schwarzweiß, nach dem Motto einer Erklärung, die berühmt werden sollte:* »*Eine gute Geschichte kann eine dürftige Animation retten, aber eine dürftige Geschichte kann nicht durch eine gute Animation gerettet werden.*« *In der Folge macht diese Richtlinie ihn auch im Westen berühmt, was ihm die Wertschätzung und die Bekanntschaft mit vielen anderen Meistern einbringt: Walt Disney, den er auf der Weltausstellung in New York 1964 kennenlernt und der ihn für ein Science-Fiction-Projekt engagieren will, das dann nicht zustande kommt, Stanley Kubrick 1965, der ihm den Job als Art Director für 2001: Odyssee im Weltraum anbietet, den er schweren Herzens ausschlägt, weil er die Mushi Productions nicht alleinlassen und für ein ganzes Jahr nach England ziehen kann, und später, auf einem Festival in Frankreich, Moebius, der von seiner Arbeit fasziniert ist und akzeptiert, im Jahr darauf zu ihm nach Japan zu kommen; vor allem aber der brasilianische Comiczeichner Mauricio de Sousa, der sein enger Freund wird und sich in den folgenden Jahren stark von seinem Stil beeinflussen lassen wird, was so weit geht, dass er in das Prequel seiner populärsten Comicserie* Monicas Bande *einige seiner Personen aufnimmt, wie Astro Boy, die Prinzessin Zaffiro und Kimba. Tezuka veröffentlicht die Saga von Miraijin 1978 in drei Bänden und nimmt damit ziemlich eindeutig die Handlung des Films* Face / Off *vorweg, den John Woo fast zwanzig Jahre später drehen wird. Es ist die Geschichte eines Jungen, der von einem Freund getötet wird, der seinen Platz in einem Weltraumprogramm einnimmt, in das der Mörder nicht aufgenommen worden war, von einem geheimnisvollen Mädchen aber wieder zum Leben erweckt wird; dem Mörder, der in der Zwischenzeit sehr mächtig geworden ist, gelingt es jedoch, ihn zu fangen, bevor er seinen Platz wieder einnehmen kann, der ihm zusteht, und ihn auf den dunklen Planeten Chaos verbannt. Nach heroischen Kämpfen und unbeschreib-*

*lichen Leiden gelingt es dem Jungen, auch von dort zurückzukehren, um den niederträchtigen Freund zu besiegen und der Mensch der Zukunft zu werden. Sammler von Käfern, leidenschaftlicher Fan der Insektenkunde, von Superman, Baseball und klassischer Musik, widmet Osamu Tezuka seine letzten Arbeiten Persönlichkeiten wie Beethoven, Mozart und Tschaikowsky. Er stirbt drei Monate nach seinem 60. Geburtstag im Februar 1989 an Magenkrebs, und seine letzten Worte richten sich nach der Aussage der Angehörigen, die anwesend waren, an die Krankenschwester, die seinen Skizzenblock wegräumt: »Bitte lassen Sie mich arbeiten.«)*

Marco Carrera gefiel diese Persönlichkeit, so wie ihm das Foto gefiel, das Adele in ihrem Notizbuch aufbewahrte, mit dem schönen lächelnden Gesicht, der schwarzen Brille mit der schweren Fassung, die Marco Carrera »schwierige Brille« nannte, und der schwarzen Mütze auf dem Kopf. Es beruhigte ihn, dass ein solcher Typ mit Adeles Entscheidung, ein Kind zur Welt zu bringen, zu tun hatte – auch weil er sich direkt mit seinem Vater zu verbinden schien, standesamtlich und imaginär, dem alten Probo und seiner ausufernden Urania-Sammlung; und doch reichte dieses Gefallen an der Person nicht aus, ihn dazu zu bringen, seine Comics zu lesen, wie Adele ihm empfohlen hatte – weil sie auf Englisch waren, erstens, und zweitens, weil er Mangas nie gemocht hatte und er nicht beabsichtigte, seine Meinung zu ändern.

Japan hatte ganz allgemein viel mit diesem neuen Menschen zu tun, dessen Ankunft bevorstand. Marco begriff es, als Adeles Freunde, Surf- und Kletterkameraden, anfingen, sie zu Hause zu besuchen, da sie ihnen bei ihren Spritztouren nicht mehr folgen konnte, und auch zum Abendessen blieben. Das war vorher nie vorgekommen, und daher hatte Marco sie nie so gesehen, bürgerlich, drinnen – und auch diese neue Situation beruhigte ihn schließlich, weil sie ihm alle ziemlich normal und vernünftig vorkamen; sie fanden sich auch in der langweiligen Welt der Augenärzte und der Pasta al forno zurecht und redeten nicht nur über körperliche Höchstleistungen und Herausforderungen der Natur. Sie waren gut erzogen und respektvoll. Sie wollten wirklich das Beste für Adele. Und alle liebten sie Japan. Einer vor allem stach durch Charisma und Kompetenz heraus, ein gewisser Gigio Dithmar di Schmidveiller, genannt Briciola, Krümel; ein blonder und ziemlich gutaussehender junger Mann, dessen Manieren ebenso vornehm waren wie sein Nachname, ein phantastischer Kletterer (und nicht ganz so guter Surfer), aber tatsächlich so klein, zierlich und leicht, dass er diesen fast verleumderischen Spitznamen verdient hatte, den Marco unwillkürlich mit seinem eigenen verband, Kolibri, der immer noch benutzt wurde von einigen alten Freunden aus der Kindheit, trotz der Hormonkur, durch die er schlagartig gewachsen war.

Dieser Briciola sprach gleichermaßen kompetent über Samurais, Shōgunate, Bücher von Murakami, Filme von Kurosawa, Kampfsportarten, Mangas, Robotertechnik, Shintoismus, Sushi und die Teezeremonie und schien viel mehr zu wissen, als er sagte; er hatte eine schöne Stimme und konnte sich gewandt ausdrücken, man hörte ihm gern zu; und er war Student der Ingenieurwissenschaften, nicht der Japanologie, ein Zeichen, dass er sich all dieses Wissen über Japan selbst angeeignet hatte, aus Leidenschaft – die wie alle Leidenschaft ansteckend war. Einmal sagte er etwas, das Marco aufschlussreich schien, um die Entscheidung seiner Tochter zu verstehen: Um den Faden in das Nadelöhr einzufädeln, schiebt man ihn von der Brust nach außen, aber in Japan macht man es umgekehrt, der Faden wird von außen in Richtung Brust geschoben. Darin, sagte Briciola, liege der ganze Unterschied: Westen = innen-außen, Japan = außeninnen. Dieser Briciola war zweifellos die Quelle für die Leidenschaft für Japan, die von der ganzen Clique geteilt wurde – daher schien er Marco, der auch, nachdem er die Entscheidung seiner Tochter akzeptiert hatte, immer noch auf Hinweise lauerte, ein anderer, sozusagen ein weiterer *Pate*, eine weitere männliche Bezugsperson neben ihm und Osamu Tezuka für seinen Enkel zu sein, der ohne Vater zur Welt kam. In Wahrheit hatte er anfangs gedacht, er könnte sogar Briciolas Sohn sein, der mit dem Alphamädchen der Gruppe namens Miriam verlobt war, größer als Adele und eng mit ihr befreundet, ein Grund, der ein so hartnäckig bewahrtes Geheimnis rechtfertigen könnte; aber angesichts der Natürlichkeit und Ungezwungenheit, mit der Briciola mit Adeles Schwangerschaft umging, gelangte er zu der Überzeugung, dass es unmöglich war. Er fragte sich auch, ob der Vater nicht einer der anderen sein könnte, jener Ivan mit dem glänzenden Ohrring vielleicht, oder einer, der seltener kam, mit Namen Giovanni, schön wie die Sonne, der Requisiteur beim Film war – aber auch diese Vermutungen verflüchtigten sich sofort wieder, stets aufgrund des Verhaltens der jungen Leute – alle, Männer wie Frauen – ihr gegenüber. Nein, der Vater war nicht unter ihnen. Aber es war unmöglich, dass sie nichts wussten, denn die *Missetat*, wie Probo Carrera es genannt hätte, war geschehen auf einem ihrer Surftrips im letzten Januar, zwischen Faro und Sagres im Süden Portugals, wo in jedem Winter Gruppen aus ganz Europa zusammenkamen, angelockt von den idealen Bedingungen, die sich aus der Verbindung der durch die atlantischen Stürme erzeugten riesigen Wellen mit dem Schutz ergaben, die der Cabo de São Vicente an jenen Stränden bietet. Aber auch wenn sie sie vermutlich kannten, war die Identität des Vaters für sie ebenso irrelevant wie für Adele, und sie sprachen nie darüber; für sie wie für Adele war es vollkommen vernünftig und natürlich, dass ein 21-jähriges Mädchen ein Kind zur Welt bringt. Marco Carrera bemühte sich, sich dieser Philosophie anzuschließen, obwohl sie seiner Sichtweise widersprach. Er wiederholte mehrmals den Vers von Johannes vom Kreuz, und eines Abends zitierte er ihn sogar beim Abendessen vor all diesen jungen Leuten passenderweise im Zusammenhang mit der Zukunft, von der niemand so recht wusste, wie man sie besser machen könnte: »Um dorthin zu gehen, wo du nicht weißt, musst du entlanggehen, wo du nicht weißt.« Das Zitat hinterließ großen Eindruck, weil es gut zu der Lebensphilosophie von ihnen allen passte, doch Marco Carrera ließ sich nicht davon abbringen, das Ganze etwas komplizierter zu sehen.

Die Monate flogen dahin, und am Ende war nur noch eine letzte Entscheidung zu treffen: sich mit den Beinen im Wasser an die Wanne zu setzen und Adele während der Geburtswehen zu umarmen, eine Rolle, die eigentlich nicht dem Vater der Schwangeren, sondern dem des Kindes zukam – oder nicht? Für Adele gab es keinen Zweifel daran. Sie habe natürlich mit ihrem Psychoanalytiker darüber gesprochen, erklärte sie und zeigte damit, dass sie aus ihrer Sicht die Motive geprüft hatte, die Marco in eine gewisse Verlegenheit bringen könnten. Wie immer in allen entscheidenden Augenblicken seiner Beziehung zu Frauen fühlte er sich umzingelt von den weiß der Teufel wie vielen Stunden, in denen ohne ihn über ihn gesprochen wurde, und in denen dann Schlüsse gezogen wurden, die ihn betrafen; doch erneut gab er nach: Ja, sagte er – und bemühte sich, nicht den Ozean von Unsicherheit zu zeigen, den seine Antwort hatte überqueren müssen. Und so fand er sich 2010 um elf Uhr vormittags des 20. Oktober – ein Tag, an dem, wie Marco auf Wikipedia herausgefunden hatte, von den Großen nur Arthur Rimbaud und Andrea della Robbia das Licht der Welt erblickt hatten – zusammen mit seiner Tochter und der Hebamme namens Norma im lauwarmen Wasser der Wanne wieder. Es ging alles viel schneller, als Marco, der sich an die nicht enden wollenden Geburtswehen von Marina vor 21 Jahren erinnerte, erwartet hatte. Und es war auch, den leisen Klagelauten Adeles und ihren fließenden Bewegungen bei Wechseln der Position zur Unterstützung der Wehen nach zu urteilen, viel weniger schmerzhaft. Es machte ihn nicht verlegen, sie zu umarmen und in den Achselhöhlen zu stützen, und er empfand auch nicht dieses Gefühl der Ohnmacht, das mit seiner Anwesenheit im Kreißsaal verbunden blieb, als Adele unter den Schreien und Fürzen Marinas auf die Welt gekommen war. Im Gegenteil, Marco fühlte sich als Teil dieses Ereignisses, er fühlte sich nützlich und erschauerte bei dem Gedanken, in Erwägung gezogen zu haben, nicht daran teilzunehmen. Wie seine Tochter es stets felsenfest gewollt und geglaubt hatte, war alles wirklich ganz *natürlich*, in der buchstäblichen, etymologischen Bedeutung des Wortes, »das, was die Fähigkeit zu zeugen betrifft«, und als die Austreibung beendet war und die Hebamme das Neugeborene noch zehn, zwanzig, dreißig Sekunden im Wasser hielt, empfand er keinerlei Angst, keinerlei Ungeduld; nicht so sehr, weil er wusste, dass die Flüssigkeit das Habitat war, aus dem das Kind kam, und dass der Atem ein Reflex war, der sich erst in Gang setzt, wenn es verlassen wird, sondern weil er selbst in diese Flüssigkeit getaucht war und am eigenen verfallenden Körper die gleiche Erleichterung empfand, die in diesen Augenblicken den straffen und muskulösen Körper seiner Tochter und den zarten und ganz neuen von Miraijin durchströmte. Es war das Wasser, das sie zusammenhielt, das sprach und sie beruhigte. Diese halbe Minute war die erleuchtetste Zeitspanne seines ganzen Lebens. Diese trübe Brühe, in der sie saßen, seine einzige Erfahrung einer glücklichen Familie.

Während das Neugeborene aus dem Wasser genommen und

der Mutter übergeben wurde, ertappte Marco Carrera sich dabei, sein ganzes Leben mit dem Maßstab der phantastischen Erfahrung zu messen, die er gerade machte, verblüfft über das Wohlbefinden, das er soeben dort wahrgenommen hatte, wo er sich nur an Kampf und Schreie und blutiges Gemetzel erinnerte, und er fragte sich, warum die Wassergeburt immer noch so wenig praktiziert wurde, warum nicht alle Frauen es so machten. Stumm prägte er sich ins Gedächtnis ein, wie Miraijin den ersten ruhigen Atemzug tat, das erste Wimmern von sich gab, zum ersten Mal die (mandelförmigen) Augen öffnete, und er bemerkte auch nicht, dass es ein Mädchen war. Er erfuhr es kurz darauf durch Adeles Stimme, aus den ersten Worten, die sie sagte, immer noch in der Wanne im Wasser sitzend, das Kind auf der Brust und mit einem glücklichen Gesichtsausdruck, den alle Väter zumindest einmal auf dem Gesicht ihrer Kinder sehen sollten: »Siehst du, Papà? Es fängt gut an. Der Mensch der Zukunft ist eine Frau.«

# EIN GANZES LEBEN

(1998)

*Marco Carrera*
*Postlagernd – Roma Ostiense*
*Via Marmorata 4–00153*

*Paris, 22. Oktober 1998*

*Lieber Marco,*

*ich habe gerade bemerkt, dass ich von Giorgio Manganelli nicht mehr loskomme.*

*Ich habe endlich die Bücher, die Notizen und das ganze Material weggeräumt, das jahrelang auf meinem Schreibtisch lag, nachdem ich meine Doktorarbeit beendet hatte. Ich weiß nicht, warum ich angefangen habe, die Fotokopien zu lesen, die ein Exemplar von* Centuria *aufgebläht haben, ein Buch, das ich Dutzende Male in der Hand gehabt und gelesen habe, während ich an meiner Doktorarbeit saß. Es waren drei Blätter, drei fotokopierte Gedichte, die ich gewiss nicht für die Doktorarbeit benutzt habe, weil sie nichts damit zu tun hatten, aber die sich darin befanden und die ich vergessen hatte und gestern wiederfand, als ich beschloss, Manganelli von meinem Schreibtisch zu verbannen. Als ich sie wiedersah, erinnerte ich mich sofort an den Tag, an dem ich sie in einem Buch meines Professors gelesen hatte, und das sofortige und heftige Bedürfnis, sie zu kopieren, genau diese drei, keine anderen. Es mag, ich weiß nicht, 1991 oder 1992 gewesen sein, wir hatten uns verloren und schrieben uns seit geraumer Weile nicht mehr. Ich war gerade von Bolgheri nach Paris zurückgekehrt, es war September, und wie jeden September stand ich unter Deinem Einfluss, dem Einfluss der absurden Tage, die ich gerade an dem verdammten Ort verbracht hatte, der so erfüllt und leer von Dir war. Ich las diese Gedichte und wollte sie haben, denn sie sprachen von uns. Ich kopierte sie und steckte sie in das Buch, von dem ich mich, wie ich damals dachte, niemals trennen würde. Dann kam der Tag, an dem ich sie vergaß, und dann der, an dem ich aufhörte,* Centuria *in die Hand zu nehmen, obwohl das Buch dort liegen blieb und auf meinem Schreibtisch ohne ersichtlichen Grund Platz wegnahm. Gestern schließlich kam der Tag, an dem ich beschloss, mich auch von dem Buch zu trennen und es zu den anderen ins Bücherregal zu stellen, in der Absicht, mich von meiner Fixierung auf Manganelli zu befreien, der hier an der Sorbonne jede Hoffnung auf akademisches Vorankommen eher schwächt. Gerade im Augenblick der endgültigen Trennung tauchten diese drei Gedichte also wieder auf, und alles begann von vorn.*

    *Hier die Gedichte:*


*1.*

*Wir haben alle ein Leben*
*Das wir NICHT gemeinsam leben.*
*Auf den Regalen Gottes*
*Verstauben die möglichen Gesten:*
*Die engelgleichen Fliegen bekleckern*
*Unsere Liebkosungen;*
*Wie Eulen hocken*
*Unsere ausgestopften Gefühle.*

»Unzustellbare Ware« – wird der Messingengel schreien –
Zehn Kisten Leben, Möglichkeiten.
Und wir werden auch einen Tod zu sterben haben:
Einen zufälligen, unnötigen,
Zerstreuten Tod, ohne dich.


2.

Ich wollte dich sehen:
Ich wollte, dass die Phantasie deines Haars
Schreie der Freiheit
Einweiht in zu langsamen Stunden; die Revolte
Deiner irdischen Handgelenke
Die Anfänge von Flaggen bewegen
Und das Zögern, die vorsichtige Verzweiflung,
Die Zeit anklagen.
Ich brauche den Schrei eines Blicks
Und über die Heftigkeit deines Lebens hinaus
Verlange ich die Geste eines Lachens von dir.


3.

Vor dir rette ich mich
Indem ich mich mit deiner Gegenwart einige:
Mit freundschaftlichen, besonnenen Worten
Bewege ich dich, nicht zu leben.
Ich fürchte dein Gesicht nicht
Wenn ich es aus dem Nichts geholt weiß
Zufälliger Klumpen meiner selbst
Weiblich nichts:
Nur so rette ich mich vor deinem Blut;
Weil du mich immer ängstigst
Wenn du dich aus dem Nichts etwas näherst.

*Diese Geschichte klingt erfunden, ich weiß. Aber Du kennst mich und weißt, dass ich keine Geschichten erfinde, weil ich keine Phantasie habe. Sie ist wahr, Marco, so wie es auch die Wahrheit ist, dass ich am unteren Rand des dritten Blattes mit blauem Kugelschreiber – ich erinnere mich auch hier ganz genau, wann ich es gemacht habe und warum und was ich gerade getrunken hatte und wie das Wetter war, aber ich will Dich nicht langweilen – diese Worte von GM aufgeschrieben habe, der jetzt mein Kerkermeister ist:*

*»Du weißt also, dass dies die Beschreibung unserer Liebe ist, dass ich nie weiß, wo du bist, und du nie weißt, wo ich bin?«*

*Mit einer Umarmung (wenn möglich per Post)*
*Luisa*

# BEI DEN MULINELLI

(1974)

Irene Carrera entschied sich für die Mulinelli an einem August-
abend, und Marco, der fast 15 war, aber wegen seiner Hormonstö-
rung wie zwölf wirkte, war der Einzige der ganzen Familie, der es
bemerkte.

Irenes Stimmungsschwankungen, ihre Szenen, ihre Aufsäs-
sigkeit, die finsteren Perioden ihres Schweigens, ihre trügeri-
schen Wiedergeburten, ihre Anwandlungen von Liebe und Optimismus und dann erneut die Traurigkeit, die Wut und die
Dummheiten, die sie absichtlich machte, um Aufmerksamkeit
zu erregen, noch mit 16, 17, 18, hatten die Alarmschwelle der anderen Familienmitglieder erhöht, da sie sich an ihre Exzesse
gewöhnt hatten. Sie war bei einem sehr tüchtigen Therapeuten
in Florenz in Behandlung, einem Psychoanalytiker namens Zeichen, der allerdings im August wie alle Psychoanalytiker auf Ur-
laub war. In Wahrheit hatte er eine Telefonnummer hinterlassen,
unter der Irene ihn notfalls anrufen konnte, mit einer unbekannten *langen* Vorwahl, die abschreckte. Irene hatte den August anfangs mutig angepackt, entschlossen, ihn zu genießen: eine Reise nach Griechenland, geplant mit zwei Freundinnen nach der
Reifeprüfung, die dadurch, dass eine von ihnen durchgefallen
war, ins Wasser gefallen war; eine nach Irland, als Ersatz ausgedacht, aber dann doch nicht konkret geplant; die spontane Absicht, ein paar Tage in Versilia zu verbringen, wo viele ihrer

Freunde sich, wie sie behaupteten, ein schönes Leben machten, woraus aber, wie jedes Jahr, nichts wurde. Und so langweilte Irene sich im Haus in Bolgheri, wo sie alle Sommer verbracht hatte, und dem sie in dem Jahr, volljährig und nachdem sie die Reifeprüfung mit der Bestnote bestanden hatte, wirklich zu entkommen gehofft hatte. Stattdessen hatte ein Vergehen einer ihrer Freundinnen genügt, um jedes Projekt zunichtezumachen, und hatte ihr erneut dramatisch vor Augen geführt, wie wenige soziale Kontakte sie hatte – eine der Folgen, aber zugleich auch Ursachen ihrer Depression. Papa, der kochte und las, Mama, die sich sonnte und las, die beiden jüngeren sportlichen Brüder, Fahrten aufs Meer mit der alten, vom Salz zerfressenen Vaurien-Jolle, ihre Freunde am Ort, die sich in den Diskotheken tummelten, die man besser mied, Doktor Zeichen, begraben unter der unbekannten Vorwahl, und in dem Jahr auch die Sorge wegen Marcos Behandlung, die nach dem Sommer auf ihren kleinen Bruder zukommen würde – über die ihre Eltern trotz der wegen der Entscheidung für sie vereinbarten Waffenruhe weiterhin jeden verdammten Abend sprachen, während Irene ihnen heimlich zuhörte.

An einem dieser Augustabende also stand Irene, während das Wetter sich bereits verschlechtert hatte und der Südwestwind über die Küste hinwegfegte, nach einem kargen Abendessen vom Tisch auf und sagte, sie gehe zum Strand, um die Jolle am Schuppen festzubinden, weil die Nacht gewittrig und stürmisch zu werden drohe. Als wäre das völlig normal – aber das war es nicht: Ihr Vater war von dem Boot besessen und sorgte sich ständig darum, was man von Irene sicher nicht behaupten konnte. Ohne dass ihm irgendetwas aufgefallen wäre, sagte ihr Vater »bravo« und verschwand in seinem Zimmer. Marco dagegen begriff sofort, dass Irene ins Wasser gehen wollte, in den schmalen tödlichen Meeresabschnitt vor ihrem Schuppen, genannt I Mulinelli, wo die Strudel stark waren und die Strömungen einen in die Tiefe zogen, auch wenn es keine Wellen gab. Wo vor allem, seit die Familie Carrera an diesem Ort ihre Urlaube verbrachte, vier Personen ertrunken waren – und alle hatten, wie immer behauptet wurde, Selbstmord verübt. Während Irene mit einem um die Schulter gerollten alten Hanfseil das Haus verließ, erschrak Marco und stelle fest, dass weder seine Mutter, die Geschirr abwusch, noch sein Bruder Giacomo, der es abtrocknete, die geringsten Anstalten machten, sie zurückzuhalten. Er erschrak, begriff aber im selben Augenblick, dass es an ihm war, seine Schwester zu retten, da es etwas gab zwischen ihr und ihm, und dieser Gedanke flößte ihm Mut ein. Ohne ein Wort zu sagen, eilte er durch die Glastür der Küche nach draußen.

Der Himmel war bedeckt, regenschwer. Das schmutzige Licht der Dämmerung wurde immer schwächer, die Luft war warm und feucht. Man hörte deutlich das Rumoren des wütenden Meeres. Marco rannte aus dem Garten und nahm den Pfad, der zu den Dünen führte, an deren Ende er Irenes weißes Unterhemd aufleuchten sah. Er rannte noch schneller, um sie zu erreichen, doch Irene bemerkte ihn und rief ihm zu, ohne sich umzudrehen, er solle nach Hause zurückkehren. Marco gehorchte nicht – im Gegenteil, da sie ihn entdeckt hatte, kam er ihr noch näher. Hätte Irene nicht die Absicht gehabt, sich in den Mulinelli zu ertränken, hätte sie auf ihn gewartet und sich sogar gefreut, dass ihr Bruder ihr helfen wollte, die Vaurien-Jolle am Schuppen festzubinden; sie freute sich aber nicht und wiederholte, er solle nach Hause zurückkehren, wobei sie sich diesmal umdrehte und einen drohenden Ton anschlug. Wieder blieb Marco nicht stehen, sondern lief noch schneller. Daraufhin stoppte sie und ließ sich einholen, und als Marco bei ihr war und nicht recht wusste, was er tun sollte, drehte sie ihn mit kräftigen Händen um wie einen Kegel und versetzte ihm einen Fußtritt in den Hintern, der ihn überraschte und zu Boden warf. »Verschwinde!«, schrie sie und ging weiter, und diesmal rannte sie. Marco stand auf und lief ihr hinterher. Obwohl er viel kleiner war als sie – viel kleiner als jeder, immer schon –, spürte er eine seltsame Kraft in sich, die ausreichte, um sie daran zu hindern, sich ins Wasser zu stürzen. Gewiss, wäre jemand da gewesen, hätte er um Hilfe gebeten, zur Sicherheit, aber es war keine Menschenseele zu sehen, und sie hatten schon fast die Düne erreicht, und Marco war bereit, sich auf seine Schwester zu stürzen, sie aufzuhalten, sie zu Boden zu werfen, falls nötig, und sie in den Sand zu drücken, bis sie sich ergab. Er war gelenkig, schnell und konnte kämpfen; mit dem Fußtritt hatte Irene ihn überrascht, aber das würde ihm kein zweites Mal passieren.

Hinter der Düne, wo das Brüllen des Meeres lauter wurde, blieb Irene erneut stehen und drehte sich um. Marco, der ihr mit ein paar Schritten Abstand folgte, blieb ebenfalls stehen. Beide waren sie außer Atem. Das Mädchen starrte den Bruder mit einem grausamen Grinsen an, das ihn erschreckte, und begann das Hanfseil in der Luft knallen zu lassen, als wäre es eine Peitsche. Rückwärts gehend richtete sie die Peitschenschläge gegen ihn, der ihr folgte, wobei er sich auf das Ende des Hanfseils konzentrierte, das eine Handbreit von seinem Gesicht entfernt durch die Luft sauste. Er hielt den Blick starr auf diesen zuckenden Schlangenkopf gerichtet, um ihn nicht auf Irenes Gesicht richten und erneut diesen diabolischen Ausdruck sehen zu müssen.

Sie erreichten den Strand, Irene hörte auf, die Luft zu peitschen, und blieb neben der Vaurien stehen. Im Grunde war sie schutzlos, zu dicht am Wasser; wenn es stieg, würde das Meer sie mit sich reißen. Die Mulinelli befanden sich vor ihr, im dunklen

Meer, das schäumte, gepeitscht vom Südwestwind, der immer heftiger wurde. Irene starrte ihn an, nach vorne gestreckt wie ein Vorstehhund, und Marco holte Luft, auf der Lauer, um den Augenblick zu erkennen, in dem er sich auf sie würde stürzen müssen, um sie zurückzuhalten. Aber Irene machte einen Schritt zur Seite und umarmte buchstäblich den Bug des kleinen Boots und streichelte das vom Salzwasser zerfressene Holz, als würde sie den Widerrist eines Pferdes streicheln. Marco stand da, alle Muskeln angespannt, und beobachtete sie, wie sie mit dem Rücken zu ihm das Hanfseil mit einem Schifferknoten am Mast befestigte und sich dann das andere Ende um die Hüften schlang. Er sah ihr zu, wie sie ohne Gummihandschuhe, Holzrollen, ruckweise, aus eigener Kraft das Boot zum Schuppen hinaufzog; er griff nicht ein, half ihr nicht. Als die Vaurien in Sicherheit war, löste Irene das Seil von ihren Hüften und band es mit einem weiteren Schifferknoten am Schuppen fest; dann drehte sie sich um. Diesmal blickte Marco ihr ins Gesicht, sah genau hin, und der furchterregende Gesichtsausdruck, den sie gehabt hatte, als sie die Luft gepeitscht hatte, war verschwunden.

Sie kehrten nach Hause zurück, bemühten sich, im Gleichschritt zu gehen, um sich umarmen zu können, aber anders als normal: Er, der Mann, umfasste ihre Taille, und sie, die Frau, hatte ihren Arm um seine Schulter gelegt. Von Zeit zu Zeit kratzte sie ihn mit dem Daumen, aber leicht wie eine Ameise, zwischen den beiden Nerven, die sich hinten am Hals befinden.

# WELTSCHMERZ & CO.

## (2009)

An: Giacomo – jackcarr62@yahoo.com
Gesendet – Gmail – 12. Dezember 2009 19:14
Betreff: Weltschmerz
Von: Marco Carrera

Lieber Giacomo,
es ist plötzlich etwas aufgetaucht, und ich muss es Dir sagen, denn
Du bist die einzige Person auf dieser Welt, die das interessieren
könnte oder die immerhin davon betroffen ist.
Ich war im Haus an der Piazza Savonarola, um zu kontrollieren, ob
alles in Ordnung ist. Frag mich nicht, warum. Ich mache ab und zu
Kontrollbesuche. Das Haus verfällt immer mehr, es müsste ausge-
räumt, in Ordnung gebracht und wenigstens vermietet werden, da
verkaufen nicht in Frage kommt, solange diese Krise andauert; aber
im Augenblick ist alles, was ich tun kann, ab und zu hinzugehen, um
zu kontrollieren, ob es nicht ausströmendes Wasser, Schäden, Probleme gibt. Kurzum, dass es nicht vollkommen verfällt. Das Gas habe
ich abstellen lassen, aber nicht das Wasser, denn dann könnte man
es nicht einmal mehr saubermachen. Ich putze nicht selbst, das
käme mir im Traum nicht in den Sinn (für wen denn?); ich gehe nur
zum Nachschauen hin. Damit es nicht vollkommen verfällt. Verstehst Du mich, Du, der Du es nie mehr betreten wolltest? Vielleicht
nicht. Aber darüber wollte ich nicht mit dir sprechen.

*Kurz und gut, gestern bin ich im Haus gewesen. Und auf einmal, ich*
*weiß nicht, warum, überkam mich der Drang, in Irenes Zimmer zu*
*gehen. Ich wusste, dass nichts darin verändert worden war, ich war*
*schon öfter drin gewesen, als ich noch dort lebte und auch wenn ich*
*für die Feiertage nach Rom zurückkam. Ich wusste, dass Mama und*
*Papa nichts verändert und regelmäßig geputzt hatten, das Bett war*
*gemacht und alles bereit, als würde Irene jeden Augenblick zurück-*
*kommen. Ich öffnete die Tür, ging hinein und sah mich um: das Bett,*
*die blaue Tagesdecke, der ordentlich aufgeräumte Schreibtisch, das*
*unordentliche Regal, die schöne Lampe, die hässliche Lampe, die*
*Gitarre auf ihrem Gestell, die Platten, der Plattenspieler, der Schrank*
*mit dem Poster von Jacques Mayol, dem von Lydia Lunch, das Pup-*
*penhaus auf dem Wasserfall, das Papa extra für sie gemacht hatte,*
*dieses absolute Juwel. Ich ging hinein, blickte mich um und ging*
*wieder. Früher tat ich das, ehrlich gesagt, häufiger als jetzt; jetzt*
*gehe ich nur noch ins Haus, um zu kontrollieren, ob es keine Proble-*
*me gibt, und ich betrete das Zimmer für gewöhnlich nicht, weil ich*
*die Gewissheit habe, dass von diesem Zimmer kein Problem mehr*
*kommen kann, nie mehr. Es ist ein friedliches Zimmer, wenn Du*
*verstehst, was ich meine. Aber gestern Vormittag, ich weiß nicht,*
*warum, bin ich hineingegangen. Und ich habe mich nicht darauf*
*beschränkt, mich umzusehen; ich habe mich aufs Bett gesetzt und*
*die Glätte der Tagesdecke zerstört. Ich habe die schöne Lampe ein-*
*geschaltet. Ich habe mich an den Schreibtisch gesetzt. Wenn Du*
*mich in all den Jahren, und es sind wahrlich viele, gefragt hättest,*
*was sich auf Irenes Schreibtisch in ihrem friedlichen Zimmer befand,*
*hätte ich geantwortet,* »nichts«. *Das heißt, ich hätte gesagt, die*
*schöne Lampe, die Planisphäre von* National Geographic *unter*
*einer Glasplatte und das gerahmte Basrelief der* Rocky Horror
Picture Show, *das Irene nie an die Wand gehängt hatte – also eben*
*nichts. Aber da war eben doch was, war immer etwas gewesen, Ein*

*Buch. Eines dieser alten guterhaltenen Bücher mit einem Umschlag ohne Illustration, gehüllt in das glänzende Schutzpapier wie Papas Urania-Romane. Es mag sein, dass es fast die Farbe des Schreibtischs hatte, jedenfalls hatte ich es nie bemerkt. Ein Gedichtband. Molte stagioni lautet der Titel. Von Giacomo Prampolini, ein Autor, von dem ich noch nie etwas gehört hatte. Ich nahm es in die Hand und strich darüber, wozu dieses glänzende Schutzpapier dich unwiderstehlich einlädt. Dann öffnete ich es an einer zufälligen Stelle. In Wirklichkeit war es kein Zufall; ich öffnete es dort, wo es, das Buch, geöffnet werden wollte, das heißt auf Seite 25, wo eine gefaltete Seite aus einem Heft steckte, die auf den Schreibtisch fiel. Bevor ich die Heftseite auseinanderfaltete, las ich das Gedicht, das auf dieser Seite stand. Hier das Gedicht:*

*Von dir verlassen
zerbreche ich, du weißt es;
darauf verlass dich, und ich weiß, was du denkst:
ich werde nun unerschütterlicher sein.*

*Ganz Gewissheiten ist unsere Liebe!*

*Aber ... aber
jedes Unglück von dir
wird von mir Namen und Natur bekommen;
und ich werde deinen Schmerz empfinden,
ohne ein Lächeln zu hoffen.*

*Im Morgengrauen unbestimmt schwanken
die Wipfel der Pappeln im Wind;
Mann und Frau gehen fort, erste
und ewige Figuren der Zeit.*

*Ich weiß nicht, Giacomo, aber mir scheint es das traurigste Gedicht zu sein, das jemals geschrieben wurde. Dann hob ich das Blatt auf, das auf die Erde gefallen war, und faltete es auseinander. Es war in Irenes Handschrift mit blauer Tine beschrieben. Ich las es:*

Juni 1981

Weltschmerz & Co.

Weltschmerz (unterstrichen) – Dolore Universale.
Müdigkeit der Welt. Jean Paul. Tolkien. Elfi.
Giacomo Prampolini, »Molte stagioni«.

Anonym (unterstrichen) – Émile Durkheim, »Der Selbstmord«
(1897)

Dhukkha (unterstrichen) – Sanskrit. Bedingung des Leidens.
Wörtliche Übersetzung: schwer zu ertragen (unterstrichen)

*Der Bhagavan war in Savatthi und sagte: »Bhikkhu, ich werde euch unterrichten über das Entstehen von Dhukkha wie auch das Verschwinden von Dhukkha. Hört zu, richtet eure volle Aufmerksamkeit auf meine Worte, ich werde sprechen.«*
*»Sehr gut, Ehrwürdiger«, erwiderte der Bhikkhu. Und der Bhagavan erteilte ihm seine Lehre:*
*»Was, o Bhikkhu, ist das Entstehen von Dhukkha?«*
*»Abhängig vom Auge und den sichtbaren Gegenständen entsteht das Sehbewusstsein; dadurch, dass diese drei sich begegnen, entsteht der Kontakt. Abhängig vom Kontakt entsteht die Wahrnehmung; abhängig von der Wahrnehmung entsteht das Verlangen. Dies, o Bhikkhu, ist der Ursprung von Dhukkha.*

*Abhängig vom Ohr und vom Klang entsteht das Hörbewusstsein; abhängig von der Nase und vom Geruch entsteht das Riechbewusstsein; abhängig vom Geist und den Gegenständen der Erkenntnis entsteht das Denkbewusstsein; dadurch, dass diese drei sich begegnen, entsteht der Kontakt; abhängig vom Kontakt entsteht die Wahrnehmung; abhängig von der Wahrnehmung entsteht das Verlangen. Dies, o Bhikkhu, ist der Ursprung von Dhukkhu.«*

*»Und was, o Bhikkhu, ist das Verschwinden von Dhukkhu?«*

*»Abhängig vom Auge und von den sichtbaren Gegenständen entsteht des Sehbewusstsein; dadurch, dass diese drei sich begegnen, entsteht der Kontakt: abhängig vom Kontakt entsteht die Wahrnehmung; abhängig von der Wahrnehmung entsteht das Verlangen. Nur durch das vollständige Aufhören dieses Verlangens durch den Pfad des Arahat hört die Anhänglichkeit auf; mit dem Aufhören der Anhänglichkeit hört Bhava [das Werden, Anm. d. Ü.] auf, mit dem Aufhören von Bhava hört die Wiedergeburt auf; mit dem Aufhören der Wiedergeburt hören das Altern und das Sterben auf; und folglich hören der Kummer, die Wehklage, der körperliche Schmerz, die Erschütterung des Geistes und die Agonie auf. Auf diese Art geschieht das Aufhören dieser ganzen Menge von Dhukkhu. Dies, o Bhikkhu, ist das Aufhören von Dhukkhu.«*

*Es ging ihr viel schlechter, als wir alle dachten, Giacomo.*

*Ich habe das Buch mit nach Hause genommen und es in einem Zug gelesen. Das Gedicht auf Seite 25 ist bei weitem das schönste und das traurigste. Und am Ende – ich hätte es fast nicht bemerkt – habe ich, verborgen unter der Umschlagklappe, mit der Vorderseite nach unten, damit niemand ihn sieht, den folgenden Satz gefunden, ganz klein mit Bleistift geschrieben, als sollte niemand ihn lesen:*

»Man muss sehr aufpassen, wenn man seinem Herzen Luft macht, Lorenzo. Immer.«

Lorenzo?
Wer ist verdammt noch mal dieser Lorenzo?
Wir wussten nichts von ihr, Giacomo. Sie wusste alles von uns allen, aber wir wussten nichts von ihr.

Ich umarme den Bildschirm
Marco

# GLOOMY SUNDAY

## (1981)

Sonntag, 23. August 1981.

Der Ort ist Bolgheri oder, besser, jener Küstenabschnitt südlich von Marina di Bibbona, den manche Renaione nennen, andere Palone, den die Familie Carrera jedoch ganz einfach Bolgheri nennt, womit sie nicht das nahe Dorf meint, das sich an das Castello della Gherardesca schmiegt, sondern direkt den darunterliegenden Kiefernwald und Strand – auch diese allerdings noch fast ganz Apanage jenes Adelsgeschlechts. An diesem wilden Küstenabschnitt hatten die Eheleute Carrera Anfang der sechziger Jahre die Gelegenheit, ein kleines verfallenes Bauernhaus unmittelbar hinter den Dünen zu kaufen, mit einem kleinen Kiefernwäldchen drum herum. Sie beabsichtigten, daraus den symbolischen Ort des Glücks zu machen, das sie, davon waren sie überzeugt, mit zwei kleinen Kindern und einem dritten, das unterwegs war, über die Welt verbreiten könnten. Die Renovierung der Ruine wurde von den beiden in völliger Harmonie vorgenommen, wobei Letizia für die Gestaltung und Probo für den Ausbau zuständig war; über die Jahre wurde ständig erweitert und verschönert, mit und ohne Genehmigung; das kleine Bauernhaus, das es gewesen war, verwandelte sich dadurch in ein elegantes Ferienhaus im Herzen der Maremma. Schade nur, dass in der Zwischenzeit die Harmonie zwischen Letizia und Probo flöten gegangen war und die Beharrlichkeit, mit der sie

Jahr für Jahr alle gemeinsam die Ferien dort verbrachten, zu einem Akt der Selbstverstümmelung geworden war.

Ein anderer Ort, der im Zusammenhang mit diesem Abend erwähnt werden muss, ist ein Restaurant am Strand von San Vincenzo, das vor knapp einem Jahr eröffnet worden war und sich einen beträchtlichen Ruf erworben hatte.

Ein weiterer ist der Golf von Baratti, über den es wenig zu sagen gibt; er ist eines der Weltwunder.

Im Haus in Bolgheri ist die Familie Carrera vollzählig versammelt. Von der Pasta al ragù, die Probo vor vier Tagen gekocht hatte und die immer wieder in den Ofen geschoben und gegessen worden war, so dass sie sich von allein regeneriert zu haben schien wie Odins Wildschwein, ist nichts mehr übrig. Da es Sonntag ist, ist die Signora Ivana aus Bibbona, die kocht und putzt, nicht gekommen; zum Abendessen gibt es daher nichts. Die beiden Familienmitglieder, die normalerweise in einem solchen Notfall aktiv werden, sind Probo und Marco, die an diesem Abend jedoch beide durch dringendere Beschäftigungen verhindert sind. Probo wird mit Letizia nach San Vincenzo in das Restaurant Il Gambero Rosso fahren und den 50. Geburtstag der Witwe seines Freundes Aldino Mansutti feiern; er, Probo, hat dieses außergewöhnliche Restaurant am Meer entdeckt und Titti überzeugt, eine Dreiviertelstunde Fahrt auf sich zu nehmen, um aus Punta Ala dorthin zu kommen. Er hat reserviert, er wird bezahlen, es wird sein Abend sein, auch wenn die Gefeierte sie ist. Das Letzte, woran er denkt, ist die Leere, die er in seinem Haus hinterlässt.

Auf Marco wartet ein Ereignis, das sein Leben verändern wird; er hat Luisa Lattes zum Abendessen eingeladen, das Mädchen, das im Nachbarhaus wohnt und in das er seit zwei Jahren verliebt ist, und sie hat angenommen. Es ist allerdings keine Einladung wie jede andere, und zwar aus drei Gründen: 1. weil Luisa erst 15 ist, er aber 22 – was bedeutet, dass Marco sich in sie verliebt hat, als sie 13 war; 2. weil seine Familie und Luisas Familie seit Jahren im Streit miteinander liegen, da beide überzeugt sind, die Rolle des Opfers in der alten Komödie der bösen Nachbarn zu spielen. Die Ursache war, dass Luisas Vater (ein hünenhafter Anwalt, arrogant und reaktionär, der imstande wäre, im nächsten Jahr »aus Angst vor den Kommunisten« mit der ganzen Familie nach Paris zu ziehen) Marcos Mutter vor Jahren verleumderisch beschuldigt hatte, seinem geliebten Pointer-Hund ein vergiftetes Stück Fleisch hingeworfen zu haben, nachdem dieser auf fraglos nervtötende Weise ganze Nächte durchgebellt hatte. In Wahrheit herrschte vor allem zwischen Mama Lattes und Letizia ein unüberwindlicher Groll; charakterlich waren sich die beiden dabei ziemlich ähnlich, hielten sich aber voneinander fern und beschränkten sich darauf, die Wutausbrüche ihrer Ehemänner zu ertragen, während die Kinder zunächst miteinander fraternisierten, eine logische Reaktion an trostlosen Orten wie diesem, wo es nicht leicht ist, Alternativen zu finden – und sich dann mehr oder weniger heimlich ineinander verliebten. Vor vier Jahren wurde die Blockade von Irene aufgehoben, als sie sich mit Luisas älterem Bruder zusammentat, Carlo, ein, sagen wir es ruhig, nicht weiter aufregender Junge, begeisterter Sportler, blond und ergebener Sohn, den Irene unter normalen Umständen verachtet hätte, der aber im Licht der Familienfehde zur Verkörperung der verbotenen Frucht wurde – und daher einen ganzen Sommer lang am Strand vor den blutunterlaufenen Augen der kriegführenden Parteien abgeknutscht wurde, bis er wie ein Sack Dünger im September in Florenz abserviert wurde, als niemand mehr zusah. In jüngerer Zeit (vor zwei Jahren, wir sagten es schon) wurde Marco vom Blitzschlag getroffen beim Anblick von Luisa,

die seit dem vergangenen Sommer einen großen Entwicklungs-
sprung getan hatte, wenn auch nicht altersmäßig, sie war ja erst
13, so doch auf verwirrende Weise körperlich – aber auch ganz
offensichtlich geistig, wenn man berücksichtigt, dass Marcos
schicksalhafter Blick sie auf dem Sand sitzend überrascht hatte,
an den Schuppen gelehnt und vertieft in die Lektüre von nichts
Geringerem als *Doktor Schiwago*, seinem Lieblingsbuch. Die zwei
Jahre, die auf diesen Blick folgten, verbrachte Marco schlicht mit
Warten darauf, dass Luisa ein Alter erreichte, in dem seine Aufmerksamkeiten ihr gegenüber nicht als krankhaft gelten würden, und dieses Alter schien nun gekommen zu sein, so dass ein
weiteres Jahr zu warten bedeuten würde, das Vorzugsrecht auf
sie zu verlieren, auf das Anspruch zu haben er überzeugt war –
eine Art *ius repertoris*, nennen wir es so, wie das seines Vaters auf
das Gambero Rosso oder das von Irene auf die Musik von Nick
Drake. Was diese Einladung zum Abendessen allerdings rund-
weg skandalös macht, ist der Grund Nummer drei, den Marco
nicht kennt, Luisa aber schon: An ebendiesem Vormittag hat
Giacomo, gerade von seiner Reise zurückgekehrt, die er nach der
Reifeprüfung mit seiner Verlobten nach Portugal gemachte hatte – Giacomo, ja, sein ungestümer, muskulöser, zorniger, groß-
zügiger jüngerer Bruder, so ganz anders als er, so gutaussehend,
elegant, braungebrannt, aber auch zerbrechlich und überemp-
findlich, ja geradezu komplexbeladen –, nach einem ebensolchen
jahrelangen Annäherungsprozess, der noch heimlicher und
mühseliger gewesen war, da er eben seit zwei Jahren verlobt war,
Luisa ebenfalls eingeladen – und sie, die ihre Wahl bereits als
kleines Mädchen und damit vor allen anderen getroffen hat, hatte abgelehnt. Und obwohl Marco zu Hause nicht gesagt hat, mit
wem er an diesem Abend ausgehen werde, hat der gekränkte
Giacomo trotzdem das Schlimmste geahnt – er hatte seinen Bru-

der und Luisa am Strand gesehen, als sie sich intensiv miteinander unterhielten. Auch er ist also gewiss nicht in der Stimmung, an Essen zu denken.

Und Irene ist am Ende ihrer Kräfte. Das sieht man. Man sieht es sehr deutlich. Man sieht es an den Augen, die tief in ihren Höhlen liegen, am gebrochenen Blick, an der verdickten Schläfenader, an den salzverkrusteten Haaren ohne den üblichen Pferdeschwanz, an dem geisterhaften Schritt, mit dem sie durch das Haus läuft, die Stöpsel des Walkman in den Ohren – und vor allem an der Musik, die sie hört, wenn sich jemand die Mühe machen würde, sie wahrzunehmen: Sie hört *Gloomy Sunday*, das ungarische Lied der Selbstmörder, das der Legende nach für Dutzende unwiderrufliche Akte im Budapest der dreißiger Jahre verantwortlich war wegen seiner unwiderstehlichen Traurigkeit, hier gehört in der ätzenden, geflüsterten, detonierenden, verzweifelten Version ohne die Strophe, die die Amerikaner hinzugefügt hatten, um es zu entschärfen (»Dreaming, I was only dreaming«, das heißt, alles war nur ein Traum, und der Protagonist bringt sich nicht wirklich um), kürzlich aufgenommen von Lydia Lunch, ihrer Heldin, die Irene in einer mörderischen Schleife auf beide Seiten der Kassette aufgenommen hat, die seit Tagen als einzige in dem roten Walkman läuft, den ihre Brüder ihr zu Weihnachten geschenkt hatten. Ja, Irene ist am Ende ihrer Kräfte, aber niemand sieht es.

Auch Letizia sieht es nicht, die keine Lust hat, ihren Mann zu dem Abendessen zu begleiten, und daher, wenn sie es sähe, das als Vorwand nehmen könnte, um zu Hause zu bleiben und ihr einen Teller Spaghetti zu kochen, und anschließend, immer vorausgesetzt, sie sähe, dass Irene am Ende ihrer Kräfte ist, aber sie sieht es nicht, versuchen könnte, sie zu fragen, ob sie Lust hätte, ein wenig zu reden, was vielleicht mit einem impulsiven fick dich quittiert würde, das in der Situation erlösend wirken könnte. Aber sie sieht es nicht; Letizia sieht nicht den galoppierenden Elefanten, der auf ihre Familie zulaufen wird. Sie ist unzufrieden, wie immer. Sie hat leichte Kopfschmerzen, wie immer. Sie hat keine Lust zu tun, was sie tut, aber sie wird es tun, wie immer.

Niemand denkt an diesem Abend im Hause Carrera an Essen, niemand denkt an Irene – und das Haus leert sich. Als Erstes geht Marco, der wegen der Auseinandersetzung zwischen den beiden Familien einen Umweg machen muss. Er verabschiedet sich und geht hinaus, in Gedanken ganz bei dem Winkelzug, den er sich mit Luisa ausgedacht hat. In Kürze wird auch sie sich mit dem Fahrrad auf den Weg zum Haus ihrer Freundin Floriana machen, die die Komplizin ihres Betrugs ist, wie die Amme von Julia. Doch anstatt am Haus ihrer Freundin haltzumachen, fährt sie geradeaus weiter zur Casa Rossa, wo er auf sie wartet. Sie lässt das Fahrrad dort und steigt zu ihm in den VW Käfer; er hat bereits entschieden, wohin er mit ihr fahren wird: zum schönsten Ort der Welt. Zum ersten Mal wird Marco glücklich sein, und er weiß es. Ohne mit ihr darüber gesprochen zu haben, weiß er, dass seine Liebe von Luisa erwidert wird. Er weiß, was geschehen wird – mehr oder weniger –, und in seinem Kopf ist für nichts anderes Platz.

Dann gehen Probo und Letizia. Gutgekleidet, Probo tatsächlich gutgelaunt, Letizia zum Schein – aber nur anfangs, denn kaum ist sie in den Wagen gestiegen, entdeckt sie zu ihrer großen Überraschung, dass die gute Laune ihres Mannes an diesem Abend ansteckend ist. Statt guter Laune im eigentlichen Sinne, was für Letizia ein zu großes Wort ist, beginnt Letizia zu ihrer Überraschung eine medikamentöse, schwesterliche Zärtlichkeit für ihren Mann zu empfinden, als sie ihn so aufgeregt, so auf den Abend konzentriert sieht, er, der nie im Mittelpunkt von etwas steht – und seit vielen Jahren auch nicht ihrer Aufmerksamkeit. Das wird er übrigens auch heute Abend nicht, da die Gefeierte diese hagere Witwe ist, die stets mit provozierend auffälligem Schmuck protzt, und der Star der Unterhaltung wird wie üblich ihr Mann Aldino sein, Probos Freund aus Kindheitstagen, der vor mittlerweile elf Jahren durch jenen absurden Unfall ums Leben gekommen ist. Ein Unfall, der fälschlich »Motorradunfall« genannt worden war, nur weil er auf seiner funkelnagelneuen Guzzi V7 Special auf der Strada Statale Aurelia an der Kirche San Leonardo zwischen Pisa und Livorno vorbeigefahren war, kurz nachdem er die Brücke über den Arno überquert hatte, und voll von der Baggerschaufel getroffen worden war, die sich mit 170 Liter Wasser vom Lasthaken des Helikopters Bell Model 206, Jet Ranger genannt, gelöst hatte, den die nahegelegene amerikanische Militärbasis Camp Darby zur Verfügung gestellt hatte und der zusammen mit den Fahrzeugen der italienischen Feuerwehr eingesetzt worden war, um den ausgedehnten Brand auf den niedrigen Pisaner Hügeln zu löschen, der die Ortschaft Fauglia bedrohte. Just am Beispiel dieses mittlerweile weit zurückliegenden Unfalls, der immer noch lebendig ist und ihm das Herz zerreißt, just heute Abend, just auf der Fahrt zum Gambero Rosso und just auf ebendieser Strada Statale Aurelia fahrend, auf der er sich ereignet hat (allerdings fünfzig Kilometer weiter südlich), beschließt Probo, Letizia seine ingenieurhafte Auffassung der Trauerarbeit darzulegen, was schließlich noch zärtlichere Gefühle in ihr weckt. Durch die Abenddämmerung fahrend, erzählt er ihr etwas, das er ihr noch nie erzählt hat, hinsichtlich seiner Bemühungen, algebraisch die Absurdität dieses grausamen und nicht akzeptablen Todes zu beweisen – und ihn dadurch, auch wenn es überhaupt nicht logisch klingt, zu akzeptieren. Er hatte sich in den Kopf gesetzt, erzählt er ihr, die Wahrscheinlichkeit dieses Unfalls zu berechnen. Er hatte sich alle Daten besorgt, die die Untersuchung des Unfalls ergeben hatte: Route des Helikopters, Geschwindigkeit, Flughöhe, Gewicht der Baggerschaufel, zu dem dasjenige des transportierten Wassers hinzugerechnet werden muss, Geschwindigkeit des Windes und Geschwindigkeit des Motorrads im Augenblick des Aufschlags. Mit diesen Daten gelangte er durch komplizierte Berechnungen zu Ergebnissen, die das genaue Gegenteil dessen besagten, was er hatte beweisen wollen: Statt der extremen Unwahrscheinlichkeit dieses Ereignisses bewiesen sie, dass es sich um das unausweichliche Ergebnis eines Kraftfeldes handelte, das keine Auswege zuließ. Daher, fährt er fort, hatte er den Ansatz geändert und versucht, das Problem so anzugehen, wie sie es angegangen wäre, nämlich einfach und kreativ – und hier schmilzt Letizia noch mehr dahin. Eine einfache Rechnung hatte genügt, eine einzige: Wie viele Meter legte der Helikopter in einer Sekunde zurück? Eine einfache Rechnung mit allen Daten, über die er bereits verfügte: 43. In jeder Sekunde legte der Helikopter 43 Meter zurück. Und Aldino? Wie hoch war Aldinos Geschwindigkeit in Metern pro Sekunde? 23,5. Da, erklärt er, der ganze Wirrwarr, den er vorher errechnet hatte, vollkommen unverändert blieb, unabhängig davon, zu welchem Zeitpunkt der Lasthaken brach, bedeutete das, dass, wenn der Lasthaken nur eine Sekunde später gebrochen wäre, die Baggerschaufel 43 Meter weiter östlich aufgeprallt wäre, das heißt geradewegs auf die Kirche San Leonardo (er hatte es überprüft), und Aldino wäre 23,5 Meter weiter weg gewesen. Das heißt, er wäre nicht nur nicht tot gewesen, sondern hätte vielleicht auch gar nichts mitgekriegt und unbeschwert seine Fahrt nach Punta Ala fortgesetzt. Wenn der Lasthaken eine Sekunde später gebrochen wäre. Und wenn er, fährt er fort, nur eine Zehntelsekunde später gebrochen wäre? Im wirklichen Leben, sagt er, ist eine Zehntelsekunde nichts, eine Art Abstraktion, ein Wimpernschlag; aber wenn an dem Tag der Haken eine Zehntelsekunde später gebrochen wäre, wäre die Baggerschaufel vier Meter und dreißig Zentimeter hinter der Stelle aufgeschlagen, an der sie tatsächlich aufgeschlagen war, und Aldino wäre fast zweieinhalb Meter weiter weg gewesen. Das heißt, er hätte zwar alles mitgekriegt und einen ganz schönen Schreck bekommen, aber wieder wäre ihm nichts geschehen. Eine Zwanzigstelsekunde – das heißt fünf Hundertstel? Nichts: zwei Meter fünfzehn, ein Meter fünfundzwanzig – die Zeit, in der man eine Kerze für die Madonna anzündet, aber erneut unversehrt. Drei Hundertstel: ein Meter dreißig, siebzig Zentimeter, bumm – getroffen und begraben. Daher, sagt er, ist Aldinos Tod auf das Eintreten eines unvorhersagbaren Ereignisses zurückzuführen und eine Frage von drei Hundertstelsekunden.

Hier unterbricht Probo seine Ausführungen und fragt Letizia, ob sie ihm folgen könne. Letizia bejaht, weil es so ist, sie kann ihm folgen, und zwar mit einer wirklich ungewöhnlichen Aufmerksamkeit – zärtlich, sagten wir, da in ihren Augen das, was Probo tut, nichts anderes ist als ein Selbstporträt. Probo parkt schweigend, denn inzwischen haben sie ihr Ziel erreicht, auf dem Platz, an dem sich das Restaurant befindet. Er schaltet die Scheinwerfer aus. Schaltet den Motor aus. Kurbelt das Fenster runter. Zündet sich eine Zigarette an.

Auf dieses Ergebnis, fährt er fort, sei er gekommen, weil er sich vorgestellt habe, wie sie, Letizia, die Sache angepackt hätte: eine einzige Berechnung für ein einfaches und umwerfendes Ergebnis – nicht zehn Berechnungen für ein kompliziertes und nichtssagendes. Ein Architektenansatz, sagt Letizia. Nein, erwidert Probo, ein Ansatz à la Letizia Calabrò. Daraus, fügt er hinzu, hatte sich eine ganz neue Sicht auf Aldinos Tod ergeben – eine

Sichtweise, von der Probo behauptet, dass er sie immer schon gehabt habe seit damals, und heute habe er sich entschlossen, sie mit ihr zu teilen. Ohne sie berechnen zu müssen, sei klar, dass die Wahrscheinlichkeit, dass der Lasthaken ausgerechnet an dem Tag und in dem Augenblick brach, als Aldino Mansutti an genau der Stelle vorbeikam, wo die Baggerschaufel aufschlagen würde, unendlich gering war. Eins zu einer Million? Eins zu einer Milliarde? Mit Sicherheit viel geringer, als von einem Blitz getroffen zu werden, während man Schutz sucht, sagt er, wie es dem Ingenieur Cecchi in Frankreich widerfahren sei: Dort war der Kontext ein Gewitter mit zahlreichen Blitzen, von denen jeder sich am Boden entlud, und der Ingenieur Cecchi befand sich just am Boden. Nein, fährt Probo fort, während er raucht und einen unbestimmten Punkt vor sich fixiert, der Kontext, der zum Tod seines Freundes geführt habe, sei viel seltener und komplexer gewesen, und der Unfall, den er verursacht hat, gehöre in die Kategorie der *fast* unmöglichen Ereignisse, die man absolut nicht berechnen kann. Solche Ereignisse, deren konkrete Wahrscheinlichkeit, dass sie eintreten, praktisch gegen null geht, könne er millionenfach zitieren, sagt Probo, aber da es sich um Aldinos Tod handele, sei ihm plötzlich nur ein einziges eingefallen, das er nicht mehr aus dem Kopf bekomme: er, der seinen Freund tötet.

Er lächelt. Nimmt einen tiefen Zigarettenzug. Die brennende Zigarette taucht sein Gesicht in der mittlerweile stockdunklen Nacht in rotes Licht. Er schweigt und betrachtet das, was vom Gesicht seiner Frau zu erkennen ist.

Inwiefern?, fragt sie ihn.

Weil, fährt er fort, eine großartige Freundschaft sie verbunden habe, das wisse sie ja, eine tiefe Freundschaft voller Abenteuer und Emotionen, und obwohl es mindestens zweimal einen denkwürdigen Streit zwischen ihnen gegeben habe, über die keiner von ihnen je wieder gesprochen habe, weil sie rasch und folgenlos beigelegt worden seien. Der eine Streit hatte stattgefunden, als sie zwanzig und beide auf der Universität gewesen waren. Probo erinnert sich nicht einmal mehr an den Anlass, es war um eine Party, vielleicht auch um ein Mädchen gegangen, und vielleicht war er derjenige gewesen, der Unrecht gehabt hatte. Woran Probo sich jedoch noch sehr gut erinnert und woran er nach Aldinos Tod wieder denken musste, war der zweite Streit, zu dem es viel später gekommen war, als beide längst ihr Studium beendet hatten und verheiratet und Familienväter waren. Was ihn so denkwürdig mache, sagt er, sei die Tatsache, dass beide *bewaffnet* waren, weil sie auf der Jagd waren, sie beide allein, im Revier von Tittis Vater in Vallombrosa. Aldino hatte auf ein Rebhuhn geschossen, das eigentlich er, Probo, hätte schießen sollen, und er hatte es spontan gemacht, während er hinter ihm stand, er war mit angelegtem Gewehr hinter seinem Rücken aufgetaucht und hatte ihn zu Tode erschreckt, weil auch er gezielt und natürlich nicht mit zwei Schüssen nur wenige Zentimeter von seinem Ohr entfernt gerechnet hatte. Aldino war im Unrecht, er hatte unfair und gefährlich gehandelt, aber Probo hatte völlig hysterisch und übertrieben reagiert. Er hatte ihm seine ganze Wut ins Gesicht geschrien, ihn mit Beleidigungen überschüttet, einige davon sehr ungerecht, und war gegangen, immer noch zitternd vor Wut und Angst, und hatte ihn mit dem Hund allein gelassen, der ihm sein verdammtes Rebhuhn zwischen die Füße gelegt hatte. Tja, fragt Probo seine Frau, wäre es nicht möglich, dass er während dieses Wutausbruchs drei Hundertstelsekunden lang den Drang verspürt hatte, ihn zu töten? Er hatte die geladene Doppelflinte in der Hand gehabt und ihm seine Wut und Verachtung ins Gesicht geschleudert, als wäre er der gemeinste Mensch; könnte Letizia sich nicht vorstellen, dass für eine Spanne, die so kurz ist, dass es unmöglich ist, sie wahrzunehmen und sich an sie zu erinnern, dieser Wutausbruch den Impuls ausgelöst haben könnte, das Gewehr zu heben und ihm ins Gesicht zu schießen?

Schweigen, Letizia weiß nicht, was sie sagen soll. Zwei gelbe Scheinwerfer zerschneiden die Dunkelheit, nähern sich; es sind die von Titti Mansuttis Citroën DS. Letizia schweigt immer noch. Ja, sagt Probo, natürlich hat er ihn ausgelöst. Und da es Aldinos Schicksal war, schließt er, zu sterben, damit einer der unwahrscheinlichsten Zufälle des Universums innerhalb von drei Hundertstelsekunden eintritt, ist es wirklich so, als hätte er ihn an jenem Vormittag erschossen. Es ist exakt das Gleiche. Er wirft die Zigarette weg, öffnet die Wagentür und steigt aus. Letizia folgt ihm. Der Citroën hält, und Titti und ihre beiden Töchter steigen aus. Alle umarmen sich und betreten das Restaurant.

In dem Augenblick verlässt zwanzig Kilometer weiter nördlich Irene das Haus, um an den Strand zu gehen. Giacomo sieht sie gehen und ist erleichtert, denn er hat beschlossen, etwas zu tun, das er sich nie getraut hätte, solange Irene durch das Haus strich, da sie immer alles spürt, immer alles entdeckt, und wie sie errät, was sie nicht spürt oder nicht entdeckt, weiß man nicht. Jetzt, da sie weg ist, kann er es tun. Es handelt sich um eine Überprüfung. Er geht zum Telefon. Wählt die Nummer des Hauses der Lattes – gleich nebenan, vierzig Meter entfernt, hinter der Klebsamen-Hecke. Es klingelt einmal. Ein zweites Mal. Hallo? Die Mutter. Guten Abend (verstellte Stimme), ich möchte bitte mit Luisa sprechen. Tut mir leid, aber Luisa ist ausgegangen. Wer ist denn dran? Giacomo sitzt reglos auf dem Sofa, das Telefon auf dem Schoß. Hallo? (aus dem Hörer). Hallo? Giacomo legt auf. Sie hatte ihm doch gesagt, dass sie nicht ausginge. Irene hat inzwischen den Garten verlassen und geht mit ihrem geisterhaften

Schritt auf der kleinen Straße in Richtung Düne. Hinter der Düne der Strand. Vor dem Strand die Mulinelli.

Marco und Luisa hingegen essen eine *schiaccina* vor einer Bude zwischen den Kiefern von Baratti. Mit den ungeduldigen Bewegungen von zweien, die in Kürze übereinander herfallen werden, essen sie, trinken ein Bier und reden wenig. Ist deine gut? Sehr gut. Meine auch. Nehmen wir noch eine? Beide warten seit langem auf das, was geschehen wird, und beide wissen jetzt, dass es geschehen wird, da vorn, in Kürze, am Strand. Marco wartet seit zwei Jahren darauf, Luisa seit fünf, vielleicht seit zehn Jahren – in Wirklichkeit, wenn man sie so hört, immer schon. Marco Carrera: Luisa erinnert sich an keinen einzigen Augenblick ihres Lebens, in dem dieser Name nicht ihr Herz schneller hätte schlagen lassen. Als sie ganz klein gewesen war, die beiden Familien sich noch stritten und Marco sie auf dem Strand verfolgte, um ihr Angst zu machen, oder als er und Irene ihr und ihrem Bruder Segelunterricht auf der Vaurien-Jolle gaben; und auch als der Nachname Carrera nicht mehr ausgesprochen wurde, er sie aber nach wie vor anlächelte, als wäre nichts geschehen, am Strand, und nett zu ihr war, oder als Irene und ihr Bruder zusammen waren und sich vor allen küssten, und sie erst zehn war und glücklich, weil das bedeutete, dass die Liebe alle Hindernisse überwand und daher sie und Marco eines Tages das Gleiche tun könnten ... Während Luisa vor dieser Bude die Augen unverwandt auf Marco richtet, der langsam seine *schiaccina* kaut, drängen sich in ihrem Kopf all die Momente, in denen sie sich diesen Augenblick herbeigewünscht hat – das heißt ihr ganzes Leben. Die unberührte Schönheit von Baratti, die breiten und sehr hohen Wipfel der Kiefern, das flache Meer, das die Lichter reflektiert, die unendliche Milde dieser mondlosen Herbstnacht wirken wie bestellt, um die Erfüllung des einzigen wirklichen

Wunsches zu feiern, den sie und Marco – ja, auch Marco – gehabt zu haben behaupten können.

Währenddessen empfindet Letizia im Gambero Rosso eine große Zärtlichkeit für Probo, so stark, dass sie der Anziehungskraft ähnelt. Wie das? Letizia *körperlich* angezogen von ihrem Mann? Seit Jahren hatten sie schon keinen Sex mehr miteinander. Hat das, was Probo ihr über den Tod seines Freundes erzählt hat – er, der so aristotelisch, so unbeugsam, so *langweilig* ist –, ihn attraktiv gemacht? Oder ist vielleicht das Restaurant, in dem sie zu Abend essen – entdeckt von ihm, gewollt von ihm für dieses ansonsten öde und traurige Geburtstagsessen, so erfüllt von perfekten Gerüchen und Geräuschen und umwerfenden Gerichten und zufriedenen Menschen –, ist es vielleicht das, was ihn anziehend macht? Letizia ist keine große Esserin, doch alles, was sie heute Abend probiert, kommt ihr buchstäblich wunderbar vor: der Meeresfrüchteeintopf mit Safran, der süße Reis mit Scampi und Estragon, der gratinierte Wildlachs mit Schnittlauch, die Orecchiette mit Schalotten, der Wolfsbarsch in Salzkruste, der »lebende« Fisch aus San Vincenzo ...

Es ist ein Abendessen, das aus der Zeit gefallen ist, ja, *voraus* – wie sie gerne von jeder Person oder jeder Sache sagt, die sie wirklich faszinieren (»das ist voraus«, »er ist ziemlich weit voraus«, »das ist wirklich weit voraus«), und dieses raumzeitliche Voraussein kann gleichermaßen Vorzeichen sein oder auch nicht, das heißt, es kann etwas identifizieren, das sich in der Zukunft tatsächlich profilieren wird (wie dieses Restaurant und diese Art zu kochen) oder auch nicht (wie die radikale Architektur), aber es bleibt die einzige Bedingung für ihre persönliche Ästhetik: Was nicht voraus ist, kann nicht schön sein.

Das Soufflé mit Früchten der Saison, das Himbeergratin mit Zabaione aus Vin Santo, die »Spezialität des Tages« ...

Und am Ende läuft es darauf hinaus, dass Letizia sich erneut von Probo angezogen fühlt, ihn faszinierend und begehrenswert findet wie vor einem Vierteljahrhundert – etwas, das sie noch am Nachmittag für unvorstellbar gehalten hätte. Jetzt klingt es ganz natürlich: Sie sind Mann und Frau, sie haben sich vor 25 Jahren gewählt, sie haben sich begehrt und begehren sich noch immer. Als das Abendessen beendet ist, kehrt Titti – abstinent, dankbar – mit dem Citroën nach Punta Ala zurück, aber das Gambero Rosso bleibt, wo es ist, und auch wenn es seinen Gästen keine Zimmer bieten kann wie vormals die Locanda Pinocchio, gibt es immerhin den freien Strand davor, ruhig und wild, den man eng umschlungen und schwankend vom weißen Grattamacco entlanggehen kann auf der Suche nach der dunkelsten Stelle ...

Und so liegen, mit Ausnahme von Giacomo, der unter der Wirkung einer im Wortsinn umwerfenden Kombination von Rum und Nutella halb bewusstlos auf dem Sofa hingestreckt ist, ab einem bestimmten Zeitpunkt in dieser ganz besonderen Nacht vier Fünftel der Familie Carrera auf dem Sand, an verschiedenen Stellen derselben Küste, liebkost von der Brandung desselben Meeres und in verschiedenen Stadien der Glückseligkeit. Letizia und Probo in San Vincenzo in demjenigen, den die Verrücktheit erzeugt hat, die sie gerade begangen haben, und das sich – das wissen sie beide – nie mehr wiederholen wird und daher wirklich unvergleichlich ist; Marco in Baratti mit Luisa, in dem noch viel unvergleichlicheren, den die von Küssen geschwollenen Lippen ihnen geschenkt haben und die Gewissheit – trügerisch, leider, wahrhaftig so trügerisch, wie sie nie mehr sein wird –, dass dieses Geknutsche sich wiederholen wird, wieder und wieder; und schließlich Irene, in Bolgheri, am entspanntesten und glücklichsten, befreit von allem Kummer, keiner Bewegung mehr fähig, von den Mulinelli an die Oberfläche gespült und geschaukelt von den Wellen auf der Strandlinie, wo das Mittlere Thyrrenische Meer sie, wenn die Flut zurückgeht, unübersehbar zurücklässt.

# DA IST SIE, SIE FÄLLT HERAB

(2012)

*An: Luisa*
*Gesendet – Gmail – 24. November 2012 00:39*
*Betreff: Hilfe*
*Von: Marco Carrera*

*Luisa,*
*ich frage mich: Was bedeutet es, ein Buch gelesen zu haben?*
*Man braucht nur auf einem Platz stehen zu bleiben und sich um-*
*zuschauen: Ein Haufen Leute telefoniert mit dem Handy. Ich frage*
*mich: Was haben sie sich zu sagen? Und was machte man früher,*
*als es keine Handys gab? Ich frage mich: Wie machen sie es bei der*
*Zahnpasta mit Streifen, dass man die Streifen sieht? Ich habe ver-*
*sucht, mich von wunderschöner Musik anstatt vom Klingeln des*
*Weckers wecken zu lassen, aber das Aufwachen ist trotzdem*
*schrecklich. Die Maschine der Zeit existiert.*
*Adele ...*
*Es gibt Leute, die sind gegen die Sommerzeit, Japan übernimmt sie*
*nicht. Heute ist es stürmisch, die Dinge fliegen durch die Gegend.*
*In den Wartesälen langweilt man sich.*
*Sie ist tot.*
*Als ich vor drei Jahren zurückkehrte, gab es hinter meinem Haus*
*einen Kran. Am Ende habe ich vielleicht verstanden, was das ist, wo-*
*mit die Kinder bei den Trennungen ihrer Eltern nicht fertigwerden.*

*Adele ist tot.*

*Ich habe gelesen, dass sie im Piemont beschlossen haben, 400 Rehe abzuschießen, weil sie die Straßen überqueren und Unfälle verursachen. Ich habe gelesen, dass Immobilien in Italien in achtzig Prozent der Fälle über die väterliche Linie vererbt werden. Ich habe gelesen, dass es in Mailand einen Ingenieur gibt, der an den Wochenenden eine kleine Bank in einem Park aufstellt und anbietet, den Leuten gratis zuzuhören. Ich habe gelesen, dass Bill Gates und seine Frau die Benutzung des Computers für ihre Tochter während ihrer ganzen Kindheit eingeschränkt haben.*

*Meine dagegen ist tot, verstehst Du? Meine Adele ist tot, und ich kann ihr nicht folgen, weil es die Kleine gibt.*

*Als ich 16 war, wurde ich von Joni Mitchell wie vom Blitz getroffen.*

*Hilfe, Luisa. Diesmal schaffe ich es nicht.*

*Mich hat die Bombe getroffen.*

*Ich bewege mich voran unter Bomben.*

*Da ist sie, sie fällt herab.*

*Ich frage mich: Aber das Böse – erinnerst Du Dich? Hat es bevorzugte Wege, das Böse, oder verbeißt es sich zufällig?*

*Da ist sie. Sie fällt herab.*

*Der Nebel des Vergessens.*

# SHAKUL & CO.

## (2012)

Und da kam er. Er kam, der Anruf, den alle Eltern wie die Hölle
fürchten, weil er die Hölle *ist*, er ist das Tor zur Hölle, und zum
Glück kommt er nur für wenige, er versetzt alle in Angst und
Schrecken, aber er kommt nur für wenige unglückselige, vorher-
bestimmte, vom Schicksal gezeichnete Eltern, er kommt nur für
wenige vom Unglück verfolgte Eltern, die von Gott verlassen
sind, aber er wird von allen gefürchtet, und der am meisten ge-
fürchtete ist der, der mitten in der Nacht kommt, aber das war
nicht der Fall, der schrecklichste ist der, der uns mitten in der
Nacht aus dem Schlaf reißt, driiin, und er ist so schrecklich, dass
er auch kommt, wenn er nicht kommt, insofern wir ihn alle erhalten haben, auch wenn wir ihn nicht erhalten haben, weil wir
alle mitten in der Nacht einen Anruf erhalten haben, wenigstens
einmal, der uns aus dem Schlaf gerissen hat, driiin, und augenblicklich unser Blut in den Adern hat gefrieren lassen, und der
Wecker stand auf drei Uhr vierzig oder vier Uhr siebzehn, und
wir haben alle sofort an das gedacht und gewartet dranzuge-
hen, während das Telefon weiterklingelte, driiin, um zu beten,
ja, auch diejenigen, die nicht gläubig waren, um zu beten, dass er
nicht deswegen kam – dass vielleicht unser Wagen unten auf der
Straße in Flammen stand oder das Nebenhaus, aber es ist ja nie
der Wagen oder das Nebenhaus, die in Feuer aufgehen, driiin,
das wissen wir nur zu gut, und daher haben wir gezögert dranzu-

gehen und gebetet, dass das Opfer um Himmels willen wenigstens ein anderes sei, barmherziger Gott, allmächtiger Vater, ich habe nie zu Dir gebetet, weil ich ein Schwachkopf bin, driiin, und ich habe Dich vernachlässigt, ich habe Deine Gesetze gebrochen und habe gegen Dich gesündigt und Dich verflucht, dumm und arrogant, wie ich bin, und ich bin nicht würdig, Deinen Namen auszusprechen, und ich verdiene nichts und werde mit allergrößter Sicherheit in der Hölle enden, driiin, und doch bitte ich Dich, Vater, hier, jetzt, auf dieser Erde, aus tiefstem Herzen, auf Knien, auf dem Boden kniend, auf dem Boden hingestreckt, flehe ich Dich an, dass dies nicht das Klingeln dieses Anrufs ist, driiin, gerade dieses, ich bitte Dich, mich zu Dir zu nehmen, jetzt, sofort, aber es ist klar, dass nicht ich es bin, den zu Dir zu nehmen Du beschlossen hast, es ist klar, dass ich in diesem Tal werde bleiben müssen, um zu leiden, und daher bitte ich Dich, meine Mutter zu Dir zu nehmen, ja, was mir das Herz zerreißen würde, aber nimm sie, oder meinen Vater, oder meine Schwester oder meinen Bruder, und ich bitte Dich, auch alles zu nehmen, was ich besitze, auch meine Gesundheit, aus mir eine Waise zu machen, driiin, einen Bettler, einen Kranken, aber nicht, Allmächtiger Vater, ich bitte Dich, ich flehe Dich an, mach aus mir nicht einen ... und hier haben wir alle innegehalten, denn das Wort, das wir aussprechen mussten, existiert nicht, wir alle, Italiener, Franzosen, Engländer, Deutsche, Spanier, Portugiesen, wir haben innegehalten, weil dieses Wort in keiner dieser Sprachen existiert, während es jedoch für uns Juden, für uns Araber, für uns antike und moderne Griechen, für sehr viele von uns Afrikanern und für uns überlebende Sprecher des Sanskrit existiert, aber im Grunde ändert das wenig, es ändert, dass einige von uns dieser Hölle einen Namen geben konnten und andere nicht, driiin, während wir alle in Angst und Schrecken versetzt beteten, anstatt ans Telefon zu gehen, das immer weiterklingelte mitten in der Nacht, und dann am Ende drangingen und vielleicht niemand dran war, ja, das ist möglich, es ist wahrscheinlicher, dass niemand dran ist, als dass der Wagen in Flammen aufgeht, »hallo?«, hallo?«, und es ist niemand dran, ja, dass passiert oft, ein Scherz vielleicht, der grausamste Scherz vielleicht, der uns glauben machen soll, dass für uns die Zeit gekommen ist, diesen Anruf zu bekommen, und uns in Angst und Schrecken versetzen soll, mitten in der Nacht, und uns sogar das herzzerreißendste Gebet sprechen lässt, das man sich vorstellen kann, und auch unser Bruder Marco hätte es gesprochen, aber das war nicht der Fall, denn er, der Anruf, dieser Anruf kam für ihn, aber nicht in der Nacht, sondern am Nachmittag, an einem Sonntag, im Herbst, im blöden Licht um vier Uhr fünfunddreißig, die Enkelin schlief auf dem Sofa mit dem Kopf auf seinen Beinen, er schaute *Willkommen Mr. Chance* im Fernsehen, friedlich also, zufrieden, ruhig, weit weg von der Angst sogar, die ihn jahrelang gequält hatte, als Adele an den Wochenenden mit den Jungs losgezogen war, die ihm auf Draht zu sein schienen, die ihm verantwortungsvoll und in Ordnung zu sein schienen, weswegen er sie mit ihnen gehen ließ, er hatte sie immer gehen lassen, seit sie eine Jugendliche war, da sie sehr begabt war, gewiss, die ersten Male war er mitgefahren, hatte er sie begleitet, doch von einem bestimmten Zeitpunkt an war er nicht mehr mitgefahren, weil es peinlich war, weil sie als Einzige einen Elternteil im Schlepptau hatte, das war fast schlimmer, als sie nicht fahren zu lassen, und so war er von einem bestimmten Zeitpunkt an zu Hause geblieben und hatte auf sie gewartet, besorgt, gewiss, ganz egal, ob morgens, nachmittags oder abends, zerfressen vom Zweifel, tu ich das Richtige, tu ich das Falsche, Adele liebt diese Sportarten nun mal leidenschaftlich, aber sie sind auch gefährlich, es handelt sich schließlich nicht um ein

Tennismatch, und Adele hat Tennis nie gemocht, nur das Fechten, von klein auf, und da gab es bereits eine *Waffe*, es war ein Symbol des Blutes, des Todes, der Gefahr, und diese offensichtlichen Herausforderungen der Schwerkraft, die Wellen, das Klettern, kathartisch, aber gefährlich, hätte er ihr schließlich auch verbieten können, das war sein Recht, das gehörte zu seinen Befugnissen als Vater, oder eben nicht verbieten, und er hatte beschlossen, es ihr nicht zu verbieten, und hatte sie fahren lassen und stumm die Angst ertragen, die daraus resultierte, und er hatte, ebenfalls stumm, gefürchtet, diesen schrecklichen Anruf zu bekommen, mitten in der Nacht, jedes verdammte Mal, wenn er schlafen ging und Adele fort war, er hatte es immer stumm gefürchtet, bevor er einschlief, wenn er aufstand, um auf die Toilette zu gehen, bevor er wieder einschlief und nicht einschlafen konnte und Tropfen nahm, um einzuschlafen, Rivotril, Xanax, Ansiolin, doch er musste zugeben, dass nie etwas passiert war, nie, in all den Jahren, nicht der geringste Unfall, weder am Tag noch in der Nacht, nicht ein Kratzer, nicht eine Verstauchung, gar nichts, wenn man, nun ja, wenn man mal davon absieht, dass sie eines Tages von einer dieser Spritztouren schwanger zurückgekommen war, sicher, aber das war eine andere Geschichte, und er hatte es akzeptiert, schwanger mit zwanzig und ohne Lebenszeichen vom Vater, er hatte alles akzeptiert, stumm, ohne seine innere Qual erkennen zu lassen, tu ich das Richtige, tu ich das Falsche, denn andererseits war Adele auf Draht, tüchtig, gewissenhaft, vertrauenswürdig, *sie hatte es geschafft*, und es handelte sich wirklich um ein echtes Wunder, wenn man bedenkt, was sie als Kind mitgemacht hatte, herumgeschubst, traumatisiert, in Italien, in Deutschland, erneut in Italien, in Rom, in München, in Florenz, mit einer verrückten Mutter und einem, sagen wir es ruhig, dummen Vater, der es nicht verstanden hat, sie zu be-

schützen, und der Schmerz, der von allen Seiten auf sie ein-
stürmte, Dinge, die grundsätzlich zu Störungen führen, doch
stattdessen hatte sie sich verblüffenderweise nicht unterkriegen
lassen, hatte erst auf die Dysfunktionalität gesetzt, als sie auf die
Gefahr aufmerksam machen musste, die ihre Eltern noch nicht
wahrnahmen, und da erschien der Faden an ihrem Rücken, und
sie war geheilt, als ihre Eltern bewiesen hatten, dass sie anfingen
zu begreifen, und der Faden war verschwunden, und sie hatte
erneut darauf gesetzt, als stattdessen alles explodiert war, und
der Faden kehrte zurück und verwandelte München in ein un-
entwirrbares, unerträgliches Spinnennetz und zeigte ihren un-
zulänglichen Eltern, der verrückten Mutter, dem Vater, der sie
nicht zu beschützen gewusst hatte, die Lösung, kurzum, sie hatte, indem sie sich jenes Fadens bedient hatte, ihre vom Unglück
verfolgte Familie sozusagen nicht zum Guten geführt, denn von
Gutem kann man nicht wirklich sprechen, sondern zum gerin-
geren Übel, ja, und wenigstens das hatte unser Bruder Marco
schließlich begriffen, und er hatte erkannt, dass seine Tochter
über eine mächtige, urwüchsige Weisheit verfügte, und sich bemüht, ihr lediglich ein wenig Beständigkeit zu geben, denn etwas anderes hatte Adele letztlich nicht nötig, ein wenig Beständigkeit, auch wenn sie schmerzlich war, durch die regelmäßigen
Besuche der Mutter im Sanatorium, durch die unaussprechliche Liebe für die kleine deutsche Schwester und die weise Entscheidung, sie voll auszuleben, als beide älter geworden waren,
schmerzlich und kompliziert also, aber immerhin Beständigkeit,
etwas, das Adele nie gekannt hatte, auf die sie sich schließlich
hatte stützen können, indem sie den Faden wieder für immer
aufgerollt hatte und das geworden war, was man eine »vorbildliche Tochter« nennt, und von einem bestimmten Zeitpunkt an
eine »vorbildliche Tochter-Mutter«, die studierte und arbeitete

und surfte oder kletterte, und wenn sie surfte oder kletterte, blieb
er bei der Kleinen, Miraijin, seiner Enkelin, und das war richtig
so, Adele tankte neue Weisheit im wilden Herzen der Natur, und
er wartete zu Hause mit der Kleinen auf sie und gab ihr Beständ-
digkeit, und seine Angst behielt er für sich, und so hatte er Jahre
verbracht, und es schien wirklich so, als hätte er das Richtige getan, indem er es akzeptiert und durchgehalten und sie hatte fahren lassen, es schien wirklich so, als hätte es sich gelohnt, das
Risiko einzugehen, bis schließlich jener Anruf kam und er entdeckte, dass er wirklich ein vom Schicksal Gezeichneter war, von
Gott verlassen, viel, aber wirklich viel mehr, als er geglaubt hatte,
dabei hatte er es schon seit dem Tod seiner Schwester Irene geglaubt, und er kam, der Anruf, den alle Eltern fürchten, aber nur
wenige bekommen, wenige Unglückselige, Gezeichnete, Vorher-
bestimmte, für die es in sehr vielen Sprachen nicht einmal einen
Namen gibt, aber er existiert zum Beispiel in der hebräischen
Sprache, *shakul*, abgeleitet vom Verb *shakal*, das »ein Kind verlieren« bedeutet, und er existiert im Arabischen, *thaakil*, mit derselben Wurzel, und im Sanskrit, *vilomah*, wörtlich »gegen die natürliche Ordnung«, und er existiert in sehr vielen Varianten in
den Sprachen der afrikanischen Diaspora, und weniger eindeutig existiert er auch im modernen Griechischen, *charokammenos*,
was »verbrannt vom Tod« bedeutet, was sich allgemein auf denjenigen bezieht, der von der Trauer gequält wird, aber fast ausschließlich gebraucht wird, um den Elternteil zu bezeichnen, der
ein Kind verliert, und darüber, die Kinder zu verlieren, hatte bereits ein für alle Mal eines der Orakel der Jugend unseres Bruders Marco gesprochen, »Sie wissen, dass ich zwei Kinder verloren habe, Signora, Sie sind eine ziemlich zerstreute Frau«, denn
tatsächlich ergibt, wenn man es recht bedenkt, die Tatsache, dass
man jemanden *verliert*, wenn jemand stirbt, keinen Sinn, das

heißt, dass man das Subjekt seines Todes ist, ich habe meine Tochter verloren, ich habe sie sterben lassen, ich habe zugelassen, dass sie stirbt, ich ich ich, dieses Pronomen hat keinen Sinn, es ist beinahe obszön, wenn jemand anderer stirbt, und doch hat es einen Sinn, wenn ein Kind stirbt, leider, denn irgendwo ist immer der Elternteil verantwortlich oder sogar schuld, der es nicht verhindert hat, wie es seine Pflicht ist, der nicht abgewendet, verhütet, beschützt, vorhergesehen hat, der es hat geschehen lassen, der das Kind also hat sterben lassen und daher den Sohn oder die Tochter *verloren* hat, und kurzum, er kam, für unseren Bruder Marco, der Anruf, der sein Leben auf null stellte, und er kam nachmittags, an einem Sonntag, im Herbst, und sein Leben, das schon häufiger auf null gestellt worden war, wurde erneut auf null gestellt, nur dass es die Null im Leben nicht gibt, und tatsächlich schlief Miraijin mit dem Kopf auf seinen Knien, und während er versuchte zu atmen, denn selbst das vermochte er nicht mehr, war er *shakul* seit wenigen Sekunden (sie hatten ihm das nicht gesagt, sie waren feinfühlig gewesen, aber er hatte sehr wohl verstanden), er war *thaakil*, er war *vilomah*, er war *charokammenos* seit wenigen Sekunden, und seine Lungen waren blockiert, und die Luft war ein glühender Faden, und der Bauch war ein Loch ohne Boden, und der Kopf war eine Trommel, und näher an null kann ein Leben nicht sein, Mirajiin wachte sanft auf und lächelte ihn an, und sie war seit einem Monat zwei Jahre alt, und auf diese Weise, indem sie einfach nur aufwachte und ihn anlächelte, sagte sie ihm, Opa, denk nicht mal daran, sagte, wir machen keine Scherze, sagte, Opa ich bin da, du musst es ertragen.

# EINGESCHÄTZT

(2009)

An: Giacomo – jackcarr62@yahoo.com
Gesendet – Gmail – 12. April 2009 23:19
Betreff: Letizias Fotos
Von: Marco Carrera

Lieber Giacomo,

es ist mir gelungen, Mamas Fotoarchiv wegzugeben! Es war ein
Glücksfall, aber jetzt ist auch das geschafft. Jetzt können wir es
wirklich verkaufen, dieses Haus.

Mich um Mamas Dinge zu kümmern ist mir viel schwerer gefallen
als um Papas, aus vielen Gründen, und ich muss sogar zugeben,
dass ich mich in Wirklichkeit gar nicht um sie gekümmert habe:
Diese Tausende von Fotos, eigentlich wunderschön, irritierten mich
und verletzten mich manchmal; wenn es sich um Porträts der Architekten und Künstler handelte, mit denen Mama zusammenarbeitete,
fragte ich mich unwillkürlich, welche von ihnen ihre Liebhaber waren, jedenfalls krampfte sich immer mein Herz zusammen, wenn ich
all diese Leute sah, alle diese Begabungen, diese ganze Welt um sie
herum, in der es nie einen Platz für Papa gegeben hatte, nicht einmal ein Eckchen. Es stimmt zwar, dass auch seine Glanzleistungen,
seine Urania-Sammlung, seine Eisenbahnen, seine Modelleisenbahnanlagen Mama nicht zuließen, aber in ihnen gab es zumindest
niemand anderen, das war die einsame Welt von Probo, dem Einzel-

*gänger. In Mamas Arbeiten gab es dagegen eine ganze Welt von*
*Männern, Frauen, Kunst, Talent, Architektur, Gegenständen, Lippen,*
*Zigaretten, Lächeln, Klatscherei, Kleidern, Schuhen, Musik, Land-*
*schaften, und sie, die das Foto schießt, steht im Mittelpunkt von all*
*dem, und all das tobt um sie herum, und es ist wirklich alles da,*
*alles außer Probo. Das blockierte mich. Ich war eifersüchtig, glaube*
*ich, oder etwas Ähnliches. Aber wie der Lauf der Welt nun einmal*
*ist, obwohl ich mich nicht darum gekümmert habe, ist es mir ge-*
*lungen, doch einen Ort für dieses Archiv zu finden. Fondazione Dami*
*Tamburini. Das sagt Dir nichts, ich weiß, mir sagte es auch nichts,*
*bis ich durch reinen Zufall auf diesen Luigi Dami Tamburini stieß,*
*aus Siena, Erbe eines beträchtlichen Familienvermögens, bestehend*
*aus zahlreichen Immobilien, Grundstücken, einem See (!), einem*
*Staudamm (!!), vor allem aber einer kleinen Geschäftsbank, die sehr*
*eng mit seiner rührigen Stiftung zusammenarbeitet, die sich um die*
*Ikonographie des 20. Jahrhunderts kümmert. Die Sache war so: Ein*
*Freund von mir hat mich eingeladen, an einem Benefiz-Doppio-*
*giallo-Tennisturnier in Le Cascine teilzunehmen, organisiert von*
*Pitti Immagine in der Woche des Pitti Uomo und daher mit jeder*
*Menge von Celebrities und Schönlingen, die noch nie einen vernünf-*
*tigen Ball geschlagen haben – während ich wieder regelmäßig*
*spiele und in Form bin, ich bin stark, und daher wurde ich für dieses*
*Doppio giallo angefragt, um es technisch zu verstärken. Ein Doppio*
*giallo ist, falls Du es nicht weißt, ein Doppelturnier, bei dem die*
*Paare vor jeder Runde ausgelost werden. Bis zum Halbfinale bin ich*
*ziemlich problemlos weitergekommen, und im Halbfinale wird mir*
*dieser Luigi Dami Tamburini zugeteilt. Als Partner, meine ich. Was,*
*ganz ehrlich, nicht weiter schlimm ist, auch wenn er wirklich ziem-*
*lich regelwidrig spielt, aber trotz seiner zweitausend Doppelfehler*
*gewinnen wir. Im Finale spannt die Auslosung uns wieder zusam-*
*men, und wir mussten wirklich kämpfen; wir hatten starke Gegner,*

und ich spielte sehr gut, Dami Tamburini machte etwas weniger Doppelfehler, und am Ende gewannen wir auch das Finale. Er, Dami Tamburni, freute sich wie ein Schneekönig, dankte Gott, dass er zweimal mit mir zusammen ausgelost worden war, und um mir seine unendliche Dankbarkeit zu beweisen, lud er mich zum Abendessen in seine Villa in Vico Alto in der Nähe von Siena ein, dann ein zweites Mal, und bei diesen Abendessen interessierte er sich für mein Leben und erzählte mir seins. (Unter anderem erfuhr ich auf diese Weise, dass er ein Zocker war und dass die Villa, in die er mich eingeladen hatte, sich ein paar Mal im Monat in eine Spielhölle verwandelt, aber ich erzählte ihm nichts von meiner Vergangenheit.) Und er erzählte mir auch von seiner Stiftung, die private Fotoarchive und Sammlungen von Plakaten, Postkarten, Manifesten und Ähnlichem sammelt, die sich auf die Kunst des 20. Jahrhunderts beziehen. Und daraufhin erzählte ich ihm von Mamas Archiv, einfach so, um zu sehen. Er sagte mir, dass er sich nicht persönlich um die Stiftung kümmere, aber er nahm sein Handy und ließ mich mit dem Präsidenten sprechen, der sich sofort für den nächsten Tag mit mir verabredete. Und so fuhr ich mit ihm zur Piazza Savonarola und zeigte ihm Mamas Archiv. Ich zeigte es ihm in dem chaotischen Zustand, in dem sie es hinterlassen hatte, auch ich sah es mir sozusagen zum ersten Mal genauer an, weil ich mich, wie ich schon sagte, immer gesträubt hatte, mich damit zu beschäftigen, und mir wurde bewusst, wie wertvoll es ist: Es enthält, Giacomo, hunderte wunderschöne Porträts von Architekten, Designern und Künstlern, alle in Schwarzweiß, und eine Sektion, die den Architektinnen Italiens gewidmet ist, in der, auch wenn sie die vollständigste ist, nur wenige fehlen; sie enthält wunderschöne Sequenzen, die ich nie gesehen hatte und die die Herstellung von Gegenständen aus Plastik (Lampen, Stühle, Tischchen) von der Planung im Studio bis zur Fließpressung in der Fabrik zeigen; es gibt eine Dokumentation von praktisch allen Einzel- und Gruppenausstellungen der Gruppen von radikaler Architektur der sechziger und siebziger Jahre und einer großen Zahl von Veranstaltungen visueller Poesie und eine begeisternde Sektion, die den Angeli del Fango 1996 gewidmet ist, von denen ich nie gehört hatte; und auf einem der Fotos, Giacomo, einem einzigen, taucht in dieser Schar von Engeln Papa auf, in Stiefeln und Cape vor der Nationalbibliothek, unter einer Laterne, die sein lächelndes Gesicht und die Zigarette zwischen den Lippen beleuchtet. Das einzige Zeichen seiner Anwesenheit in der Flut von Fotos und Negativen, die Mama während ihres Lebens angehäuft hatte. Es ist wirklich ein Wunder, dass wir auf der Welt sind.

Dieser Präsident der Stiftung war sehr beeindruckt von dem Material, aber ich denke, er tat nur so, ich denke, Dami Tamburini hatte ihm befohlen, alles zu nehmen, und das war's dann, und als es darum ging, das Material zu übergeben, bot er mir 20 000 Euro an. Aber ich will nichts, sagte ich ihm, und er war verblüfft. Wie, nichts? Das würde gerade noch fehlen, sagte ich, es handelt sich um eine Schenkung, Sie sind derjenige, der mir einen Gefallen tut. Daraufhin hat dieser Mann mich angeschaut, er hat mich aufmerksam angeschaut und mich eingeschätzt. Ich weiß nicht, ob es Dir jemals passiert ist, eingeschätzt zu werden, mir war es nie passiert, aber ich bin mir sicher, dass dort, im Wohnzimmer des Hauses an der Piazza Savonarola, dieser Mann mich einschätzte, während er mich anschaute, das heißt, dass er sich fragte, ob ich aufrichtig war oder nicht, ob ich gierig war oder nicht, ob er mir anbieten könnte, mich an seinen Mauscheleien zu beteiligen oder nicht. Ich habe natürlich keine Beweise dafür, aber während er mich anschaute, »wusste« ich, dass dieser Mann ein Bandit ist, dass er den Leuten das Geld aus der Tasche zieht – mich erfüllte eine eigenartige, strahlende Gewissheit. Am Ende muss er zu dem Schluss gekommen sein, dass es sich nicht lohne, das Risiko einzugehen, dass ich ihn bloßstelle, und

»akzeptierte« meine Schenkung, aber er war sichtlich enttäuscht, und ich bin mir sicher, wenn er von Anfang an gewusst hätte, dass ich beabsichtigte, ihm das Archiv zu schenken, hätte er sich nicht die Mühe gemacht, zu mir zu kommen.

Und so, lieber Giacomo, gehen am Ende auch die Spuren von Mamas Aufenthalt auf dieser Erde »nicht verloren in der Zeit wie Tränen im Regen«. So hat jetzt die Fondazione Dami Tamburini die Schenkung Letizia Calabrò, und das Haus an der Piazza Savonarola steht offiziell zum Verkauf, obwohl der Makler, den ich beauftragt habe, mein alter Kamerad aus der Mittelschule Ampio Perugini (erinnerst Du Dich an ihn? Der mit dem roten Muttermal um das Auge, Du hast Dich vor ihm gefürchtet), mir sagt, dass jetzt nach dem Schlag der Subprime-Kredite, der Börsenkrise usw. der Immobilienmarkt zusammengebrochen ist. Hoffen wir das Beste, was soll ich Dir sagen. Ich werde das Haus sicher nicht zu einem Spottpreis verkaufen. Wenn der Preis stimmt, gut, andernfalls warte ich.

An Geduld mangelt es mir nicht, stimmt's, Bruder?

Entschuldige, dass ich Dich darum gebeten habe, ich erwarte eine Antwort und umarme den Bildschirm.

Marco

# VIA CRUCIS

(2003 bis 2005)

Probo Carrera erkrankte an Krebs, kurz nachdem er die Absicht geäußert hatte, nach London zu ziehen. In Wirklichkeit war er, als er das sagte, bereits krank, wusste es aber noch nicht – oder er wusste es, ohne es zu wissen, das heißt, er spürte es, und das würde zum Teil das Befremdliche dieser Absicht erklären. Für jemanden wie ihn kam sie ziemlich überraschend; Florenz verlassen, das Haus an der Piazza Savonarola verlassen, das Labor, die Modelleisenbahnanlagen, und in ein imaginäres Miniappartement ziehen, das er passenderweise in Marylebone kaufen würde, an das er, wie es scheint, sein Herz verloren hatte seit der Sprachreise, die er mit seinem Freund Aldino in den fünfziger Jahren dorthin gemacht hatte – zwanzig wunderbare Tage in einer aristokratischen Familie, mit denen die Mansuttis befreundet waren und die ein Palais am Cavendish Square besaßen. Wer aber wusste das? Niemand. Seitdem war er nur zweimal wieder in London gewesen, einmal zehn Jahre später, nur einen Block entfernt, im Langham Hotel, mit Letizia, eine verrückte und spontane Entscheidung, als sie sich noch liebten und glücklich waren, und ein zweites Mal mit der ganzen Familie, wieder zehn Jahre später, in den Osterferien 1972, als sie schon unglücklich waren, eine Reise, die er für den Ordine degli Ingegneri di Firenze, dem er damals in beratender Funktion angehörte, organisiert hatte. Über eine Agentur, der Probo nur zwei Informationen gegeben hatte, nämlich das Budget und die Bedingung, in Marylebone zu übernachten, hatte er sich mit Letizia und den drei Kindern in zwei winzigen Zimmern in einem winzigen Hotel in der Chiltern Street zusammendrängen müssen, was ihm von Seiten Letizias und zahlreicher Mitreisender viel Spott einbrachte. Er dagegen war begeistert, weil es in Marylebone lag, und die Tatsache, dass er in Marylebone war, sorgte dafür, dass er sich wohlfühlte. Wer aber wusste das? Niemand.

Wäre Probo gesprächiger gewesen und nicht der zu abgrundtiefem Schweigen fähige Mann, der er war, wäre ihm in all diesen Jahren herausgerutscht, dass dieses Londoner Viertel der schönste und beruhigendste Ort auf der Welt war, den er kannte, der in seiner Vorstellung auch die Lähmung nach Irenes Tod überdauerte. Aber er hatte nie jemandem etwas gesagt, und daher explodierte diese Nachricht wie eine Bombe an einem milden Herbstsonntag des Jahres 2003, nach einem Mittagessen, das er für Letizia, Marco und Adele gekocht hatte. Während des Essens hatte Letizia sich wie immer darüber beklagt, dass Giacomo sie jetzt nicht einmal mehr zu Weihnachten besuche – und er war stumm geblieben, wie immer, wenn seine Frau sich beklagte; aber dann, nach dem Essen, als alle nur noch auf eine Gelegenheit warteten, die Runde aufzulösen, ließ er die Bombe platzen: umziehen, Miniappartement, Marylebone. Alle verblüfft, Letizia mehr als die anderen – verblüfft und sogar ein bisschen eifersüchtig, denn während Probo sein Vorhaben beschrieb, schien es ihr immer mehr *seines* zu sein: das georgianische England, die letzten Häuser der Brüder Adams von London, Antiquariate, Bäckereien, Pubs voller Cricket-Spieler, das Haus, in dem Turner gestorben ist, das, in dem Dickens gelebt hat, das, in dem Elizabeth Barrett gelebt hat, bevor sie mit Robert Browning just nach Florenz floh, die Wallace Collection, das Langham Hotel natürlich, die legendären Platanen des Manchester Square, das letzte Haus, das die Prophetin Joanna Southcott bewohnt hat ... Was redest du denn da, fragte Letizia ihn verdattert, was für Platanen, was für eine Prophetin? Und Probo erzählte, während er seine superschlanke Capri rauchte, die Geschichte dieser verrückten Schwärmerin aus der georgianischen Zeit, die sich die Frau der Apokalypse nannte, die Johannes in seiner Offenbarung beschreibt, gestorben 1814 im Alter von 64 Jahren, wenige Wochen, nachdem ihre Prophezeiung sich nicht bewahrheitet hatte, in der sie angekündigt hatten, sie werde den neuen Messias gebären. Sie hatte keinen Messias geboren, sondern war schwer erkrankt und starb kurz nach Weihnachten, obwohl ihre Anhänger gewartet hatten, bis ihre Leiche anfing zu verwesen, für den Fall, dass sie wieder auferstehen würde. Ihre berühmteste Prophezeiung lautete, dass die Welt 2004 untergehen werde, und da jetzt nur noch wenige Monate fehlten, sagte Probo, dass er genau dort sein wolle, in Marylebone, dass er sie dort erleben wolle. Er wirkte nicht so, als würde er scherzen, und er gab auch nicht zu erkennen, ob er Letizia in seine Phantasie miteinschloss oder ob sein Umzug nach London als ihre Trennung mit über siebzig zu verstehen war. Es war klar, dass er sich über die Existenz von Miniappartements in dem Viertel informiert hatte und über ihre Preise – ziemlich hoch in Wahrheit, aber doch noch »erschwinglich«.

Später am Nachmittag rief Letizia Marco an: Ob sein Vater durchgedreht sei? Ob er den Verstand verloren habe? Obwohl er selbst ratlos war, beruhigte Marco sie, indem er sagte, das sei sicher ein Scherz; er habe, sagte er, alles, was Probo über Marylebone gesagt habe, überprüft, die Häuser, die Platanen, die Prophetin stammten aus dem Eintrag »Marylebone« auf Wikipedia English. Aber Letizia, die früher so fix darin gewesen war, sich alles Neue zunutze zu machen, kannte Wikipedia nicht. Das Internet hatte sie nicht begeistert, so wie es Probo begeistert hatte – und das war die eigentlich bemerkenswerte Nachricht. Es war der Beweis, dass Letizia und Probo, während sie älter wurden, die Rollen tauschten und jetzt sie diejenige war, die dem Fortschritt der Welt hinterherhinkte, während Probo ganz natürlich darin schwamm und sogar ausgefuchste Scherze oder, wenn er nicht scherzte, ausgefuchste Lebenspläne machte. Das war eine epochale Veränderung, die Marco seiner Tochter zu erklären versuchte: Opa Probo, der im Internet surft und sagt, er wolle nach London ziehen, Oma Letizia, die nicht versteht und hinterherhinkt – eine kopernikanische Revolution. Aber Adele hatte ihre Großeltern *früher* nicht gekannt und konnte die Ungeheuerlichkeit der Angelegenheit nicht begreifen – und Giacomo lebte jetzt, wie von Letizia beklagt, dauerhaft in Amerika und interessierte sich nicht mehr für Familienangelegenheiten.

Ob es sich nun um einen Scherz handelte oder nicht, Probos Plan wurde zunichtegemacht von der Diagnose, die er drei Wochen später erhielt, an einem regnerischen Freitag im November, nach einer Gewebeentnahme während der Darmspiegelung, die durchgeführt worden war, nachdem bei einer Routineuntersuchung Blut im Stuhl entdeckt worden war. Adenokarzinom. Addio London. Addio Marylebone. Das war ein Weltuntergang, aber ein anderer als der, den Joana Southcott prophezeit hatte. Es begann stattdessen die bekannte, von der modernen Medizin gerühmte Via Crucis, die den Kranken von dem archaischen Mechanismus Urteil und Vollstreckung befreit und ihn auf einen kräftezehrenden, manchmal langen, manchmal sehr langen Weg zum Ende schickt – ein Kreuzweg eben, mit seinen Leidensstationen, häufig weit mehr als 14. Entdeckung der Krankheit. Biopsie. Ergebnis der Biopsie. Hinzuziehung von Spezialisten.

Unentschlossenheit zwischen Operation und Behandlung. Entscheidung für die Operation oder die Behandlung. Ermutigender Ausgang der Operation oder der ersten Behandlungszyklen. Entdeckung, dass auch, wenn die Operation gewählt wird, an einem bestimmten Punkt die Behandlung notwendig ist, Nebenwirkungen der Behandlung. Wechsel der Behandlungsweise. Entdeckung, dass auch, wenn die Behandlung gewählt wird, an einem bestimmten Punkt die Operation nötig ist. Und so weiter und so fort ... Alle haben mit diesem Weg Bekanntschaft gemacht, direkt oder indirekt, und wer ihn nicht kennengelernt hat, wird ihn kennenlernen, und wer nicht mit ihm Bekanntschaft gemacht hat oder machen wird, ist entweder ein Auserwählter oder der größte Unglücksrabe von allen.

Marco nahm von Anfang an die ganze Last der Betreuung auf sich – keine große Sache, dachte er, verglichen mit derjenigen der Krankheit, die auf den Schultern seines Vaters lag –, und er tat es mit einem gewissen Übermut. Dass er Adele wiederbekommen hatte, war für ihn ein Wunder gewesen, das ihm Kraft und Ausdauer gab. Probo wurde am Darm operiert, obwohl kurz danach ein paar Metastasen aus der Unsichtbarkeit heraustraten und die Leber und einen Lungenflügel befielen. Um sie zu bekämpfen, wurde der folgende Behandlungsweg beschlossen: im Winter intensive Chemotherapie; Unterbrechung im Frühjahr; Sommer Erholung; Herbst Wiederaufnahme der Behandlung; Winter intensive Chemotherapie, und so fort. Falls Probos körperlicher Zustand und seine Moral stabil bleiben würden, sagte der Onkologe, könnte er noch viele Jahre mit einer beträchtlichen Lebensqualität leben. Und daher, für Marco: ihn während der Chemotherapie begleiten, die Nebenwirkungen kontrollieren, die Einnahme der anderen Medikamente kontrollieren, ihn zur Computertomographie begleiten, die Krankenschwester für die Blutentnahmen nach Hause kommen lassen ... Bedenkt man, dass er auch noch arbeiten und sich um Adele kümmern musste, war das für Marco sicher keine leichte Zeit – aber es ging nicht um seine Widerstandskraft, sondern um die seines Vaters.

Probos körperlicher Zustand blieb ziemlich stabil, und die Metastasen verkleinerten sich bereits nach dem ersten Schlag mit der chemischen Keule. Die Moral war schwerer zu beurteilen, da Probo kaum sprach. Er wirkte jedenfalls nicht niedergeschlagen. Letizia dagegen war schockiert und nicht in der Lage, die Situation zu akzeptieren und ihren Mann so zu pflegen, wie sie es für angebracht hielt – was einen gefährlichen Hang zur Depression in ihr auslöste. Obwohl es nie sein Fachgebiet gewesen war, hegte Marco Zweifel, ob die Psychoanalytikerin seiner Mutter – alt geworden, aber eigensinnig darauf beharrend, ihren Beruf weiterhin auszuüben – der Sache noch gewachsen war. Entscheidende Hilfe bekam sie eher von Adele, als sie ihr ein neues Logikrätsel mitbrachte, das ihre Surf- und Kletterfreunde in England entdeckt hatten und das Sudoku hieß. Letizia war davon begeistert, womit sie den verblüffenden Eindruck bestätigte, dass sie sich »verbiederte«, da dieses Spiel eigentlich weniger etwas für die umtriebige Architektin war als für ihn, den bodenständigen Architekten. Dieser interessierte sich jedoch nicht dafür, sprach nie mehr über Marylebone und machte sich, wiewohl von der Therapie geschwächt, an die Planung einer grandiosen Modelleisenbahnanlage – den ersten Abschnitt der Circumvesuviana zwischen Neapel und Baiano von 1894, getreu rekonstruiert auf der Grundlage akribischer Recherchen; ein Projekt, das er allerdings schlagartig aufgab, als er die Chemotherapie für die Sommerpause unterbrach. Als er spürte, dass seine Kräfte zurückkehrten (der von Onkologen ausgearbeitete Zeitplan funktionierte), kaufte er sich ein gebrauchtes Lotsenboot in Marina di

Cecina und begann, zum Angeln hinauszufahren. Aufs Meer hinaus. Jeden Tag. Einfach so, aus heiterem Himmel. Seit der Zeit seiner Freundschaft mit Aldino Mansutti, das heißt seit mehr als dreißig Jahren, war er nicht mehr angeln gegangen, aber er begann, das Leben eines Anglers zu führen. Zunächst angelte er den Hornhecht, dann benutzte er ihn als lebenden Köder für den Blaufisch; und wenn er einen großen fing, ließ er sich an Land mit der Beute fotografieren, und das Foto landete an der Wand der Bude von Omero, dem Festmacher des Kanalhafens, der ihm das Lotsenboot verkauft hatte. Betrachtete man die Fotos, wäre man nicht auf die Idee gekommen, dass er krank war. Auch ohne London führte dies zur Trennung von Letizia, denn es bedeutete, dass er ab Mitte Mai nach Bolgheri zog und bis Ende September dortblieb; Letizia bereitete dieses Haus Magenschmerzen, vor allem, wenn sie allein drinnen bleiben musste (mit Probo zum Angeln hinauszufahren kam für sie nicht in Frage). Daher fühlte Letizia sich in der merkwürdigen Rückentwicklung, die ihr Leben erfuhr, aufs Neue unzulänglich, schuldig, weil es ihr nicht gelang, sich um ihren kranken Mann zu kümmern – eine Aufgabe, die Lucia, die Tochter der Signora Ivana, hervorragend erfüllte. Sie hatte mittlerweile die Mutter als Hausbesorgerin in Bolgheri abgelöst.

Marco pendelte: Florenz – Bolgheri, er verbrachte einen Tag mit dem Vater; Bolgheri – Florenz, er führte seine Mutter zum Abendessen in das indische Restaurant in der Nähe des Stadions oder ins Kino aus; zusammen mit Adele: Florenz – Seravezza, er begleitete sie zum Klettern in den Apuanischen Alpen zusammen mit ihren älteren Freunden; an manchen Wochenenden sogar: Florenz – Seravezza – Bolgheri – Seravezza – Florenz, indem er es irgendwie schaffte, Adele zu begleiten, sie in der Obhut ihrer Freunde zu lassen, nach Bolgheri zu fahren, mit Probo im Gambero Rosso zu Abend zu essen, am nächsten Morgen mit ihm zum Angeln hinauszufahren und Letizia am Sonntagabend ins Restaurant auszuführen. Das war anstrengend, aber immer noch besser als das, was er während des Winters hatte machen müssen. Dann kam der August, und die Familie traf sich in Bolgheri, als wäre es ein in Stein gemeißeltes Gesetz.

Herbeizitiert von Letizia, kam auch Giacomo aus North Carolina, zusammen mit seiner Frau Violet und den beiden Töchtern, Amanda und Emily, und für zwei Wochen war das Haus wieder voll. Das war die am schwersten zu ertragende Phase: Wenn die Fiktion der vereinten Familie schon vorher lächerlich gewesen war, als alle gesund waren, so wurde sie jetzt zur Qual, als klar war, dass die Krankheit sie zusammenführte – über die im Übrigen nicht gesprochen wurde, da Probo zwar seine Gewohnheiten, nicht aber sein Verhalten geändert hatte und nichts von sich erzählte. Für Marco wurde die Qual noch verschlimmert durch die Tatsache, dass Luisa sich den ganzen Sommer nicht blicken ließ. Das war ansonsten nur ein einziges Mal der Fall gewesen, dass sie nicht einen einzigen Tag da gewesen war, vor vielen Jahren, als sie mit ihrem zweiten Kind schwanger gewesen war, es hatte sich um eine Risikoschwangerschaft gehandelt, und sie war in Paris geblieben. Dass sie sich just in diesem Sommer nicht blicken ließ, während er das Kreuz trug, schien ihm der endgültige Beweis zu sein, dass sie für immer verloren war. Er täuschte sich, aber in dem Augenblick schien es ihm auf deprimierende Weise eindeutig zu sein.

Im Oktober setzte Probo die Chemotherapie fort, aber wenige Wochen später überstürzten sich die Ereignisse. Schon seit dem Sommer hatte Letizia ständig leichtes Fieber gehabt und abgenommen. Der Hausarzt war nicht weiter beunruhigt, er hatte von Divertikulitis gesprochen, aber als Letizia im November wegen einer Kontrolluntersuchung ihren Gynäkologen aufsuchte, stellte sich heraus, dass sie einen Tumor in sehr fortgeschrittenem Stadium an der Gebärmutter hatte. Der Gynäkologe, ein Freund der Familie, rief Marco an, um es ihm zu sagen, bevor er es ihr mitteilte, denn er war sehr erschüttert. Marco verließ sein Sprechzimmer und eilte in die Praxis seines Kollegen, und dort, vor dem Gynäkologen und seiner Assistentin, die bestürzt schwiegen, informierte er persönlich seine Mutter. Dann begleitete er sie nach Hause.»Ich bin tot«, sagte Letizia immer wieder während der Fahrt und hörte auch zu Hause nicht auf damit, und Marco strich ihr, neben ihr auf dem Sofa sitzend, übers Haar, und Probo sah sie verständnislos an:»Ich bin tot.«

Damit begann die zweite Via Crucis – drastischer diesmal, hoffnungsloser und viel rascher. Von der ersten Untersuchung an machte derselbe Onkologe, der ein Jahr zuvor Probo gute Überlebenschancen prognostiziert hatte, ihr nicht die geringsten Hoffnungen. Er war von einer Aufrichtigkeit, die Marco obszön fand; vor ihr und Probo, der um jeden Preis dabei sein wollte, ließ er nicht einmal eine vage Hoffnung zu, nichts – nur die harte, deprimierende Wahrheit. Die Einzige, die nicht erschüttert war, war Letizia, die bereits seit geraumer Zeit erschüttert war, und ihren Kommentar – »ich bin tot« – hatte sie von Anfang an wahrgemacht.

Obwohl der Onkologe ihn für nutzlos hielt, wurde auch ihr ein Chemotherapiezyklus verschrieben, und im Gegensatz zu dem, was sie getan hätte, als sie jung war und ihr großer Stolz sich vom Kampf gegen das Überflüssige nährte, fand sie sich damit ab. So machte Marco kurz vor Weihnachten die radikale Erfahrung, beide Elternteile zur Chemotherapie in die Tagesklinik zu begleiten – der eine in einem Zimmer, die andere in einem anderen –, eine Erfahrung, die ihn an ein Buch von David Leavitt erinnerte, das er vor vielen Jahren mit Marina gelesen hatte, als sie verliebt waren und Adeles Geburt bevorstand. Marco hatte so gut wie keine Erinnerung an das Buch, nicht einmal der Titel fiel ihm ein (es waren Erzählungen, das wusste er noch), aber dennoch weckte die einfache, ungeheuerliche Erfahrung, beide Elternteile zur Chemotherapie begleiten zu müssen, eine irgendwie angenehme Erinnerung daran.

Giacomo kam aus Amerika, um zu helfen, und da Weihnachtsferien waren, kam er mit der ganzen Familie. Wie immer in solchen Fällen schliefen seine Töchter im Haus von Marco, in einem Zimmer mit Adele, da Irenes Zimmer tabu war. Sie waren nur wenig älter als sie, hässlich und amerikanisch bis ins Mark; man hatte den Eindruck, Giacomo habe mit allen Mitteln vermieden, ihnen auch nur irgendetwas von seiner Herkunft mitzugeben, einschließlich der Schönheit, die auch nach mehr als vierzig Jahren immer noch sichtbar war. Man musste nur sehen, wie sie mit einem Teller Spaghetti oder den elementarsten Redewendungen der italienischen Sprache kämpften, um zu erkennen, wie sehr Giacomo sich von seinem früheren Leben hatte distanzieren wollen. Im Übrigen war er vor mehr als zwanzig Jahren nach Amerika gegangen, war vor 15 Jahren eingebürgert worden, lehrte seit zehn Jahren an der Universität (analytische Mechanik) und war seit fünf Jahren, wie Letizia immer wieder beklagte, nicht mehr nach Florenz gekommen, nicht einmal zu Weihnachten; war es da verwunderlich, dass seine Wurzeln verschwunden waren?

Überraschend war dagegen seine Entscheidung, auch noch zu bleiben, nachdem Violet und die Mädchen nach Hause zurückgekehrt waren. Angesichts der Ungeheuerlichkeit der Situation brachte er es nicht übers Herz, seinen Bruder alleinzulassen, vor allem weil beide, Probo und Letizia, den Wunsch geäußert hatten, ihre Tage nicht in einem Krankenhaus zu beenden, sondern bis zum Schluss zu Hause zu bleiben, was die Aufgabe sehr viel komplizierter machte. Und so setzte sich Giacomo zum ersten Mal nach all diesen Jahren der Strahlung seiner alten Familie aus, ohne den Schutz der neuen, die er in Amerika gegründet hatte. Er versuchte es Marco gleichzutun, der in dieser Hölle in seinem Element zu sein schien: Er begleitete mit ihm die Eltern zur Chemotherapie, kümmerte sich um sie, während Marco die zweite Krankenschwester holte – die für den Tag neben der für die Nacht, die Nebenwirkungen für beide Elternteile waren heftig. Er bemühte sich sogar, *mehr* als er zu tun, da Marco seine Arbeit hatte, sich um Adele kümmern musste und nicht die ganze Zeit mit Probo und Letizia verbachte. Giacomo dagegen verbrachte die ganze Zeit mit Probo und Letizia oder war zumindest für sie da. Er verließ das Haus an der Piazza Savonarola nur, um ihren Bedürfnissen nachzukommen, Essen zu kaufen, Medikamente in der Apotheke zu besorgen. Die Abende verbrachte er damit, Tee zuzubereiten, neben Probo fernzusehen oder Letizia bei ihren Sudokos zu helfen. Er hatte zwanzig Jahre in Florenz gelebt, aber es fiel ihm im Traum nicht ein, sich bei dem einen oder anderen Jugendfreund oder einer ehemaligen Freundin zu melden oder sich ein wenig abzulenken. Und Marco stellte zu seinem Bedauern fest, dass er nicht einmal versuchte, eine etwas tiefere Beziehung zu Adele aufzubauen, wie er es erwartet hätte – wie er es an seiner Stelle getan hätte mit einer Nichte, die er nie sah. Im Grunde ging er ganz und gar darin auf, für seine sterbenden Eltern da zu sein, ohne nach links und rechts zu sehen, wie in einer Luftblase. Auch wenn die Tagesschwester kam, verabreichte er weiter Medikamente, setzte Spritzen und maß den Blutdruck, so dass die Schwester glaubte, er sei der Bruder, der Arzt war. Zugleich hatte er Angst, verhängnisvolle Fehler zu begehen, und fragte seinen Bruder, der wirklich Arzt war, ständig um Rat. Woher soll ich das wissen, erwiderte der, ich bin Augenarzt. Der alte Dämon der Rivalität mit Marco hatte in all diesen Jahren in diesem Haus auf ihn gewartet und quälte ihn jetzt erneut.

Er schlief in seinem alten Kinderzimmer, aber schlafen ist zu viel gesagt, denn kaum hörte er ein Geräusch aus den Zimmern seiner Eltern, war er schon an ihrem Bett, zu jeder Stunde der Nacht, schneller als die Krankenschwester. Einmal rief er Marco gegen drei Uhr nachts an, weil Letizia Durchfall hatte und er fürchtete, sie könnte sterben. Marco beruhigte ihn und empfahl ihm, der Krankenschwester zu vertrauen, doch dann entschied er sich doch, sich anzuziehen und zur Piazza Savonarola zu eilen; nachdem mit Hilfe eines Loperamid-Medikaments das Schlimmste abgewendet worden war, waren die beiden Brüder in dem großen Wohnzimmer, das sich seit ihrer Kindheit nicht verändert hatte, nah dran, sich endlich auszusprechen und zu versöhnen. Da aber keiner den ersten Schritt tat, geschah nichts, und es gab keine Aussprache. Das war schon einige Male der Fall gewesen in jenen Tagen, im Krankenhaus, wenn Probo und Letizia während der Behandlung einnickten und die beiden Brüder aus ihren Zimmern schlüpften und sich im Halbdunkel des Flurs wiederfanden. Lauter perfekte Gelegenheiten, sich zu sagen, was sie sich zu sagen hatten, sich zu verzeihen, was sie sich zu verzeihen hatten, und das Kriegsbeil für immer zu begraben; aber es war so viel Zeit vergangen, dass sie sich, obwohl die Verlegenheit immer noch lebendig war zwischen ihnen, fast nicht mehr an den Grund erinnerten. Da die Eltern krank waren, reduzierte sich alles auf diesen alten Zwist, aber nicht nur er war aus der Welt zu schaffen; sah man sie so elend in ihren Betten im Sterben liegen, war es nicht leicht zu sagen, warum, aber Probo und

Letizia waren mitverantwortlich für die Schlinge, die ihre Familie seit Irenes Tod erdrosselt hatte.

Als Ende Januar der Behandlungsplan eine Ruhepause erlaubte, schmiss Giacomo abrupt alles hin und kehrte nach Amerika zurück. Er hatte nie gesagt, dass er auf unbestimmte Zeit bleiben würde, er hatte seine Kurse an der Universität zu halten und viele andere Dinge zu tun, aber seine Abreise wirkte unnatürlich; nie hatte er etwas gesagt, und nun war er plötzlich fort. Vielleicht hinterließ seine Abwesenheit auch deswegen eine Leere – wie es schon in der Vergangenheit der Fall gewesen war, weil Giacomo dazu tendierte, einen Ort zu verlassen und eine Leere zurückzulassen. Marco litt darunter, zugleich wurde ihm in diesen Tagen eine unverhoffte Gnade in Form eines Briefs von Luisa zuteil. Nach fast vier Jahren, einfach so, aus heiterem Himmel, schrieb sie ihm einen merkwürdigen Brief, in dem sie ihm von einem aztekischen Glauben berichtete, dem zufolge die größte Belohnung für einen Krieger, der in der Schlacht fiel, darin bestand, als Kolibri wiedergeboren zu werden. Zu Beginn des Briefs aber sagte sie ihm, dass er ihr fehle, und am Ende bat sie ihn um Entschuldigung dafür, dass sie »alles vermasselt« habe. Marco grübelte eine Nacht über die mögliche Bedeutung dieses Briefs, vor allem die des letzten Satzes nach, doch am nächsten Tag beschloss er, dass man bei Luisa nicht herumtüfteln, interpretieren, grübeln, sich gehenlassen oder Schluss machen durfte, was zu tun er geglaubt hatte. Er schrieb ihr einen langen und leidenschaftlichen Brief zurück, einfach so, schutzlos, ohne an den Schmerz zu denken, den sie ihm vier Jahre zuvor zugefügt hatte, als sie sich plötzlich von den Plänen, die sie wenige Wochen zuvor gemacht hatten, zurückgezogen hatte – o ja, sie hatten Pläne geschmiedet, nachts, am Strand von Renalone, im Schein der Lichter der Fischerboote, die auf dem glatten Wasser glitzerten, und dem Feuerwerk, das in Richtung Livorno explodierte –, zusammenleben und eine Familie gründen, und sie hatte ihm komische Vorwürfe gemacht, die kilometerweit nach den Ratschlägen des Psychoanalytikers rochen, und war nach Paris verschwunden und hatte ihn nicht mehr gesucht und ihm nicht mehr geschrieben, und während dreier Jahre hintereinander hatte sie ihn in Bolgheri kaum gegrüßt, und im vierten Jahr, dem letzten, war sie nicht einmal mehr gekommen, nicht mal für eine Woche, nicht mal für einen Tag. Daran dachte Marco nicht, er grübelte nicht, schützte sich nicht und ließ sich gehen, ein weiteres Mal (das dritte? das vierte?), und erzählte ihr von dem verrückten Leben, das er führte, von seiner überströmenden Liebe, der Trauer, der Kraft, der Müdigkeit, Giacomos Kommen, seiner so merkwürdigen, aber auch vertrauten Anwesenheit, der Leere, die seine Abreise zurückgelassen habe, auch sie merkwürdig, auch sie vertraut, erzählte ihr von der Wette seiner Eltern, wer zuerst sterben würde, und von dem Rollentausch, der sie in der letzten Zeit verbunden habe, und von der Zärtlichkeit, die aus all dem entstanden sei. Zum Schluss sagte er ihr, dass er sie immer noch liebe, als wäre nichts geschehen. Luisa antwortete ihm sofort mit einem ebenso leidenschaftlichen Brief: Auch sie liebe ihn noch, sie habe geglaubt, sie habe alles zerstört, sie sei glücklich, dass es nicht so sei, sie sei traurig wegen seiner Eltern, und sie bewundere grenzenlos, was er tue, sie habe vor zwei Jahren das Gleiche durchgemacht, als es ihren Vater getroffen habe, aber beide Eltern gleichzeitig, das sei Wahnsinn, und so weiter. Von da an schrieben sie sich wieder, wie sie es ihr halbes Leben lang getan hatten, altmodische Briefe, geschrieben mit Füllfederhalter, in Umschlägen, die man anlecken musste, und Briefmarken, die inzwischen selbstklebend waren, voller Liebesworte, Träume, Erzählungen von den Kindern und sogar Zukunftsplänen, obwohl diesbezüglich die Erfahrung beide gelehrt hatte, Vorsicht walten zu lassen. Kurz, die phantastische Welt der unmöglichen Liebe zwischen Marco und Luisa, die strahlte, wenn sie getrennt waren.

Als Erste starb Letizia, Anfang Mai, wenige Tage vor ihrem 75. Geburtstag. Die Folgsamkeit, von der sie durchdrungen war, seit sie krank geworden war, ließ Giacomo die Zeit, aus Amerika zu kommen, um persönlich anwesend zu sein, zusammen mit Marco und der alten Ivana, die aus Castagneto Carducci gekommen war, um bis zuletzt bei ihrer »Signora« zu sein, in dem feierlichen Augenblick, in dem ihre rasselnde Lunge den letzten Atemzug tat. Probo war nicht anwesend, er lief durch das Haus, auf seinen Rollator gestützt wie ein Orang-Utan, vor Wut schäumend, dicht gefolgt von der Krankenschwester. Eine Wut, die Probo sein ganzes Leben lang nie gezeigt und vermutlich auch nicht empfunden hatte, die jedoch in diesem Augenblick, auf dem Höhepunkt der Umkehrung der Charaktere zwischen ihm und Letizia, die einzige Kraft zu sein schien, die ihn noch am Leben hielt.

Letizias Beerdigung fand an ihrem Geburtstag statt. Luisa, die zu dem Anlass aus Paris gekommen war, erklärte den beiden Brüdern, dass in der Tradition der jüdischen Volksmystik die Tatsache, um seinen Geburtstag herum zu sterben, den betreffenden zum *Zaddik*, das heißt zum Gerechten oder zur Gerechten, *Zaddeket*, macht. In den Briefen, die sie Marco geschrieben hatte, hatte sie davon nicht gesprochen, aber es ging klar aus ihnen hervor, dass sie sich in den letzten Jahren wieder der Religion ihrer Familie angenähert hatte, und zwar gerade nach dem Tod ihres Vaters und der ganzen Prozedur von Ritualen und Feiern, an denen sie in der Pariser jüdischen Gemeinde hatte teilnehmen müssen. Und als sie jetzt wieder da war, aus Fleisch und Blut, an Marcos Seite, wirkte Luisa erneut unsicher, weit weg von der Leidenschaft, die aus ihren Briefen sprach. Obwohl es keine wirklichen Hindernisse gab, berührten sie sich so gut wie nicht; nur einmal küssten sie sich auf den Mund in einer Umarmung vor dem Leichenwagen, der den Sarg fortbrachte, aber es war ein flüchtiger, heimlicher Kuss, in dem die Zungen sich kaum berührten. Natürlich war es unter diesen Umständen nicht angebracht, darüber zu sprechen, und so ließ Marco die Sache auf sich beruhen, aber sie beschäftigte ihn.

Giacomo reiste am Tag nach der Beerdigung wieder ab, mit einem Beutel im Koffer, der eine Handvoll Asche der Mutter enthielt. Sich um die Urne mit der restlichen Asche und alles Übrige zu kümmern blieb Marco überlassen. Er nahm dasselbe Flugzeug wie Luisa nach Paris, wo er einen Anschlussflug nach Charlotte hatte, und so begleitete Marco sie zum Flughafen, und als er seinen Bruder und die Frau seines Lebens gemeinsam weggehen sah, nachdem er sich von ihnen verabschiedet hatte, erst da wurde er sich, während sie sich entfernten und er etwas zu ihr sagte und sie den Kopf schüttelte, wie sie es tat, wenn sie herzlich lachte, erst in diesem Augenblick wurde ihm bewusst, dass dieselbe strahlende Welt, die Luisa einrahmte, wenn sie mit ihm zusammen war – bestehend aus denselben Erinnerungen, demselben Licht, derselben Vertrautheit –, sie auch einrahmte, wenn sie mit Giacomo zusammen war. Als er sie mit dem Blick begleitete, verspürte Marco zum ersten Mal in seinem Leben, mit 45, drei Tage, nachdem er seine Mutter verloren hatte, den Stich der Eifersucht auf seinen Bruder; er war nicht eifersüchtig auf das, was er war oder nicht war, sondern auf das, was er hätte sein können – denn zum ersten Mal, ein Vierteljahrhundert nach dem Moment, in dem er es hätte erkennen müssen, erkannte er, dass das Ergebnis das Gleiche blieb, egal, welcher der Carrera-Brüder an ihrer Seite war. All das, was wirklich in ihr strahlte und was nur er in ihr zu sehen glaubte, stammte aus den fernen Sommern seiner Jugend, in denen er sich in sie verliebt hatte, während er sie beobachtet hatte, wie sie größer wurde, sich sonnte, rannte und sich ins Wasser stürzte an diesem wilden Küstenabschnitt – aber genau diese Dinge, erkannte er, in genau diesen Momenten hatte auch Giacomo gesehen. Nicht, dass er sich wirklich bewusst wurde, wie die Dinge immer gewesen waren, aber es war trotzdem ein Schock.

Es blieb auch allein ihm überlassen, sich um Probo zu kümmern, den die Krankheit mittlerweile sehr geschwächt hatte, obwohl er sich immer noch verzweifelt ans Leben klammerte. Benebelt von der Schmerztherapie und gequält von der Tatsache, dass Letizia ihn überholt hatte, konnte er weder am Tag noch in der Nacht Ruhe finden. Für Marco begann die vorletzte Station der Via Crucis, diejenige, in der man – alle, der Kranke und die, die ihn pflegen – wünscht, das Ende möge rasch kommen. Im Übrigen befahl Probo ihm in seiner morphiumverwirrten Sprache täglich, ihn wegzubringen – bring mich weg, du hast versprochen, mich wegzubringen, ich will weggehen, hast du verstanden? Aber als Probo versuchte, ihn hinsichtlich der Möglichkeit auszuhorchen, den Prozess, na ja, ein wenig zu beschleunigen, stieß er bei Doktor Cappelli, dem Kollegen, den das lokale Gesundheitsamt Probo für die Schmerztherapie zugeteilt hatte, auf taube Ohren; immer nur wiederholte er, man könne nicht vorhersehen, wie lange es dauern würde. Marco war jedoch selbst Arzt und wusste, dass man es doch konnte. Und so beschloss Marco, nachdem Probo ihn zum x-ten Mal bedrängt hatte, du hast es versprochen, du bist ein Scheißkerl, bring mich weg – er hatte ihm, nebenbei gesagt, nichts versprochen, außer ihn nicht im Krankenhaus sterben zu lassen –, sich selbst zu helfen. Das war die letzte Station, diejenige, die (und der Zweifel war immer der gleiche) entweder wenigen Auserwählten oder wenigen Unglückseligen vorbehalten war: denjenigen aus der Welt scheiden zu lassen – aus Mitleid, aus Gehorsam, aus Erschöpfung, aus Verzweiflung, aus Gerechtigkeitssinn –, der einen in die Welt gebracht hatte. Und so wusste Marco ganz genau, dass es das letzte Mal war, dass er mit seinem Vater sprach; er sagte ihm, er solle sich beruhigen, ganz ruhig sein, diesmal würde er ihn wegbringen, gab ihm eine erste Spritze Morphinsulfat außerhalb der Behandlungsanweisungen von Doktor Cappelli, legte sich neben ihn aufs Bett und fragte ihn, ob er bereit sei, nach Marylebone umzuziehen. Probo, endlich gehorsam, brummte ja, fügte einen Haufen Namen hinzu, die Marco nicht verstand, und seine letzten Worte, die Marco sehr deutlich wahrnahm, aber ebenso wenig verstand, waren »Haus Goldfinger«. Dann schlief er ein, und an diesem Punkt machte Marco Carrera – Abschluss in Medizin und Chirurgie 1984, Facharzt für Augenheilkunde seit 1988 – das, was er tat, mit dem Venenkatheter seines Vaters und dem Morphin von Doktor Cappelli.

Am nächsten Tag war es genau einen Monat her, dass Letizia gestorben war. Am nächsten Tag war Probos Geburtstag. Am nächsten Tag war Probo tot – was laut Luisas Religion zwei *Zaddikim* auf zwei Elternteile bedeutete. Diesmal kam Luisa jedoch nicht aus Paris zur Beerdigung, ebenso wenig wie die Signora Ivana aus Castagneto Carducci und Giacomo aus North Carolina: Sie konnten nicht. Den wenigen, die den Leichnam in der Aufbahrungshalle besuchten und ihn fragten, wie er sich fühle, antwortete Marco: »Müde.« Die Asche wurde ihm nach der Einäscherung übergeben, und obwohl sie aus demselben Ofen kam, war sie dunkler und grobkörniger als die seiner Mutter.

# UM ZU GEBEN
# UND ZU EMPFANGEN

(2012)

FR. 29. NOV.

Doktor Carradori? Ist das immer noch Ihre Nummer?
16:44

— Salve, Doktor Carrera. Ja, die Nummer stimmt noch.
Was kann ich für Sie tun?
16:44

Guten Tag. Können Sie mir bitte sagen, wann ich Sie anrufen
kann?
16:45

— Hören Sie, ich bin in Palermo, ich nehme gleich
ein Flugzeug nach Lampedusa. Wenn es nicht
dringend ist, können Sie mich nach dem Abendessen
anrufen, wenn ich mein Zimmer bezogen habe.
Einverstanden?
16:48

Natürlich bin ich einverstanden. Ich möchte Sie nicht stören.
Sind Sie wegen des Schiffsunglücks im letzten Monat dort?
16:48

— Ja. Und nicht nur wegen ihm. Diese Insel ist ein
unglaublicher Ort, um zu geben und zu empfangen.
Und wie geht es Ihnen?
16:50

Tja, nicht gut, leider. Schiffbruch auch hier. Ich brauche einen
Rat von Ihnen.
16:51

— Tut mir leid. Wenn Sie mich heute Abend anrufen,
stehe ich zu Ihrer Verfügung.
16:51

Danke, Doktor. Bis später.
16:52

— Auf Wiedersehen. Bis nachher.
16:52

# MASKE

## (2012)

»Hallo?«

»Guten Tag. Doktor Carradori?«

»Ja, Dokor Carradori. Guten Tag. Wie geht's?«

»Na ja, so la la.«

»Was ist los?«

»...«

»...«

»...«

»Ich weiß nicht, wie ich es Ihnen sagen soll, wirklich. Das heißt, ich weiß nicht, wie ich es sagen soll, damit es nicht brutal klingt.«

»Dann sagen Sie es mir auf brutale Art.«

»...«

»...«

»Adele ...«

»...«

»...«

»Adele?«

»Sie ist tot.«

»O Gott, nein ...«

»Ja, leider. Vor acht Tagen.«

»...«

»...«

»...«

»Ein Unfall in den Apuanischen Alpen. Einer dieser Unfälle, die nicht geschehen dürften, wenn man glaubt, was die, die klettern, sagen ...«

»...«

»... und was im Fall von Adele wirklich verwundert. Es wird Sie bestimmt verwundern, Doktor Carradori.«

»Warum?«

»Weil das Seil gerissen ist, deswegen. Beim Klettern. Durch das Reiben am Felsen. Zack. Gerissen. Aber das Seil darf nicht reißen. Nie. Es besteht aus Polyester, mit einem inneren Kern von hoher Widerstandsfähigkeit, verdammt, *es kann nicht* reißen! Und gerade bei Adele durfte es nicht reißen, denn Adele weiß nur zu gut, was ein Seil ist! Was es bedeutet.«

»Der Faden ...«

»Genau. Sie hat ihre halbe Kindheit damit verbracht, diesen Faden zu schützen, verflucht noch mal, damit er sich nicht verheddert, damit er nicht reißt. Und dann ...«

»Das ist schrecklich.

»...«

»Oh, verstehen wir uns recht. Nicht, dass ich froh wäre, wenn sie durch einen Autounfall gestorben wäre. Aber so, wirklich ...«

»Man könnte gegen den Hersteller des Seils vorgehen, wegen ...«

»Genau das tun ihre Freunde, die, die bei ihr waren. Sie wollen die Firma, die das Seil herstellt, verklagen, vor Gericht bringen. Sie klagen sie an. Aber ich habe ihnen gesagt, dass ich nichts davon wissen will, ich habe ihnen gesagt, sie sollen mich in Ruhe lassen und zum Teufel gehen.«

»Na ja, ich habe gesagt, ›man könnte‹, aber eigentlich meinte ich ...«

»Und außerdem ermittelt die Justiz, stellt sicher, nervt. Die Staatsanwältin von Lucca hat mich vorgeladen, aber ich habe ihr ganz klar gesagt, dass ich nicht kommen würde, dass ich nichts von diesem Unfall hören möchte.«

»Sie haben recht, Doktor Carrera.

»Ja, ich weiß, dass ich recht habe. Aber ...«

»Aber?«

»Aber da ist noch der Grund, wegen dem ich Sie behelligt habe, Doktor Carradori.«

»Nämlich?«

»Adeles Mutter. Meine Ex-Frau. Ihre Ex-Patientin. Ich weiß nicht, wie ich mich ihr gegenüber verhalten soll.«

»Ja. Und wie geht es der Signora?

»Tja, nicht gut.«

»Ist sie immer noch in Deutschland?«

»Ja. Sie ist in einer Privateinrichtung, einer Art psychiatrischer Luxusklinik. Anscheinend ist es chronisch geworden. Obwohl, in letzter Zeit scheint es ...«

»Entschuldigen Sie, aber ich habe da etwas nicht mitgekriegt. In letzter Zeit scheint es?«

»Nein, Sie haben alles mitgekriegt. Ich habe den Satz nicht beendet.«

»Oh, okay.«

»Na ja, sie haben ihr noch nichts gesagt. Und ich weiß nicht, was ich tun soll. Wie kann ich es ihr sagen, ohne ...«

»Aber Sie dürfen es ihr nicht sagen, Doktor Carrera. Sie müssen es dem deutschen Kollegen sagen, der sie behandelt.«

»Aber ich kenne ihn nicht. Ich habe ihn nie gesehen.«

»Wer bezahlt die Kosten für die Klinik?«

»Der Pilot. Der Vater ihrer Tochter. Und dann gibt es da noch das kleine Mädchen, Greta, Adeles Schwester. Man muss es auch ihr sagen, und das ist ein weiteres Problem, denn in der letzten Zeit haben sie angefangen, na ja, sich anzufreunden.«

»Meiner Meinung nach müssen Sie mit diesem Mann reden. Haben Sie ihn kennengelernt?«

»Den Piloten?«

»Ja. Kennen Sie ihn?«

»Nein. Das heißt, ich habe ihn kennengelernt, als ich Adele vor 13 Jahren zu mir geholt habe, weil ich sie zu Hause abgeholt habe, aber seitdem habe ich ihn nicht mehr gesehen. Unter anderem hat Marina sich auch von ihm getrennt.«

»Aber er ist derjenige, der die Klink bezahlt.«

»Ja.«

»Also muss er ein anständiger Mensch sein. Sie sollten mit ihm reden.«

»Aber ich habe nicht die geringste Lust dazu, Doktor Carradori. Das ist der Punkt. Deswegen habe ich mich bei Ihnen gemeldet. Ich will mit niemandem reden. Ich will niemanden informieren. Und wie auch? Per Telefon? Soll ich etwa nach München fahren, um dem Mann, der mir meine Frau weggenommen hat, zu sagen, dass meine Tochter gestorben ist? Das schaffe ich nicht.«

»Das verstehe ich sehr gut.«

»Ich habe noch nicht einmal die Leiche zurückbekommen, weil die Gerichtsbehörde sie noch nicht freigegeben hat, und ich spüre, dass ich kaum genug Kraft haben werde, die Beerdigung durchzustehen, wenn sie sie freigeben werden. Was soll ich tun, um sie zu benachrichtigen?«

»Dann tun Sie es nicht. Tun Sie nichts, wozu Sie sich nicht in der Lage fühlen.«

»Andererseits ...«

»Andererseits ...«

232

»...«

»...«

»Entschuldigen Sie ...«

»...«

»Da ist noch etwas anderes, aber ...«

»...«

»...«

»...«

»Ich bin ein bisschen ... Entschuldigen Sie. Ich nehme Beruhigungsmittel.«

»Machen Sie sich keine Sorgen.«

»Ich sagte, da ist noch etwas anderes.«

»...«

»...«

»Ich höre.«

»Vor zwei Jahren hat Adele eine Tochter bekommen. Man weiß nicht, wer der Vater ist, Adele hat es niemandem gesagt. Das Mädchen ist ein wahres Wunder, Doktor, glauben Sie mir, das sage ich nicht als Großvater, sie ist wirklich eine neue, andere Person: Sie ist dunkelhäutig, na ja, Mulattin, hat japanische Gesichtszüge, lockiges Haar und blaue Augen. Als würden die Rassen sich in ihr vereinen, drücke ich mich klar aus?«

»Ja. Sehr klar.«

»Das ist nicht rassistisch gemeint, ich hoffe, Sie verstehen das, ich sage ›Rassen‹ der Einfachheit halber.«

»Ich verstehe.«

»Sie ist zugleich afrikanisch, asiatisch und europäisch. Sie ist eine kleine Süße, aber schon sehr weit: Sie spricht, versteht, zeichnet, dass es eine wahre Freude ist, mit zwei. Sie ist bei ihrer Mutter und bei mir aufgewachsen, weil wir zusammenleben. Ich bin ihr Großvater, aber ich bin auch eine Art Vater für sie.«

»Klar.«

»Und natürlich bin ich ihretwegen hier und kämpfe, Doktor Carradori. Gäbe es sie nicht, hätte ich mich in den Fluss gestürzt.«

»Okay, ein Glück also, dass sie da ist.«

»Aber Marina hat das Mädchen kennengelernt. Adele hat sie immer mitgenommen, wenn sie sie in den letzten Jahren im Sommer besucht hat. Vorhin, als ich mich unterbrochen habe, wissen Sie, als ich den Satz nicht beendet habe?«

»Ja.«

»Ich wollte sagen, dass es in letzter Zeit so schien, als hätte es Marina aus irgendeinem Grund sehr gutgetan, die kleine Enkelin zu sehen. Es ging ihr besser. Das sagte mir jedenfalls meine Tochter. So sehr, dass sie beschlossen hatte, sie häufiger zu ihr mitzunehmen, angefangen mit Weihnachten, das wir bei ihr verbringen wollten, da sie mich gebeten hatte, mit ihr und dem Mädchen nach Deutschland zu fahren, und ich war einverstanden. Deswegen, selbst wenn ich es ihr nicht sage, weil ich es nicht will, weil ich nicht die Kraft dazu habe, würde sie sich mit Sicherheit bei mir melden, und dann werde ich ihr sagen müssen, dass Adele gestorben ist und ich sie nicht informiert habe ...«

»Ich verstehe, Doktor Carrera. Sie haben recht.«

»Diese Frau hat mir weh getan, aber sie hat gelitten und leidet immer noch sehr, mehr als ich, und diese Tragödie könnte für sie ...«

»...«

»... nun ja, es gelingt mir nicht, mich nicht mehr für sie zu interessieren, auch wenn ich zugleich weder die Kraft noch Lust habe, mich um sie zu kümmern. Verstehen Sie?«

»Ja, ich verstehe, und wissen Sie was? Es war eine gute Idee, mich anzurufen, denn ich kann Ihnen helfen. Ich werde mit dem deutschen Kollegen sprechen, der Ihre Ex-Frau behandelt, und ich werde auch mit ihr sprechen, falls das möglich ist. Und ich werde mit dem Vater des Mädchens sprechen, und ich werde mit dem Mädchen sprechen. Wie alt, sagten Sie, ist sie?«

»Wer, Greta?«

»Die Schwester Ihrer Tochter.«

»Greta, ja. Zwölf. Aber Sie dürfen nicht ...«

»Ich spreche nicht Deutsch, aber sie sprechen Englisch, oder? Er ist Flugpilot, er spricht es bestimmt. Wenn Sie einverstanden sind, werde ich mit allen sprechen, und Sie müssen sich keine Sorgen machen.«

»Aber wie wollen Sie das machen? Sie sind in Lampedusa, Sie müssen arbeiten. Ich dachte an einen Anwalt, einen, den man beauftragt, ich wollte Sie nur bitten, mir jeman...«

»Hören Sie, ich bin heute Abend angekommen, aber in Wirklichkeit muss ich meinen Dienst erst in einer Woche wieder antreten. In Rom hatte ich nichts zu tun, und hier gibt es immer was zu tun, mit dem Hotspot, der explodiert, und den Überlebenden des Bootsunglücks, die alle noch hier sind. Aber wenn Sie mir die Kontaktdaten geben, nehme ich morgen das Flugzeug, fliege nach Palermo, dann nach München und rede mit diesen Personen. Kein anderer, den Sie beauftragen, wäre geeigneter als ich, glauben Sie mir.«

»Das kann ich nicht annehmen. Ich weiß nicht, wie ...«

»Das ist schließlich mein Beruf. Mich um die Zerbrechlichen in Not zu kümmern.«

»Not, das können Sie laut sagen.«

»Und erst recht Zerbrechlichkeit.«

»Ja, natürlich, auch. Marinas Zustand ist, wie er ist, und Greta ist noch ein Kind.«

»Ich sprach nicht von ihnen.«

»Von wem dann?«

»Von Ihnen, Doktor Carrera. Sie müssen jetzt an sich denken. Sie müssen ausschließlich an sich denken, Sie haben alles Recht der Welt, sich nicht um andere kümmern zu wollen. Verstehen Sie?«

»Ja ...«

»Ich spreche als Psychiater, aber auch als Freund, wenn Sie erlauben. Sie dürfen jetzt an niemand anderen denken als an sich.«

»Und an das Mädchen.«

»Nein. Bringen Sie die Dinge nicht durcheinander, Doktor Carrera. Sie sind jetzt in Gefahr, weil das, was geschehen ist, schrecklich ist und Sie umhauen könnte. Sie dürfen nicht an die anderen denken, die Gefahr betrifft Sie. Erinnern Sie sich, wie man sich in einem Notfall im Flugzeug verhalten muss? Erinnern Sie sich, was man mit den Sauerstoffmasken machen soll?«

»Sie zuerst selbst aufsetzen und dann den Kindern ...«

»Genau. Sie sagten vorhin, dass Sie sich in den Fluss gestürzt hätten, wenn es Ihre Enkelin nicht gäbe. Und ich habe gesagt, ein Glück, dass es dieses Mädchen gibt. Sie können sich also nicht in den Fluss stürzen. Aber Sie können sich auch nicht gehenlassen, Sie können sich nicht aufgeben. Sie können es nicht, weil es das Mädchen gibt. Wie heißt sie?«

»Miraijin.«

»Wie bitte?«

»Mirai-jin. Das ist Japanisch.«

»Mirai-jin. Schön.«

»Es bedeutet ›neuer Mensch‹, ›Mensch der Zukunft‹. ›Mensch‹, weil Adele das Geschlecht vorher nicht wissen wollte, und sie war sich sicher, dass es ein Junge wird.«

»Verstehe. Aber es passt auch für ein Mädchen.«

»O ja. Und sie ist so weiblich. Miraijin, sage ich. Noch so klein, aber, verdammt, sie ist wirklich weiblich, wissen Sie.«

»Das glaube ich.«

»Sie hat so eine Art ...«

»...«

»Entschuldigen Sie, ich habe Sie unterbrochen. Was sagten Sie?«

»Ich sagte, dass Sie jetzt an sich denken müssen, daran, sich so zu verhalten, dass Sie jeden Morgen Lust haben, aus dem Bett zu steigen.«

»Na ja, dafür habe ich Miraijin.«

»Nein! So sind Sie ein Blatt im Wind. Diese Lust müssen Sie in sich selbst finden. Nur so werden Sie sich wirklich um Ihre Enkelin kümmern können. Kinder sind unglaublich, wissen Sie: Sie nehmen eher das wahr, was verschwiegen wird, als das, was gesagt wird. Wenn Sie sich um Miraijin kümmern mit der Leere im Herzen, dann würden Sie diese Leere auf sie übertragen. Wenn Sie diese Leere dagegen zu füllen versuchen, und es spielt keine Rolle, ob es Ihnen gelingt oder nicht, es reicht, dass Sie *versuchen*, sie zu füllen, dann werden Sie diese Kraft auf sie übertragen, und diese Kraft ist ganz einfach *das Leben*. Glauben Sie mir. Ich kümmere mich jeden Tag um Personen, die alles verloren haben, häufig sind sie die einzigen Überlebenden ihrer Familie. Sie haben materielle Probleme aller Art, und manchmal auch schlimme Krankheiten, aber wissen Sie, woran wir arbeiten?«

»Nein ...«

»Wir arbeiten an den Wünschen, an den Freuden. Denn auch in der schlimmsten Situation überleben die Wünsche und die Freuden. Wir sind die, die sie zensieren. Wenn wir trauern, unterdrücken wir unsere Libido, obwohl gerade sie uns retten kann. Du spielst gern Fußball. Dann spiele. Du machst gern Strandspaziergänge, isst gern Mayonnaise, lackierst dir gern die Nägel, fängst gern Eidechsen, singst gern? Tu es. Das wird zwar deine Probleme nicht lösen, aber es wird sie auch nicht verschlimmern, und in der Zwischenzeit wird dein Körper sich von der Diktatur des Schmerzes befreit haben, der dich demütigen möchte.«

»Und was soll ich tun?«

»Das weiß ich nicht, das sind komplexe Dinge, darüber kann man nicht am Telefon sprechen. Aber grundsätzlich müssen Sie im Hinterkopf behalten, dass Sie im Augenblick zerbrechlich sind, dass Sie in Gefahr sind. Und Sie müssen versuchen, aus dem Schiffbruch all die Dinge zu retten, die Ihnen gefallen. Spielen Sie noch Tennis?«

»Ja.«

»So gut wie damals, als Sie Kind waren?«

»Na ja, ich schlage mich ganz gut.«

»Dann spielen Sie Tennis. Als Anregung.«

»Ja! Und Miraijin? Ich will sie nicht mehr allein lassen, ist das klar? Auch nicht, um Tennis zu spielen. Ich will ein Geschöpf, das ich liebe, nicht mehr jemand anderem anvertrauen, Surfer, Alpinist, Babysitter ...«

»Da bin ich Ihrer Meinung, das ist absolut vernünftig, aber niemand verbietet Ihnen, sie mitzunehmen, wenn Sie spielen gehen.«

»Das soll ich tun, um den Lebenswillen wiederzufinden? Miraijin zum Tennisspielen mitnehmen?«

»Ich sage nicht, dass Ihr Lebenswille zurückkehrt. Vermutlich wird er nicht zurückkehren. Aber Sie leben auf jeden Fall weiter. Sie tun etwas, das die Trauer verbieten möchte, weil es Freude bereitet.«

»Mein Vater war ein begeisterter Leser von Science-Fiction.

Er hatte eine fast komplette Sammlung der Urania-Romane, von Nummer 1 bis Nummer 899. Er war geradezu besessen, ihm fehlten nur sechs Nummern. Seit Irene, meine Schwester, 1981 gestorben ist, hat er bis zu seinem Tod vor acht Jahren keinen einzigen mehr gekauft und gelesen.«

»Eben. Das ist genau das, was Sie *nicht* tun sollen. Sie wissen, was Ihnen Freude macht; machen Sie es, bestrafen Sie sich nicht. Nehmen Sie das Mädchen immer mit und kümmern Sie sich um sie, während Sie tun, was Ihnen gefällt. Es gibt keinen anderen Weg. Sicher, es wäre besser, wenn Sie auf diesem Weg jemand begleiten würde, aber wenn ich mich recht erinnere, sind Sie uns Psychiatern gegenüber nicht gerade zimperlich.«

»Den Psychoanalytikern gegenüber. Ich bin immer von Psychoanalytikern umzingelt gewesen, und um mich herum haben alle weiterhin gelitten wie Tiere, nur dass am Ende ich der Schuldige war. Ich bin sauer auf die Psychoanalytiker; gegen Psychiater habe ich nichts.«

»Sie haben auch nichts gegen die Psychoanalytiker, glauben Sie mir. Aber wie auch immer, ich rate Ihnen nicht, gegen Ihre Natur zu handeln. Wenn Sie sich nicht einem meiner Kollegen anvertrauen wollen, machen Sie es allein. Das Wichtigste ist, ich bitte Sie, dass Sie an sich selbst denken. Dass Sie sich die Maske aufsetzen. Dass Sie atmen. Dass Sie lebendig bleiben.«

»Danke für den Rat. Ich werde versuchen, ihn zu befolgen.«

»Passen Sie auf sich auf. Und schicken Sie mir per SMS die Namen und Adressen der Personen, die ich in Deutschland kontaktieren soll, dann mach ich mich gleich morgen auf den Weg.«

»Das berührt mich sehr, Doktor Carradori. Wirklich.«

»Wie ich sagte, das ist meine Arbeit.«

»Deswegen möchte ich Sie auch dafür bezahlen.«

»Kommt überhaupt nicht in Frage, Doktor Carrera. Wenn ich

sagte, das ist meine Arbeit, meine ich damit, das ist etwas, wovon ich was verstehe.«

»Gut, aber erlauben Sie mir wenigstens, die Reisekosten ...«

»Ganz ruhig. Seit Jahren bezahle ich nicht für ein Flugticket. Das wird mich sicher nicht ruinieren.«

»Doktor, ich weiß nicht, was ich sagen soll. Ich bin gerührt.«

»Sagen Sie nichts. Ich weiß, was ich dem Piloten, dem Mädchen und auch dem Kollegen in der Klinik sagen werde; aber hinsichtlich dessen, was ich Ihrer Ex-Frau sagen soll, muss ich wissen, wie Sie sich die Sache gedacht haben.«

»Inwiefern?«

»Wenn sie für die Beerdigung nach Italien kommen möchte, würden Sie bereit sein, sie wiederzusehen, sie bei sich zu beherbergen?«

»Ich glaube nicht, dass sie imstande sein wird zu reisen, Doktor Carradori. Ich glaube nicht, dass sie selbständig ist.«

»Ich habe verstanden, aber man kann nie wissen. Aus Erfahrung weiß ich, dass manche Schocks in manchen Fällen ein zeitweises Verschwinden eines Krankheitssyndroms auslösen, was natürlich keine Heilung ist, aber für den Augenblick die körperlichen Behinderungen beseitigt, die das Syndrom hervorbringt.«

»Ich habe nichts dagegen, sie zu beherbergen.«

»Und was das Mädchen betrifft, Mirai-jin. Denken Sie, sie könnten sie ab und zu dorthin bringen, wo sie lebt, wie Ihre Tochter es tat? Mir ist bewusst, dass es noch zu früh ist, aber früher oder später wird das Problem sich stellen.«

»Ich denke, ich könnte sie zu ihr bringen, ja.«

»Natürlich erst, wenn es ihr etwas besser gehen wird. Und jetzt hören Sie auf mich. Konzentrieren Sie sich auf die Maske.«

»Okay, Doktor. Ich danke Ihnen vielmals.«

»Also schicken Sie mir bitte alles, was mir von Nutzen ist,

per SMS. Adressen, Namen, Telefonnummern. Besser noch per WhatsApp, weil hier ist die Telefonverbindung schlechter als der Internetempfang. Je früher Sie das tun, desto früher mache ich mich auf den Weg.«

»Ich mache es sofort, Doktor Carradori.«

»Bravo. Und ich fliege morgen.«

»Vielen Dank, wirklich.«

»Es war richtig von Ihnen, mich anzurufen, wissen Sie.«

»Das wird mir gerade klar.«

»Und das bedeutet, dass Sie diese Maske aufsetzen wollen.«

»Ich habe sie schon einmal aufgesetzt, Doktor. Als meine Schwester gestorben ist.«

»Richtig. Und jetzt setzen Sie sie wieder auf.«

»Es gibt keinen anderen Weg ...«

»Genau. Und ich ... mag Sie, wenn Sie verstehen, was ich meine.«

»Auch ich mag Sie, Doktor Carradori.«

»Und wenn ich rechtzeitig aus München zurückkomme, mache ich Halt in Florenz, ist Ihnen das recht? So kann ich Sie persönlich informieren.«

»Natürlich ist mir das recht. Aber ich bitte Sie, sich nicht ...«

»Ich sagte, ›wenn ich es rechtzeitig schaffe‹. Noch einmal, ich nehme meinen Dienst in einer Woche wieder auf.«

»Okay.«

»So können Sie mir das Mädchen vorstellen. Und vielleicht machen wir ein kleines Spiel, einverstanden?«

»Tennis?«

»Ich spiele so gut wie nicht mehr, aber, na ja, rein zum Vergnügen. Im Übrigen haben Sie mir als Junge, als ich trainiert war, trotzdem ein 6 : 0 6 : 1 gegeben.«

»Jaja, schon gut. Das ist vierzig Jahre her.«

»Wir nehmen das Mädchen mit und spielen. Okay?«

»Okay.«

»Dann verabschiede ich mich jetzt. Ich erwarte Ihre Informationen.«

»Ich schicke sie Ihnen sofort.«

»Auf Wiedersehen, Doktor Carrera.«

»Auf Wiedersehen, Doktor Carradori. Und danke für alles.«

»Halten Sie die Ohren steif. Und bis sehr bald.«

»Bis sehr bald.«

# BRABANTÌ

(2015)

*Bolgheri, 19. August 2015*

*Liebe Luisa,*

*schon seit Jahren habe ich, wenn ich mit Dir spreche, das Gefühl,
nicht nur mit Dir zu sprechen. Mit »Dir« meine ich das Mädchen,
das ich liebe, seit ich zwanzig war, und das eine Frau, Mutter und
jetzt sogar Großmutter geworden ist. Seit geraumer Zeit kommt es
mir, wenn ich mit Dir spreche, wirklich so vor, als spräche ich neben
jenem Mädchen oder dem Teil von ihm, der in Dir überlebt, auch mit
einer Fremden. Mehr noch, um ganz und gar aufrichtig zu sein: Es
kommt mir so vor, als spräche ich mit Deiner Psychoanalytikerin,
wie heißt sie noch? Madame Briccolì, Strippolì? Ich bemerke es,
Luisa. Ich bemerke es, weil ich jetzt sofort die Stimme der Psychoanalytiker erkenne, die durch die Personen, die ich liebe, zu mir
sprechen. Ich habe mein ganzes Leben mit ihnen zu tun gehabt.
Ich bemerke es.*

    *Es stimmt, das, was Du mir gestern über Giacomo gesagt hast,
nach all diesen Jahren, hat mich erschüttert. Aber schlimmer, meine
Luisa, viel schlimmer sind die Worte gewesen, die Du danach an
mich gerichtet hast. Denn in Deiner Unfähigkeit, über Giacomo mit
mir zu sprechen, kann ich, wenn ich mich bemühe, immer noch das
Mädchen erkennen, das ich liebe, mir sagen, »so ist es eben«, und es*

*akzeptieren. Ich bin 56, und ich musste das Schlimmste akzeptieren.*
*Aber dass Du angesichts meiner Überraschung, als Du endlich*
*beschlossen hast, die Katze aus dem Sack zu lassen (und, ja, auch*
*angesichts meiner durchaus gerechtfertigten Wut, das musst Du*
*zugeben), anstatt mich einfach um Entschuldigung zu bitten, die*
*x-te Pirouette drehen konntest, um Dich gegen mich zu verteidigen,*
*weil ich plötzlich zu der Gefahr wurde, der Du unbedingt entgehen*
*musst, zu dem, der Grenzen überschreitet und den Du abwehren*
*musst, zu dem, der seine eigene Schuld auf Dich projiziert, das bist*
*nicht Du. Das kommt von ihr, wie heißt sie noch? Madame Propolì?*
*Struffellì? Wie zum Teufel heißt sie? Ist die Tirade über den Hero-*
*ismus, mit dem Du mich traktiert hast, möglicherweise nicht auf*
*Deinem Mist gewachsen? Über meine heroische Sicht des Lebens,*
*die den, der mir nahesteht, manipuliert und erdrückt?*

*Irre ich mich, Luisa?*

*In Wirklichkeit bin ich so, bin ich immer so gewesen, von Kind-*
*heit an; ich habe mich wirklich wenig verändert, und niemand weiß*
*das besser als Du. Habe ich eine heroische Sicht des Lebens? Muss*
*ich mich immer als Held begreifen? Kann sein, aber es ist immer*
*so gewesen, das ist nichts Neues. Bei mir gibt es nie etwas Neues,*
*wenn überhaupt, so kann man mir das vorwerfen. Du bist lang-*
*weilig, Marco. Das könntest Du mir sagen. Auch wenn sich dann*
*die Dinge so brutal von allein ändern, dass ich das Privileg, ein*
*wirklich langweiliges Leben zu leben, nie gehabt habe. Jetzt zum*
*Beispiel muss ich einen langen Abschnitt meines Lebens neu be-*
*trachten, muss es neu überdenken im Licht dessen, was Du mir in*
*all diesen Jahren bis gestern nie gesagt hast.*

*Denn ich habe Giacomo beschuldigt. Ich bin ihn frontal ange-*
*gangen wegen dieser verfluchten Nacht. Es war eine Zeit, in der es*
*Irene schlecht ging, und das konnte man sehen. In dem ganzen*
*Sommer habe ich sie nur einen Abend aus den Augen verloren, an*

jenem Abend, um mit Dir auszugehen; aber er blieb bei ihr, und ich fühlte mich sicher. Ich habe das Haus beruhigt verlassen, weil er bei ihr blieb. Deswegen habe ich ihn später beschuldigt. Ich habe immer noch sein gerötetes Gesicht vor Augen, während ich ihn beschuldigte. Ich nannte ihn einen Feigling. Ich sagte ihm, Irene sei durch seine Schuld gestorben. Ich habe es getan, und ich weiß, dass es schrecklich ist, und ich habe es für den Rest meines Lebens bereut. Ich hätte es nie getan, wenn ich gewusst hätte, dass auch er in Dich verliebt war.

Jetzt verstehe ich, dass Du mir damals nichts gesagt hast. Du warst 15, er war älter als Du. Und ich verstehe, dass Du es mir, solange wir uns nicht wiedergefunden hatten, auch weiterhin nicht gesagt hast: Du warst nach Paris gezogen, wir sahen uns nicht mehr, wie hättest Du es mir sagen sollen. Aber ich verstehe immer weniger, warum Du es mir nicht gesagt hast, als wir wieder anfingen, uns zu sehen. Warum hast Du es mir in jenen Jahren nicht gesagt? Soll ich Dir eine Liste der Gelegenheiten machen, in denen Du es hättest tun können? Es sind lauter Augenblicke, die immer noch in mein Gedächtnis gemeißelt sind, Du warst kein Mädchen mehr, Du warst eine Frau, Du hattest zwei Kinder, Du standest kurz vor der Scheidung, Du hättest es tun können. Warum hast Du es nicht getan? Warum hast Du mich weiter glauben lassen, dass Giacomo vor mir weggelaufen ist, während er in Wirklichkeit vor Dir weggelaufen war?

Und dann, als die Zeiten chaotisch wurden, Scheidungen, Umzüge, zusammen, nicht mehr zusammen, verstehe ich wieder, dass Du es mir in all den Jahren nicht gesagt hast. Aber, mein Gott, als wir anfingen, uns wieder zu schreiben, während meine Eltern starben und Giacomo wieder in Erscheinung getreten war, warum hast Du es mir da nicht gesagt, warum hast Du es mir nicht geschrieben? Oder als sie gestorben sind und Du zu Mamas Beerdigung gekommen bist, und Giacomo da war und ich euch auch zusammen zum Flughafen begleitet habe, warum hast Du es mir da nicht gesagt? Oder in jenem Sommer? Warum hast Du es mir während jener drei Tage nicht gesagt, die wir in London verbracht haben? Giacomo war wieder verschwunden, und ich war erneut verletzt zurückgeblieben. Warum hast Du es mir nicht gesagt in dem fabelhaften Zimmer im Langham Hotel, dass er nicht zu Papas Beerdigung gekommen war, weil er fürchtete, Dich wiederzusehen? Und im August, in Bolgheri, als Du aus Kastellorizo zurückkamst und wir den Rest des Sommers zusammen verbracht haben? Warum hast Du es mir nicht gesagt, als wir, Du und ich, Mamas und Papas Asche im Meer, in den Mulinelli, verstreut haben und Giacomos Abwesenheit so übermächtig war? Warum hast Du es mir nicht gesagt im Ruderboot von Doktor Silberman, während wir die Asche im Sonnenuntergang verstreuten, dass auch Giacomo immer in Dich verliebt gewesen war? Dass das der wahre Grund für seine Flucht war? Und dass er, während er die Mails nicht beantwortete, die ich ihm beharrlich schickte, Jahr um Jahr, in der Hoffnung, er würde mir verzeihen, Dir geschrieben hat? Und warum hast Du es mir danach nicht bei irgendeiner Gelegenheit gesagt, in Bolgheri, im August, in all diesen Jahren? Du hättest mich nur zur Seite nehmen müssen, eines Vormittags, wie Du es gestern getan hast, um mir all die Dinge zu sagen, die Du mir nie gesagt hattest.

Aber vor allem, warum hast Du mich, in Anbetracht der Tatsache, dass ich inzwischen gelernt hatte, mit dieser Schuld zu leben, gestern Morgen zur Seite genommen und es mir gesagt? Aus welchem verrückten Grund zwingst Du mich jetzt, den Bruch mit meinem Bruder zu überdenken? Nach allem, was mir passiert ist? Egal, ob ich verändert war oder nicht, ich habe Dich gestern nur dies gefragt: Warum-sagst-Du-es-mir-jetzt?

Aber nichts, und an diesem Punkt mischt sich in Deine Vertei-

*digung Madame wieheißtsienoch, Bracciolì, Croccantì. Habe ich*
*recht? Wie kann der sich erlauben, Dir Vorhaltungen zu machen,*
*zu protestieren? Das ganze Durcheinander hat doch er angerichtet,*
*immer, mit seiner unglücklichen Familie, mit seinem unglücklichen*
*Leben, wie kann er sich erlauben, sich zu beklagen? Mit seiner hero-*
*ischen Sicht des Lebens, mit dem Anspruch, dass die Leute unfehl-*
*bar, eben heroisch sein müssen?*

*Irre ich mich, Luisa?*

*Lassen Sie sich nicht anklagen, lassen Sie sich keine Schuld-*
*gefühle einreden, Sie sind das Opfer, Sie waren 15, Ihr Leben ist vom*
*Untergang dieser Familie gezeichnet worden. Hat sie nicht so zu*
*Dir gesprochen?*

*Brabantì. So heißt sie. Madame Brabantì.*

*Ich habe Bilanz gezogen, Luisa, und es ist herausgekommen,*
*dass wir beide uns einmal mehr verlassen haben, als wir zusam-*
*mengekommen sind. Ich schwöre. Also, im Grunde wäre es gar nicht*
*nötig, es Dir zu sagen, aber in einer Stunde werde ich Dich zum*
*Flughafen begleiten, und Du wirst abfliegen, und wir werden uns*
*verabschieden, und dann werde ich es Dir trotzdem sagen, und*
*diesmal wäre es gut, wenn wir nicht mehr darauf zurückkämen:*

*Leb wohl*
*Marco*

# IN ALLER MUNDE SEIN

(2013)

Nach Irenes Tod brauchte es Jahre, bis einer der Carreras wieder normal zu atmen begann – und ein anderer es nie mehr konnte. Sie waren eine Familie, und der Schmerz verstreute sie. Adeles Tod 31 Jahre später hatte den Kern bereits gespalten vorgefunden: die Asche von Probo und Letizia im Mittleren Tyrrhenischen Meer verstreut, Marco und Giacomo unfähig, miteinander zu reden, nichts, was noch mehr zerstört werden konnte, als es bereits war: Obwohl genauso ungeheuerlich, schien dieser Tod doch weniger schlimm zu sein. Er schien vor allem deswegen weniger schlimm zu sein, weil allein Marco die Folgen zu tragen hatte, und Marco wurde mit dem Tod seiner Tochter allein auf eine Weise fertig, wie die ganze Familie nicht imstande gewesen war, mit Irenes Tod fertigzuwerden. Doktor Carradori, der ehemalige Psychoanalytiker seiner Frau, kam ihm zu Hilfe mit ein paar großmütigen Aktivitäten, die es Marco erlaubten, auf den Beinen zu bleiben und weiter ein Leben zu leben, das er nie leben wollte.

Als Erstes nahm Carradori es auf sich, Adeles Mutter, seine ehemalige Patientin, von der Tragödie zu informieren, indem er sie in der Klinik in Oberbayern aufsuchte, in der sie untergebracht war; und obwohl er ihr diese furchtbare Nachricht brachte, gelang es ihm, wieder ihr Vertrauen zu gewinnen, das er vor 15 Jahren genossen hatte, und sie zu einer emotionalen Reaktion zu bewegen (ihre Krankheit drückte sich auch darin aus, dass sie sie in einem Zustand scheinbarer Gleichgültigkeit jedem Stimulus gegenüber hielt), vor allem aber gelang es ihm, eine goldene Regel im Umgang mit Posttraumatischen Belastungsstörungen in Anwendung zu bringen, die bewirkt, dass das gegenseitige Mitleid Vorrang vor allen anderen Gemütszuständen der Überlebenden bekommt. Daher fanden sie und Marco dank seines Eingreifens wieder zu einer Beziehung, die seit ihrer Trennung nicht mehr bestanden hatte. Er war sich bewusst, dass diese Einmischung in das Leben von Menschen, die kurz davorstehen zu zerbrechen, ein Glücksspiel war, doch die Tatsache, dass es, um einen nicht sehr professionellen Ausdruck zu benutzen, letztlich *funktioniert hatte,* war für ihn keine Überraschung; es funktionierte bei den Völkern, die von großen kollektiven Katastrophen getroffen wurden, und es funktionierte auch in den kleinen individuellen Tragödien. Es war aber auch eine Erleichterung, denn es lieferte ihm den Beweis, dass die Theorien, denen er sein Leben gewidmet hatte, begründet waren.

Es geschah Folgendes: So wie eine Tragödie häufig den Pakt sprengt, der eine Familie zusammenhält, und sie unentrinnbar zerstört, kann dieselbe Tragödie auch die gegenteilige Wirkung haben, wenn die Familie bereits explodiert ist, indem sie die überlebenden Mitglieder wieder einander annähert, auch wenn sie sich jahrelang mit all ihren Kräften bekämpft und verletzt und voneinander entfernt und ignoriert haben. Das war die Theorie des Steins, der ins Wasser geworfen wird: Wenn das Wasser ruhig ist, löst der Stein Bewegung aus, wenn es jedoch bereits unruhig ist, bewirkt er im Gegenteil Ruhe.

Marco und Marina begannen also, sich im Interesse ihrer Enkelin wieder zu sehen. Marco reiste von Zeit zu Zeit mit dem Kind nach Deutschland, brachte sie in Marinas Klinik und blieb mit ihnen und Greta, Marinas anderer Tochter, im Zimmer – oder im Garten, und manchmal nahm er sie sogar mit, zu Spaziergängen in einem nahegelegenen Park. Er hatte keine hässlichen Gefühle mehr seiner Ex-Frau gegenüber – er empfand nur noch Mitleid wegen des auf ein Minimum reduzierten Lebens, das sie führte, und wegen der Situation des *shakul*, die er jetzt mit ihr teilte. Er erfüllte mit diesen Besuchen eine Aufgabe, die er als notwendig empfand – die Aufgabe, die seine Tochter beständig und zärtlich erfüllt hatte, solange sie gelebt hatte, und die jetzt durch eine Art rückwärtsgewandten Erbes auf ihn übergangen war.

Als Zweites schenkte Carradori Marco Carrera eine Hängematte. Er brachte sie ihm nach Florenz mit, als er von seinem ersten Besuch in Marinas Klinik zurückkam; eine Hängematte mit zusammenklappbarem Gestell, ein japanisches Fabrikat, die in einer Tasche transportiert und überall in zwei Minuten aufgestellt werden konnte. Eine kleine Hängematte. Eine Hängematte für Kinder. Am Telefon hatte er Marco, nachdem dieser ihm von Adeles Tod erzählt hatte, eindringlich empfohlen, sich zu bemühen, Dinge zu tun, die er gern tue, und sich gegen den Gedanken zu wehren, die Trauer müsse ihn zwangsläufig lähmen, und Marco hatte ihn insofern einen Hoffnungsschimmer erkennen lassen, als er keinen ideologischen Einwand vorgebracht hatte (»nichts kann mir noch Freude machen«), sondern einen praktischen: Er wolle von nun an immer mit dem Mädchen zusammen sein, er wolle sie niemand anderem überlassen, und es sei unmöglich, Tennis zu spielen (in dem Augenblick war ihm spontan, aus dem Stegreif, nur Tennis eingefallen) mit einem zweijährigen Mädchen, um das er sich kümmern müsse. Daraufhin hatte Carradori ihm gesagt, er solle sie mitnehmen, überallhin, und das war sicher der richtige Rat, aber es war eine Sache, ihn einfach so am Telefon zu geben, und tschüss, und eine andere, ihn aufzusuchen mit der praktischen Lösung des Problems.

Carradori hatte diese Hängematte in einem Sportartikelgeschäft im Münchener Flughafen gefunden, als er vor dem Boarding herumschlenderte und ihn ein verrückter Impuls dazu trieb, sie Marco zu schenken. Sie war das Angebot der Woche gewesen, statt 104 Euro hatte sie 62,99 gekostet. Hanmokku hieß sie – was die Hepburn-Transliteration von ハンモック ist, was »Hängematte« auf Japanisch bedeutet. Sie war in verschiedenen Farben und Größen verfügbar gewesen, für Kinder und für Erwachsene; das Gestell war aus leichtem Stahl und kinderleicht zusammenzufalten, und sie brauchte wirklich nicht viel Platz – mehr oder weniger wie eine Tennistasche. Carradori wusste ziemlich genau, wie die menschliche Psyche sich unter der Diktatur der Trauer verhält und dass es, um sie dazu zu bringen zu rebellieren, andere periphere, auch verrückte, auch gefährliche Rebellionen brauchte, und daher verspürte er den Drang, sie Marco Carrera zu schenken, damit er sie zum Werkzeug seiner Rebellion machte – wenn auch nicht direkt gegen die Trauer, so doch wenigstens gegen den rituellen Charakter seiner Kasteiung. Wozu immer er auch Lust hätte, auch abends, auch nachts, er würde nicht mehr darauf verzichten müssen, um mit dem Mädchen zu Hause zu bleiben, da er sie keinem Babysitter anvertrauen wollte, er würde sie mitnehmen können, und sie würde dort schlafen können, wo er wäre, in dieser Hängematte. Dachte man auch nur eine Minute darüber nach, so klang die Sache verrückt, weil es zu diesem Zweck bereits die Kinderwagen gab – erstens –, vor allem aber – zweitens –, weil nicht das das Problem war, sondern eben die Verzweiflung, die in Marcos Brust brüllte, seine mangelnde Bereitschaft, die Freuden des Lebens auch nur zu erwähnen – und das wussten beide nur zu gut. Aber gerade weil sie es beide wussten, und dank der heilsamen Schwindelei, es handele sich nur um ein praktisches Problem, die Marco herausgerutscht war, einfach so, zufällig, um die Realität zu verfremden, sich von ihr zu distanzieren, aus Scham oder aus irgendeinem anderen Grund, gelang es dieser Hängematte, die Blase zu schaffen, in der Marco Carradoris Rat folgen konnte; gerade weil es eine Hängematte war – Hängematten haben etwas Begeisterndes, sie verfügte über ein transportables Gestell, Marco hatte nicht gewusst, dass es Hängematten mit solchen Gestellen gab, und außerdem kam sie aus Japan, und Miraijin war ein japanischer Name, und dass es im Geheimnis ihrer Zeugung etwas Japanisches gab, war sicher. Kurz und gut, die Hängematte war Blendwerk (wie immer: In den Gärten, in den Hütten, selbst in den Schlafzimmern sind Hängematten nichts anderes als Blendwerk), aber gerade das war nötig, damit Marco Carrera seine Rebellion in Angriff nahm. Dank der Unverfrorenheit dieses Gegenstands gelang es Marco Carrera, unverfroren seiner Trauer gegenüber zu sein.

Tennis, okay: Turniere über fünfzig überall in der Toskana, und dann über 55, und die Tennisdoppel über hundert, gegen die Gegner von damals, als er Kind gewesen war, ohne Haare, ohne Schiedsrichter, nachts. Er stellte die Hängematte auf dem Feld auf, im Winter unter die Traglufthalle, er legte das Mädchen hinein, das bereits im Wagen eingeschlafen war, bei Kälte packte er sie in eine Decke, sie schlief, er spielte (und gewann fast immer), dann packte er alles wieder zusammen und kehrte nach Hause zurück, so unverfroren, wie er gekommen war, manchmal mit dem Pokal in der Hand. *Er war in aller Munde*, wie man sagt, wenn alle über einen sprechen. Ja, er war in aller Munde, und das zu wissen gefiel ihm, aber das war nicht das Vergnügen, das ihn schützte.

Er besuchte wieder Fachtagungen. Seit Jahren hatte er aufgehört, sich in seinem Fach fortzubilden, seit Jahren war er nur noch irgendein Augenarzt, ohne sich um die Forschung zu kümmern. Er konnte mit den anderen nicht mehr mithalten. Aber er war mit Neurologen, Psychiatern, Kunst- und Musikbegeisterten befreundet, die Tagungen organisierten, um ihre Leidenschaften zu teilen, und auf diesen Tagungen konnte Marco Carrera noch ein Wörtchen mitreden und seine Interessen miteinander verbinden: für die Augen, für die Fotografie, für die Tiere. Sich zwei-, dreimal pro Jahr in das Geheimnis des Sehens und Gesehenwerdens zu versenken, Überlegungen zu entwickeln, die, sagen wir, Schielen, Totalreflexion und die Kuh von *Atom Heart Mother* verbinden, auf diese Podien zu steigen und sie dem Auditorium zu präsentieren, in Florenz, in Chianciano Terme, war für ihn sehr befriedigend. Er nahm das Mädchen mit, auch in die Sitzungen am Tag, ganz ungeniert, indem er die Hängematte in der ersten Reihe aufstellte, auch wenn sie nicht schlief, sondern lieber neben ihm saß, hörte sich die Referate der anderen an, gab seinen Senf dazu und packte dann alles wieder zusammen und fuhr nach Hause, ohne Aperitif und ohne an den offiziellen Abendessen teilzunehmen. Auch hier war die Selbstverständlichkeit, mit der er akzeptierte, in aller Munde zu sein, nur um sich nicht von Miraijin trennen zu müssen, die Übertretung, die seinen Bemühungen, sich der Herrschaft der Trauer zu entziehen, *Eros* verlieh, wie Carradori sagen würde. Aber auch das war nicht das Vergnügen, das ihn rettete.

Er begann wieder mit dem Glücksspiel; das war die wirkliche Rebellion, die ihn rettete. Denn man konnte sagen, was man wollte, aber in seinem ganzen Leben hatte Marco Carrera kein Vergnügen empfunden, das mit dem vergleichbar gewesen wäre, das das Glücksspiel ihm bereitete – ein Vergnügen allerdings, das er seit langem dem Gott der Familie geopfert hatte. Jetzt hörte er auf, es zu opfern. Die Spielleidenschaft war in all den Jahren nie erloschen, und es hatte ihn stets eine nicht unerhebliche Willenskraft gekostet, sie aus seinem Leben zu verbannen. Und ganz hatte er sie in Wahrheit nie verbannen können, Marco hatte immer das Gefühl gehabt, dass sie auf ihn *wartete*, begraben unter dem Stapel anständigerer Dinge, die er ihr in der Zwischenzeit vorgezogen hatte, immer jedoch bereit, plötzlich wieder aufzutauchen, um der Welt ihre wahre Natur zu zeigen, wie das Heulen der Wölfe am Ende des herzzerreißenden Songs von Joni Mitchell, der niemandem gefallen hatte außer ihm, gerade aus diesem Grund, und von Anfang an (er erschien Ende der siebziger Jahre, als weltweit alle Kinder waren). Auch in Rom, in den Jahren mit Marina, vor allem aber, nachdem er nach Florenz zurückgekehrt war, wo er durch das Tennis jemanden namens Luigi Dami Tamburini aus Siena kennengelernt hatte, der – eine Seltenheit – nicht völlig verarmt war, sondern ein beträchtliches Familienvermögen verwaltete: Brunello-di-Montalcino-Produktion, Verwaltung von Immobilien zwischen Florenz und Siena, Nutzung einer Mineralwasserquelle auf dem Monte Amiata, Kontrolle einer kleinen Familiengeschäftsbank sowie einer Stiftung, die mit ihr verbunden war und sich der Ikonographie des 20. Jahrhunderts widmete. Dieser Stiftung hatte Marco, nebenbei gesagt, da sie wie die Bank ihren Sitz in Florenz und nicht in Siena hatte, das gesamte Fotoarchiv seiner Mutter geschenkt, wodurch er auf einen Schlag ein enormes Problem gelöst hatte. Diesen Mann zum Sieg im Doppel in einem Wohltätigkeitsturnier geführt zu haben hatte ihm die ersten Einladungen zum Abendessen in seiner Villa in Vico Alto eingebracht, die häufiger und regelmäßiger geworden waren, als sie als Tennisdoppel auch in Turnieren über hundert erfolgreich waren. Adele lebte noch und machte sich wegen dieser Einladungen Sorgen, weil auch Dami Tamburini in aller Munde war wegen seiner allgemein bekannten Gewohnheit, seine Villa ein paar Mal im Monat in eine illegale Spielhölle zu verwandeln; aber Marco beruhigte sie diesbezüglich, da die Einladungen, die er erhielt – nennen wir sie Typ A –, sich auf elegante Abendessen bezogen, und allenfalls eine starke Anmutung von Freimaurerei, aber nicht von Glücksspiel hatten.

Er brauchte allerdings nur seine Vergangenheit als Spieler anzusprechen und seinen Wunsch, sie wiederaufleben zu lassen, um sich plötzlich im dunklen Teil des Lebens von Dami Tamburini wiederzufinden. Und von der ersten Einladung an, die wir Typ B nennen wollen, begriff Marco Carrera, dass da irgendetwas nicht stimmte, da dieses Leben keineswegs dunkel, sondern nur eine leicht prickelnde Variante des glatten Lebens der Einladungen des Typs A war. Anders waren nur zwischen den Sofas das Roulette und der Chemin-de-fer-Tisch, an denen die Gäste spielten, zerstreut allerdings, plaudernd und scherzend. Etwas für Amateure, ohne den Dämon, ohne den Ernst; viele der Teilnehmer waren dieselben, die auch zu den Abendessen des Typs A eingeladen waren, die Verdammten waren nicht da, und die Tatsache, dass Marco mit der Hängematte ankam und sie mit dem schlafenden Mädchen in einem kleinen Arbeitszimmer aufstellte, wurde wohlwollend aufgenommen. Die Leute waren entspannt, es gab auch nicht den geringsten Geruch von Ruin, doch genau das fehlte ihm seit den Zeiten, da er sich an den Spieltischen herumgetrieben hatte, der Geruch des Ruins; ohne ihn empfand er kein Vergnügen – vor allem aber, schwirrte es ihm durch den Kopf, ohne ihn war man nicht in aller Munde. Daher redete Marco Carrera sich dank einer Argumentation, die der glich, die die Wissenschaftler benutzen, um die Existenz der unsichtbaren Dinge zu beweisen, indem sie die Unmöglichkeit ihrer Nicht-Existenz beweisen, ein, dass er unbedingt zu den Gästen des Typs C gehören müsse.

Denn die zum fingierten Spiel Eingeladenen dienten nur dazu, die für das echte Spiel Eingeladenen zu schützen, indem zu ihnen beispielsweise Polizeipräsidenten, Offiziere der Guardia di Finanza und Staatsanwälte eingeladen waren, die das schöne Leben liebten und mit Sicherheit alles tun würden, was in ihrer Macht stand, um zu verhindern, dass die von ihnen befehligten Ordnungskräfte eine Razzia in einem Spielcasino machten, in dem sie verkehrten. Doch das Spielcasino, in dem sie verkehrten, war nur die Fassade der echten Spielhölle, ausdrücklich dafür geschaffen, sie abzuschirmen.

Dank dieser Tarnung konnte die echte Spielhölle geheim und ungehemmt sein, wie Marco Carrera es mochte. Er war nicht an einem mondänen Vergnügen interessiert, das Einzige, was er wollte, war ein Gebrüll in den Lenden, das lauter war als das, das seinen Geist quälte, die Absenkung des Bildes von sich selbst auf die Nullstufe, dieser verdammten; die Rebellion gegen die Trauer, die Schändlichkeit, die Schamlosigkeit, und der Trost, nachträglich alle erhaltenen Strafen zu verdienen.

Die Sache war ganz seriös aufgezogen. So mussten die Teilnehmer einen Decknamen benutzen, ganz gleich, ob sie sich kannten oder nicht. Dami Tamburini ließ sich als leidenschaftlicher Anhänger seines Viertels Drago nennen. Ein Staatsanwalt aus Arezzo, der Einzige aus dem Grüppchen der institutionellen Gäste der Abendgesellschaften des Typs B, Desperado; die Frau des deutschen Konsuls in Florenz, sinnlich und vollbusig, Lady Oscar; ein sympathischer Restaurantbesitzer aus San Casciano in Val di Pesa mit einem Muttermal in der Form von Afrika am Hals Rambo; ein neunzigjähriger ehemaliger Minister der Ersten

Republik The Machine. Und dann gab es Spieler, die Marco nicht kannte und die daher für ihn nur El Patron, George Eliot, Pulcinella, Ragazza Interrotta, der Negus, Philip K. Dick, Mandrake waren – und um sie herum stank es gewaltig nach Ruin. Da gab es die Schuppen auf den Schultern, den Schweiß auf der Stirn, die gelösten Krawatten, den psychogenen Husten, die besessene Beschwörung und den erregten Blick desjenigen, der gleich mehr setzt, als zu verlieren er sich leisten kann. Und dann war da der Notar Maranghi, der nicht spielte, sondern sicherstellte, dass juristisch alles mit rechten Dingen zuging, wenn bewegliche und unbewegliche Güter den Besitzer wechselten, was sich von Zeit zu Zeit als notwendig erwies; und ein Arzt, Zorro, der allerdings spielte, aber im Falle von Herzinfarkten, Schlaganfällen und Ohnmachten Erste Hilfe leistete. Diese Spielhölle passte perfekt für Marco Carrera. Die Tatsache, dass Dami Tamburini sie vor ihm verborgen hatte, passte perfekt. Die Tatsache, dass er sie sich verdient hatte mit einem Verhalten, das an Erpressung grenzte, passte perfekt. Es war ihm gelungen, den Punkt seines Lebens zu finden, jenseits dessen nur noch das Heulen der Wölfe blieb, wie am Ende des Songs von Joni Mitchell, wenn auch die Gitarre aufhört zu miauen. Diese Spielhölle passte perfekt.

Miraijin tat in dem Zimmerchen, in dem Marco Carrera sie zurückließ, immer das Richtige: Sie schlief. Von Zeit zu Zeit ging er nachschauen, und wenn sie zufällig mal wach war, blieb er eine Weile bei ihr, wiegte sie leicht in der Hängematte, bis sie wieder einschlief, und kehrte dann in den Spielsaal zurück; und wie damals, als er jung gewesen war, gewann er. Im Roulette, beim Chemin de fer, beim Texas Hold'em gewann er fast immer – vor allem aber, ob er nun gewann oder verlor, das Mädchen in der Hängematte war der perfekte Vorwand, um im richtigen Augenblick aufzuhören – etwas, das Spieler nie machen –, und das war seine wahre Stärke. Im Übrigen war er nicht auf der Suche nach dem Coup, der sein Leben auf Vordermann brachte. Er war auf der Suche nach dem Grund, um sein Leben fortzuführen.

Sein Deckname war Hanmokku.

# DIE BLICKE SIND KÖRPER

(2013)

An: enricogras.rigano@gmail.com
Gesendet – Gmail – 12. Februar 2013 22:11
Betreff: Text für Tagung
Von: Marco Carrera

Ciao Enrico,
im Anhang schicke ich Dir den Text des Referats, das ich auf der
Tagung halten werde. Nach so vielen Jahren wieder an einer Tagung
teilzunehmen bewegt mich. Ich danke Dir, dass Du mir die Gelegen-
heit gegeben hast, und bitte Dich, mir ganz ehrlich zu sagen, wenn
Du den Eindruck hast, dass der Text den Ansprüchen nicht genügt.
Ich umarme Dich
Marco

Tagung: *DIE VISUELLE WAHRNEHMUNG ZWISCHEN AUGE
UND GEHIRN*
Prato, 14. März 2013, Auditorium des Museo Pecci
Titel des Referats: *DIE BLICKE SIND KÖRPER*
Dauer: 8–9 Minuten
Referent: Dr. Marco Carrera, AOU Careggi, Florenz

»Opa-Opa-Opa-Opa …« Ich liege auf dem Bett mit meiner kleinen
Enkelin Miraijin, 26 Monate alt. Die Absicht ist, sie zum Einschlafen

zu bringen. Ich drücke sie an mich und streichle mit der Hand ihr lockiges Haar. In der anderen Hand halte ich das Handy, auf dem ich eine SMS lese, was Miraijin gar nicht gefällt. »Opa-Opa-Opa-Opa ...«, protestiert sie in Endlosschleife. Ich unterbreche die Lektüre der Nachricht und schaue sie an; sie lächelt mich an und hört augenblicklich auf, mich zu rufen. Ich wende mich wieder der Nachricht zu, wobei ich sie an mich drücke und streichle, und sie fängt sofort wieder an: »Opa-Opa-Opa-Opa ...« Ich schaue sie wieder an. Sie hört auf. Ich kehre zur SMS zurück. Sie fängt wieder an. Mein Körper, meine Umarmung, meine Wärme reichen ihr nicht, meine Liebkosungen reichen ihr nicht. Sie will meinen Blick – sonst bist du nicht da, sonst merkst du nicht, dass ich einschlafe.

Ich bin an der Tankstelle, ich habe gerade vollgetankt. Ich zahle mit der Kreditkarte. Ich tippe einen Betrag ein, das elektronische Gerät (ich habe kürzlich gelernt, dass es POS heißt, Abkürzung von Point of Sale) verlangt die Eingabe der PIN (was, wie ich schon länger weiß, die Abkürzung von Personal Identification Number ist). Der Tankwart dreht das POS zu mir, wendet sich dann schnell zur anderen Seite, zu der vom Wind gekämmten Landschaft. Er tut das so ostentativ, dass seine Geste übertrieben wirkt in einem Kontext lauter kleiner, normaler Gesten, die keine besondere Bedeutung haben. Aus keinem anderen Grund würde er eine so kolossale Geste machen, als um mir zu bedeuten, dass er mir nicht zuschaut, während ich meine PIN eingebe – und ich ihn daher nicht verdächtigen muss, sollte meine Kreditkarte jemals kopiert werden.

Im 13. Gesang des Purgatoriums befindet sich Dante auf der zweiten Stufe, in Gegenwart der Seelen der Neidischen. Sie drängen sich aneinander, grobe Kleider, die die Farbe der Felsen haben, an denen sie lehnen, und erflehen die Fürbitte der Heiligen und der Madonna. Vergil lädt Dante ein, sie aus der Nähe zu betrachten, und Dante sieht, dass die Augen aller mit Draht zugenäht sind und die Tränen

*aus den Nähten fließen. An diesem Punkt macht der Dichter eine*
*wunderbare Geste voller Mitleid und Modernität: »Ich glaube,*
*dass ich, gehend, Unrecht tat, / Da ich hier sah und wurde nicht*
*gesehen; / Drum wandt ich mich an meinen weisen Rat.« Das heißt,*
*er wendet den Blick ab und richtet ihn auf Vergil, und das nicht,*
*weil der Anblick dieser Qual ihn entsetzt, sondern um sie nicht zu*
*beleidigen, indem er sie ansieht, diese Seelen, die seinen Blick nicht*
*erwidern können. Es ist, als wollte er sagen, dass man nicht auf*
*unbewaffnete Leute schießt, dass man keine Menschen schlägt,*
*die sich nicht wehren können.*

*Wenn man glaubt, was ein Mitglied seines Personals der Modezeit-*
*schrift* Notorious *erklärt hat, erlaubte Prince seinen Angestellten*
*nicht, ihn anzuschauen. »Ich habe tatsächlich gesehen, wie er einen*
*Typ feuerte«, sagt der Angestellte, der anonym bleiben will, »weil er*
*ihn angeschaut hat. Warum schaut der mich an? Sagt ihm, er soll*
*gehen.« In Amerika haben sie eine Definition für diese Art der Pro-*
*vokation geprägt: »eye contact«. Diesen armen Teufel hat es den Job*
*gekostet, aber versuchen Sie mal, in einem verrufenen Lokal in der*
*Bronx den Blick zu einem zu erheben, der neben Ihnen steht. »Was*
*hast du gemacht, um so zugerichtet zu sein?« »Eye contact.«*

*Die französische Philosophin Baldine Saint Girons hat ein Buch*
*geschrieben, das 2010 in Italien unter dem Titel* L'atto estetico. Un
saggio in cinquanta questioni *veröffentlicht wurde und in dem sie*
*einen philosophisch ziemlich gewagten Begriff einführt – den ästhe-*
*tischen »Akt«. Die Verwendung dieses Wortes, »Akt«, stellt vollkom-*
*men die Auffassung auf den Kopf, der zufolge das Schauen Synonym*
*von Passivität ist, im Gegensatz zum Tun. Der ästhetische Akt, sagt*
*Baldine Saint Girons, ist ein »Sicheinmischen«; anschauen und*
*berühren auf Distanz; die Blicke sind Körper. Das ist etwas anderes*
*als Passivität.*

*Jeden Tag werden wir von Hunderten von Blicken getroffen. Und wir* treffen mit unserem Blick Hunderte von Personen. In den meisten Fällen achtet niemand darauf; wir bemerken nicht, dass wir angeschaut werden, und die anderen bemerken nicht, dass wir sie anschauen. Daher passiert auch nichts, diese Blicke sind ohne Konsequenzen – aber es gibt keinen Grund, sie für weniger aufdringlich zu halten als die, die ich vorhin erwähnt habe. Und können wir uns eigentlich so sicher sein, dass die nicht erwiderten Blicke nichts auslösen? Es gibt Leute, die sich verlieben, indem sie jeden Tag durch das Fenster eine bestimmte Person beobachten, die auf der Straße vorbeigeht. Es gibt Leute, die sich in den Moderator oder die Moderatorin verknallen, die sie im Fernsehen sehen. Nein, es gibt keine wichtigen und weniger wichtigen Blicke; in dem Augenblick, in dem sie auf jemanden geworfen werden, sind alle Blicke ein Sich-einmischen, und nur die Kombination der Ereignisse, das heißt der Zufall, bestimmt die Konsequenzen.

Es handelt sich fast ausschließlich um emotionale Konsequenzen. Nehmen wir den Tankwart. Nehmen wir an, dass er den Kopf nicht so auffällig bewegt, nehmen wir an, dass er meine Finger beobachtet, während ich die PIN eingebe; oder dass er mir lediglich ins Gesicht schaut, anstatt den Blick auf die Felder zu richten; ich wäre verärgert darüber, so viel ist sicher, und meine Reaktion, ob ich sie unterdrücke oder nicht, wird sehr stark derjenigen von Prince seinem Angestellten gegenüber ähneln: Warum schaut der mich an? Auch wenn ich nicht glauben kann, dass er versucht, sich meinen persönlichen Code zu merken, um ihn mit einer kopierten Karte zu benutzen, werde ich mich in meiner Privatsphäre verletzt fühlen. Das ist der Beweis, dass Blicke sehr mächtige Waffen sind und Gemütsaufwallungen auslösen, auch wenn sie nicht auf jemanden gerichtet werden, um solche auszulösen. Wem ist es nicht schon mal passiert, dass er sich spontan gedemütigt gefühlt hat, wenn die Person, mit der er im Gespräch ist, einen raschen Blick auf seine

*Uhr wirft. Das, was sich verändert und die Blicke der Leute mehr*
*oder weniger erträglich macht, ist die Qualität der Aufmerksamkeit,*
*die sie ausdrücken. Da steht beispielsweise jemand auf dem Sei-*
*tenstreifen der Autobahn neben seinem Wagen; wir fahren mit*
*130 Stundenkilometern an ihm vorbei und bemerken im Bruchteil*
*einer Sekunde, dass er uriniert. Vermutlich ist er eine geschätzte,*
*respektierte Person und bei absolut klarem Verstand; trotzdem war*
*er, einem unwiderstehlichen Drang folgend, zu diesem – nennen*
*wir es so – sozial gesehen extremen Akt gezwungen.»Zum Teufel«,*
*muss er sich gesagt haben,»immer noch besser, als sich in die Hose*
*zu machen«, aber um nichts auf der Welt würde er tun, wozu er sich*
*entschlossen hat, wenn er zu uns blicken würde, die wir ihn im Vor-*
*beifahren sehen. Er dreht uns den Rücken zu, reduziert seine Auf-*
*merksamkeit uns gegenüber auf null und löscht daher die Gemüts-*
*bewegung aus, die unsere Blicke in ihm auslösen würden. Ob er uns*
*den Rücken zudreht oder uns zugewandt ist, ändert in Wirklichkeit*
*wenig, da es sehr unwahrscheinlich ist, dass wir ihn kennen; für ihn*
*ändert es jedoch alles. Das bedeutet, dass der wichtigste Akt, der*
*sich in diesem Augenblick vollzieht, nicht darin besteht, dass er im*
*Freien uriniert, sondern dass wir ihn dabei sehen. Wenn ihm ver-*
*boten würde, uns den Rücken zuzuwenden, bestünde der wichtigste*
*Akt darin, dass er sieht, dass wir ihn sehen. Das ist etwas anderes*
*als Passivität.*

*»Ich bin, was ich sehe«, hat Alexandre Hollan gesagt; da es sich um*
*einen Maler handelt, ist es natürlich, dass er diese Identität in die*
*Richtung ausrichtet, in die er blickt; aber ebenso könnte Kate Moss*
*ihre Identität finden, indem sie die Laufrichtung umkehrt und be-*
*hauptet:»Ich bin, was die anderen in mir sehen.« Das Instrument,*
*durch das der Mensch sich behauptet, ist immer das gleiche –*
*der Blick. Der elektronische Blick der automatischen Apparate*
*dagegen – unschuldig per definitionem – ist das ideale Gefäß für*

schwerwiegendere Formen von Verantwortung geworden. *Thomas Ferebee, der von der amerikanischen Luftwaffe ausgewählte Richtschütze, verlangte von seinen Augen, ihm den richtigen Augenblick zu sagen, um die Atombombe aus der* Enola Gay *über Hiroshima abzuwerfen; mit den eigenen Augen sah er ein paar Augenblicke später auch den entsetzlichen Pilz aus der Explosion aufsteigen. Das bedeutet, dass er sich einmischte. Heute benutzen die Amerikaner unbemannte Bomber, sogenannte Drohnen, die die Bomben auf Befehl des Algorithmus abwerfen, der sie steuert. Ohne einen direkten Blick mischt sich niemand ein, und niemand hat Schuld. Und dann gibt es die Betrachtung, den kreativsten und mystifikatorischsten ästhetischen Akt. Jetzt ist Miraijin zum Beispiel eingeschlafen, und anstatt meine SMS zu lesen, betrachte ich sie; sie ist ein Mädchen, ein ganz normales Mädchen, das schläft – doch mein Blick verwandelt sie in das Schönste, das es für mich auf der Welt gibt.*

# DIE WÖLFE TÖTEN NICHT
# DIE UNGLÜCKLICHEN HIRSCHE
(2016)

Der erste Coup geht ins Leere: Drago stellt ihm den neuen Spieler vor (Blizzard, das ist Hanmokku; Hanmokku, das ist Blizzard), und Marco Carrera schüttelt ihm die Hand, ohne irgendetwas zu bemerken. Er deutet ein Lächeln an und geht weiter: Er ist bei der Sache, er grübelt über seine – mögliche – Abscheulichkeit nach, denn er ist auch an diesem Abend gekommen, um zu spielen, obwohl Miraijin 38 Grad Fieber hat. Aber das ist ein besonderer Tag, es ist der 29. Februar, und Marco Carrera konnte nicht widerstehen. Er ist nicht abergläubisch, aber er lässt sich trotzdem von Zahlen und Rekurrenzen beeinflussen, und ein Tag, den es nur alle vier Jahre gibt, ist ein guter Tag zum Spielen. Daher ist er gekommen. Letztlich sagte er sich, 38 ist kein hohes Fieber, und das Mädchen scheint nicht zu leiden. Er hat ihr Tachipirin gegeben und bei sich gedacht, schlimmstenfalls könnte er, falls das Fieber steigen sollte, immer noch ins Krankenhaus in Siena gehen. Doch bis jetzt ist alles wie am Schnürchen gelaufen: Wie immer ist sie eingeschlafen und hat die ganze Fahrt über zwischen Florenz und Vico Alto geschlafen; wie immer ist sie aufgewacht, als sie die Villa erreichten, nur um das Aussteigen zu erleichtern – wobei ihm, wie immer, Manuel, der hünenhafte Philippino von Dami Tamburino, geholfen hat, der ihn am Ende des schmalen Wegs erwartet hat; und wie immer ist sie wieder eingeschlafen, sobald sie in ihrer Hängematte lag, die er wie immer in dem »Zimmer des Schmerzes« aufgestellt hat, das so genannt wird, weil einer von Dami Tamburinis Vorfahren dort sein Tagebuch geschrieben hatte, das er just *Der Schmerz* genannt und in dem er das grausame Leid geschildert hatte, das die Treulosigkeit seiner Frau Luigina ihm zugefügt hatte. Alles war wie immer, aber das ändert nichts daran, dass das Mädchen Fieber hat, und Marco Carrera denkt immer noch, dass er abscheulich ist. Deswegen hat er nichts bemerkt, als Dami Tamburini ihm den Unaussprechlichen vorgestellt hat. Dann fällt sein Blick jedoch plötzlich ein zweites Mal auf diesen hageren Mann, der immer noch neben dem Hausherrn am anderen Ende des Saals steht, und während er ihn aus der Nähe nicht erkannt hat, erkennt er ihn jetzt aus der Ferne. Er erkennt auch den Decknamen, Blizzard, der ihm kurz zuvor nichts gesagt hatte. Ungläubig geht Marco quer durch den Saal auf ihn zu, der ihn sofort erkannt hat und ihn anschaut und mit einem Lächeln erwartet.

»Aber …«, murmelt er, doch der Unaussprechliche unterbricht ihn sofort.

»Zeigst du mir bitte, wo die Toilette ist?«, sagt er, fasst ihn am Arm und entfernt sich von Dami Tamburini, der weiter seine Gäste empfängt.

Sie verlassen den Saal. Marco Carrera geht tatsächlich zur Toilette. Er betrachtet den Ex-Freund, immer noch fassungslos, hier plötzlich vor ihm zu stehen, nach all den Jahren, und ihn nicht erkannt zu haben – und sein Herz schlägt wie wild; der Junge, der ihm vor fast vierzig Jahren das Leben gerettet hat, ist zu einer Art altem, wandelndem Kleiderständer geworden, in einem abgetragenen, zerrissenen Anzug, dem weißen Haar eines verrückten Wissenschaftlers, der Rücken krumm wie ein Fragezeichen, die Gesichtshaut von den Lastern angegriffen, mit gelben Zähnen und gewundenen Tätowierungen, die sich an seinem Hals wie Tentakel emporschlängeln – Tätowierungen, die er allerdings *schlecht* trägt, als hätte er sie sich zwangsweise gemacht.

Und doch lächelt er immer noch.

»Duccio ...«, sagt Marco.

Der Junge, der ihn vor fast vierzig Jahren verraten, miesgemacht und praktisch gezwungen hat, von der Bildfläche zu verschwinden, und tatsächlich hat er ihn nie mehr wiedergesehen, etwas, das in Marco ein quälendes Schuldgefühl geweckt hat – das allerdings nicht lange anhielt, weil es nur zwei Jahre später wie alles von Irenes Tod hinweggefegt wurde und sich in der Folge nie mehr zurückgemeldet hat, sondern endgültig von den anderen Unglücksfällen ausgelöscht wurde, die über sein Leben hereingebrochen sind, so dass jahrzehntelang und bis vor wenigen Minuten kein Platz mehr war weder für dieses Schuldgefühl noch für den Unaussprechlichen selbst. Aber wie er jetzt da vor ihm steht, so alt und in einem so erbärmlichen Zustand, wundert er sich, dass er nicht jeden Tag an ihn gedacht, ja ihn geradewegs vergessen hat. Wie ist das möglich?

»Bist du *Ammoccu*?«, fragt der Unaussprechliche ihn.

»Ja«, erwidert Marco, »aber du, wie ...«

»Dann geh nach Hause. Sofort.«

Das Sprechen scheint ihm schwerzufallen, als hätte er plötzlich Sprachstörungen; seiner Gesichtsfarbe nach zu urteilen, ist er jedenfalls nicht gesund.

»Hör auf mich«, wiederholt er. »Es ist besser, wenn du heute Abend nicht spielst.«

Gerade wegen der sichtlichen Schwierigkeiten, die er überwinden muss, scheint er die Worte deutlicher, mit mehr Nachdruck auszusprechen.

»Und warum?«, fragt Marco Carrera.

Sie sind jetzt tatsächlich in der Toilette, wo ein Paar gegenüber hängender Spiegel ihre Gestalten unendlich vervielfacht.

»Hör zu«, sagt der Unaussprechliche, »versuch zu verstehen, was ich dir sage: Spiel nicht heute Abend. Geh nach Hause. Ich sag es dir als Freund.«

Er lächelt erneut, und sein breites, offenes Lächeln entblößt sein ganzes Arsenal gelber und schiefer Zähne.

Für einen langen Augenblick kommt es zu einem Stau in Marco Carreras Kopf, da viele widerstreitende Reaktionen sich gleichzeitig in ihm Bahn zu brechen versuchen, mit dem Ergebnis, sich gegenseitig zu blockieren. Ihn ernst nehmen und sofort gehen, ohne ihn nach dem Grund zu fragen, indem er seine Aufforderung einfach dem Signal hinzufügt, das Miraijins Fieber ihm an diesem Abend bereits geschickt hatte. Ihn stattdessen fragen, welche Gründe, welche Funktion und welche Absicht hinter seinem theatralischen Wiederauftauchen stecken. Ihn mit 38 Jahren Verspätung um Entschuldigung bitten. Oder ihm entgegentreten und ihn zum Teufel zu schicken, was er in seiner Wut nur zu gern täte – und warum, wenn wir schon dabei sind, plötzlich diese Wut? Denn freundschaftlich kann diese Aufforderung nun wirklich nicht genannt werden, klingt sie nicht eher wie eine Drohung der Mafia? Oder nur, weil, wenn du jemanden verletzt, du diesen jemand hasst – du, er – und du es nicht erträgst, ihn zu sehen?

»Duccio«, sagt er schließlich und zwingt sich, ruhig zu bleiben. »Ich komme jede Woche zum Spielen hierher. Ich weiß, wo ich bin, ich kenne alle Spieler, ich bin hier zu Hause. Und du tauchst einfach so aus dem Nichts auf, um mir zu sagen, ich soll gehen? Warum? Und wo bist du die ganze Zeit gewesen? Was hast du gemacht? Warum bist du hier? Warum bist du so schlecht gekleidet?«

In den von den Spiegeln zurückgeworfenen Bildern scheint der Anzug des Unaussprechlichen bei jeder Bewegung zu reißen. Nicht einmal ein Bestatter, denkt Marco. Nicht mal ein Totengräber.

»Ich arbeite hier«, erwidert der Unaussprechliche. »Und das ist meine Uniform. Die Natur wollte, dass ich hässlich bin, und das hilft, aber um meine Arbeit gut zu machen, muss meine Anwesenheit sehr unangenehm sein, und dafür ist die Kleidung fundamental.«

»Wovon redest du? Was für eine Arbeit?«

Der Unaussprechliche blickt einen Augenblick in die Ferne, dann dreht er den Kopf zur Decke, und in diesem Augenblick sieht Marco in ihm wieder diesen kleinen Jungen, der damals den Slalom in Abetone gewann und der Blizzard genannt wurde. Oder vielleicht auch nicht, vielleicht bildet er sich das alles nur ein.

Der Unaussprechliche atmet tief durch.

»Also«, sagt er, »ich bringe Unglück, und das weißt du. Ich bringe allen Unglück, außer denen, die mit mir sind, das weißt du auch, richtig? Wie war es noch? Die Theorie vom Auge des Zyklons ... Tja, da ab einem bestimmten Zeitpunkt mein Ruf sich, sagen wir es so, ziemlich verbreitet hatte und es nicht mehr möglich war, ihm aus dem Weg zu gehen, dachte ich mir, warum soll ich ihn nicht nutzen.«

»Was meinst du?«

»Ich meine, dass ich jetzt davon lebe.«

»Das heißt?«

»Das heißt, ich bin der Unglücksbringer. Ich werde dafür bezahlt, Unglück zu bringen. Lach nicht, denn heute Abend bin ich von deinem Freund engagiert worden, um diesem Ammoccu, also dir, Unglück zu bringen. *Großes* Unglück. Das *größtmögliche*

Unglück. Deswegen sag ich dir, geh. Hör auf mich. Das ist kein Scherz.«

Erneut scheint seine schwere Zunge den Worten mehr Bedeutung, mehr Nachdruck zu verleihen.

»Was redest du da?«, stammelt Marco. Es fällt ihm sehr schwer, seine Verblüffung zu verbergen.

»Marco, ich lebe jetzt in Neapel, verstehst du? Es ist, als wäre ich Torero und würde in Sevilla leben. Die Leute nennen mir die Zielperson und bezahlen mich dafür, dass ich ihr Unglück bringe, und das tue ich seit Jahren, und es funktioniert immer. Ich arbeite jeden Tag, in der Stadt und außerhalb. Spiel, Geschäfte, Liebe, Sport, Familienstreitigkeiten; ich bin die Antenne, die dem Unglück anzeigt, wo es sich entladen soll, und ich sage dir, dass ich heute Morgen extra das Flugzeug genommen habe, um es auf diesen Ammoccu niedergehen zu lassen. ›Um ihn zum Weinen zu bringen‹, lautete der Auftrag. Dein Freund zahlt mir einen Haufen Geld dafür.«

»Aber wer mein Freund?«

»Dein Freund. Der Hausherr.«

»Aber warum? Er ist doch mein Freund. Warum sollte er mir so schaden wollen?«

»Hör zu, ich frage meine Kunden nie, warum sie wollen, was sie wollen. Ich habe keine Ahnung, was ihm durch den Kopf geht, und morgen früh kehre ich nach Neapel zurück und werde ihn nicht mehr sehen. Wenn du meine Meinung wissen willst, er ist verrückt, aber nicht wie einer, der die Finger seiner Hand zählt und auf drei kommt. Es ist eine andere Art von Verrücktheit. Aber das ist eine oberflächliche Meinung, denn ich kenne ihn überhaupt nicht, so dass ich mich durchaus irren könnte. Was ich weiß, ist, dass er dich weinen sehen will, und deswegen sage ich nochmal, geh nach Hause … Ich begnüge mich mit dem Vorschuss, ohne den Rest einzustecken, und keiner hat einen Schaden.«

Aus dem Stau tritt immer klarer die Art und Weise hervor, wie Marco Carrera reagieren will und wie er reagieren wird. Das Adrenalin, das seit dem Morgen in Vorfreude auf den Abend bei Dami Tamburini in seinen Kreislauf geschossen ist, verringert sich nicht, sondern schießt im Gegenteil nach. Aber noch hat er nicht die Sprache, um es auszudrücken, noch fehlen ihm die Worte. Daher bleibt Marco stumm.

»Geh«, insistiert der Unaussprechliche. »Mach keine Mätzchen. Meine Mutter hat mir erzählt, was dir passiert ist. Geh nach Hause.«

Marco zuckt zusammen.

»Deine Mutter lebt noch?«

»Ja.«

»Wie alt ist sie denn?«

»92.«

»Und wie geht es ihr?«

Der Unaussprechliche verzieht das Gesicht zu einer Grimasse, die schwer zu deuten ist. Eine Art Gereiztheit wird in seinem zerfurchten Gesicht erkennbar, Bitterkeit und Gereiztheit.

»Es geht ihr gut«, erwidert er, »aber das ist sicher nicht mein Verdienst. Ich vernachlässige sie. Meine Cousins kümmern sich um sie, brave Jungs, die es aufs Erbe abgesehen haben. Sie umsorgen sie, sind rührend um sie bemüht, und um sich bei ihr einzuschleimen, kümmern sie sich viel mehr um sie, als sie sich um ihre eigene Mutter gekümmert haben, die einsam im Sanatorium gestorben ist. Sie bilden sich nicht ein, dass sie das Erbe schon in der Tasche haben, denn mich interessiert es nicht. Wenn sie es wüssten, würden sie sie mit Rattengift töten. Das ist meine Art, sie zu schützen: Die Cousins glauben lassen, dass sie

271

sich bei ihr einschleimen müssen, um mich aus dem Testament auszuschließen.«

Er bricht ab. Die Grimasse verschwindet so plötzlich, wie sie aufgetaucht war.

»In all diesen Jahren hat sie immer von dir gesprochen«, fährt er fort, »sie hat mich immer auf dem Laufenden gehalten. Es hat ihr sehr leidgetan, was dir passiert ist. Geh nach Hause.«

Und so entdeckt Marco Carrera, dass er ein Mann ist, der bemitleidet wird. An so etwas hatte er nie gedacht; er ist an die Orte seiner Kindheit zurückgekehrt, hat die alten Freunde wiedergesehen, hat wieder in den alten Sportvereinen verkehrt und hat nie mit jemandem über das gesprochen, was ihm passiert ist und weiterhin passierte. Irene. Marina. Adele. Er hat sich nie an der Schulter von jemandem ausgeheult, hat durchgehalten und weitergelebt, und jetzt entdeckt er, dass er von einer Erzählung begleitet wird, die sogar im Unaussprechlichen mit seinem einsamen Leben Mitgefühl weckt. Und das gibt ihm plötzlich auch die Worte, um sich auszudrücken.

»Hör zu, Duccio«, legt er los, »ich danke dir, dass du mich gewarnt hast, aber ich kehre nicht nach Hause zurück, weil ich nicht glaube, dass du Unglück bringst. Ich habe es nie geglaubt, im Gegenteil, ich habe mich immer mit denjenigen gestritten, die das behaupteten. Ich habe vor vielen Jahren einen Fehler gemacht, einen einzigen schweren Fehler, das gebe ich zu, weil ich schockiert und dumm war, und du hast sicher die Folgen meines Fehlers ausbaden müssen, und ich bitte dich um Entschuldigung, und wenn ich die Zeit zurückdrehen könnte, ich schwöre dir, ich würde ihn nicht noch einmal machen. Aber ich glaube auch jetzt nicht an solche Dinge. Außerdem verdanke ich dir mein Leben, daher kann ich keine Angst vor dir haben. Und wenn du mir sagst, dass Dami Tamburini, also ein Freund von mir und mein Partner im Tennis, der nur aus diesem Grund in den letzten Jahren das Glück hatte, ein paar kleine Turniere zu gewinnen, anstatt den Boden unter meinen Füßen zu küssen, um einen Ausdruck meiner Mutter zu benutzen, dich engagiert hat, um mich zum Weinen zu bringen, tja, also dann bekomme ich erst recht Lust zum Spielen. Du weißt ja, wie es ist, wenn das Spiel ernst wird ...«

Der Unaussprechliche kann jetzt eine gewisse Fassungslosigkeit nicht verbergen. Ganz offensichtlich ist er es seit wer weiß wie vielen Jahren nicht gewohnt, jemanden vor sich zu haben, *der nicht daran glaubt.*

»Und außerdem«, fährt Marco fort, »jetzt, da du mir gesagt hast, warum du hier bist, habe ich einen enormen Vorteil, und den beabsichtige ich zu nutzen. Und was Glück und Unglück betrifft, da will ich dir was zeigen. Komm mit.«

Er verlässt die Toilette, gefolgt vom Unaussprechlichen, und geht zum »Zimmer des Schmerzes«. Er bedeutet ihm mit dem Finger auf den Lippen, leise zu sein, und öffnet behutsam die Tür. Er lässt ihn eintreten, schlüpft ebenfalls hinein und schließt die Tür noch behutsamer. Das Mädchen schläft, ein Arm hängt aus der Hängematte. Marco legt ihn ihr auf den Schoß und nähert seine Lippen ihrer kaum schweißbedeckten Stirn, die kühl ist.

»Das ist meine Enkelin«, sagt er leise, »sie heißt Miraijin. Sie ist fünfeinhalb. Wo ich bin, ist sie. Immer. Mein Deckname ist Hanmokku wegen dieser Hängematte, in der sie schläft. Siehst du? Sie hat ein abnehmbares Gestell. Hatte mein Freund dir das gesagt?«

»Nein.«

Marco streichelt ein letztes Mal die Stirn des Mädchens, geht dann zur Tür und öffnet sie; sie verlassen das Zimmer, ohne das geringste Geräusch zu machen.

»Noch einmal«, sagt er, nachdem er die Tür wieder geschlossen hat, »ich glaube bestimmte Dinge nicht, aber ich versichere dir, wenn es in dieser Welt die Möglichkeit gäbe, zugleich Glück und Unglück zu bringen, dann könnte niemand sie schlagen. Und sie ist hier bei mir und beschützt mich. Deswegen ist es vielleicht besser, wenn du jetzt nach Hause gehst. Ich möchte nicht, dass du dich blamierst, verstehst du, dass du deinen Ruf ruinierst.«

Er lächelt. Er und der Unaussprechliche sind gleich alt. Sie waren die besten Freunde, als er Kolibri genannt wurde. Sie haben gemeinsam an Skirennen teilgenommen, haben wunderschöne Musik an hunderten Nachmittagen gehört in den Jahren, in denen wöchentlich ein Meisterwerk herauskam. Sie haben zusammen angefangen zu spielen, Pferdewetten, Roulette, Würfel, Poker. Sie haben in halb Europa die Sau rausgelassen und die Casinos unsicher gemacht. Ihre gemeinsamen Erinnerungen haben etwas Ruhmreiches.

»Spiel nicht mit dem Feuer«, sagt der Unaussprechliche. »Geh.«

Dann sind jedoch plötzlich Veränderungen eingetreten, und jetzt empfinden sie Mitgefühl füreinander. Aber der Unaussprechliche ist allein und alt, und während Marco Carrera sein Sohn zu sein scheint, ist er letztlich in Form und sieht noch die Zukunft, weil er Miraijin hat. Auf einmal ist ihm der Plan klar, der ihn hierhergeführt hat: Carradoris Intuition, ihm die Hängematte zu schenken, die eigene Unverfrorenheit, sie so zu benutzen, wie er sie benutzt, trotz des liebevollen Großvaters, der zu sein er sich bemüht und für den alle ihn halten – alles steuerte auf diesen 29. Februar zu, den Tag, den es nicht gibt. Und auch die ganze Liebe, die in der Welt verbreitet worden ist, die ganze Zeit, die verschwendet wurde, und der ganze Schmerz, der empfun-

274

den wurde: Es war Stärke, es war Macht, es war Schicksal, und es steuerte auf diesen Tag zu.

»Die Wölfe töten nicht die unglücklichen Hirsche, Duccio«, sagt er. »Sie töten die schwachen.«

# DRITTER BRIEF ÜBER DEN KOLIBRI

(2018)

*Marco Carrera*
*Piazza Savonarola 12*
*50132 Firenze*
*Italia*

*Paris, 19. Dezember 2018*

*Marco,*

*ich lese ein Buch über Fabrizio De André. Dori Ghezzi hat es zusammen mit zwei Professoren, zwei Linguisten, geschrieben. Es ist ein erstaunliches Buch, und ich bin gerade auf die folgende Passage gestoßen, in der die beiden Linguisten die Bedeutung des Wortes »emmenalgia« erklären:*

*»Von ›emméno‹, einem griechischen Verb, das bedeutet, ›ich bleibe standhaft‹, ›ich halte durch‹, ›ich mache unermüdlich weiter‹. Ein Gefühl melancholischer Sehnsucht nach dem Wunsch, bis zum Äußersten weiterzumachen. Ein tückisches Verb allerdings. Denn ›emméno‹ bedeutet auch, ›sich den Gesetzen, den Entscheidungen anderer entziehen‹. Das Schicksal aller Menschen – und nicht nur: wenn auch Gott gezwungen ist, sich den Diktaten des freien Willens zu unterwerfen –, wenn sie sich mit den Zeitgrenzen herumschlagen, die sie bestimmen. Ein Wort, das Gift und Behandlung ist für*

*die Verletzung der Zukunft, wenn sie uns fehlt. Denn in Wirklichkeit*
*ist, auch wenn es ›eine‹ Verletzung heilt, die wahre hartnäckige*
*Hoffnung aller Menschen, wenn sie ehrlich zu sich selbst sind, dass*
*es zu dieser Verletzung nie kommen wird.«*

*Aber, Marco, dieses Verb bist Du. Keiner versteht es wie Du,*
*standhaft durchzuhalten, aber keiner versteht es auch wie Du,*
*sich der Veränderung zu entziehen, genau wie das tückische Verb,*
*von dem die Linguisten sprechen: Du bleibst standhaft, machst bis*
*zum Äußersten weiter, aber Du entziehst Dich auch fatalerweise*
*den Gesetzen und den Entscheidungen anderer.*

*Und ich habe spontan begriffen (und deswegen schreibe ich Dir*
*auch spontan, auch wenn ich weiß, dass Du mir nicht antworten*
*wirst), dass Du wirklich ein Kolibri bist. Das ist ganz klar. Es war*
*eine Erleuchtung: Du bist wirklich ein Kolibri. Aber nicht aus den*
*Gründen, aus denen Dir dieser Spitzname gegeben wurde; Du bist*
*ein Kolibri, weil Du wie die Kolibris deine ganze Energie dafür ver-*
*wendest, auf der Stelle zu bleiben. Siebzig Flügelschläge in der Se-*
*kunde, um zu bleiben, wo Du bereits bist. Du bist großartig darin.*
*Du schaffst es, in der Welt und in der Zeit anzuhalten, Du schaffst*
*es, die Welt und die Zeit um Dich herum anzuhalten, und manch-*
*mal schaffst Du es sogar, in der Zeit zurückzugehen, um die verlo-*
*rene Zeit wiederzufinden, so wie der Kolibri fähig ist, rückwärts zu*
*fliegen. Und daher ist es so schön, mit Dir zusammen zu sein.*

*Allerdings ist das, was für Dich ganz natürlich ist, für die ande-*
*ren äußerst schwierig.*

*Allerdings ist die Neigung zur Veränderung, auch wenn sie ver-*
*mutlich nicht zu einer Verbesserung führt, Teil des menschlichen*
*Instinkts, und Du begreifst sie nicht.*

*Und vor allem ist dieses ständige Auf-der-Stelle-Bleiben, das Dich*
*so große Mühe kostet, manchmal nicht die Behandlung, sondern die*
*Wunde. Und daher ist es unmöglich, mit Dir zusammen zu sein.*

*Ich habe mein ganzes Leben damit verbracht, mich zu fragen, warum es Dir nicht gelungen ist, das zu tun, was lange Dein lebhaftester Wunsch gewesen zu sein scheint: diesen Schritt, der Dir erlaubt hätte, mit mir zusammen zu sein. Ich habe mich gefragt, was da in Dir war, das, wenn wir uns ganz nah waren (und das war etliche Male der Fall in all diesen Jahren), Dich einen Rückzieher machen ließ, und Du ganz plötzlich zurückgewiesen hast, was Du einen Augenblick vorher angezogen hattest. Heute habe ich schlagartig begriffen, dass in Wirklichkeit das Gegenteil geschehen ist, dass ich diejenige bin, der es nicht gelungen ist, mit Dir zusammen zu sein. Denn um mit Dir zusammen zu sein, muss man am Ort bleiben können, und dazu war ich nie fähig. Das Ergebnis ist das gleiche, wir beide haben uns verpasst, in allen Bedeutungen dieses Wortes; aber diese neue Sichtweise erfüllt mich mit einer Trauer, die ebenfalls neu ist, und grausam, denn mir wird bewusst, dass vielleicht immer ich dafür verantwortlich war.*

*Auch dass ich es erst so spät begreife, ist grausam, aber es ist immer noch besser, als es nie zu begreifen.*

*Marco. Draußen vor den Fenstern sind Explosionen, Schreie und Krankenwagensirenen zu hören. Es ist Samstag, und jeden Samstag herrscht hier Weltuntergang, aber das ist normal geworden. Die Gilets jaunes, die Gelbwesten, die alles kaputtschlagen, sind normal geworden. Auf Dich zu verzichten ist normal geworden.*

*Frohe Weihnachten*
*Luisa*

# DIE DINGE, WIE SIE SIND

(2016)

»Hallo?«

»Doktor Carradori, guten Tag. Ich bin's, Carrera.«

»Guten Tag. Wie geht es Ihnen?«

»Gut. Und Ihnen?«

»Auch gut, danke.«

»Störe ich Sie? Wo sind Sie gerade?«

»Nein, Sie stören mich überhaupt nicht. Ich bin in Rom. Ich mache einen Fortbildungskurs, bevor ich nach Brasilien zurückfliege.«

»Nach Brasilien? Warum?«

»Ja, ich weiß. Hier in Italien weiß man nichts darüber, aber vor vier Monaten hat es in Brasilien eine der schlimmsten Umweltkatastrophen in der Geschichte gegeben. Bento Rodrigues sagt Ihnen nichts?«

»Nein.«

»Das ist ein Dorf im Bundesstaat Minas Gerais. Aber vielleicht sollte man besser sagen, es *war* ein Dorf.«

»Und was ist passiert?«

»Es ist von giftigem Schlamm überflutet worden, der aus dem Abbau von Eisenoxiden stammt. Die Dämme eines Absetzbeckens brachen, und eine Schlammlawine ergoss sich über das Dorf. Das ist jetzt vier Monate her.«

»Viele Tote?«

»Nicht so viele, 17. Aber das Problem ist, dass ein Gebiet so groß wie halb Italien kontaminiert worden ist, einschließlich Flüssen und eines großen Abschnitts der Atlantikküste, die immerhin Hunderte von Kilometern entfernt ist. Zehntausende Menschen haben alles verloren und sind evakuiert worden.«

»Davon wusste ich wirklich nichts.«

»Darüber ist in Italien kaum berichtet worden. Ein paar Artikel, das war's. Seit Monaten spricht niemand mehr davon. Aber es ist eine echte Katastrophe. Die Bewohner wollen auf ihrem Land bleiben, aber die Böden sind verseucht. Wenn man sie dort lässt, sterben sie an Krebs. Wenn man sie umsiedelt, möchten sie nicht mehr leben. Und wo sollen sie hin? Es ist wirklich eine Katastrophe.«

»Das tut mir leid ...«

»Schon gut. Aber wie geht es Ihnen, Doktor Carrera? Sagen Sie mir, dass es Ihnen gut geht.«

»Ja, tatsächlich. Es geht mir gut.«

»Gott sei Dank. Das Mädchen?«

»Eine wahre Wonne.«

»Wie alt ist sie jetzt?«

»Fünfeinhalb.«

»Donnerwetter. Aber ist ja klar: Wann haben wir uns gesehen?«

»Na ja, vor drei Jahren.«

»Ja, und damals war sie zweieinhalb. Dann ist also alles in Ordnung.«

»Ja, alles in Ordnung. Allerdings ...«

»Allerdings?«

»Es gibt da etwas, worüber ich mit Ihnen sprechen möchte.«

»Ich höre.«

»Aber vorher muss ich Ihnen, na ja, ein Geständnis machen.«

»Nämlich?«

»Die Hängematte. Die, die Sie mir geschenkt haben.«

»Ja?«

»Ich benutze sie.«

»Das freut mich.«

»Aber nicht für das Tennis und die Tagungen, wie ich Ihnen gesagt habe.«

»Ach nein? Wofür benutzen Sie sie dann?«

»Ich habe in jungen Jahren dem Glücksspiel gefrönt, wussten Sie das?«

»Ja. Ihre Frau hat es mir gesagt, als sie noch zu mir kam.«

»Poker, Chemin de fer, Roulette. Dann habe ich aufgehört.«

»Das hat sie mir auch gesagt.«

»Ich habe wieder angefangen.«

»Gut. Und gefällt es Ihnen immer noch?«

»Und das Mädchen schläft in der Hängematte.«

»Logisch.«

»Im Zimmer nebenan.«

»Natürlich, das war ja das, was ...«

»Die ganze Nacht manchmal. Bis zum Morgengrauen.«

»Okay. Aber was ist daran schlimm? Es sei denn, Sie haben zu viel Geld verloren. Haben Sie zu viel Geld verloren?

»Nein, nein. Im Gegenteil ...«

»...«

»...«

»Sagen Sie schon, Doktor Carrera.«

»Gestern Nacht. Das heißt heute Nacht. Na ja, vor zehn Stunden ...«

»Ja?«

»Ich habe *zu viel* Geld gewonnen.

»Das heißt?«

»Das heißt, ich habe eine absurde Summe gewonnen. Und ich habe etwas Absurdes gemacht.«

»Nämlich?«

»Zu Beginn des Abends hatte ein alter Freund mich gewarnt, den ich dreißig oder mehr Jahre nicht gesehen habe. Sagen wir, ein Profi. Auch über ihn gäbe es einiges zu erzählen, aber ich will Sie nicht aufhalten. Nach all dieser Zeit sehe ich ihn jetzt, dort, wo ich seit drei Jahren fast jede Woche spiele. Er nimmt mich beiseite und sagt: ›Verschwinde, geh nach Hause.‹ Warum, frag ich ihn. ›Weil sie dich ruinieren wollen.‹ Wer, frag ich ihn. Und er sagt: ›Der Chef hier. Er hat mich engagiert, um dich zu ruinieren, er will dich weinen sehen. Ich hatte nicht verstanden, dass du es warst.‹«

»Und wieso hat er es nicht verstanden, wo Sie doch alte Freunde sind?«

»Weil wir Decknamen benutzen, wenn wir spielen. Er wusste, dass derjenige, den er ruinieren sollte, Hanmokku war, und als wir uns vorgestellt haben, entdeckte er, dass Hanmokku ich bin.«

»Ah.«

»Was nebenbei gesagt der Name der Hängematte ist, die Sie mir geschenkt haben.«

»Richtig.«

»So hat er es mir jedenfalls erzählt. Und der, den er den Chef nennt, ist der Besitzer des Casinos, Luigi Dami Tamburini. Haben Sie den Namen schon mal gehört?«

»Nein. Sollte ich?«

»In der Toskana ist das ein ziemlich bekannter Name. Eine adelige Familie, aus Siena. Aber ich habe nur so gefragt, das hat keine Bedeutung. Worum es geht, ist Folgendes: Dieser Dami Tamburini ist mein Doppelpartner bei den Turnieren über hundert, einer, den ich bis gestern meinen Freund genannt hätte.«

»Über hundert?«

»Damit ist die Summe des Alters der beiden Spieler gemeint. Da gibt es starke Spieler.«

»Ah …«

»Na ja, also dieser alte Freund informiert mich, dass Dami Tamburini mich ruinieren will. Und Miraijin hatte Fieber, und ich war sehr unentschlossen, ob ich gehen sollte oder nicht, gestern Abend. Was tut jemand in einer solchen Situation, Ihrer Meinung nach?«

»Was tut er?«

»Er überlegt und geht, das tut er. Und dann versucht er am nächsten Tag ganz ruhig zu verstehen, wie die Dinge stehen. Richtig?«

»Richtig.«

»Er versucht zu verstehen, ob es wahr ist oder nicht, dass sein Doppelpartner Profis angeheuert hat, um ihn zu ruinieren. Und wenn ja, warum. Aber kaltblütig. In aller Ruhe.«

»Richtig.«

»Ich nicht.«

»Sie sind geblieben?«

»Ich bin geblieben und habe gespielt.«

»Und haben diese absurde Summe gewonnen.«

»Ja.«

»Haben Sie sie gegen Ihren Doppelpartner gewonnen oder gegen Ihren alten Freund?«

»Gegen meinen Doppelpartner, den, der mich weinen sehen wollte. Aber ich bin nur ganz knapp dem Ruin entgangen. Ganz knapp.«

»Das heißt?«

»Das heißt, dass ich eine Summe gespielt habe, die ich nicht hatte.«

»Wie viel?«

»Das sage ich Ihnen nicht, ich schäme mich. Eine Summe, die ich nicht hatte, die ich nicht habe, und mein Leben wäre den Bach runtergegangen, wenn ich sie verloren hätte.«

»Aber Sie haben nicht verloren.«

»Nein. Durch einen Karobuben gegen einen Kreuzbuben.«

»Was haben Sie gespielt?«

»Texas Hold'em.«

»Was ist das?«

»Das ist das texanische Poker.«

»Unterscheidet es sich sehr vom normalen Poker?«

»Na ja, es ist komplizierter. Man spielt mit zwei Handkarten für jeden Spieler und fünf offenen, das heißt fünf Karten für alle.«

»Wie Telesina.«

»Ja, so ähnlich.«

»Telesina oder Teresina, ich habe mir das nie merken können.«

»Ich glaube beides. Das sind italienische Versionen von Tennessee, wie es in Amerika heißt.«

»Wirklich?«

»Ja. In Amerika unterscheidet sich das Poker je nach Bundesstaat, in dem es gespielt wird. Texas Hold'em ist die verbreitetste Variante. Es wurde entwickelt, um Gewinne und Verluste zu kontrollieren, damit die Leute sich nicht ruinieren, wie es beim Tennessee üblicherweise der Fall ist. Aber gestern Nacht hat es nicht funktioniert. Gestern Nacht bin ich ganz knapp dem Ruin entgangen.«

»Aber Sie haben gewonnen.«

»Ja. Und Dami Tamburini hat sich ruiniert. Er hat verloren und wollte Revanche, um das Geld zurückzugewinnen, hat erneut verloren und wollte weiterspielen und immer so weiter, am Schluss nur noch ich und er, am Ende war es eine Sache zwischen uns beiden, eine persönliche Rechnung. Und ich habe nicht aufgegeben, ich habe nicht aufgehört. Innerhalb von zwanzig Minuten, nicht einmal, innerhalb einer Viertelstunde habe ich eine exorbitante Summe gewonnen.«

»Wie viel?«

»Ich schäme mich, auch das zu sagen.«

»Und warum? Sie haben sie doch nicht verloren.«

»Ich habe sie nicht verloren, aber ich stecke trotzdem mit drin.«

»Wie viel?«

»840 000.«

»Meine Güte!«

»Ja, durch Verdoppelung des Einsatzes ...«

»Und hat Ihr Freund so viel Geld?«

»Er müsste es haben. Seine Familie besitzt eine Geschäftsbank, Grundstücke, Wein, Wasser, Immobilien ... Aber ich wollte es nicht. Und deswegen habe ich Sie angerufen.«

»Wie, Sie wollten es nicht? Warum?«

»Weil es zu viel ist! Wie soll das gehen? Da war auch der Notar, einer, der immer zur Verfügung steht, wenn jemand eine große Summe verliert, er wusste nicht, was er sich ausdenken sollte.«

»Sie haben also 800 000 Euro gewonnen und sie dagelassen?«

»840 000. Ja.«

»Zum Teufel auch!«

»Halten Sie mich für verrückt?«

»Nein. Es ist nur ungewöhnlich.«

»Ich wollte es nicht, aber ich habe ihn stattdessen um etwas gebeten.«

»Und worum haben Sie ihn gebeten?«

»Sehen Sie, Doktor Carradori, es war frühmorgens. Miraijin schlief in der Hängematte im Zimmer nebenan, vollgepumpt mit Tachipirin. Ich war dort, erschöpft, zusammen mit vier anderen, die noch erschöpfter waren als ich. In zwei Stunden würde ich im Krankenhaus sein müssen. Auf dem Tisch lag der Ruin von einem, der sechs Stunden vorher noch ein Freund gewesen war ...«

»Und? Worum haben Sie gebeten?«

»Außerdem habe ich mich wegen allem geschämt. Dass ich spielen gegangen bin, obwohl Miraijin Fieber hatte. Dass ich nicht nach Hause zurückgekehrt bin, als man mir sagte, es zu tun. Dass ich verbissen weitergespielt habe, als ich verloren habe, ohne aufzuhören, wie ich es normalerweise tue. Und dass ich noch verbissener gewesen bin, als ich anfing zu gewinnen und immer weiter zu gewinnen, bis ich diese absurde Summe erreichte.«

»Na gut, das war der Schock. Worum haben Sie gebeten?«

»Ich schämte mich, dass ich ein Spieler war, ja, dass ich war, was ich war, wie mein Leben gelaufen ist. Dass ich all die Personen verloren habe, die ich liebte, die wohl oder übel alle gegangen sind, Doktor Carradori, und keiner mehr da ist ...«

»Wir sagten doch, dass Sie das Mädchen haben.«

»Ich schämte mich auch, dass ich sie in einer Hängematte geparkt hatte, ich schämte mich *wegen* ihr. Ich schämte mich, und das tat mir leid, das tat mir zutiefst, schrecklich leid. Und ich habe etwas getan, das kein Spieler jemals tut.«

»Was haben Sie getan?«

»Ich habe das Gleiche, was ich Ihnen sage, diesen vier Unglücksraben gesagt, die sich mit Sicherheit ebenso wie ich schämten. Und ich habe auch noch andere Dinge gesagt, Dinge, die man an Spieltischen normalerweise nicht hört, obwohl alle sie empfinden.«

»Das heißt?«

»Ich sagte, dass, während ich all dieses Geld gewann, das Leben, das ich lebte, jeden Tag allmählich immer armseliger wurde. Ich gewann 50 000 Euro und dachte, ich sollte mir ein neues Auto kaufen, weil das, was ich hatte, plötzlich Schrott war. Aber vorher hatte ich nie gedacht, dass es Schrott sei. Verstehen Sie?«

»Ich verstehe.«

»Das ist typisch für den Spieler: das eigene Leben schlechtmachen, denken, dass man es ändern kann, wenn man gewinnt, obwohl man in Wirklichkeit nie diesen Wunsch gehabt hat. Ich hatte über 200 000 Euro gewonnen und sah mich auf den Malediven oder in Polynesien, an den Luxusorten, wo ich in Wirklichkeit eigentlich nie hingewollt hatte. 400 000, und plötzlich sprießen Assistenten, Diener, Köche, Fahrer, Kindermädchen aus dem Boden, als hätten sie mir gefehlt, als würde ich mir nichts sehnlicher wünschen, als mich nicht mehr selbst um Miraijin zu kümmern. 600 000, und ich hörte auf zu arbeiten und ging in den Ruhestand, als würde mich meine Arbeit, die ich seit 35 Jahren mache, für die ich mich aufgeopfert und der ich so viel Zeit gewidmet habe, plötzlich anwidern. Aber das war nicht so. Das Leben, das ich lebe, widert mich nicht an, im Gegenteil, es gefällt mir, weil es im Unterschied zu so vielen anderen Leben ein Ziel hat, und dieses Ziel ist, der Welt den Menschen der Zukunft zu übergeben, den aufzuziehen mir durch ein ungeheures und schmerzliches Privileg vergönnt ist.«

»Sie haben all das gesagt?«

»Ja. Und am Ende habe ich gesagt, was jeder Spieler nur zu gut weiß, nämlich dass es unmöglich ist, das beim Spielen gewonnene Geld gut zu verwenden. Und dass ich aus all diesen Gründen diese 840 000 Euro nicht wolle.«

»Und Ihr Freund? Und die anderen. Was haben sie gesagt?«

»Sie haben alle geweint. Ich schwöre es. Sie sollten mich zum Weinen bringen, und ich habe sie zum Weinen gebracht. Aber nicht vor Schmerz, sondern vor Rührung. Ein bisschen rührselig, aber das Einzige, dessen ich mich nicht schäme.«

»Und was haben Sie statt des gewonnenen Geldes verlangt?«

»Ich habe das ganze Fotoarchiv meiner Mutter zurückverlangt. Ich hatte es der Stiftung dieses Dami Tamburini gegeben, auch das ist eine lange Geschichte, die ich Ihnen jetzt nicht erzählen will. Ich hatte es der Stiftung gegeben, die mit seiner Bank verbunden ist, vor Jahren, und ich habe es zurückverlangt.«

»Und warum?«

»Weil ich plötzlich, nachdem ich all diesen Kummer empfunden hatte, von dem ich gesprochen habe, das Gefühl hatte, die Dinge so zu sehen, wie sie sind. Mir ist bewusst geworden, dass das einzig Wertvolle, das dieser Mann besaß, ebendieses Archiv ist, das ich ihm geschenkt hatte.«

»Bravo.«

»Ich hatte ihm diese Fotografien nicht geschenkt, ich hatte mich ihrer entledigt. Unter dem Vorwand, ich würde sie dem anvertrauen, der sie mehr schätzen würde als ich, ich hatte mich von dem getrennt, was meine Mutter hinterlassen hatte, die Spur ihres Lebens auf dieser Erde. Morgen werde ich sie mir wiederholen. Das ist mein Gewinn von gestern Nacht.«

»Und Sie haben es nicht bereut?«

»Nicht im Traum. Hören Sie, ich habe keine Geldprobleme. Ich habe immer gern gearbeitet und nie den Wunsch gehabt, von Zinsen zu leben. Dieses Geld war ein Fluch für mich. Und das Spiel eine Jugendsünde, von der ich nie freigekommen bin, die immer eine Bedrohung darstellte. Ich habe diese Bedrohung mein ganzes Leben mit mir herumgeschleppt, aber heute Nacht habe ich sie erkannt als das, was es ist. Ich habe heute Nacht alles als das erkannt, was es ist. Die Dinge, wie sie sind. Das musste ich jemandem sagen. Und da habe ich an Sie gedacht.«

»Das war eine gute Idee.«

»Und jetzt verabschiede ich mich. Ich habe schon zu viel Ihrer Zeit verschwendet.«

»Aber was sagen Sie denn da? Sie haben genau das Richtige getan, indem Sie mich anriefen.«

»Ich danke Ihnen, Doktor Carradori. Ich hoffe, Sie sehr bald wiederzusehen.«

»Ich werde Sie besuchen. Dann können Sie mir die Fotos Ihrer Mutter zeigen.«

»Mit Vergnügen. Sie sind sehr schön.«

»Dessen bin ich mir sicher.«

»Auf Wiedersehen, Doktor Carradori.«

»Auf Wiedersehen, Doktor Carrera.«

# LETZTER

(2018)

Luisa Lattes
23, Rue du Docteur-Blanche
75016 Paris
France

Florenz, 27. Dezember 2018

Liebe Luisa,

ich antworte Dir. Vielleicht wusstest Du, dass ich es diesmal tun würde; Deine Ausführungen über den Kolibri, die Emmenalgie und darüber, warum wir nicht zusammen gewesen sind, dürfen nicht ins Leere fallen. Aber das bedeutet nicht, dass ich wieder anfangen möchte, Dir zu schreiben. Eines ist mir klargeworden, dass ich mir nicht erlauben kann, wieder irgendeine Beziehung mit Dir anzufangen.

Zunächst einmal, was das Umziehen und an Ort und Stelle bleiben betrifft, so stelle ich fest, dass Du erneut umgezogen bist. Warum? Hast Du vielleicht auch mit dem jüdischen Philosophen Schluss gemacht? Und falls es so ist, warum? Oder ist das ein Arbeitsraum? Und wenn ja, warum hast Du ihn so weit entfernt von Deiner Wohnung gemietet? Andere Hypothesen will ich mir gar nicht vorstellen, da ich ausschließe, dass Ihr so einfach gemeinsam

*umgezogen seid; ich kann mir nicht recht vorstellen, dass ein jü-
discher Philosoph, der immer im Marais gelebt hat, wie Du mir
geschrieben hast, eines schönen Tages ins 16. Arrondissement
umzieht.*

*Tatsache ist, dass leicht zu verstehen ist, dass es für den Bewe-
gungsdrang ein Motiv gibt, während es schwerer zu verstehen ist,
dass es auch eins für die Bewegungslosigkeit gibt. Aber das liegt
daran, dass unsere Zeit der Veränderung allmählich immer mehr
Wert beigemessen hat, auch der, die Selbstzweck ist, und Veränderung ist das, was alle wollen. Letztlich gilt, und daran lässt sich
nichts ändern, derjenige, der mobil ist, als mutig, und derjenige,
der am Ort bleibt, als ängstlich, derjenige, der sich ändert, als auf-
geklärt, und derjenige, der sich nicht ändert, als borniert. So hat es
unsere Zeit beschlossen. Deswegen freut es mich, dass Du bemerkt
hast (wenn ich Deinen Brief richtig verstanden habe), dass man
auch Mut und Energie braucht, um unbeweglich zu bleiben.*

*Ich denke an Dich. Wie oft bist Du umgezogen? Wie oft hast Du
die Arbeit gewechselt? Wie viele Liebschaften, Ehemänner, Gefährten, Kinder, Abtreibungen, Häuser auf dem Land, Häuser am Meer,
Gewohnheiten, Launen, Schmerzen, Freuden haben sich in Deinem
Leben abgewechselt? Auch wenn ich mich nur an das halte, was ich
weiß, Luisa, was natürlich nur ein Teil ist, komme ich auf absurde
Zahlen. Wie viel Energie hast Du in all das gesteckt? Enorm viel.
Und mit 52 schreibst Du mir, dass ich – ja – mehr oder weniger
unbeweglich geblieben bin.*

*Ich sage »mehr oder weniger«, weil es auch in meinem Leben
Veränderungen gegeben hat, Du weißt es: furchtbare Erschütterun-
gen, die mich von dort vertrieben haben, wo ich bleiben wollte, und
mir fast alle Kraft geraubt haben.*

*Alle Veränderungen, die ich erlebt habe, Luisa, haben alles nur
schlimmer gemacht. Ich weiß sehr wohl, dass das nicht für alle gilt*

und dass unsere Vorstellungswelt voller leuchtender, erbaulicher Geschichten von Veränderungen, hartnäckig angestrebten Veränderungen ist, die das Leben der Menschen verbessert haben, über alle Maßen sogar. Ich will sie hier nicht aufzählen. Aber bei mir ist es anders gewesen.

Ich will mich nicht als Opfer hinstellen, Luisa, ich will nur sagen, dass, wenn auch ich nicht unbeweglich gewesen wäre, Du es vielleicht geschafft hättest. Es wäre von mir abhängig gewesen, aber es war nicht möglich, und jede der Veränderungen, die ich ertragen musste, hat mir einen furchtbaren Schlag versetzt, der mich buchstäblich in ein anderes Leben geschleudert hat, und dann in wieder ein anderes und noch ein anderes, Leben, denen ich mich auf brutale Weise anpassen musste, ohne Hilfe. Verstehst Du, dass ich Erleichterung empfinde, wenn ich möglichst viele Dinge festhalten kann?

Ja, ich glaube auch, wenn Du es geschafft hättest, unbeweglich zu bleiben, hätten wir zusammen sein können. Aber Schicksal ist Schicksal, und wenn ich der Kolibri bin, dann bist Du die Löwin oder die Gazelle des Ausspruchs, der mir ganz ehrlich immer schon auf die Eier gegangen ist, jener, der sagt, dass man jeden Morgen aufsteht und anfängt zu laufen, wer immer du auch bist.

Ich habe jetzt eine Mission zu erfüllen, die allem Sinn gibt, was ich gehabt und nicht gehabt habe, einschließlich Dir: den neuen Menschen großziehen, und der neue Mensch ist ein achtjähriges Mädchen, das unter diesem Dach schläft. Sie wird eine Frau werden. Sie wird der neue Mensch werden. Sie wurde dafür geboren, und ich werde nicht zulassen, dass die Veränderungen ihr Schaden zufügen. Ich habe nur dafür Kraft, und um Dir diesmal zu antworten. Es tut mir leid, Luisa, aber dies ist der letzte Brief, den ich Dir schreibe. Ich habe Dich so sehr geliebt, wirklich, vierzig Jahre lang bist Du das Erste und das Letzte gewesen, woran ich jeden einzelnen Tag meines Lebens gedacht habe. Aber nun ist es nicht mehr so, weil mein erster Gedanke jetzt ihr gilt, und auch mein letzter Gedanke gilt ihr, und dazwischen gibt es weitere Gedanken für sie. Nur so ist es mir jetzt möglich zu leben.

Ich umarme Dich
Marco

# DER NEUE MENSCH

(2016 bis 2029)

Es gibt Menschen, die sich ihr ganzes Leben lang damit abmühen, voranzukommen, Wissen zu erwerben, zu erobern, zu entdecken, besser zu werden, um dann zu erkennen, dass sie immer auf der Suche nach der Vibration sind, die sie in die Welt geschleudert hat; für sie fallen Ausgangspunkt und Endpunkt zusammen. Und dann gibt es andere, die, obwohl sie sich nicht bewegen, einen langen und abenteuerlichen Weg zurücklegen, weil es die Welt ist, die unter ihren Füßen dahingleitet, und weit entfernt von dem Punkt landen, von dem sie aufgebrochen sind. Marco Carrera war einer von ihnen. Jetzt war es klar: Sein Leben hatte ein Ziel. Nicht alle Leben hatten eines, seins hatte eins. Die schmerzlichen Wechselfälle, die es gezeichnet hatten, hatten ebenfalls ein Ziel, nichts war zufällig geschehen.

Sein Leben war gewiss kein normales Leben gewesen; es hatte stets das Stigma der Ausnahme in ihm gegeben, angefangen mit der Kleinwüchsigkeit, die ihn 15 Jahre lang zum Außenseiter in der Herde gemacht hatte, und in der Folge dann die Behandlung, die ihn wieder in die Herde eingegliedert und zu einem viel stärkeren Wachstum in viel kürzerer Zeit geführt hatte, als der Arzt, der die Behandlung durchführte, erwartet hatte. Niemand hatte sich das Gehirn zermartert, um den Grund herauszufinden, aber es ist eine Tatsache, dass die Behandlung, der Marco im Herbst 1974 unterzogen worden war, ein abnormes Ergebnis gezeitigt hatte: 16 Zentimeter in acht Monaten, von 156 Zentimeter im Oktober (der Durchschnitt für Jungen seines Alters lag bei 170 Zentimeter) auf 172 (Durchschnitt 171) im folgenden Juni – als das Wachstum plötzlich aufhörte. Oder, besser gesagt, als das Wachstum sich genau in der Mitte der durchschnittlichen Perzentile seiner Altersgenossen stabilisiert hatte: 174 mit 16, 176 mit 17, 178 mit 18 und ein letzter Zentimeter im folgenden Jahr, gerade so viel, dass er als Erwachsener knapp über dem nationalen Durchschnitt lag.

Erklärungen keine. Doktor Vavassori hatte innerhalb von 15, nicht acht Monaten gerade mal zwei Drittel dieses Ergebnisses erwartet, das heißt eine Größe, die aus dem kleinwüchsigen Marco Carrera einen normalen kleinen Jungen gemacht hätte. Letizia, die immer an die Erleuchtungen von D'Arcy Wentworth Thompson geglaubt hatte, war überzeugt, dass die Behandlung nichts damit zu tun hatte und dass ihr Sohn diesen Wachstumssprung dank der Instruktionen seines genetischen Codes getan hatte; es war einfach alles von Anfang an in seiner Natur angelegt, zuerst das ungenügende Wachstum, dann der exorbitante Wachstumsschub und dann (und das war das Seltsamste, das ihrer Meinung nach nur mit Thompson zu erklären war) die Anpassung an die traditionelle Anthropometrie. Probo dagegen war hin- und hergerissen: Einerseits freute er sich über den Erfolg des Versuchs, den er so beharrlich gewollt hatte, andererseits fragte er sich aber auch, ob ein Ergebnis, das so stark von den Erwartungen abwich, auch wenn es besser war, nicht als ein Scheitern betrachtet werden müsste, das heißt, ob es nicht den totalen Verlust der Kontrolle über Eingriffe in den Körper seines Sohnes bedeutete – mit potenziellen Folgen aller Art. Und er hatte sich Sorgen gemacht und von da an immer gefürchtet (auch wenn nach Irenes Tod diese Sorge wie alles andere an Bedeutung verloren hatte), mit der Zeit entdecken zu müssen, welcher Preis für dieses Wagnis zu bezahlen war. Unfruchtbarkeit, degenerative Erkrankungen, Tumore, Missbildungen; und wenn an einem Tag X in der Zukunft, wenn niemand mehr an diese Behandlung denken würde, das, was wirksamer als vorausgesehen gewesen war, seinem Sohn eine gesalzene Rechnung präsentieren würde? Er hatte diese Frage Doktor Vavassori gestellt, und Vavassori hatte ihm geantwortet, da es sich um ein Experiment handele, sei das Risiko unvorhergesehener Nebenwirkungen, auch solcher, die erst viel später auftreten, berücksichtigt und entsprechend in den Dokumenten, die er unterschrieben habe, aufgeführt worden; dass ein die Erwartungen übertreffender Erfolg dieses Risiko vergrößern könnte, sei aber eine törichte Sorge, die laut ihm sogar fast schon an Paranoia grenze. »Paranoid« hatte, nebenbei gesagt, noch niemand Probo genannt.

Marco seinerseits hatte, überwältigt von seinem Wachstum, nicht die Zeit gehabt, an irgendetwas zu denken. So hartnäckig sein Körper sich in der Vergangenheit geweigert hatte zu wachsen, so heftig wuchs er jetzt; er bewohnte dieses Phänomen sozusagen und versuchte, Schritt mit ihm zu halten. Von November bis Juni war er zwei Zentimeter pro Monat gewachsen – was eineinhalb Kilo pro Monat oder eine halbe Schuhgröße pro Monat bedeutete –, und das war seine einzige Beschäftigung gewesen. Er hatte sich keine Sorgen gemacht, hatte keinen Schreck bekommen, hatte sich nicht geschämt, hatte nicht die Geduld verloren und hatte keine Bedingungen gestellt; er hatte diese Revolution eher hingenommen, die ihm eine Formbarkeit und eine Widerstandskraft gezeigt hatte, die ihm in der Zukunft, wenn es hart auf hart käme, helfen würde zu überleben. Sein Körper hatte die Jugend übersprungen und sich von dem eines Kindes in den eines Erwachsenen verwandelt, aber das hatte ihn nicht trauma-

tisiert, weil das, soweit er wusste, eben genau das Ziel der Behandlung war. Nach ein paar Jahren war das Kolibrisein für ihn
nur noch eine Erinnerung wie alle anderen.

Ausgehend von dieser Erfahrung lief sein Leben jedoch immer auf die gleiche Weise ab: Jahrelang verharrte es im Still-
stand, während diejenigen der anderen sich vorwärtsbewegten,
und brach dann plötzlich in ein unerwartetes, außergewöhnli-
ches Ereignis aus, das ihn in ein neues, unbekanntes Anderswo
schleuderte. Fast immer löste der Übergang Schmerz aus, und
die Frage, die ihn zu bedrohen begann mit ihrer Mischung aus
Wut und Selbstmitleid, lautete: Warum gerade ich, warum gerade mir?

Häufig ist es unter den sehr ehrbaren Dienern unseres Su-
chens (wer, wie, wann, wo, was und warum) das *Wann*, das die
Rettung von der Verdammnis trennt: Marco Carrera hatte sich
diese Frage nie gestellt, solange er nicht die Antwort hatte, und
nur deswegen war es ihm, der sich nicht bewegen wollte, gelungen, so sehr, so schmerzvoll vorwärtszukommen, ohne zusammenzubrechen. Erst im richtigen Augenblick, das heißt im dunkelsten, erleuchtete sich sein Geist: Schlagartig geschah alles, alles auf ein Ziel hin, und er bekam die Antwort – einfach, präzise
und voller Nektar: Miraijin. Miraijin war der neue Mensch, und
sie war es immer gewesen, seit ihre Mutter sie empfangen hatte.
Sie wurde geboren, um die Welt zu verändern, und ihm, Marco
Carrera, wurde das Privileg zuteil, sie aufzuziehen.

Darüber gab es, solange Adele lebte, nicht die geringste Diskussion. Sie sagte es ihm immerzu, und Marco hatte keine Ein-
wände, ja, er wiederholte es selbst, die Menschheit begann neu
mit diesem Mädchen, die Menschheit begann neu mit Miraijin –
auch wenn er es in Wirklichkeit aus Nachgiebigkeit seiner Tochter gegenüber tat, wie damals vor vielen Jahren, als er mit ihrem

Faden gespielt hatte, der an ihrem Rücken befestigt war. Na ja, dachte er, dieses Mädchen hat so viel durchgemacht, und vielleicht ist das ja die Phantasie, die ihr erlaubt, sich aufrecht zu halten: Das Schicksal beutelt mich, und ich zeuge im Gegenzug den neuen Menschen ...

Doch Adele starb zu früh, und Marco war wahrhaftig nicht darauf vorbereitet, sich dieser Leere zu stellen: Wie er es in der Vergangenheit immer getan hatte – ohne es zu entscheiden und manchmal auch, ohne es zu bemerken –, blieb er einfach in dem rauchenden Krater stehen und wohnte in ihm, doch das reichte nicht mehr aus. Um sich nicht von der Verzweiflung überwältigen zu lassen, brauchte er mehr Kraft als die, die er zu besitzen fühlte, mehr Entschlossenheit. Anfangs lebte er für eine gewisse Zeit ungeregelt und folgte den Ratschlägen Doktor Carradoris. Er lebte ungeregelt, alles, was ihn interessierte, war, sich um Miraijin zu kümmern und dem Leben, das ihm noch zu leben blieb, die Zähne zu zeigen. Er war sicher kein Vorbild in Sachen Kinderbetreuung, vor allem in den Nächten, in denen er spielte, während das Mädchen nebenan in der Hängematte schlief, aber es half ihm, den entscheidenden Schritt zu machen, nämlich zu begreifen.

Die Erleuchtung kam, als er etwas tat, das schwer zu erklären ist, nämlich auf den märchenhaften Gewinn zu verzichten, den er bei einem erbitterten Pokerduell mit seinem Freund Dami Tamburini erzielt hatte. Das war also der richtige Augenblick, um sich die Fragen zu stellen, alle, auch die quälendsten – der Augenblick, sich dem anspruchsvollsten der sechs ehrbaren Diener anzuvertrauen, dem *Warum*. Plötzlich wurde alles klar, der ganze in all den Jahren empfundene Schmerz wurde zu dem Basalt, auf den sich die neue Welt gründete, die Erinnerungen wurden Schicksal, die Vergangenheit wurde Zukunft. Warum soll gerade ich auf all dieses Geld verzichten? Warum entrinne gerade ich einem Flugzeugunglück? Warum verliere gerade ich eine Schwester auf diese Weise? Warum trifft gerade mich eine so schreckliche Scheidung? Warum muss gerade ich das Leben meines Vaters aktiv beenden? Warum muss gerade ich eine 22-jährige Tochter beerdigen?

Die Antwort bekam er jetzt, und es war dieser Name, der plötzlich in sein Leben getreten war – Miraijin –, und das, was Adele ihm immer wieder gesagt hatte, ernst, bestimmt, ohne den geringsten Zweifel: Sie wird der neue Mensch sein, Papà, die Menschheit wird mit ihr neu beginnen. Jetzt glaubte Marco Carrera es wirklich. Er hatte so sehr gelitten für ein sehr hohes Ziel: der Welt den neuen Menschen zu übergeben – aber erst nachdem er die Pfeile und Schleudern des wüsten Schicksals stumm geduldet hatte, wie Hamlet sagt. Dieser Gedanke eines Fanatikers hatte sich perfekt in sein nüchternes und schmerzerfülltes Leben eingefügt, ja, es in gewisser Weise ergänzt – ein Grund, warum er sofort aufgehört hatte, der Gedanke eines Fanatikers zu sein.

Im Übrigen war das Mädchen wirklich etwas Besonderes. Körperlich erblühte sie jeden Tag mehr zu einer unerhörten Schönheit, die bis dahin nur für die Avatare der Videospiele entworfen worden war: größer, als für ihr Alter üblich, schlank, mit lockigem, seidenweichem Haar, dunkler, brauner Haut, mandelförmigen Augen, blau wie der Boden eines Swimmingpools – sie schien wirklich aus den Optionen eines Menüs zusammengesetzt worden zu sein. Und es sind gerade die Augen, die Marco Carrera jeden Tag sagen, dass seine Enkelin wahrhaftig ein Anfang ist; seit vierzig Jahren Augenarzt und Erforscher des Sehapparats, überzeugt, jeden Typ von Auge gesehen zu haben, den es in der Natur gibt, menschlich oder nicht, fühlt er sich angesichts von Miraijin wie ein Astronaut, der zum ersten Mal die Erde aus dem Weltraum sieht. Etwas von ferne Ähnliches hat er nur bei der langhaarigen Ragdoll einer amerikanischen Freundin gesehen und fotografiert, die (die Katze) Jagger hieß, und tatsächlich hat er das Foto in seinem Archiv herausgesucht, hat es gefunden (es war von 1986) und einen Ausschnitt mit den Augen ausgedruckt, die in dem Augenblick eingefangen worden waren, in dem sie sich auf das Objektiv konzentrierten; aber nicht einmal dieses Bild gibt die Idee wieder, weil die Katze Jagger weiß war und Miraijin schwarz.

Und doch ist Miraijin ihm, obwohl sie so außerirdisch ist, auch vollkommen vertraut. Der blaue Punkt beispielsweise dieser Augen, die auf der Welt einzigartig sind, ist der gleiche wie bei Irene – und das ist schon mal nicht schlecht. Die schöne sportliche Figur, die sich Jahr um Jahr harmonisch entwickelt, hat Marco auch bei Adele sich entwickeln gesehen. Das Grübchen in den Wangen, wenn sie lacht, ist von Giacomo – und anders als seines scheint es mit dem Älterwerden nicht zu verschwinden. Was ihn an Miraijins außerirdischem Körper aber am meisten rührt, ist das winzige Muttermal, das sie zwischen kleinem Finger und Ringfinger hat, identisch mit dem, das Adele hatte, und dem, das er hat: Unsichtbar für die Welt, ist dieses Pünktchen das Markenzeichen der Carreras – und wie oft hat er seine Hand mit der von Adele verschränkt, damit sie sich berührten, nicht nur als sie klein war, sondern auch später noch war es ihr Punkt der Stärke, wie sie sagten, sie machten es sogar, als sie in der Wanne im Krankenhaus saßen, als Miraijin zur Welt kam. Jetzt kann Marco Carrera diese Geste auch mit Miraijin machen, denn unglaublicherweise ist es diesem kleinen Muttermal in dem genetischen Sturm, der wütete, um sie so *neu* auf die Welt kommen zu lassen, gelungen zu überleben.

Aber mehr noch als das Aussehen, das der leuchtendsten Utopie der Integration zwischen den Völkern buchstäblich einen Körper gibt, ist das wirklich Beeindruckende an diesem Geschöpf die Tatsache, dass es immer das Richtige tut – stets, seit sie in den Windeln lag und weinte, wenn sie weinen sollte, schlief, wenn sie schlafen sollte, und lernte, was sie lernen sollte, was es sehr erleichterte, sich um sie zu kümmern. Als sie älter wurde, war es nicht anders, immer die Dinge, wie sie getan werden sollten, in dem Augenblick, in dem sie getan werden sollten, gelegentlich überraschend mit einer Handlung oder einem Verhalten außerhalb der Norm, aber nur, weil ihre Mutter oder er oder der Kinderarzt oder die Grundschullehrerinnen oder die Lehrer es geradezu für eine *Verbesserung* der Norm hielten. Während Marco Carrera dieses Phänomen studierte, kam er zu der Überzeugung, dass Miraijin wirklich dazu bestimmt ist, die Welt zu verändern; denn in Wirklichkeit sind ihre Verhaltensweisen außerhalb der Norm nicht immer eine Verbesserung, in Wirklichkeit sind sie manchmal nur ihre andere Art und Weise, die Dinge zu tun, aber Tatsache ist, dass sie bei ihr eine Verbesserung zu sein *scheinen*. Das soll heißen, dass sie, ihr glattes Gesicht, ihre Halogenaugen, ihre geschliffene Stimme und ihr Gesichtsausdruck und ihr Lächeln und das Grübchen in den Wangen – ihr ganzer Körper etwas Feldherrenhaftes hat. Er ist einer der Körper, die die natürliche Begabung der Überredung besitzen. Einer der Körper, dem die anderen gern nacheifern.

Es gab keine Erfahrung, bei der Miraijin nicht gleich von Anfang an die richtige Verhaltensweise fand. In allen Sportarten, die sie ausprobierte, vom Tennis bis zum Judo, gab es keinen Trainer, den ihre natürliche Begabung nicht verblüffte. Als sie zum ersten Mal auf ein Pferd trifft, stellt sie sich hinter es, um seinen Schwanz zu streicheln: Nein, mein Schatz, nicht dahin, das ist gefährlich, es könnte dich treten, weil Pferde es nicht mög... Das Pferd jedoch, eine Stute (namens Dolly, ein texanisches Quarter Horse, ein 13-jähriger Fuchs, gehorsam, aber temperamentvoll und sehr empfindlich auf die Trense reagierend, noch am Tag zuvor hatte sie einen Mann aus Arezzo abgeworfen, der sie wie eine Kutsche lenken wollte, indem er die Zügel in alle Richtungen zog; Miraijin sollte sie in den nächsten sieben Jahren regelmäßig reiten, bis Dolly auf die Altersweide kam und darauf wartete, vor den Gott der Pferde zu treten), hat ausnahmsweise nichts dagegen einzuwenden und lässt sich den Schwanz sogar ausbürsten – laut der Trainerin ein Zeichen für sehr großes Vertrauen. Erstaunlich, bedenkt man, dass es tatsächlich Miraijins erste Begegnung mit einem Pferd war. In der Schule bezaubert sie ihre Lehrerinnen mit ihrer Fähigkeit, sich zu konzentrieren und die Konzentration der ganzen Klasse zu erhöhen. Sie zeichnet hervorragend. Kaum hat sie schreiben gelernt, beachtet sie akribisch genau die Accents graves und aigus, wie nicht einmal die Lehrer es tun. Der Satz, der immer fällt, wenn sie sich an etwas wagt: »Sie scheint dafür geboren zu sein.«

Marco fragt sie eines Tages: »Ist dir eigentlich klar, Miraijin, dass dir alles, was du zu tun versuchst, sofort gelingt? Wie machst du das?« Und sie antwortet: »Ich schaue mir an, wie meine Lehrerin es macht.« Der auserwählte Körper, dem alle nacheifern wollen, ist also deswegen so charismatisch, weil er den anderen Körpern nachzueifern weiß. Ganz durchdrungen von seiner Rolle als Mentor, beginnt Marco, Experimente zu machen: So lässt er sie jeden Tag im Fernsehen die National Basketball Leage anschauen, und schon nach einer Woche ist das Mädchen, als er ihr einen Basketball gibt, in der Lage, perfekt die Bewegungen der Spieler nachzumachen – Finte, Drehfuß, Drei-Punkte-Wurf –, ohne auch nur die Regeln dieser Sportart zu kennen. In der ersten Snowboardstunde (das sie dem Skifahren vorzieht) ist sie bereits in der Lage, präzise die Bewegungen ihrer Lehrerin nachzuvollziehen und schwungvoll den Hang zu befahren. Tanzen: Marco mag keine Kinder, die tanzen, ja, er verabscheut sie sogar, aber das Experiment muss gemacht werden, und nach zwei Nachmittagen, an denen sie das Video des iranischen Mädchens angeschaut hat, das das Regime herausfordert, indem es Shuffle auf der Straße tanzt, hat Miraijin gelernt, Shuffle zu tanzen. Die Musik, das Klavier: Als sie zum ersten Mal die Tasten berührt und die Lehrerin sie bittet, aufs Geratewohl zu spielen, dabei aber zu versuchen, mit den beiden Händen verschiedene Dinge zu tun, tut sie es sofort, die beiden Hände spielen zwei verschiedene rhythmische Figuren – irgendwie, aber unabhängig voneinander; und auch wenn es kein Wunder sei, sagt die Lehrerin, sei es doch ein guter Anfang, und tatsächlich betritt Marco nicht einmal ein Jahr später ihr Zimmer, um sie zu fragen, welche Musik sie da hört – *River Flows in You* von Yiruma –, aber Miraijin hört sie nicht, sondern spielt sie. Es ist unfassbar. Und jetzt, mit sechzig, ist Marco damit beschäftigt, seine eigenen Bewegungen und Verhaltensweisen zu überwachen, ebenso wie seine Ausdrucksweise und seine Sprache, wie er es nie zuvor getan hat, und er bemüht sich, sie von allen Verunreinigungen zu befreien, die, von ihr imitiert, ihre Reinheit beschmutzen könnten.

Ah, Miraijin! Neun! Zehn! Elf! Zwölf! Wie schön, dein Geburtstagsfest zu organisieren, jeden 20. Oktober, was für ein Abenteuer, dich ins Herz der Welt zu begleiten, während die Welt zugrunde geht! Die Sportarten, in denen du so gut bist, vergiss sie, es wäre Verschwendung, aus dir eine Spitzensportlerin zu machen. Das Klavier, das Tanzen, das Zeichnen, das Reiten: Tu das, was dir gefällt, aber lass dich nicht davon verschlingen, werde kein Wunderkind, denn du bist zu etwas viel Wichtigerem bestimmt.

Ja, sei nie wettbewerbsorientiert. Ja, habe Angst vor der globalen Erderwärmung. Ja, schau dir den Blödsinn auf YouTube an zusammen mit deinen Freundinnen und mache absichtlich ein paar Fehler in den Klassenarbeiten, um dich nicht zu sehr von ihnen abzuheben. Erinnere dich, dass du der neue Mensch bist, dir fällt alles leicht, aber du darfst dich nicht zu sehr von den anderen unterscheiden, du darfst sie nicht hinter dir lassen; im Gegenteil, du musst die anderen mitnehmen, und das ist der schwierige Teil. 13, Miraijin! Das Cineforum mit deinem Opa, zu Hause, jeden Montagabend, die alten Filme, auf die alte Art gesehen, auf DVD, auf der Mattscheibe, Sushi essend, das du zubereitet hast (denn natürlich wirst du ausgezeichnet kochen, und natürlich wirst du gleichermaßen italienische wie ausländische Gerichte kochen), *The Big Lebowski, Der große Gatsby, Einer flog über das Kuckucksnest, Donnie Darko, Ghost World, I soliti ignoti (Diebe haben's schwer), I soliti sospetti (Die üblichen Verdächtigen),* der dich tödlich langweilen wird, weil du nach fünf Minuten wegen des Schachspiels und der Nahaufnahmen begriffen haben wirst, dass Keyser Söze Kevin Spacy ist, oder auf die neue Art gesehen, im Streaming, auf dem Tablet, mit deinen Freundinnen, *Spring Breakers, Coyote Ugly, Juno, Ein ganzes halbes Jahr, A Star Is Born* oder die alten Serien, *Stranger Things, Black Mirror, Haus des Geldes, Breaking Bad* – allerdings nie im Kino, denn der Film im Kinosaal wird sterben, und daran wirst auch du nichts ändern können. 14! Ah, Miraijin, lass dich nicht zur Eile drängen von der Schönheit, die erblüht, von deiner und derjenigen der jungen Leute, die dich umgeben, gib der Zeit Zeit, hab Vertrauen; du wirst dich verlieben, du wirst unsicher sein, du wirst nein sagen, du wirst sicher sein, du wirst glücklich sein, du wirst unglücklich sein, du wirst erneut unglücklich sein, alles wird geschehen, wenn die Zeit gekommen sein wird. Ja, lass dir Zeit. Ja, langweile dich und fang an, Romane zu lesen, *Doktor Schiwago*, Liebling des Opas, *Martin Eden*, *Sturmhöhe*, Harry Potter, ja; aber auch andere Bücher, von denen dein Opa noch nie etwas gehört hat, *Fieber*, *Die Gabe*, *Ein Lied für die Geister*, *Drachentöter*, und auch Comics, Mangas vor allem, wie deine Mutter, und warum nicht *Miraijin Chaos*, von dem du deinen Namen hast, und dann nach und nach die berühmtesten Mangas von Osamu Tezuka, *Astro Boy*, *Next World*, *Dororo*, aber auch welche von anderen Autoren, ältere, aber auch jüngere wie *Sailor Moon*, das dir ebenso gefallen wird, wie es deiner Mutter gefallen hat, und da du dich für Science-Fiction interessieren wirst, kannst du auch in den 893 Urania-Heften deines Urgroßvaters herumstöbern, ja, du bist der neue Mensch, aber du solltest dich dafür interessieren, woher du kommst, und daher wird dir dein Opa die Erzählungen von Robert A. Heinlein empfehlen, *Die Straßen müssen rollen*, *Der Mann, der den Mond verkaufte*, er wird dir sagen, dass das die schönsten Science-Fiction-Geschichten sind, die er jemals gelesen hat, er, der praktisch nur sie gelesen hat, aber das ist egal, weil sie dir gefallen und dir zeigen werden, wie lange der neue Mensch bereits erwartet wird, mit wie viel Poesie und wie viel Naivität man tausende Male von ihm geträumt und ihn sich vorgestellt hat. 15, Miraijin: Warum versuchst du nicht, deinen eigenen Kanal auf YouTube zu gründen? Nur zu, versuch es, was kostet es dich? Los, nur Mut, tu es! Und wenn du dich dazu entschließen wirst, wird dein Opa, den du immer für streng gehalten hast, der es aber nicht ist (weil es einfach sinnlos ist, streng zu Kindern zu sein, da Kinder, die es nötig haben, wie du, Miraijin, die Strenge andichten werden, wem immer sie wollen, während sie geradezu kontraproduktiv ist bei denen, die sie nicht nötig haben, die ihr sogar die Stirn bieten), überraschenderweise einverstanden sein und dich ermutigen, und daraufhin wirst du deinen YouTube-

Kanal gründen, oder nein, zunächst wirst du einfach nur die Videos, die du mit dem Handy gemacht hast, auf YouTube laden, in denen du wiederholen wirst, was dich bei deinen Altersgenossen so beliebt gemacht hat, das heißt, du wirst über Dinge sprechen, die du mit ihnen teilen wirst, Filme und Fernsehserien, die man sehen, Bücher, die man lesen, und Kleider, die man tragen muss, Gerichte, die man kochen, und Tänze, die man lernen muss, Frisuren, die man ausprobieren, und Spiele, die man spielen, und Orte, die man besuchen, und Maßnahmen, die man ergreifen muss, um die Natur zu respektieren, wodurch du auch Unbekannten ermöglichst, das zu tun, was alle Personen, die dich im wirklichen Leben getroffen haben, tun wollten, das heißt, es dir gleichzutun, und so wirst du *genau das* werden, wofür es einen sehr präzisen englischen Namen gibt, den auszusprechen dein Opa dir aber verbieten wird, da ist sie, die Strenge – aber das wird nur ein Scherz sein –, und den du tatsächlich nicht aussprechen wirst, den du nie aussprechen wirst. 17! 18! Und dein Schicksal wird dich anspringen, weil du berühmt werden wirst, ja, genau, sehr berühmt, dein YouTube-Kanal wird plötzlich millionenfach angeklickt werden, ein absurder Erfolg, wenn man bedenkt, dass er sich mit einfachen, ernsten, *normalen* Dingen beschäftigt, und während dein Land zugrunde gehen wird, werden sich zahlreiche Jugendliche an dich klammern, zahlreiche Kinder auch, sie wollen tun, was du tust, wie du werden, die Welt mit deinen unglaublichen Augen sehen, und sie werden dir folgen, immer zahlreicher, und das bedeutet auch, dass du Geld verdienen wirst, viel Geld, das dich nicht schockieren und dich nicht von deinem Weg abbringen wird, du wirst einen großen Teil denen geben, die es brauchen, natürlich, und den Rest wirst du beiseitelegen, weil reich sein, während alle arm werden, ein enormer Vorteil sein wird, wenn die Welt sich verändern soll, und dein Großvater wird dann im Ruhestand sein und sich ganz deinen Angelegenheiten widmen, damit du nicht von deinem normalen Leben abgelenkt wirst, der Schule, den Schulausflügen, dem Klavier, den Reisen nach London, um Englisch zu lernen, den Partys, den Konzerten, den Ferien in Bolgheri mit dem Opa und die mit deinen Freundinnen, die dich überallhin einladen werden, um sich nicht von dir trennen zu müssen, er wird sich um all die praktischen Dinge kümmern, die mit der immer größeren Berühmtheit verbunden sind, die du dir in der Zwischenzeit erworben haben wirst, damit – wird er denken, und er wird recht haben – nicht die Berühmtheit von dir Besitz ergreift, denn – wird er denken, und er wird recht haben – wenn du von deinem normalen Leben abgelenkt werden solltest, würdest du augenblicklich zu einem Unternehmen, einem Warenzeichen, einer Marke und würdest sofort belagert von den Agenten, den Managern, den Förderern, den Impresarios, den Unternehmern, den Ausbeutern, die von dir fernzuhalten er sich bemühen wird, so dass in deinem näheren Umfeld nur die echten Personen bleiben werden, die Kinder und Jugendlichen, die, indem sie dir nacheifern, gegen den von ihren Eltern verursachten Schlamassel rebellieren, und daher wird in Marco Carreras Leben erneut geschehen, was letztlich immer geschehen ist, nämlich: Er wird sich nicht bewegen, fest auf dem Boden stehend, und mit allen Kräfte versuchen, auch die Zeit um sich herum anzuhalten, die allerdings für dich natürlich weiterlaufen wird, Miraijin, und jetzt bist du 18 geworden, es scheint kaum möglich, Miraijin, volljährig, eine junge Frau, wunderschön und kathartisch und immer einflussreicher in dem Sinne, dass von dir aus, und das wird jetzt kein Geheimnis mehr sein, die neue Menschheit entstehen wird, die fähig sein wird, den Untergang zu überleben, den die alte verursacht hat, von dir aus und von

307

jenen wie du, denn die wahre Veränderung, die einzige, die dein Opa unterstützen wird, wird sein, dass *jene wie du*, Miraijin, die auserwählten Personen, die neuen Männer, die Frauen der Zukunft, gesucht, gefunden, versammelt und in Stellung gebracht werden, um sie erst einmal zu retten, die Welt, bevor man sie verändert, weil die Welt jetzt in Gefahr sein wird, genauso, wie es in den vorangegangenen Jahren von vielen befürchtet worden war, die aber nicht gehört worden waren, und auch tausende Male während des vorigen Jahrhunderts ersonnen worden war in Büchern, in Comics, in Zeichentrickfilmen, in Mangas, in Filmen, in der Kunst, in der Musik, und trotzdem wird es zahlreiche Leute geben, die sich bis zum Schluss weigern werden, es zu glauben, und viele andere, die es zu spät glauben werden und erstaunt sein werden, und, kurz und gut, du, Miraijin und jene wie du, ihr werdet angeworben und ausgebildet werden, um gegen den Krieg anzukämpfen, gegen den vorher niemand hatte ankämpfen wollen, obwohl schon seit geraumer Zeit klar sein wird, dass es sich genau darum handelte, einen erbitterten Krieg zwischen Wahrheit und Freiheit, weil du und jene wie du und euer ganzes Publikum aus Kindern und Jugendlichen (unzählige), jungen Leuten (viele), Erwachsenen (wenige) und Alten (sehr wenige), weil ihr, in Stellung gebracht auf der Seite der Wahrheit, die Freiheit seid, die sich in ein feindseliges, zähnefletschendes und unverzeihlich plurales Konzept verwandelt hat – *die* Freiheiten, die unendlichen Freiheiten, in die dieses Wort zerstückelt worden ist, wie das Zebra von dem Hyänenrudel zerstückelt wird, das es verschlingt, die Freiheit, immer das zu wählen, was man vorzieht, die Freiheit, jede Autorität zurückzuweisen, die das zu verhindern sucht, die Freiheit, sich nicht unangenehmen Gesetzen zu unterwerfen, nicht die Grundwerte, die Tradition, die Institutionen, den Sozialpakt, die in der Vergangenheit geschlossenen Abkommen zu respektieren, die Freiheit, sich nicht den Tatsachen zu beugen, die Freiheit, gegen die Kultur, gegen die Kunst und gegen die Wissenschaft zu rebellieren, die Freiheit, nicht von der Gemeinschaft anerkannte Behandlungsweisen anzuwenden oder, umgekehrt, überhaupt nicht zu behandeln, nicht zu impfen, keine Antibiotika zu benutzen, die Freiheit, nicht die dokumentierten Fakten zu glauben, die Freiheit, stattdessen den Falschmeldungen zu glauben, und die Freiheit, auch welche zu produzieren, die Freiheit, schädliche Emissionen, toxische Abfälle, radioaktive Rückstände zu produzieren, die Freiheit, biologisch nicht abbaubare Materialien ins Meer zu werfen, die Grundwasserspiegel und die Meeresböden zu verschmutzen, die Freiheit für die Frauen, machistisch, und für die Männer, sexistisch zu sein, die Freiheit, auf jeden zu schießen, der dein Haus betritt, die Freiheit, die Flüchtlinge abzuweisen und in die Lager zurückzuschicken, die Freiheit, die Schiffbrüchigen ertrinken zu lassen, die Religionen, die nicht die eigene sind, die Ess- und Kleidergewohnheiten, die nicht die eigenen sind, zu hassen, die Freiheit, die Vegetarier und Veganer zu verachten, die Freiheit, Elefanten, Wale, Rhinozerosse, Giraffen, Wölfe, Stachelschweine, Mufflons zu jagen, die Freiheit, grausam, hinterfotzig, egoistisch, ignorant, homophob, antisemitisch, islamophob, rassistisch, negationistisch, faschistisch, nazistisch zu sein, die Freiheit, die Worte »Neger«, »subnormal«, »Zigeuner«, »paralytisch«, »mongoloid«, »Hinterlader« in den Mund zu nehmen, die Freiheit, einzig und allein den eigenen Willen und die eigenen Interessen zu verfolgen, Fehler zu machen in dem Wissen, dass man Fehler macht, und diejenigen bis auf den Tod zu bekämpfen, die den Fehler eliminieren wollen, weil gerade der Fehler und nicht die Verfassung als Garant der Freiheit angesehen werden wird. Du, Miraijin, und jene wie du, ihr müsst mit eurem Beispiel und mit dem Charisma des neuen Menschen, während die anderen im wirklichen Leben kämpfen werden, und der Kampf wird hart sein, im Netz kämpfen, das heißt im gegnerischen Lager, den Bazillus bekämpfen, in dem sich die Metastasen der Freiheit ausbreiten, und ihr werdet die Aufgabe haben, dort, im Netz mit euren Spielen und euren Erzählungen in der Muttersprache und euren Listen mit Dingen, die zu tun und nicht zu tun sind, das heißt mit *Urteilsvermögen* für die Kinder und Jugendlichen die Normalität schützen und lebendig halten, die im Begriff sein wird zu verschwinden, das Mitleid und die alte europäische Güte, die im Begriff sein werden zu verschwinden, jene der Emigranten und der Exilierten, die fern von zu Hause gestorben sind, der Diener, der Bauern, der Bergleute, der Hilfsarbeiter, der Seeleute, die vor Erschöpfung gestorben sind, damit es ihren Kindern besser gehen wird, der Missionare, die von den Kannibalen gegessen wurden, der Intellektuellen, der Dichter, der Künstler, der Architekten, der Ingenieure, der Wissenschaftler, verfolgt von den Tyrannen, und aus diesem Grund wirst du, aufgrund deiner Berühmtheit, aufgrund der einfachen Tatsache, dass du im Namen und zum Schutz der Wahrheit, und sei es auch nur die banalste und alltäglichste, gegen die Freiheit, sie mit Füßen zu treten, handeln wirst, in Gefahr sein. 19, Miraijin, und alles wird sich verändern – zum ersten Mal für dich, erneut für deinen Opa –, weil du dein Zuhause, dein Leben, deine Stadt verlassen und an geheimen Orten leben und ständig den Ort wechseln musst, bedroht, verleumdet, aber auch bewundert und verteidigt wie ein Schatz, beschützt, damit du weiterhin bezeugen kannst, dass die Welt ein schöner Ort gewesen ist, gesund, einladend, voller Geschenke, die nichts kosten, und dass sie es immer noch sein kann, und das Programm, an dem du teilnehmen wirst, *Erinnere dich an deine Zukunft* (denn von nun an wird es genau das sein, ein Programm im eigentlichen Sinn einer Doktrin, einer Formulierung von Leitsätzen, die zu befolgen sind, von Verhaltensänderungen, die notwendig sind, und von Ergebnissen, die erzielt werden müssen, ausgearbeitet von den besten Köpfen, die an deiner Seite kämpfen werden), du wirst es weiterhin fördern von diesen geheimen Orten aus, aber auch von Mohnfeldern, Gletschern, vom offenen Meer aus, und die Zahl deiner Follower wird weiter wachsen, und die Menschheit wird bereits begonnen haben, sich zu verändern, die Kinder und Jugendlichen, zu denen du in den ersten Jahren gesprochen hast, werden jetzt groß sein und sich von ihren Eltern lösen, gegen sie kämpfen, falls nötig, und im Plural denken, und dank deiner zentripetalen Schönheit werden sie vom Andersartigen angezogen werden, und die Kultur wird unter ihren Interessen an erster Stelle stehen, und sie werden sich suchen, sich finden, sich vereinen und vereint bleiben, und als viele werden sie wissen, was zu tun ist, während die alte Welt langsam stirbt, auch dank dir, ja, nach Meinung deines Opas, *vor allem* dank dir, deines Opas, der allein geblieben sein wird, stolz und allein, besorgt und allein, und dir folgen wird wie die anderen, auf dem Handy, auf dem Computer, und entdecken wird, dass du, seit du weit weg von ihm lebst, häufig von ihm sprichst, und er wird gerührt sein und sich an die Jahre erinnern, die er dir gewidmet hat, 17 mittlerweile, aber vergangen, scheint es ihm, wie im Nu, während er sich nur mit Mühe an diejenigen erinnern wird, in denen du noch nicht da warst, fern, verblasst, und er wird dich in dem alten Haus an der Piazza Savonarola oder in dem alten Haus in Bolgheri erwarten, die beide dank seiner Bemühungen noch da sind, wo du ihn besuchen wirst, sobald du kannst, *mit Geleitschutz, Miraijin, denn du wirst mit Geleitschutz reisen*, du wirst ihn besuchen, und du wirst ihn gut in Form vorfinden, noch jung, noch aktiv, so, wie er war, seine Spezialität, während sich um ihn herum alles verändert haben wird, mit der Gewissheit allerdings, dass auch für ihn der Moment kommen wird, in dem er sich bewegt und verändert, beides zugleich, plötzlich, wie es immer gewesen ist, und dieser Augenblick wird schließlich kommen, und es wird kein schöner Moment sein, weil er ein Stück Papier aus dem Krankenhaus mit sich bringen wird, einen Befund, in dem von einem Tumor die Rede sein wird, einem Karzinom in der Bauchspeicheldrüse, unmissverständlich, ohne Drumherumreden, von stattlichen Ausmaßen und bereits sehr ausgedehnt – wie kann das sein? Wo dein Opa doch immer regelmäßig zur Vorsorgeuntersuchung gegangen ist, alle sechs Monate, und vor sechs Monaten noch nichts gewesen ist? Wie konnte er innerhalb von sechs Monaten auftauchen, wachsen und so wuchern? Wie hat er das gemacht? Er hat es so gemacht wie sein Körper mit 15, Miraijin, das ist immer die Art und Weise gewesen, wie Marco Carrera gewachsen ist, von Anfang an eingeschrieben in seine Chromosomen, wie seine Mutter geglaubt hatte, oder einfach nur, weil der Tag X gekommen sein wird, den sein Vater so fürchtete, an dem er den Preis für sein rasches Wachstum würde zahlen müssen, kurz und gut, Krebs, Fluch mit siebzig, und jene Grausamen, die dich in die Knie zwingen, Miraijin, wenn er es dir sagen wird, denn er wird es dir sagen müssen, und die Welt, die du im Begriff bist zu retten, wird über dir zusammenstürzen, und er wird dir sagen, »ich werde kämpfen«, aber du wirst ganz genau wissen, dass er denkt, »ich bin tot«, wie seine Mutter gedacht hatte, als es sie getroffen hat, er, der immerhin sagen kann, dass er ein Ziel im Leben gehabt hat, er, der hätte tot sein müssen an einem Abend im Mai vor einem halben Jahrhundert, er stand auf der Liste, alles war vorbereitet, aber im letzten Augenblick war er verschont worden, Miraijin, denn wäre er damals gestorben, hätte er deine Geburt im Wasser nicht mit- erlebt und hätte dich nicht großziehen und dieser Erde überge- ben können.

# ZUR VERFÜGUNG

(2030)

Lieber Opa,

ich bitte Dich, nicht ernst zu nehmen, was ich Dir gestern gesagt habe. Ich habe auf der ganzen Rückfahrt geweint, ich war verzweifelt, ich habe nicht geschlafen, aber am Ende habe ich verstanden. Ich habe alles verstanden, ich habe vollkommen verstanden. Ich habe verstanden, dass ich bereit bin. Du hast mich um nichts gebeten, Du hast mir immer nur gegeben und gegeben und gegeben, und wenn Du mich einmal um etwas bittest, auch wenn es etwas so Ungeheuerliches ist, dann werde ich es Dir geben. Entschuldige wegen gestern. Vergiss es. Heute ist heute, und ich stehe zu Deiner Verfügung.

In ein paar Tagen bin ich wieder bei Dir. Ich habe mich aus dem Programm ausgeklinkt und werde für Dich da sein, und ich will, dass Du weißt, dass ich stolz auf Dich bin. Ich bin stolz auf den Mut, den Du in den letzten Monaten bewiesen hast, und auch auf die Klarheit der Entscheidung, die Du getroffen hast, aber vor allem bin ich stolz, weil Du, mein Idol, mich gebeten hast, Dir zu helfen. Ich werde Dir helfen, lieber Opa, Du musst Dich um nichts kümmern. Ich weiß genau, was ich zu tun habe, ich habe mich im Rahmen des Programms bereits damit beschäftigt. Oscar kennt die richtigen Personen dafür, Du wirst nichts tun müssen, und auch ich werde nichts tun müssen, sei ganz beruhigt. Alles, was

*Du jetzt wünschst, wird geschehen. Und wir beide werden zusammen sein.*

*Deine*
*Miraijin*

# DIE INVASION DER BARBAREN

(2030)

»Bist du wach?«, fragt Miraijin.

»Ja.«

»Carradori ist gekommen.«

»Endlich. Wo ist er?«

»Ich hab ihm gesagt, dass du dich ausruhst. Er macht einen Strandspaziergang mit Großmutter.«

»Oh.«

Miraijin hockt sich neben das Bett.

»Ich muss dir etwas gestehen«, sagt sie.

»Was?«

»Ich schaffe es nicht, es vor dir zu verbergen.«

»Was hast du gemacht?«

»Versprichst du, nicht wütend zu werden?«

»Versprochen.«

»Ich habe angefangen, zum Psychoanalytiker zu gehen.«

Er ist versucht, ihr mit der Erwiderung Francesco Ferruccis zu antworten: »Feigling, du tötest einen Toten«, aber er hält sich zurück. Miraijin hat diesen Zynismus nicht verdient. Wenn sie ihm das gestanden hat, darf man darüber keine Scherze machen. Das ist eine Anwandlung von Aufrichtigkeit. Wie viel Stärke verlangt es, hier in diesem Augenblick neben ihm zu hocken, mit einem Lächeln auf den Lippen? Sie hat das Recht auf eine richtige Antwort.

»Der Glückliche«, erwidert Marco Carrera.»Ich beneide ihn.«

»Und warum?«

»Er hat Zugang zu deinem Unbewussten. Wer weiß, wie schön auch das ist.«

Miraijin schlägt die Augen nieder, wie immer, wenn sie ein Kompliment bekommt. Marco streckt daraufhin den Arm nach ihrem Kopf aus, und ein heftiger Schmerz durchzuckt seine rechte Seite. Aber das war es wert, denn jetzt kann er mit der Hand (zum letzten Mal? zum vorletzten?) ihr unglaubliches Haar streicheln. Er berührt es, und es geschieht etwas, das sich nicht beschreiben lässt: Es ist üppig, aber es scheint flüssig zu sein; nein, nicht flüssig, fließend; nein, auch nicht; er hat das Gefühl, die Hand in eine Schüssel mit Schlagobers zu stecken. Tiefschwarzes Schlagobers allerdings.

»Und wie geht es dir damit?«

»Gut.«

»Ist es ein Mann oder eine Frau?«

»Ein Mann.«

»Und wie sieht er aus?«

»Mager, gut. Er ähnelt dir. Ich mag ihn bereits.«

»Haben wir ihn auch eingeladen?« Das ist ihm so herausgerutscht, aber es ist nicht zynisch gemeint.

»Dummkopf.«

Miraijin erhebt sich.

»Er heißt Rodrigo, wenn du kommen willst«, sagt sie.»Er ist draußen vor der Tür, als wäre er eine Wache. Ich habe ihm einen Stuhl gegeben, aber er steht lieber.«

Sie verlässt das Zimmer. Es ist das, in dem Probo immer geschlafen hat, das schönste des Hauses, mit der Terrassentür, die direkt in den Garten führt. Nach dem Tod des Vaters nahm Marco es nicht für sich, wie es natürlich gewesen wäre, er zog das seiner Mutter vor. Warum? Er erinnert sich nicht. »Gästezimmer« wurde es sofort von Lucia, der Tochter von Signora Ivana, umbenannt; aber Gäste hat es in dem letzten Vierteljahrhundert nicht mehr gegeben. Marco Carrera erinnert sich an niemanden, der seit Probos Tod in diesem Zimmer gewohnt hat. Ist das so? Die Freundinnen, die Miraijin vor ein paar Jahren eingeladen hatte, schliefen immer bei ihr. Vielleicht Luisa? Als sie das letzte Mal kam, als ihr Haus gleich nebenan bereits verkauft war, hat sie tatsächlich bei ihm geschlafen. In diesem Zimmer? Marco Carrera erinnert sich nicht. Das ist so viele Jahre her. Alles dort ist vor so vielen Jahren geschehen.

Er könnte allerdings die Terrassentür öffnen und sie fragen: »Luisa, als du das letzte Mal hier gewesen bist, hast du da in diesem Zimmer geschlafen?« Denn Luisa ist draußen im Garten, Marco kann sie durch den Vorhang sehen. Sie spricht mit Giacomo, denn auch Giacomo ist da. Eigentlich spricht er, und sie hört zu. Was sagt er? Jetzt geht Miraijin zu ihnen, jetzt streift sie die Hand des Großonkels, den sie bis gestern noch nie gesehen hatte, und verschwindet aus Marcos Blickfeld. Geht sie zum Strand zu ihrer Großmutter und Carradori?

Miraijins Idee, sie einzuladen, war ungeheuerlich gewesen. »Wie in dem Film, den ich mit dir im Cineforum gesehen habe«, hatte sie gesagt. »Wie hieß er noch?« Marco Carrera hatte sich nicht erinnern können. Ehrlich gesagt, konnte er sich nicht einmal mehr an den Film erinnern. Die Metastasen haben sein Gehirn angegriffen, das Gedächtnis kommt und geht.

Die Idee, sie einzuladen, war ungeheuerlich und verblüffend. Marco hätte im Traum nicht daran gedacht. Das Leben ging seinen normalen Gang, und es wäre ihm niemals in den Sinn gekommen, es ausgerechnet am Ende *zu verbessern*. Von Luisa hatte er seit wie vielen Jahren nichts mehr gehört? Viele, wie viele genau erinnert er sich nicht. Von Giacomo? Noch länger. Mit Luisa hatte er Schluss gemacht, daran erinnert er sich gut, in den letzten Jahren hat sie ihm Briefe geschrieben, die er nie beantwortet hat. Mit Giacomo war es das Gegenteil; jahrelang hat Marco ihm geschrieben, hat aber nie eine Antwort erhalten, bis er es schließlich aufgab. Auch daran erinnert er sich gut. Wie konnte sie sie *einladen?* »Wäre es dir denn recht, Opa?«, hat Miraijin ihn gefragt. »Würde es dir Freude machen?« Er hatte sich ausgetrickst gefühlt. »Ich weiß nicht«, hatte er geantwortet, aber er war sich nicht einmal sicher gewesen, ob er es nicht wusste; ihm war nur ein Satz eingefallen, der gut zu der Situation passte: »Ubi nihil vales, ibi nihil velis« – ohne sich zu erinnern, wer es gesagt hatte. Er erinnerte sich aber gut an seine Bedeutung: Wo du nichts giltst, hast du nichts zu suchen – denn genau so fühlte er sich. Wahrscheinlich hatte das Mädchen seine Verwirrung bemerkt, weil sie eine ihrer unwiderstehlichen Argumentationsweisen hinzugefügt hatte, die aus ihr machten, was sie war. »In Wirklichkeit frage ich das nicht für dich«, hatte sie gesagt, »sondern für mich, für uns, die wir bleiben.« *Für uns, die wir bleiben*: Sie hatte also an alle gedacht, sie, die diese alle nicht einmal kannte. Sie kannte ihren Großvater, sie kannte Greta und ganz vage Carradori; von den beiden anderen wusste sie, dass es sie gibt, nur weil er ihr von ihnen erzählt hatte, sie hatte sie nie gesehen, und doch hatte sie sich Sorgen um sie gemacht. Das war Miraijin Carrera. Auf diese Weise wurde sie ein Geschenk, das Marco *denen, die bleiben*, machen würde, und das Gefühl der Ohnmacht verschwand. Außerdem hatte diese Idee, die ihn verlockte, etwas Obszönes, etwas Unverschämtes; daher hatte er ja gesagt, natürlich würde es ihm Freude machen, aber er glaube nicht, dass sie kommen würden. »Mach dir deswegen keine Sorgen, darum kümmere ich mich«, hatte Miraijin gesagt. Das hatte sich vor zwölf Tagen im Wohnzimmer an der Piazza Savonarola ereignet, das in ein Krankenzimmer verwandelt worden war. Wie sie es angestellt hatte, weiß man nicht, aber alle fünf waren trotz der kurzfristigen Benachrichtigung gekommen.

Giacomo ist aus Amerika gekommen, Luisa aus Paris, Marina und Greta aus Deutschland und Carradori aus Lampedusa. Und dann sind da noch Oscar, Miraijins Freund, der aus Barcelona gekommen ist, und Rodrigo, der Krankenpfleger, der die tatsächliche Arbeit macht, und die drei Jungs des Geleitschutzes, die ebenfalls Spanier sind. Das Haus in Bolgehri ist nie so international gewesen. Guido, der Krankenpfleger, der ihn in Florenz pflegte, hatte die Stadt wegen seiner behinderten Mutter nicht verlassen können – zum Glück, denn sonst hätte er eine Ausrede erfinden müssen, um ihn nicht mitzunehmen; er ist gläubig, sehr devot und nicht der Typ, gewisse Dinge gutzuheißen. Ihr Abschied war bewegend, weil Guido verstanden hatte, dass Marco nicht mehr zurückkommen würde. Bestimmt hatte er nicht gedacht, dass es so schnell gehen würde, aber die Entscheidung, die Behandlung nicht fortzusetzen und bis Ende Mai ans Meer zu fahren, sprach Bände. Es tue ihm so leid, nicht mitkommen zu können, er weinte sogar, aber er habe eine behinderte Mutter und könne nicht weg aus Florenz.

Andererseits würde alles an dieser Angelegenheit bewegend sein, so dass es für Marco eine Ehrensache war, seine Rührung nicht zu zeigen, um zu vermeiden, dass das Ganze in allgemeine Heulerei ausartete. Nein, hatte er sich gesagt, wenn das Ganze einen Sinn haben soll, dann muss es eine Art Fest sein, eine lebendige, fröhliche Erfahrung. Wirklich fröhlich würde es vielleicht nicht sein können, aber Miraijin hatte bei ihrer Organisation die Gäste als lebendige Leute betrachtet, die lebendig in die Ecken der Welt zurückkehren werden, aus denen sie kommen, und daher hatte sie dafür gesorgt, dass Beherbergung und Bewirtung ein hohes Niveau haben. Sorgfältig hergerichtete Zimmer, frischer Fisch, hausgemachte Pasta, Gemüse aus dem Garten – auch wenn Marco das Essen in der Verfassung, in der er ist, nicht mehr probieren kann. Er kann nicht mehr essen und ernährt sich schon seit Monaten nur noch durch die perkutane endoskopische Gastrostomie, das heißt durch die Magensonde, die ihm durch die Bauchdecke gelegt worden war. Aber auch wenn er es nicht mehr genießen kann, hat er seiner Enkelin dennoch geholfen, das Abendessen und das Mittagessen am nächsten Tag vorzubereiten, als handelte es sich tatsächlich um einen Empfang. Außerdem kennt er die Vorlieben der Gäste: Giacomo Meeresfrüchte, Luisa Scampi, Marina Mozzarella di bufala ... lauter Informationen, die vor mehr als dreißig Jahren aktuell gewesen waren, gewiss; aber die Geschmäcker ändern sich nicht, falls sie nicht aus gesundheitlichen Gründen verboten sein sollten – und in diesem Fall würde er sie am Kopfende des Tischs mit seiner Magensonde trösten. Aber das war nicht nötig. Niemandem war seine Lieblingsspeise verboten worden – was als Zeichen für ein gewisses Glück betrachtet werden kann.

Und da gibt es noch weitere Gefahren in dem, was Marco zu tun beschlossen hat. Die erste ist der Zynismus, sagten wir – Zynismus und Sarkasmus: Marco Carrera, ein Mensch der alten Welt, hat sich stets regelmäßig beider bedient, aber in Miraijins neuer Welt sind Zynismus und Sarkasmus nicht mehr angebracht. Es gibt die Ironie, sonst nichts. Die zweite Gefahr ist die Rührung, darüber haben wir schon gesprochen. Die dritte ist das Selbstmitleid – wenn nicht sogar geradezu der Neid, etwa: Schau sie dir an, ich sterbe, und sie essen Scampi. Daher hat Marco sich während der beiden Mahlzeiten streng kontrolliert, und schon vorher, als er die Gäste bei ihrer Ankunft empfing. Keine Rührung, keine zynischen Bemerkungen, kein Selbstmitleid. Ist es ein Geschenk, das er ihnen macht, oder nicht? Und daher muss er dafür sorgen, dass sie sich wohlfühlen. Ihre Anwesenheit soll eine schöne Erinnerung bleiben. Er muss perfekt sein.

Er zieht sich hoch und setzt sich aufs Bett. Er hat wieder heftige Schmerzen. Es wäre wirklich an der Zeit, das Morphin zu nehmen – was angesichts der Situation keinen Sinn hätte. Ohne Schmerzen wäre Marco jedoch selbständig, denn bis zum Ende ist noch ein langer Weg. Auch was das Aussehen betrifft, er ist noch kein Zombie geworden wie sein Vater und seine Mutter – und er wird es auch nie werden. Das ist wesentlich, um dem, was er vorhat, einen Sinn zu geben: Er will fortgehen, Marco Carrera, nicht die Beschwerden beseitigen.

Am ersten Tag wollte er, kaum angekommen, mit Miraijin einen Fahrradausflug zum Kiefernwäldchen machen. Es ist ihm auch gelungen, ganz allein, obwohl er sehr schwach war und ganz langsam und im Zickzack fuhr, und die jungen Männer des Geleitschutzes folgten ihm zu Fuß, bereit, ihn aufzufangen, sollte er das Gleichgewicht verlieren. Darüber konnte man lachen, und er und Miraijin lachten hinterher zu Hause auch darüber; das war kein Zynismus, das war Sarkasmus.

Sicher, dachte er, wenn er das Morphin nähme (oral, nicht intravenös), könnte er sogar auf eigenen Beinen in den Garten gehen. Aber im Garten müsste er sich dann trotzdem in den Rollstuhl setzen, und außerdem würden die Substanzen ihn verwirren. Gefahr Nummer vier, pathetisch sein: He, seht her, ich schaffe es ganz allein!

Doch vom Bett in den Rollstuhl schafft er es allein, das schon. Er muss das ganze Zimmer durchqueren, weil Rodrigo den Rollstuhl weit weg vom Bett hingestellt hat, um ihn genau dazu zu ermutigen. Marco Carrera steht auf und legt mit wackligen

Schritten, wobei er den Infusionsständer auf Rollen hinter sich herzieht, die Distanz zurück, die ihn vom Rollstuhl trennt. Jetzt nur nicht hinfallen, denkt er. Sich jetzt nur nicht den Oberschenkel brechen. Er erreicht den Rollstuhl, überprüft, ob die Bremse angezogen ist, ist sie nicht, er zieht sie an. Er konzentriert sich und setzt sich vorsichtig, um Rückstöße zu vermeiden. Geschafft. Es war schmerzhaft, aber auch einfach. Erst als er sitzt, ruft er den Krankenpfleger. »Rodrigo«, sagt er leise. Zu leise? Nein, Rodrigo kommt sofort herein und sagt nichts dazu, dass er bereits aufgestanden ist und sich in den Rollstuhl gesetzt hat. »Gehen wir in den Garten, bitte. Tun wir es dort.«

Es ist ein milder und strahlender Nachmittag. Die Klebsamen blühen, ebenso die Bougainvilleen und der Jasmin; das Gras der Wiese ist an diesem Morgen gemäht worden, und der Duft, den diese Mischung verströmt, ist überwältigend. Luisa löst sich von Giacomo und geht auf ihn zu. Marco betrachtet sie, vergoldet von der untergehenden Sonne. Wie alt mag sie sein? 64? 63? 65? Sie hat nicht einen Millimeter ihres Körpers und ihres Gesichts korrigieren lassen, die er so leidenschaftlich begehrt hat. Sie ist immer noch wunderschön. Hinter ihr kommt auch Giacomo auf ihn zu. Auch Giacomo hat diesen Körper und dieses Gesicht geliebt. Auch Giacomo sieht immer noch gut aus. Fünfte Gefahr: die Sehnsucht. Zum Glück taucht in genau diesem Augenblick Mirajin auf dem schmalen Weg auf, gefolgt von Oscar, Marina, Greta und Carradori. Es sind also alle da, denkt Marco, wir können anfangen.

Er ist aufgeregt, das Herz schlägt heftig in seiner Brust.

Carradori kommt und begrüßt ihn herzlich. Er entschuldigt sich für die Verspätung, und Marco sagt ihm, er habe von dem Riesenstau auf der Aurelia gehört, und es tue ihm leid, dass er da hineingeraten sei. Wie immer wäre dieser Mann nichts ohne die starke magnetische Kraft seiner Augen. Er ist im gleichen Alter, wirkt aber älter. Oder nein, er, Marco, wirkt jünger. Trotz des Gewichtsverlustes, der Krankheit und der Behandlung sieht man ihm seine 71 nicht an. Durch die Chemotherapie hat er nicht seine Haare verloren, die noch alle da sind, dicht, fein und kaum grau, aufgewirbelt von der Nachmittagsbrise. Auch wenn er noch ganz passabel aussieht, ist er sich tief in seinem Innern ganz sicher, was er will. Hier und jetzt fortgehen, bevor es unerträglich wird.

Keiner redet. Niemand weiß, was er sagen soll. Marco gibt Rodrigo ein Zeichen des Einverständnisses, und dieser geht ins Haus zurück. Er hat hin und her überlegt, wie er sich in diesen letzten Augenblicken verhalten soll, was er tun und was er sagen soll. Er hat alle pathetischen Ideen, die ihm gekommen sind, verworfen, und daher: keine Musik (im ersten Augenblick hatte er an *Don't Cry No Tears* von Neil Young gedacht, aber gleich darauf kam es ihm unpassend vor); um Himmels willen keine Abschiedsrede; keine Feierlichkeit, keine Rührung, keine Schwäche, kein Selbstmitleid. Nur eine Umarmung, das schon, mit denen, die ihn umarmen wollen, so, wie man es beim Abschied macht, und einige wenige technische Worte, um allen eindeutig zu erklären, dass sie keine Komplizen sind, geschweige denn irgendeine Verantwortung tragen.

Niemand sagt ein Wort, bis Rodrigo mit den Mitteln zurückkommt, und während er die Beutel an den Kanülen und am Infusionsständer befestigt, beginnt Marco zu sprechen.

»Also«, sagt er, »ich danke euch, dass ihr hier seid, ich bin sehr glücklich, euch bei mir zu haben. Wie ihr wisst, ist es Miraijins Idee gewesen, euch einzuladen, und da ihr alle gekommen seid, muss ich daraus schließen, dass ihr die Idee gut gefunden habt. Allerdings ...«

Plötzlich schluchzt Giacomo zweimal, genau zwei Schluchzer, laut, einer nach dem anderen, innerhalb von zwei Sekunden. Marco sitzt ihm direkt gegenüber, und in diesen beiden Sekunden bleibt ihm nicht verborgen, dass sein schönes, kühles Gesicht zu einer Grimasse der Verzweiflung verrutscht, aber sofort wieder zu dem gefassten Ausdruck zurückkehrt, der ihm aufs Gesicht gedruckt ist, seit er am Tag zuvor aus dem Taxi gestiegen ist. Giacomo hat überraschend gut die Haltung bewahrt seit dem überaus heiklen Moment, an dem sie sich nach all diesen Jahren wiedergesehen haben, bis zu dem, an dem sie sich nach dem Abendessen ein wenig allein unterhalten haben, er über seine Töchter und Marco über Miraijin. Er hat Haltung bewahrt bis zu diesen zwei Sekunden, in denen alles zusammenzubrechen schien. Zum Glück ist es ihm aber gelungen, die Kontrolle wiederzuerlangen.

»Entschuldigung«, murmelt er.

Und er hört wieder zu, zerknirscht, die Hände zwischen den Beinen, als wäre nichts geschehen. Letztlich ist es eine komische Szene gewesen.

»Ich sagte, ihr müsst nicht gezwungenermaßen dabei sein. Ich bin sehr glücklich, dass ich euch wiedergesehen und mit jedem von euch gesprochen habe. Außer mit Ihnen, Doktor Carradori, wegen des Staus, durch den Sie so spät eingetroffen sind. Kurz und gut, wenn jetzt jemand von euch ins Haus oder an den Strand gehen will oder wohin auch immer, dann möchte ich, dass er das tut, ohne sich gezwungen zu fühlen, hierzubleiben.«

Er schweigt und sieht seine Zuhörer an. Giacomo bleibt sitzen. Miraijin schmiegt sich an Oscar, der seinen schönen braungebrannten Arm um ihre glänzenden Schultern gelegt hat. Luisa hat einen traurigen, aber gefassten Gesichtsausdruck. Marina erwidert seinen Blick eine Sekunde, senkt dann den Blick und schüttelt den Kopf.

»Nein, ich …«, sagt sie, »vielleicht ist es besser, wenn ich … ins Haus gehe.«

Sie blickt wieder auf, lächelt und geht. Bei ihr hat die Zeit deutliche Spuren hinterlassen – die Zeit und die Medikamente. Die verwundete Gazelle. Aber mit den Jahren ist es besser geworden, dank der Aufmerksamkeiten von Miraijin, so dass sie wieder in der Lage ist, sich zu bewegen und selbständig zu leben. Marco folgt ihr mit dem Blick, bis sie durch die Küchentür verschwunden ist, dann richtet er die Augen auf Greta, Adeles Schwester.

»Und du?«

Greta ist ein schönes deutsches Mädchen, um die dreißig inzwischen, mit ganz kurzen Haaren und Tätowierungen auf den Armen. Adele war, bevor sie starb, kaum Zeit geblieben, sie besser kennenzulernen, aber zwischen ihr und Miraijin hat sich sofort eine intensive und tiefe Beziehung entwickelt, als wären sie beide Schwestern – und das dank Marcos jahrelangen Bemühungen, indem er seine Enkelin nach Deutschland zu ihrer Großmutter und zu ihr mitnahm und sie Zeit miteinander verbringen ließ. Angesichts Marinas jetzigem Zustand kann man sagen, dass Miraijin dank dieser Reisen nach Deutschland und der Vertrautheit, die sich zwischen ihr und der Schwester ihrer Mutter entwickelt hat, nicht allein auf der Welt bleiben wird.

»Nein, Marco«, sagt Greta, »ich bleibe.«

Ihre Gesichtszüge sind hart wie ihre Aussprache, aber auch leuchtend, irgendwie leicht triumphierend. Sie scheinen in Metall geritzt zu sein. Marco atmet tief ein, verscheucht den Gedanken an Marina, die allein im Haus weint – wie schwierig ist das doch, verflucht noch mal –, und fährt fort.

»Ich möchte euch noch ein paar Worte als Arzt sagen, der ich vierzig Jahre lang gewesen bin, damit ihr erkennt, dass ich das, was ich tun werde, ich ganz allein, aus eigenem Willen und bei völliger geistiger Klarheit tue. Rodrigo hier tut mir lediglich einen Gefallen, indem er mir zwanzig, dreißig Sekunden Ruhe schenkt. Aber ich könnte es auch ganz allein tun.«

Er deutet auf die beiden Beutel, die Rodrigo an der Stange des Infusionsträgers befestigt und mit dem Kreislauf intravenöser Leitungen verbindet, der in die Vene seines rechten Arms mündet.

»In dem ersten Beutel befindet sich eine Kombination von Midazolam, das ein Benzodiazepin ist, und Propofol, das ein starkes Narkotikum ist. Beide werden gewöhnlich für die Vollnarkose verwendet. Ich habe eine großzügige Dosis vorgesehen, die eine tiefe Sedierung garantiert. Im zweiten Beutel befindet sich eine Infusion aus unverdünntem Kalium, das die schmutzige Arbeit macht. Wie ich in den Besitz dieser Substanzen gekommen bin, werde ich euch nicht sagen, aber ich versichere euch, dass niemand über den Gebrauch, den ich von ihnen machen werde, informiert worden ist. Sagen wir einfach, dass die vierzig Jahre als Arzt es mir ermöglicht haben, sie mir zu besorgen, ohne jemanden um seine Mithilfe bitten zu müssen.«

Das ist eine im Drehbuch vorgesehene Lüge, und Marco gelingt es, sie glaubhaft vorzutragen. In Wirklichkeit hätte er sich kein konzentriertes Kalium besorgen können, und deswegen hat er Miraijin um Hilfe gebeten. Sie hat es ihm besorgt. Genauer, Miraijin hat mit Rodrigo gesprochen, und Rodrigo hat es besorgt. Aber Marco will nicht, dass die anderen das wissen.

»In Kürze, wenn ich mich von euch verabschiedet habe, werde ich den roten Hahn öffnen, den der Anästhetika, die dann in meine Vene fließen werden. Wenn die Anästhetika ihre Wirkung getan haben werden, wird Rodrigo so freundlich sein, den anderen

Hahn, den blauen, aufzudrehen, der das konzentrierte Kalium in meine Vene leiten wird, und innerhalb weniger Minuten wird alles vorbei sein. Ihr werdet mich im Grunde nur einschlafen sehen. Ich sagte, dass Rodrigo mir zwanzig oder dreißig Sekunden Ruhe schenkt, denn wenn ich es allein machen wollte, müsste ich auch während der Sedierung angespannt bleiben, um den blauen Hahn aufzudrehen, bevor ich einschlafe, und das wäre schade. Ich würde das Schöne an der ganzen Sache verpassen, nämlich die Phase, in der die Anästhetika mich sanft hinübergleiten lassen.«

Wie er gehofft hatte, haben diese nüchternen, technischen Worte die Situation abgekühlt, und alle Gefahren, die Marco vermeiden wollte, scheinen tatsächlich gebannt zu sein. Sein Herzschlag hat sich verlangsamt, die Aufgeregtheit ist verschwunden. Er spricht über seinen eigenen Tod, aber man hat das Gefühl, er beschreibt eine Operation an der Hornhaut.

»Das Kalium wird Arrhythmien auslösen, die zu Kammerflimmern führen, bis der Herzstillstand einritt. Es ist nicht davon auszugehen, dass mein Körper einen erschreckenden Anblick bieten wird, es könnte höchstens, im Fall von Tachykardie, zu ein paar leichten Zuckungen vor dem Kammerflimmern kommen, aber das halte ich für unwahrscheinlich.«

Plötzlich überkommt ihn der Gedanke an Irene. Irene wäre in diesem Augenblick stolz auf ihn. Irene, die sich umgebracht hat, als sie kaum älter als Miraijin war.

Er atmet durch, verscheucht auch diesen Gedanken und fährt fort:

»Danach, wenn alles vorbei ist, wird Miraijin die 118 anrufen. Es wird ein Krankenwagen aus Castagneto Carducci kommen. Sie werden den Tod feststellen. Miraijin wird meinen Zustand erklären und meine Krankenblätter zeigen, und es wird keine weiteren Fragen geben. So, wie ich die Sache sehe, gibt es keinen Grund, warum ihr, wenn der Krankenwagen kommt, noch hier seid, aber macht euch keine Gedanken; wenn ihr beschließt zu bleiben, werden euch keine Fragen gestellt werden, ihr werdet nicht gezwungen sein, Falschaussagen zu machen. Niemand wird, das versichere ich euch, weiter nachforschen wollen.«

Jetzt ist die Rede zu Ende. Marco ist sehr stolz auf sich, dass er sich an alles erinnert hat, dass er alles professionell erklärt hat. Niemand ist gegangen, außer Marina, und die beiden unterdrückten Schluchzer von Giacomo sind die einzigen Zeichen von Rührung geblieben, die seine Erklärungen gestört haben. Miraijin löst sich aus Oscars Umarmung und kommt zu ihm. Sie beugt sich hinunter und umarmt ihn.

»Bravo, Opa«, sagt sie.

Marco fällt plötzlich etwas ein – denn, wie wir sagten, die Erinnerung kommt und geht.

»*Die Invasion der Barbaren*«, flüstert er ihr ins Ohr, »der alte Film, an dessen Titel wir uns nicht erinnerten. So heißt er.«

»Das stimmt«, flüstert sie, »*Die Invasion der Barbaren*.«

Sie streicht ihm über das Haar. Dann stellt sie sich neben den Rollstuhl, auf die Rodrigo gegenüberliegende Seite. Sphinxhaft, stumm hat der Krankenpfleger die Hand an der Stange des Infusionsträgers, als wäre sie eine Lanze. Er ist bereit.

Auch Greta beugt sich hinunter, wie Miraijin, und umarmt ihn herzlich. Marco atmet ihren Duft ein voll herber Aromen, wie von Zitrusfrüchten. Dann blickt er ihr ins Gesicht. Die Augen nur ein wenig feuchter als sonst, er lächelt.

»Leb wohl, Marco«, sagt sie.

»Auf Wiedersehen«, sagt er.

Greta richtet sich auf und kehrt an ihren Platz zurück. Jeder hat seinen Platz, es ist einfach so, es ist ein Schauspiel.

Jetzt ist Carradori an der Reihe. Er tritt vor und streckt Marco die Hand entgegen, der entscheidet, was er damit macht; Marco wählt einen sportlichen Händedruck, wie man es am Ende einer Tennispartie macht. Heftiger Schmerz.

»Ich mag Sie«, sagt er.

»Duzen wir uns doch von jetzt an«, lautet Marcos Antwort. Sie müssen lachen. Bei Carradori ist ein bisschen Zynismus erlaubt. Sie sind gleich alt.

Oscar. Marco hatte ihn erst vor ein paar Monaten kennengelernt, während der Chemotherapie, als er Miraijin besuchte, die nach Florenz gezogen war, um ihm zu helfen. Es war ihm so schlecht gegangen, dass er seine Kraft geschätzt hatte; sie hatte ihm sogar gutgetan, weil sie ansteckend war. Er ist eine Art weibliche Version von Miraijin, ein Führer, einer, der andere mitreißt – eine große Hoffnung auch er für die neue Welt.

»Halten Sie die Ohren steif«, sagt Marco zu ihm.

»*Claro*«, sagt er.

Und dann fügt er etwas hinzu, das er eigentlich nicht hätte sagen müssen.

»*Su vida es mi vida.*«

Er drückt Miraijins Hände, berührt ihre Lippen leicht mit den seinen und tritt beiseite.

Und jetzt?

Obwohl jetzt nichts mehr von Bedeutung ist, fragt Marco sich, ob er zuerst Giacomo oder Luisa sehen wird; wie ist die Hierarchie? Vielleicht fragen sie es sich auch, da sie ein paar Sekunden lang zögern. Dann kommt Giacomo. Die Brüder umarmen sich, und bei beiden krampft sich heimtückisch der Magen zusammen. Die Schluchzer von vorhin haben beiden Angst gemacht, denn in Tränen auszubrechen wäre jetzt eine Katastrophe und würde alles ruinieren. Sie umarmen und drücken sich lange.

»Entschuldige«, sagt Giacomo.

»Entschuldige du«, sagt Marco.

Sie lösen sich voneinander und ziehen beide die Nase hoch. Nichts sonst. Es ist gutgegangen. Jetzt ist Luisa an der Reihe.

Da ist sie. Marcos Herz beginnt wieder heftig zu schlagen. Ihre salbeifarbenen Augen. Ihr immer noch glänzendes kastanienbraunes, von der Sonne durchflutetes Haar. Ihr weicher Hals, ihr Duft nach Meer, der gleiche wie immer. Marco hat nichts vorbereitet, was er ihr sagen könnte. Er hat beschlossen, ihr das Erste zu sagen, was ihm durch den Kopf geht, und tatsächlich geht ihm in diesem Augenblick, während er sie ansieht, etwas durch den Kopf.

»Weißt du, welcher Tag heute ist?«, fragt er sie.

»Nein.«

»Der 2. Juni. Welcher Tag ist das?«

Luisa lächelt unsicher.

»Fest der Republik?«

»Ja. Aber davon abgesehen ...«

Luisa schüttelt leicht den Kopf, immer noch lächelnd.

»Es ist der Tag, der am weitesten entfernt von meinem Geburtstag ist«, fährt Marco fort. »Exakt sechs Monate. Was ist diese Sache des Gerechten, der am Tag seines Geburtstags stirbt? Wie lautet das hebräische Wort?«

»*Zaddik*.«

»Ja, genau. Ich bin kein *Zaddik*. Ich bin das Gegenteil des *Zaddik*.«

Sind das also die letzten Worte, die Marco Carrera Luisa Lattes sagt? Vielleicht, denkt er, wäre es besser gewesen, etwas vorzubereiten.

»Und du bist es doch«, sagt sie.

»Und die jüdische Mystik?«

»Die jüdische Mystik irrt sich.«

Ihre Hand streichelt seinen Kopf, seine Stirn, sein Gesicht.

»*Mon petit colibri*«, flüstert sie.

Ihr Kopf, der sich zur Seite neigt, ihr herabfließendes Haar, diese vertraute, sinnliche Bewegung, wie damals, vor vielen Jahren, bereitet sich darauf vor ...

Ein Kuss! Auf den Mund! Mit der Zunge! Sein Gesicht zwischen ihren Händen! Einfach so, als Alte, vor Giacomo, vor allen!

Bravo, Luisa, wenn schon obszön, dann bis zum Schluss. Marco packt ihren Kopf mit der Hand, um ihn zu sich zu ziehen, und möge der Schmerz, der ihn durchbohrt, gesegnet sein. Auch er sehnte sich danach, sie zu küssen, er hat sich immer danach gesehnt, immer. Er fing an, sich danach zu sehnen, an genau diesem Ort, im anderen Jahrhundert, und hat mehr als fünfzig Jahre nicht mehr aufgehört. Aber er hätte sich heute niemals getraut. Stattdessen hat sie es getan.

Jetzt ist es vorbei, Luisa richtet sich auf, fasst sich wieder. Sie tritt einen Schritt zurück und kehrt an ihren Platz zurück, mit gesenktem Kopf, wie jemand, der gerade die Hostie empfangen hat.

Jetzt ist es Zeit. Es muss nur noch getan werden. Der Duft des Nachmittags ist berauschend, eine Explosion von Licht und Leben. Die Meeresbrise bewegt kaum die Hecken, lässt die Haare kaum flattern und verbreitet ein großartiges Gefühl des Wohlbefindens. In der Position, in der er sich befindet, hat Marco keine Schmerzen. Er hat so viel Schmerz in seinem Leben empfunden. Ein schmerzerfülltes Leben, zweifelsfrei. Aber der ganze empfundene Schmerz hat ihn nie daran gehindert, Augenblicke wie diesen, in denen alles perfekt scheint, zu genießen – und auch diese Momente hat es in seinem Leben reichlich gegeben. Letztlich braucht es gar nicht viel: einen Tag, wie er sein soll, ein paar

Umarmungen, einen Kuss auf den Mund. Es könnte weitere geben, eigentlich ...

Sechste Gefahr, verflucht: es sich noch einmal überlegen. Vielleicht ist es auch das, was alle erhoffen um ihn herum, dass er es sich noch einmal überlegt. Dass er so tut, als glaubte er an die Heilung, dass er die Behandlung fortsetzt, dass er wieder anfängt zu kämpfen, endlose Übelkeiten, Durchfälle, Aphthen im Mund, dass er das Bett nicht verlassen kann, dass er wieder zum Schatten seiner selbst wird, dass er sich wundliegt, dass Miraijin, anstatt die Welt zu retten, loslaufen muss, um eine Wassermatratze zu mieten, und die Öle, die Linimente und die Nachtschwester, und das rasselnde Atmen, und das Morphin, oral, intravenös, immer häufiger, immer mehr, weil Gewöhnung eintritt, aber mehr als eine bestimmte Dosis ist nicht möglich, sagen die Vorschriften, und er bittet Miraijin, ihn »wegzubringen«, wie Probo, und anstatt die Welt zu retten, sieht Miraijin sich gezwungen ...

Marco wendet sich Rodrigo zu, drückt seine Hand.

»Danke für alles«, sagt er. Rodrigo streichelt seine Schulter.

Marco streckt den Arm aus – Schmerz –, erreicht mit der Hand den roten Hahn, öffnet ihn. Dann legt er die Hand wieder auf den Oberschenkel. Schmerz. Er betrachtet die fünf Menschen vor sich, dann blickt er zu Miraijin und fordert sie mit der Hand auf, sich zu ihm herunterzubeugen. Sie beugt sich zu ihm. Marco betrachtet dieses prachtvolle Mädchen ein letztes Mal. Er hebt die Hand – Schmerz – und schiebt sie in das Mysterium ihres Haars. Das Mädchen erwidert seinen Blick mit einem tapferen Blick voller Erinnerungen. Das Anästhetikum beginnt zu wirken, alles entfernt sich. Würde er es allein tun, müsste er jetzt mit einer kolossalen Anstrengung den Hahn für das Kalium öffnen. Jetzt beginnt das Geschenk, das Rodrigo ihm macht. Aber was macht Miraijin da? Mit unendlicher Zärtlichkeit hat sie seine rechte

Hand hochgehoben und tauscht sie in ihrem Haar gegen die linke aus. Kein Schmerz. Alles ist jetzt noch weiter weg. Aber was macht Miraijin da? Oh, das macht sie. Richtig. Die beiden rechten Hände ineinander verschränkt zwischen kleinem Finger und Ringfinger, die beiden berühren sich in den Zwillingen. Aber natürlich. Der »Punkt der Stärke« ...

Alles ist jetzt ganz weit weg. Ein wogender Frieden, wie unter Wasser. Irene. Adele. Papa. Mama. Ich überlasse die Welt diesem Geschöpf. Seid ihr stolz auf mich?

Irene.

Adele.

Papa.

Mama.

Wie viele Personen sind in uns begraben.

So. Jetzt ist Marco eingeschlafen. Sein Kopf kippt zur Seite, Miraijin stützt ihn mit der Hand, schützt ihn. Jetzt schlägt die Stunde Rodrigos, der dafür aus Malaga gekommen ist. Er hat eine verrückte Geschichte, blinder Vater, Mutter Roma, Sängerin, Tänzerin, Straßenkünstlerin und – wie es scheint – Geliebte von Enrique Iglesias, bevor er sich mit Anna Kournikova zusammentat, zwei Zwillingsschwestern, die er nie sieht, weil sie für Hilfsorganisationen unterwegs sind, ein Verlobter, der Champion in der baskischen Pelota ist, ein Adoptivsohn in Benin. Aber es ist nicht seine Geschichte, er soll nur den blauen Hahn öffnen.

Beten wir für ihn, und für alle Schiffe auf den Meeren.

# DIESER ALTE HIMMEL

(1997)

*Luisa Lattes*
*Poste Restante*
*59–78 Rue des Archives*
*75003 Paris*
*France*

*Rom, 17. November 1997*

*Falls dieser alte Himmel auf uns stürzt,*
*Luisa, Luisa, Luisa mein,*
*ohne uns die Zeit zu lassen, es uns zu sagen,*
*sind wir zwei, die sich lieben,*
*so scheint mir.*
*Schreiben wir es so, mit vielen Fehlern,*
*ich liebe dich, und du liebst mich.*
*Schreiben wir es so,*
*Luisa, Luisa, Luisa mein,*
*auf jede Fläche geschaffen vom lieben Gott.*

# DER KOLIBRI

(Rom und viele andere Orte, 2015 bis 2019)

## NACHWEISE, DANK

Vorab, das Kapitel *Bei den Mulinelli* ist nicht einfach nur inspiriert von der Erzählung *Il gorgo* von Beppe Fenoglio, es ist eine echte Coverversion. Diese Erzählung, die wahrscheinlich die schönste ist, die jemals in der italienischen Sprache geschrieben wurde, zeichnet sich durch eine Vollkommenheit aus, die verschwunden wäre, wenn ich mich darauf beschränkt hätte, die Idee zu übernehmen, die sie hervorgebracht hat, ohne auch ihren Plan zu übernehmen. Denn gerade die Komposition macht sie so vollkommen, und die Verbindung von Unschuld und Verzweiflung macht sie so natürlich. Daher habe ich beschlossen, sie neu zu schreiben und der in diesem Roman erzählten Geschichte anzupassen, wobei ich versucht habe, diese Komposition und diese Verbindung so weit wie möglich zu respektieren. Das war eine großartige Lektion für mich. Am Ende habe ich, um meine Absicht und meine Verehrung deutlich zu machen, beschlossen, die erste und die beiden letzten Zeilen unverändert zu lassen – da sie nun mal, das ist nicht zu ändern, die besten des ganzen Kapitels sind.

In dem Kapitel *Das Auge des Zyklons* stammt ein Merkmal der Beschreibung der äußeren Erscheinung des Unaussprechlichen wortwörtlich von einem meiner Lieblingsautoren, nämlich Mario Vargas Llosa: »El hombre era alto y tan flaco que parecía sempre de perfil« ist die erste Zeile des Romans *Der Krieg am Ende der Welt*, erschienen im Original 1981 und in der deutschen Übersetzung von Anneliese Botond 1982 bei Suhrkamp.

Der Skiunfall im selben Kapitel mit dem Skistock aus Holz, der im Oberschenkel steckte, ist tatsächlich – nicht im Rennen, sondern beim Training – auf dem Monte Gomito in Abetone einem kräftigen Jungen aus Florenz passiert, an dessen Nachnamen, Grazioso, ich mich erinnere. Der Junge schrie vor Schmerz. Jedes Mal, wenn ich mich daran erinnere, fühle ich mich schlecht.

Das ganze Kapitel ist als Vorabdruck in *IL* im Juni 2017 erschienen.

Der mit Bleistift auf das Titelblatt des Science-Fiction-Romans geschriebene Text in dem Kapitel *Urania* ist real und betrifft mich und wurde für den Roman adaptiert. In Wirklichkeit hat mein Vater diese Worte auf das Titelblatt des Urania-Romans geschrieben, den er las, während ich in einem Krankenhaus in Florenz – in welchem, daran erinnere ich mich nicht mehr – geboren wurde: »Guten Tag, meine Damen und Herren, ich stelle Ihnen meinen neuen Freund vor … oder nein, Freundin … das Fräulein Giovanna … oder vielleicht nein, den Herrn Alessandro … wer weiß … Und jetzt Achtung … da kommt die Krankenschwester … man sieht es noch nicht genau … jetzt bückt sie sich … Meine Damen und Herren, das ist Alessandro!« Der Roman war *Und die Erde steht still* von Philip K. Dick, datiert, aus den im Kapitel dargelegten Gründen, auf den 12. April 1959, obwohl ich am 1. geboren wurde.

Natürlich ist der zu Beginn des Kapitels *Gospodinèèèè* erwähnte Film *Amarcord* von Federico Fellini, der am 13. Dezember 1973 in die Kinos kam.

Im selben Kapitel stammt der in Anführungszeichen zitierte Satz aus Salman Rushdies 2017 erschienenen Roman *Golden House*.

Zu Beginn des Kapitels *Ein Faden, ein Zauberer, drei Risse* wollte ich der meisterhaften poetischen Prosa »Sapere la strada« in dem Buch *Entro a volte nel tuo sonno* von Sergio Claudio Perroni (La nave di Teseo 2018) meine Ehrerbietung erweisen: »Du bewegst dich im Dunkeln und findest dich nicht zurecht, du gehst langsam zwischen den Zimmerwänden, aber das, was du erwartet hast, berührst du nicht, was du streifst, ist unerwartet, du kommst zu schnell, zu spät an, es hat neue Kanten, neue Umrisse, also tastest du nach dem nächsten Schalter, schaltest für einen Augenblick das Licht an, um dich zu orientieren, nur einen Augenblick, um nicht ganz aufzuwachen, und dieser Augenblick genügt dir, um zu wissen, wo du bist, um den Weg zu erkennen einen Moment, bevor er verschwindet, um dir den Lageplan der Dunkelheit einzuprägen, und du gehst weiter mit der Sicherheit jeden Schrittes, jeder Bewegung zwischen Formen, denen du vertraust, überzeugt, die Straße im Unsichtbaren zu kennen, aber was dich weitergehen lässt, ist nur die Erinnerung an diesen Augenblick, was dich führt, ist das Gedächtnis des Lichts.« Da es als Hommage nichts Besonderes war, war ich zu dem Entschluss gekommen, es zu streichen, aber am 25. Mai 2019 hat Perroni sich, während ich noch mit dem Schreiben dieses Romans beschäftigt war, in Taormina, wo er wohnte, das Leben genommen. Da er mein Freund war, habe ich beschlossen, diese dürftige Hommage wieder in den Roman hineinzunehmen, nur um die Gelegenheit zu haben, diese Zeilen der Dankbarkeit ihm gegenüber zu schreiben.

Der am Schluss des Kapitels *Erster Brief über den Kolibri* zitierte Artikel wurde von Marco d'Eramo geschrieben, erschien in der Ausgabe der Zeitung *Il manifesto* vom 4. Januar 2005 und ist tatsächlich der Ausstellung *The Aztec Empire* gewidmet, die vom 15. Oktober 2004 bis zum 14. Februar 2005 im Guggenheim Museum in New York gezeigt wurde.

Die *Rede über Dukkha* im Kapitel *Weltschmerz & Co.* findet sich in Nidāna Saṃyutta – Die Gruppe der Reden über die kausalen Faktoren (V), Gahapati Vagga, Burma Pitaka Association, Rangoon, Burma.

Ein paar Worte über das Lied *Gloomy Sunday*, zitiert in dem gleichnamigen Kapitel. Der Song wurde in den dreißiger Jahren mit dem Titel *Szomorú vasárnap* in Ungarn geschrieben, Text von László Jávor, Musik von dem autodidaktischen Pianisten Rezsö Seress, zum ersten Mal 1935 von dem Sänger Pál Kalmár aufgenommen und sofort weltweit ein Erfolg. Aufgrund dieses Erfolgs wurde es sofort ein Jazzstandard, vor allem dank der amerikanischen Version des Texters Sam Lewis von 1936. Hier der englische Text:

> *Sunday is gloomy*
> *My hours are slumberless*
> *Dearest the shadows*
> *I live with are numberless*
> *Little white flowers*
> *Will never awaken you*

*Not where the black coach*
*Of sorrow has taken you*
*Angels have no thoughts*
*Of ever returning you*
*Would they be angry*
*If I thought of joining you*
*Gloomy Sunday*
*Gloomy is Sunday*
*With shadows I spend it all*
*My heart and I*
*Have decided to end it all*
*Soon there'll be candles*
*And prayers that are said I know*
*Let them not wheep*
*Let them know that I'm glad to go*
*Death is no dream*
*For in death I'm caressin' you*
*With the last breath of my soul*
*I'll be blessin' you*
*Gloomy Sunday*

Aufgrund seines Erfolgs hat sich jedoch die Legende verbreitet, dieses Lied sei wegen seiner übergroßen Traurigkeit für den Selbstmord zahlreicher Personen verantwortlich, die es gehört hatten und deren Namen und Todesumstände bekannt waren. Dieses unheilvolle Gerücht hatte es auf der ganzen Welt zum »ungarischen Lied der Selbstmörder« gemacht, was zu Zensur und Verbot führte. 1941 wurde, um diesem Gerücht entgegenzuwirken, für die Version von Billie Holiday eine Strophe hinzugefügt, die in der Originalversion nicht enthalten ist und versucht, das Vorangegangene als Ergebnis eines Traums zu erklären:

*Dreaming, I was only dreaming*
*I wake and I find you asleep*
*In the deep of my heart here*
*Darling I hope*
*That my dream never haunted you*
*My heart is tellin' you*
*How much I wanted you*
*Gloomy Sunday*

Dennoch verbot die BBC die Verbreitung des Lieds über den Rundfunk, da es als zu traurig galt in einem Augenblick, der für England, das von den Deutschen bombardiert wurde, an sich schon sehr schwierig war. Das Verbot galt bis 2002. Im Lauf der Jahrzehnte gab es unzählige Versionen großer Interpreten und Musiker mit oder ohne die zusätzliche Strophe. Unter ihnen möchte ich neben der Punkversion von Lydia Lunch von 1981, die in dem Kapitel erwähnt wird, diejenigen von Elvis Costello (1994), Ricky Nelson (1959), Marianne Faithful (1987), Sinéad O'Connor (1992) und Björk (2010) erwähnen. Tatsächlich gibt es Dutzende von Coverversionen.

Natürlich gibt es auch die italienische Version, *Triste domenica* mit dem Text von Nino Rastelli, gesungen im Lauf der Jahre von Norma Bruni, Carlastella, Myriam Ferretti, Giovanni Vallarino und vor allem 1952 Nilla Pizzi. In ihr gibt es keinen Versuch, die Traurigkeit abzumildern oder die Anspielung an den Selbstmord aus Liebekummer weniger deutlich zu machen.

Schließlich gibt es auch einen englisch-spanischen Schundfilm von 2006 mit Timothy Hutton und Lucía Jiménez mit dem Titel *Das Kovak Labyrinth*, in dem den Personen Microchips eingepflanzt werden, um sie dazu zu bringen, Selbstmord zu begehen, wenn ihnen am Telefon *Gloomy Sunday* vorgespielt wird.

1968 nahm Rezsö Seress sich das Leben, indem er sich aus einem Fenster seines Hauses in Budapest stürzte.

In dem Kapitel *Shakul & Co.* stammt die Diskussion über die Worte, die die Eltern bezeichnen, die ein Kind verloren haben, teilweise aus *Mi sa che fuori è primavera* von Concita De Gregorio, Feltrinelli 2015.

Im selben Kapitel stammen die beiden zitierten Verse aus *Amico fragile* von Fabrizio De André.

Das Buch von David Leavitt, erwähnt im Kapitel *Via Crucis*, ist der Kurzgeschichtenband *Family Dancing (Familientanz),* der ihn 1984 international bekannt machte. Er ist wunderbar; lesen Sie ihn oder lesen Sie ihn wieder.

Der Song von Joni Mitchell, auf den sich das Kapitel *In aller Munde* bezieht, ist *The Wolf That Lives in Lindsey*, enthalten auf dem Album *Mingus* von 1979. Am Ende hört man tatsächlich das Heulen der Wölfe, und es ist herzzerreißend.

Das Kapitel *Die Blicke sind Körper* ist die Überarbeitung eines Textes, den ich 2017 für *La Lettura* geschrieben habe.

Der Satz »Die Wölfe töten nicht die unglücklichen Hirsche. Sie töten die schwachen« fällt in dem Film *Wind River*, einem schönen Thriller, der in einem Indianerreservat in Wyoming spielt, eine Geschichte voller Blut und Schmerz, die an manche Romane von Louise Erdrich erinnert. Das Problem ist, dass der Film von 2017 ist und das Kapitel, in dem ich den Satz zitiere, 2016 spielt; das heißt, es handelt sich um einen Anachronismus. Da ich das Kapitel nicht um ein Jahr nach hinten verlegen konnte, habe ich es vorgezogen, ihn trotzdem zu zitieren, anstatt ihn wegzulassen. Worauf es mir hier ankommt, ist, dass man nicht glaubt, er sei auf meinem Mist gewachsen; er stammt von Taylor Sheridan, der nicht nur der Regisseur des Films ist, sondern ihn auch geschrieben hat.

Und ebenfalls in diesem Kapitel muss die Fortschreibung der Geschichte von Duccio Chilleri, dem Unaussprechlichen, auf Pirandello zurückgeführt werden. Denn in seiner Novelle *Das Diplom (La patente)* von 1911 findet man die Person des Unglücksbringers, der, anstatt gegen den Ruf, der ihn begleitet, zu kämpfen, beschließt, ihn zu akzeptieren, um sich den Beruf des bezahlten Unglücksbringers zu erfinden. Diese Erzählung wird 1954 von Luigi Zampa in dem aus vier Episoden bestehenden Film *Questa è la vita* verfilmt, der von Erzählungen Pirandellos inspiriert ist und in dem die Figur der Chiàrchiaro von Totò gespielt wird.

Das im Kapitel *Dritter Brief über den Kolibri* erwähnte Buch heißt *Lui, io, noi*, Einaudi Stile Libero 2018. Es ist eine lange dreistimmige Erzählung, die sich auf die Erinnerung an und die Abwesenheit von Fabrizio De André konzentriert, verfasst von Dori Ghezzi zusammen mit Giordano Meacci und Francesca Serafina (die beiden in dem Kapitel erwähnten »Linguisten«). Es ist ein Buch, das in der Bibliothek derjenigen, die De André, aber auch derjenigen, die die italienische Sprache lieben, nicht fehlen darf – und die Erstellung des neuen Stichworts »Emmenalgie« ist ein Beweis dafür.

In dem Kapitel *Der neue Mensch* wird eine Stute namens Dolly erwähnt und kurz beschrieben, die das Pferd meines Bruders Giovanni war.

Im selben Kapitel ist die Idee der Konflikte zwischen Wahrheit und Freiheit das Ergebnis der Lektüre eines großartigen Essays von Rocco Ronchi, *Metafisica del populismo,* veröffentlicht in der Zeitschrift *Doppiozero* vom 12. November 2018. Er ist eine erhellende Lektüre, die alle machen sollten. Und als ich die Homepage von *Doppiozero* besuchte, um ihn wiederzufinden, und die Liste aller anderen verfügbaren Essays durchging, suggerierte mir der Titel eines von ihnen, *Ricorda il tuo futuro,* noch bevor ich ihn las, das Programm so zu nennen, an dem Miraijin mitarbeitet. Dann habe ich auch den Essay von Mauro Zanchi gelesen, der über die Sektion *Archivi del futuro* der Ausstellung *Fotografia Europea 2017 – Mappe del tempo. Memoria. Archivi. Futuro* (kuratiert von Diane Dufour, Elio Grazioli und Walter Guadagnini) berichtet, die von Mai bis Juli 2017 an verschiedenen Orten der Reggio Emilio gezeigt wurde. Auch diese Lektüre war nützlich für mich.

»Ubi nihil vales, ibi nihil velis«, zitiert im vorletzten Kapitel, ist eine Maxime des flämischen Philosophen Arnold Geulincx (1624 bis 1669), der den Occasionalismus begründete, enthalten in seinem monumentalen postumen Werk *Etica,* deren Lektüre dem jungen Samuel Beckett das Leben gerettet hat, der von Selbstmordgedanken gequält wurde. Beckett berichtet, dass er auf diese Maxime in einem Brief vom 16. Januar 1936 an den Freund Thomas McGreevy (unbedingt lesen: *The Letters of Samuel Beckett 1929–40,* edited by Martha Dow Fehsenfeld and Lois More Overbeck 2009, deutsche Übersetzung von Chris Hirte in *Briefe,* Bd. 1: *Weitermachen ist mehr, als ich tun kann,* Briefe 1929–1940, Suhrkamp 2013) gestoßen sei. Die Maxime taucht dann in seinem Roman *Murphy* auf, geschrieben auf Englisch und veröffentlicht 1938, während der Therapie, die er bei dem berühmtem englischen Psychoanalytiker Wilfred Bion machte, wohingegen

Geulincx später wieder auftaucht, in einer direkten Erwähnung in *Molloy*. Die Ausschaltung des Willens als radikale Methode, um alle vom Willen herbeigeführten Konflikte zu lösen, die von allen Personen Becketts praktiziert wird, kommt daher. Und die Affinität dieser Regel mit der im Kapitel *Weltschmerz & Co.* zitierten *Rede über Dhukkha* ist nicht zufällig.

Schließlich die Liste der Personen, denen ich von Herzen danken möchte, jeder von ihnen weiß, warum:

meiner Frau Manuela, meinem Bruder Giovanni, meinen Kindern Umberto, Lucio, Gianni, Nina und Zeno, Valeria Solarino, Elisabetta Sgarbi, Eugenio Lio, Beppe Del Greco, Piero Brachi, Franco Purini, Marco d'Eramo, Edoardo Nesi, Mario Desiati, Pigi Battista, Daniela Viglione, Marinella Viglione, Fulvio Pierangelini, Paolo Virzì, Karen Hassan, Marco Delogu, Teresa Ciabatti, Stefano Bollani, Isabella Grande, Domenico Procacci, Antonio Troiano, Christian Rocca, Nicolas Saada, Leopoldo Fabiani, Giorgio Dell'Arti, Paolo Carbonati, Stefano Calmandrei, Filippo de Braud, Vincenzo Valentini, Michele Marzocco, Franceso Ricci, Enrico Grassi, Ginevra Bandini, Giulia Santaroni, Pierluigi Amata, Manuela Giannotti, Mario Franchini, Massimo Zampini.

# INHALT

# Ein Liebesabschied, der mit einem Tabu bricht

»Seine Romane gehören zum Kanon
der großen amerikanischen Familien-
und Sozialepen.«

Der Spiegel

# Glück ist ein vorüberge-
# hender Zustand – Familie
# bleibt ein Leben lang

>>Ein beeindruckendes aktuelles Zeugnis von der Notwendigkeit, Menschen in Seenot zu retten.<<
Roberto Saviano

Herbst 1940: Das mit dem nationalsozialistischen Deutschland verbündete Italien befindet sich im Krieg gegen die Alliierten. Das U-Boot »Cappellini« unter Kommandant Salvatore Todaro patrouilliert vor Madeira im Atlantik und versenkt ein feindliches belgisches Frachtschiff. Doch dann macht Todaro etwas Einmaliges: Unter Missachtung höherer Befehle, gegen den Widerstand der eigenen Besatzung, aber im Einklang mit dem Seerecht rettet er die 26 Überlebenden vor dem sicheren Tod.

Der Schriftsteller Sandro Veronesi und der Regisseur Edoardo De Angelis erzählen, was sich an Bord des winzigen U-Bootes abspielte, zwischen Hoffnung und Verzweiflung, zwischen Solidarität und dem Kampf um das eigene Leben.

Aus dem Italienischen von Anna und Wolf Heinrich Leube
160 Seiten. Gebunden. zsolnay.at